民國文化與文學研究文叢

十一編

李 怡 主編

第7冊

延安魯藝詩人及其創作研究（1938～1945）

李 揚 著

國家圖書館出版品預行編目資料

延安魯藝詩人及其創作研究（1938～1945）／李揚 著 — 初版
— 新北市：花木蘭文化事業有限公司，2019〔民108〕
目 2+228 面；19×26 公分
（民國文化與文學研究文叢 十一編；第7冊）
ISBN 978-986-485-793-7（精裝）
1. 中國詩 2. 詩評
820.9　　108011476

ISBN-978-986-485-793-7

民國文化與文學研究文叢
十一編　第七冊　　ISBN：978-986-485-793-7

延安魯藝詩人及其創作研究（1938～1945）

作　　者　李　揚
主　　編　李　怡
企　　劃　四川大學中國詩歌研究院
總 編 輯　杜潔祥
副總編輯　楊嘉樂
編　　輯　許郁翎、王筑、張雅淋　美術編輯　陳逸婷
出　　版　花木蘭文化事業有限公司
發 行 人　高小娟
聯絡地址　235 新北市中和區中安街七二號十三樓
電話：02-2923-1455／傳眞：02-2923-1452
網　　址　http://www.huamulan.tw 信箱 hml 810518@gmail.com
印　　刷　普羅文化出版廣告事業
初　　版　2019年9月
全書字數　221235字
定　　價　十一編12冊（精裝）新台幣23,000元　

延安魯藝詩人及其創作研究（1938～1945）

李揚 著

作者簡介

李揚，女，1993 年 6 月生於山東濟南，四川大學文學與新聞學院中國現當代文學專業博士生。主要研究方向為中國現當代文學與現代文化。發表論文近十篇。

提　　要

本書以延安魯藝詩人群為考察對象，圍繞該群體在《在延安文藝座談會上的講話》發表前後的文學活動，重點探究了延安魯藝作為中共的「文藝堡壘」如何參與延安的知識生產和詩人的寫作機制。本書引入了「教育」這一視角，但它不囿於教育場域中的課堂講授、課程設置、校園文化等字面含義，更關聯著作家在延安「自我改造」及中共對民間的改造等多個向度。首先，這一視角背後貫穿著「大文學史」的關懷，亦即穿越文學圖譜本身，打破文學與社會、歷史、政治、教育等問題的邊界，從中探求魯藝詩人的存在方式和作品誕生的邏輯。其次，這一視角有助於回到「五四」新文學——革命文學——左翼文學——延安文學的聯動關係上來，在這一脈絡上考察新教育與新文學之間的互動，本書認為，同樣是用「教育」的手段促成一種文學形態的生成，不同於歐美大學教育為藍本的新式大學，魯藝的意識形態化教育形態決定了詩人創作的獨異性。最後，以教育的視角探測了魯藝文學系內部「導師」與「青年」的關係問題，以《講話》發表為分界線，經歷了「導師」的教育權力讓渡這一過程，折射出「導師」與「青年」之爭這一話題在延安時期的表現形式。

從「純文學」到「大文學」：重述我們的「文學」傳統——《民國文化與文學研究文叢》第十一編引言

李　怡

歷史總是在不經意間爲我們增添或減除一些重要的意義，我們今天奉若神明的「文學」也是這樣。自「五四」開啓的百年中國文學的發展可以說就是以「提純」傳統蕪雜的「文章」概念爲起點，以倡導接近西方近代意義的「純粹」的「文學」爲指向的。在「五四」以降的百年來的中國文學史中，「回到文學本身」「爲了藝術」「重申文學性」之類的呼聲層出不窮，構成了最宏大也最具有精神感染力的一種訴求。不過，圍繞這些眞誠的不失悲壯的訴求，我們不僅看到了各種社會政治力量的阻力，而且也能夠眞切地感受到種種「名實不符」的微妙的實踐悖論。這都告訴我們，這看似簡明的「文學之路」絕非我們想像的那麼理所當然，其中包含著太多的異樣與矛盾。本文試圖重新對「五四」開啓的「文學」取向提出反思和清理，其目的是爲了重述長期爲我們忽略的現代「文學」傳統的來龍去脈和內在結構。

重述並不是爲了「顚覆」歷史的表述，而是爲了更加清晰地洞察這歷史的細節，特別是解釋那些歷史表述中模糊、含混的部分。我們相信，只有在關於「文學」觀念的細緻的梳理中，中國現代文學的方向和內在機理才能得到眞正的展現，而它的價值也才能夠進一步確立。

這樣的清理將形成與目前研究態勢的直接對話，特別是對倡導「回到五四」的 1980 年代的學術方式加以重新審視和觀察，雖然審視和觀察並不是爲了否定那個時代最寶貴的進取精神。

歷史轉折與「文學」地位的升降

自「五四」開啓的中國現當文學是在中外多種文化的滋養中發展壯大的，這是一個不容質疑的基本事實。

鑒於中國現代文學的發生是好幾代中國作家刻意突破傳統寫作方式重圍，勉力「別求新聲於異邦」的重大收穫，在一個相當長的時期內，是否承認外來文化、外來文學之於中國現代文學誕生的特殊作用，幾乎就是我們能否把握這一文學基本特質的最重要的立場，承認了這一事實，我們才有效地打開了進入現代文學的窗口，把握了文學發展的最重要的方向，拒絕這一事實，或者是以曖昧的態度講述這一歷史都可能造成我們視線的模糊，無法眞正領會中國文學確立「現代的」「世界性」的目標的特殊意義。甚至，如果我們不能在情感的層面上體諒和認同這些新文學創立者因爲引入外來文化所經歷的種種曲折，付出的種種艱辛，我們簡直也無法深入到現代文學的精神內部，去把捉和揣摩其心靈的起伏、靈魂的溫度。

在長達一個世紀的歷史中，所謂現代中國知識分子的「五四情結」，一切「回到現代文學本身」的熱切的情懷，都只有在這種從理性到感性甚至本能情緒的執著「認同」的層面上獲得解釋。在已經過去、迄今依然令人回味的1980 年代——有人曾經以「回到五四」來想像這個年代的歷史使命——我們將中國現代文學的精神最大程度地與國家的改革開放，與對待外來文化的態度緊密相連，在那時，通過對中國現代文學吸納外國文學、外國文化的挖掘，現代的文學確立起了前所未有的榮光，「走向世界」的聲音既來自國家政治，也理直氣壯地在中國現代文學的闡述當中得到了有力的支持。〔註1〕

儘管如此，我們卻不能認爲對「五四」、對中國現代文學的闡釋已經接近尾聲，也沒有理由將這一曾經的主流性理論當作永恆不變的前提，因爲，就如同近代作家通過舉起「一代有一代之文學」來突破傳統、確立自我一樣，今天的學人也有必要通過提煉、發現自己的「問題」來揭示文學發展更內在的結構和機理。

〔註1〕參見曾小逸：《走向世界文學——中國現代作家與外國文學》（湖南文藝出版社 1986 年），這是最形象地體現 1980 年代中國現代文學學術精神的著作，不僅著作的正副標題都清晰地標注出了時代的主旨，著作的緒論全面地闡述了民族文學「走向世界文學」的宏大圖景，而且各選文的作者都緊緊圍繞中國現代文學如何在「世界文學（外國文學）」的啓示中茁壯成長加以論述，這些論述都代表了當時學界最活躍最有實力的成果，可謂是 1980 年代學術之盛景。

這並不是如一些人想像的那樣，需要通過否定「五四」、質疑甚至顛覆 1980 年代的學術來彰顯自己。中國學術早就應該眞正擺脫「二元對立」「非此即彼」的思維模式了。自 1990 年代以降，我們不斷指謫「五四」和 1980 年代的進化論思維、「二元對立」思維，其實自己卻常常陷入這樣的思維而不能自拔，如果「五四」的確通過大規模引入外國文學與西方文化完成了對傳統束縛的解脫，如果 1980 年代是在改革開放、走向世界的「鼓舞」下撥亂反正，部分建立了學術的自主性，那麼這種呼喚創造的企圖和方向不也是任何時代都需要的嗎？爲什麼一定要通過否定「五四」的「西化」態度、詆毀 1980 年代「走向世界」的赤誠來完成新的學術表述呢？

事實上，學術的質疑歸根到底還是對前人尚未意識到的「問題」的發掘，而不是對前代學術的徹底清算；學術的新問題的發現和解決最終是推進了我們的認識而不是證明新一代的高明或思想的「優越」。何況，在所有這些「問題」的不同闡述的背後，還存在一個各自學術的根本意義的差異問題：嚴格說來，學術的意義只能在各自的「歷史語境」中丈量和衡定，也就是說，是不同時代各自所面對的歷史狀況和問題的針對性決定了學術的眞正價值，離開了這個歷史語境，並不一定存在一個跨越時空的「絕對的正誤」標準。不同時代，我們對問題的不同認知和解答乃是基於各自需要解決的命題，其差異幾乎就是必然的。

所有這些冗長的論述，主要是想說明一個問題：我們完全可以重新展開 1980 年代對文學史的結論，重新就一些重大問題再行討論，這並不是爲了顛覆 1980 年代的「思想啓蒙」和學術立場，而是爲了更有力地推進學術的深化。

在這裡，我想強調的是，今天，我們對於「文學」的認知其實已經與 1980 年代大有不同了。這不是因爲我們比 1980 年代的人們更高明、更深刻，而是今天的我們遭遇了與 1980 年代十分不同的環境。

在 1980 年代，文學幾乎就是全社會精神文化的中心，甚至國家政治、倫理、法制、教育的巨大問題都被有意無意地歸結到「文學」的領域來加以確定和關注。

回顧歷史我們可以知道，「改革開放」的 1980 年代的中國人民生活，就是在以對新文化傳統的想像當中展開的，是對「五四」傳統的呼喚中開始的。那個時候，中國學術界的很多人，言必稱「五四」，言必稱魯迅。以我們中國語言文學學科爲例，基本上無論是搞外國文學也好，搞比較文學也好，搞現當代文學也好，搞美學也好，搞文藝理論也好，他們學術興趣的起點幾乎都是從「五四」開始的，從對魯迅的重新理解開始的。甚至普通的中國人也是這樣，那個時候新華書店隔一段時間「開放」一本書，隔一段時間「開放」一個作家，老百姓排著隊在新華書店買書，其中很多是新文學的作品。新文學、中國當代文學的一些探索，一些思考，一些問題，直接成爲我們思考、解決當前社會問題，包括解決我們人生問題的重要根據。那個時候講教育問題，我們首先想到的是劉心武的《班主任》。《班主任》的意義不是一本小說的意義而是帶來整個教育改革的啓迪。到後來，工廠搞改革，全國人民都知道一本《喬廠長上任記》，大家是通過閱讀這本小說來研究中國怎麼搞改革的。賈平凹的小說《雞窩窪的人家》，後來被改編成電影《野山》。電影上演後，引發了全社會對改革時期家庭倫理問題的討論，報紙上發表的文章，題目直接就是《改革，就必須換老婆嗎？》。因爲賈平凹在小說裏講述了農村改革時期兩個家庭的重新組合問題，大家認爲文學作品是一種家庭倫理關係的示範，生活中的家庭關係處理問題直接可以從小說中得到答案。中國人生活中的很多困惑都會通過 1980 年代那些著名的小說來回答，包括那個時候城鄉流動，很多農村人想改變自己的戶口，想到城裏邊來，改變「二等公民」的地位……那時候一部小說特別打動人，那就是路遙的《人生》。在《人生》開篇的地方，路遙引用了柳青的一段話：「人生的道路雖然漫長，但緊要處常常只有幾步，特別是當人年輕的時候。」這樣的文學表述一下子就被當作 「人生金句」，成了中國人抄錄在筆記本上的格言，到處流傳。我們的文學就是如此深入地介入了現實社會、現實政治的幾乎一切的領域，直接成爲人生的指南！

1990 年代，一切都在發生著變化。一方面是西方的經濟方式繼續在中國滲透，中國人的日常生活開始有了新的娛樂方式，「文學失去了轟動效應」，另一方面，文學也不再探討社會改革的重大問題，不再執著於現代的啓蒙、反思和改造國民性之類的沉重話題，或者這些話題也巧妙地隱藏在各種「喜聞樂見」的娛樂形式之中，「大眾娛樂」的價値越來越受到文學家和藝術家的認可，一些重要的通俗文學地位上升，例如金庸武俠小說開始登上 「大雅之堂」，進入了「文學史」。

最近一些年，人們開始提出了另外一個問題，這就是重新思考「五四」，質疑「五四」。其代表性的觀點就是：中國文化發展到今天出了問題，出了什麼問題呢？我們曾經很長一段時間過分相信西方，「五四」雖然有好處，但是「五四」也犯了錯誤，犯了什麼錯誤呢？就是割裂了我們民族文化的傳統。「五四」的最大問題是以偏激的激進主義觀點，割裂了中華民族文化的很多優秀的傳統。所以說，「五四」那個時候有一個口號成了今天重新被人質疑的一個問題，這就是「打倒孔家店」。有人說今天我們怎麼能「打倒孔家店」呢？你看看今天人人都要重新談孔子，重新談國學，國學都要復興了，那「五四」不是有問題嗎？「五四」知識分子最大的問題就是偏激，他們偏激地引進西方文化，而又如此偏激地割斷了與傳統文化的聯繫。今天，在改革開放 40 年之後，歷史完成了一個循環，而這個循環就是我們這 40 年是以對「五四」的繼承開始的，但又是以對「五四」的質疑告終的。

在這裡，我們暫時不對形成這些歷史轉變的複雜原因作出分析挖掘，而只是藉此正視一個基本的事實：無論我們的情感態度如何，我們需要研讀的「文學」都已經出現了重大的變化；無論我們對這樣的變化持怎樣的遺憾或者批評，都不能不看到它本身絕非是荒誕不經的，也深刻地體現了某種思想文化邏輯的眞實面相；在今天，我們只能將「失去轟動效應」的文學表現與曾經如此富有轟動效應的文學夢想一併思考，才能更全面更準確地把握歷史的脈搏，從而對一個世紀以來的「文學」的命運重新作出解釋。

「文學」研究：從大夢想回到小細節

與 1980 年代那些直接介入社會的巨大的文學夢想比較，今天的我們更應該展開的工作就是面對這命運坎坷、「瘡痍滿目」的「文學」的現實，認眞地回答它「從哪裏來」，一路「遭遇」了什麼，又可能「走到哪裏去」。

對「五四」以降百年來中國文學的研究將從具體入手，從細節處的困惑開始。

這不是簡單對抗 1980 年代的宏大的夢想，而是將夢想的產生和喪失一併納入冷靜的觀察，理性梳理二十世紀文學之「夢」的來源和局限，同時從外部和內部多個方面來梳理「文學」的機理。

這也不是要否定文學被賦予的「社會責任」，不是爲了拒絕這些「社會責任」而刻意攻擊 1980 年代的所謂「宏大敘事」。恰恰相反，我們是試圖通過對文學結構的更細緻更有說服力的探尋來重新尋找我們的歷史使命，重新建構一種介入中國文化問題的可能。

顯而易見，新的追問也不是對 1990 年代以來文學研究日益「學院化」，日益在「學術規範」中孤芳自賞的認同，在正視 1980 年代困境的同時，我們繼續正視 1990 年代以來的新的困境。

今天我們面臨的一大困境在於：文學被抽象化爲某種「純粹」的高貴，而這種高貴本身卻已經沒有了力量，更無法解釋自「五四」以來中國現代文學自身就存在的那種干預社會的強大的能量，儘管 1980 年代所寄予文學的希望可能超過了文學本身的能力負荷，但是我們卻不能說當時的「希望」都是空穴來風，是完全沒有歷史根據的臆想。雖然我們今天也無法預測未來的中國文學究竟怎樣在文學的自主性與社會使命之間獲得平衡，比 1980 年代的理想主義更能切實地實現自己的歷史價值，但是重新回到中國現代文學發生發展的事實當中，更細緻更有說服力地清理其內在的精神結構，解釋那些文學家們如何既能確立自己，又能夠真誠地介入社會，而且，這一切的文化根據究竟有哪些？

我們的解釋可能就會擺脫「走向世界」的故轍，眞正將中外多種文化都作爲解釋中國作家的精神秘密的根據。因爲，很明顯，近代以後，單純地強調「純文學」的引進已經不足以解釋中國文學的種種細節，例如魯迅，這位在民初大力引進西方「純文學」觀念的啓蒙先驅，後來又常常陷入「不夠文學」的寫作窘迫之中，而且從最初的無奈的自嘲到後來愈發堅定的自信，這裡的「文學」態度眞是耐人尋味：

> 也有人勸我不要做這樣的短評。那好意，我是很感激的，而且也並非不知道創作之可貴。然而要做這樣的東西的時候，恐怕也還要做這樣的東西，我以爲如果藝術之宮裏有這麼麻煩的禁令，倒不如不進去；還是站在沙漠上，看看飛沙走石，樂則大笑，悲則大叫，憤則大罵，即使被沙礫打得遍身粗糙，頭破血流，而時時撫摩自己的凝血，覺得若有花紋，也未必不及跟著中國的文士們去陪莎士比亞吃黄油麵包之有趣。〔註 2〕

歷史更有趣的一面是：就是這位在新文學創立過程中大力呼喚「純文學」（美術）的先驅者，到後來被不少的學者批評爲「文學性不足」，甚至「不是文學」。這裡接受者、解讀者的思想錯位甚至混亂亟待我們認眞清理——在現代中國，究竟有什麼樣的「文學觀」？何以出現如此弔詭的現象？

〔註 2〕魯迅：《華蓋集・題記》，《魯迅全集》第三卷 4 頁，人民文學出版社 2005 年。

至於整個中國現代文學，在當今已經獲得了一個很有代表性的印象：非文學。20 世紀的中國歷史幾乎被公認爲是「非文學」的時代：「中國新文學運動從來就和政治浪潮配合在一起，因果難分。五四時代的文學革命——反帝反封建；三十年代的革命文學——階級鬥爭；抗戰時期——同仇敵愾，抗日救亡，理所當然是主流。除此之外，就都看作是離譜，旁門左道，既爲正統所不容，也引不起讀者的注意。這是一種不無缺陷的好傳統，好處是與祖國命運息息相關，隨著時代亦步亦趨，如影隨形；短處是無形中大大減削了文學領地，譬如建築，只有堂皇的廳堂樓閣，沒有迴廊別院，池臺競勝，曲徑通幽。」〔註 3〕即便不是出於刻意的貶低，我們也都承認，在這一百年之中，更需要人們解決的還是社會民生的一系列重大問題，「文學本身」並沒有太多的機會隆重登場。這一描述大概不會有太多的人否認，然而，困惑卻沒有就此消除：難道「文學」僅僅是太平盛世的奢侈品？在困苦年代人們就沒有資格談論文學，沒有資格獲得文學的滋養？古今中外大量的歷史事實都可能將這一結論擊得粉碎。這裡，再次提醒我們的還是一個事實，我們必須對「文學」觀念本身展開認眞的追問。正如朱曉進所說：「當我們回顧 20 世紀文學的發展時，我們看到的是這樣一個基本的歷史事實：在 20 世紀的大多數年代裏，文學的政治化趨向幾乎是文學發展的主要潮流。也許將此稱爲『思潮』並不準確，但文學與政治的特殊關係，卻無疑是其最爲顯性的文學發展的特徵之一。因此，在研究上述年代的文學現象時，首先應關注的也許倒不是純美學、純藝術層面的東西，而是文學的政治化潮流的問題。我們應該從政治文化的角度去看待這些年代的文學，對文學現象得以產生的政治文化氛圍，以及文學以何種方式、在多大程度上與政治文化結緣，政治的因素到底在多大程度上，到底以什麼形式，最終導致了一些文學現象的產生，以及最終支配了文學發展的趨向等等問題給予更多的關注。以政治或政治文化的角度來觀照和解釋 20 世紀文學發展中的許多現象，我們也許可以從更爲廣闊的範圍來探討其成因。」〔註 4〕

其實，在現代中國，「非文學」的力量何止是政治文化，還包括各種生存的考慮，包括我們固有的對於寫作的基本觀念。所有這些力量都十分自然地

〔註 3〕柯靈：《遙寄張愛玲》，《張愛玲文集》第四卷 427 頁，安徽文藝出版社 1992 年版。

〔註 4〕朱曉進：《文學與政治：從非整合到整合》，《社會科學輯刊》1999 年 5 期。

組成了二十世紀中國知識分子的生活與精神現實，不可須臾脫離。或者說，「非文學」已經與我們的生命形態融會貫通了。

於是乎，中國現代文學那些「非文學」的追求總是如此眞誠，也如此動人心魄，我們無從拒絕，也無從漠視，你斷定它是文學也好，非文學也罷，卻不能阻斷它進入我們精神需要的路徑，而一旦某種藝術形態能夠以這樣的姿態完成自己，我們也就沒有了以固定的文學知識「打壓」「排除」它們的理由，剩下的問題可能恰恰在於：我們本身的「文學」觀念就那麼合理嗎？那麼不可改變麼？

這樣的追問當然也不是完成某種對「文學」的本體論式的建構，不是僅僅在知識來源上追根溯源，並把那種「源頭性」的知識當作「文學」的「本來」，將其他的歷史「調整」當作「變異」，恰恰相反，我們更應當關注「文學」觀念如何組合、流動、變異的過程，在這裡，文學的理念如何在西方「純文學」召喚下發生改變的過程更值得清理。

這樣的努力，也將帶來一種方法論上的重要的改進。在過去，我們一般傾向於相信，中國現代文學的發生在很大程度上源於西方文化的衝擊和挑戰，是西方的「人文主義」文化確立了「五四」對「人」的認識，是西方文學獨立的追求讓中國文學再一次地「藝術自覺」，在西方文化還被置於「帝國主義侵略」的一部分而傳統文化理所當然屬於「國粹」的時代，承不承認這種外來影響的作用，曾經是我們能否在一個開闊視野上自由研究的基礎，然而，在今天，當中外矛盾衝突已經不再是社會文化主要焦慮的今天，當援引西方思想資源也不再構成某種精神壓力的時候，我們完全可以建立一種新的更平和地研討中外文學與文化關係的機制，在這裡，引進西方文化資源並不一定意味著更加的開放和創新，而重述中國的傳統資源也不一定意味著保守和腐朽，它們不過都是現代中國人的心理事實，挖掘這樣的心理事實，是爲了更清楚地認識我們自己，讀解我們今天的文化構成，這是對 1980 年代以後中國現代文學研究「主體性」的眞正重塑。

重述現代中國的「文學」觀，就應當從這些歷史演變的具體細節開始。

「文學」研究：從小純粹到大歷史

當強調學術研究從大夢想回到小細節，這個時候，我們獲得的「文學」研究也就從審美的「小純粹」進入到了一個時代的「大歷史」，也就是朱曉進先生所謂「20 世紀文學發展中的許多現象，我們也許可以從更爲廣闊的範圍來探討其成因。」

在這裡，與傳統中國密切關聯的另外一種「文學」理解方式——雜文學或曰大文學理念不無啓示。雜文學是相對於近代以來被強化起來的「純文學」而言，而「大文學」則可以說是對包含了「純文學」觀念在內的更豐富和複雜的文學理念的描述。

現當代中國概念層出不窮，有外來的，有自創的，有的時候出現頻率之高，已經到了人們無法適應的程度，以致生出反感來。最近也有人問我：你們再提這個「雜文學」或「大文學」，是不是也屬於標新立異啊？是不是在中國現當代文學批評的沈寂年代刻意推出來吸引人眼球的啊？

我的回答很簡單，這早就不是什麼新概念了，相反，它很「舊」，五四時代就已經被運用了，最近十多年又反覆被人提起、論述。只不過，完整系統的梳理和反思比較缺少。今天我們試圖在一個比較自覺的學術史回顧的立場上來檢討它，應當屬於一種冷靜、理性的選擇。

據學者考證，「早在 1909 年，日本學者兒島獻吉郎就曾經出版過一部《支那大文學史》，這恐怕是『大文學』這一名稱見於學術論著的最早例證。稍後謝无量於 1918 年出版的《中國大文學史》，則將文字學、經學、史學等，都納入到文學史中，有將文學史擴展爲學術史的趨勢，故其『大』主要表現爲『體制龐大，內容廣博』。這裡的『大文學史』雖與第一階段的文學史寫作沒有本質的差別，但這一名稱的提出對於後來的文學史研究者卻無疑具有啓示意義。」〔註 5〕在我看來，謝无量提出「大」乃是有感於五四時期西方「純文學」的定義無法容納中國固有的寫作樣式，以「大」擴容，方能將固有的龐雜的「文」類納入到新近傳入的「文學」的範疇。《中國大文學史》的出現，形象地說明了兩種「文」（文學）的概念的衝突，「大」是一種協調、兼容的努力。

當然，謝无量先生更像是以「大」的文學史擴容來爲傳統中國的文學樣式留下足夠的空間，也就是說，將早已經存在於傳統中國的、又不能爲外來的「純文學」理念所解釋的寫作現象收納起來，這更接近我所說的對「雜文學」的包容。傳統中國的「文學」專指學術，與當今作爲創作的「文學」概

〔註 5〕劉懷榮：《近百年中國「大文學」研究及其理論反思》，《東方叢刊》2006 年 2 期。

念近似的是「文」——用今天的話來說就是「文章」，不過此「文章」又是包羅萬象，既有詩詞歌賦之類的「文學」作品，也有論、說、記、傳等論說之文、記敘之文，還有章、表、書、奏、碑、誄、箴、銘等應用之文，與西方傳入之抒情之「文學」比較，不可謂不「雜」矣。

我們可以這樣來粗略描述這源遠流長又幾經演變的「文學」過程：

在古老的中國，存在多樣化的寫作方式，我們以「文」名之，那時，人們無意在實用與抒情、史實與虛構之間做出明確的區分，因而不太符合現代以後的學科、文體的清晰化追求。但是，這樣的模糊性（尤其是混合詩與史的模糊性）卻不能說對今天的作家就完全喪失了魅力，「雜」的文學理念餘緒猶存。

在晚清民初，西方的「純文學」概念開始引起了人們的注意，人們試圖借助「純文學」對外在政治道德倫理的反叛來解放文學，或者說讓文學自傳統僵化思想中解脫出來，重新確立自己的獨立性，於是，有意識地去「雜」趨「純」具有特殊的時代啓蒙價值。

然而，新的「文學」知識一旦建立，卻出現了新的問題：傳統中國的各種豐富的創作現象如何解釋，如何被納入現有的文學史知識系統當中？謝无量借助日本學術的概念重寫《中國大文學史》，就是這樣一種「納舊材料入新框架」的努力。

進入現代中國以後，中國作家的創作同時受到多種資源的影響。這裡既有傳統文學理念的延伸，又有新的歷史條件下文學在事實上超越「純粹」的趨向，後者就不僅僅是「雜」的問題，更蘊含著現代中國式「文學」精神的獨特發展。我們或可以「大文學」的視野來觀察它們：相對於西方「純文學」而言，這些超出「藝術」的元素可能多種多樣，只能以「大」容之——「大」依然是現代知識分子文學關懷的潛在或顯在的追求，不能理解到這一層，我們就會失去對現代中國一系列文學現象的深刻把握，例如魯迅式雜文。關於魯迅式的雜文究竟是不是文學，曾經有過爭論，我們注意到，所謂非文學指謫的主要根據還是「純文學」，問題是魯迅雜文可能本來就無意受制於這樣的「純粹」，他是刻意將一切豐富的人生感受與語言形態都收納到自己的筆端，傳統「文」的訓練和認知十分自然地也成爲魯迅自由取捨的資源。

除了雜文式的文學之「雜」，日記、筆記、書信甚至注疏、點評也可能成爲中國知識分子抒情達志的選擇，它們都不夠「純粹」，但在中國人所熟悉的人生語境與藝術語境中，卻魅力無窮，吸引著中國現代作家。

「大」與「雜」而不是「純」的藝術需求對應著這樣一種人生現實：我們對文學的期待往往並不止於藝術本身，在這個時代，我們需要迫切解決的東西可能很多，現實世界需要我們回答的問題也很多，遠遠超過了作爲語言遊戲的文學藝術本身。換句話說，「純粹」並不能滿足我們，我們對現實的關懷、期待和理想都常常借助「文學」來加以闡發，加以表達，「大」與「雜」理所當然，也理直氣壯。現代中國文學不就是如此嗎？猶如學者斷言二十世紀本來就是一個「非文學」的世紀。這一判斷不僅是批評、遺憾，更是一種客觀的事實陳述，我們其實不必爲此自卑，爲此自責。相反，應該以此爲基點重新梳理和剖析現代中國文學的一系列重要特徵。

在這個意義上，所謂的「大文學」也就是文學的寫作本身超過了純粹藝術的目的，而將社會人生的一系列重要目標納入其中。這就不可謂不「大」，或者不「雜」了。

從傳統的「文」到近代的「純文學」，再到因應「純」而起的「雜文學」之名，最後有兼容性的「大文學」，這一過程又與百年來中國學術的發展過程相共生，正如文學史家陳伯海所剖析的那樣：「考諸史籍，『大文學』的提法實發端於謝无量《中國大文學史》一書，該書敘論部分將『文學』區分爲廣狹二義，狹義即指西方的純文學，廣義囊括一切語言文字的文本在內。謝著取廣義，故名曰『大』，而其實際包涵的內容基本相當於傳統意義上的『文章』（吸收了小說、戲曲等俗文學樣式），『大文學』也就成了『雜文學』的別名。及至晚近十多年來，『大文學』的呼喚重起，則往往具有另一層涵義，乃是著眼於從更廣闊的視野上來觀照和討論文學現象如傅璇琮主編的《大文學史觀叢書》，主張『把文化史、社會史的研究成果引入文學史的研究，打通與文學史相鄰學科的間隔』，趙明等主編的《先秦大文學史》和《兩漢大文學史》，強調由文化發生學的大背景上來考察文學現象，以拓展文學研究的範圍，提示文學文本中的文化內蘊。這種將文學研究提高到文化研究層面上來的努力，跟當前西方學界倡揚的文化詩學的取向，可說是不謀而合。當然，文化研究的落腳點是在深化文學研究，而非消解文學研究（西方某些文化批評即有此弊），所以『大文學』觀的核心仍不能脫離對文學性能的確切把握。」〔註6〕

〔註 6〕陳伯海：《雜文學、純文學、大文學及其他》，《紅河學院學報》2004 年 5 期，文章所論「發端」當指中國學界而言。

如果我們承認在這一闊大空間之中，活躍著多種多樣的文學樣式，那麼這些文學追求一定是既「大」且「雜」的。爲了解釋這樣的文學，我們必須讓文學回到廣闊的歷史場景，讓文學與政治博弈，與經濟互動，與軍事對話，與人生輝映……

大文學，這就是我們重新關注百年中國文學之歷史意味所召喚出來的學術視野與學術方法。

這樣的新「文學」研究可以做哪些事呢？

顯然，我們可以更寬闊地揭示現代中國文學的生態景觀。也就是說，我們將跳出「爲藝術」的迷幻，在一個更眞實也更豐富的人生場景中來理解現代作家的生存現實，在這裡，除了獻身藝術的衝動，大量的社會政治的訴求、生存的設計乃至妥協都同樣不容忽視，它們不僅形成了文學的內容，也決定著文學的形式。

我們也有機會藉此更深入地挖掘現代中國作家精神中的現實與歷史基因。中國現代作家一方面沿著西方近現代文學的鼓勵不斷申張著「文學獨立」「爲了藝術」等追求，但是一百年的現實問題並不可能讓他們安然陶醉於藝術的世界之中，從文學的象牙之塔走向十字街頭幾乎注定了就是普遍的事實，最終這種生存的事實又轉化成了精神的事實。

我們可以更準確地把握中國文化傳統之於現代文化創造的實際意義。跳出對「純粹」的迷信，我們就會知道，中國知識分子對「文學」的理解另有來源，包括我們「古已有之」的「文」的傳統、「文章」的傳統等等，在這個意義上，我們可以說，眞正的古代傳統並沒有在「五四」激烈的批判中失落，作爲一種文化血脈，它的確是一直潛藏在一代又一代中國知識分子的精神深處，並成爲我們回應「現代問題」的重要資源。

當然，我們可以在這種精神資源的梳理中，更清晰地揭示現代中國作家文學觀念的民族獨創性。這也就是我們經常所表述的：無論「五四」一代知識分子如何激烈地傳遞著「西化」的願望，在現實關懷、家國意識等一系列問題上文學的特殊表達形態都依然存在，而且往往還發揮著關鍵性的作用，這種作用也不是「強制性」認同的結果，更屬於知識分子內心深處的無意識選擇，當它因呼應現代中國的生存問題而自然生成的時候，更可能閃爍著民族獨創的光彩，例如魯迅雜文。

現代中國作家這種深厚的民族獨創性讓我們能夠在一個表面的「西化」

「歐化」進程中深刻而準確地把握歷史的脈絡，從而對中國文學傳統的傳承和開拓作出更有價值的闡述。在這個基礎上，現代中國文學的豐富的藝術觀將得以重塑，而闡釋現代中國文學也將出現更多的視角和向度。總之，我們將由機會進一步反思、總結和提升中國文學的學術方式。

自然，在借助這種種之「雜」進入文學之「大」的時候，有一個學術的前提必須必辨明，這就是說今天的討論並不是要將中國文學的研究從傾向西方拉回頭來，轉入古典與傳統，這樣的「二元對立」式研究必須警惕，正如王富仁先生在反省現代中國學術時所指出的那樣：「在這個研究模式當中，似乎在文化發展中起作用的只有中國的和外國的固有文化，而作爲接受這兩種文化的人自身是沒有任何作用的，他們只是這兩種文化的運輸器械，有的把西方文化運到中國，有的把中國古代的文化從古代運到現在，有的則既運中國的也運外國的，他們爭論的只是要到哪裏去裝運。但是，人，卻不是這樣一部裝載機，文化經過中國近、現、當代知識分子的頭腦之後不是像經過傳送帶傳送過來的一堆煤一樣沒有發生任何變化。他們也不是裝配工，只是把中國文化和西方文化的不同部件裝配成了一架新型的機器，零件全是固有的。人是有創造性的，任何文化都是一種人的創造物，中國近、現、當代文化的性質和作用不能僅僅從它的來源上予以確定，因而只在中國固有的文化傳統和西方文化的二元對立的模式中無法對它自身的獨立性做出卓有成效的研究。」〔註 7〕

事實上，從單純強調中國文學與西方的關係到今天在更大的範圍內注意到古今的聯繫，其根本前提是我們承認了現代中國作家自由創造是第一位的，確立他們能夠自由創造的主體性是第一位的，只有當我們的作家能夠不分中外，自由選擇之時，他們的心靈才獲得了眞正的創造的快樂，也只有中外文化、文學的資源都能夠成爲他們沒有壓力的挑選對象的時候，現代文學的馳騁空間才是巨大的。在魯迅等現代作家進入「大文學」的姿態當中，我們可以比較清楚地看到這一點。

2019 年 1 月於成都江安花園

〔註 7〕王富仁：《對一種研究模式的置疑》，《佛山大學學報》1996 年 1 期。

目次

1. 緒　論

1.1 選題來源及意義

朱自清在《抗戰與詩》一文中論及抗戰以來新詩散文化趨勢時認爲其也可被稱作「民間化的趨勢」——「這是爲了訴諸大眾，爲了詩的普及。」他所提到的那些「從象牙塔裏走上十字街頭」的詩作者中，有兩位令他出乎意料——「就連卞之琳先生的《慰勞信集》，何其芳先生的近詩，也都表示這種傾向」〔註 1〕，這種從新詩內在發展角度和歷史維度指出新詩發展趨勢的例子不一而足。朱自清語氣中隱含的「始料未及」基於他對卞之琳、何其芳的詩歌認識基礎，以此反觀「民間化的趨勢」力量之大，但這裡更值得我們注意的本質問題在於決定形式變更的「民間」內核之眞實作用力，它導致了在看似一致的形式追求下，詩人處理現實問題時方式的差異性。將這一時期的卞之琳和何其芳二位詩人再次並置，似乎只能用「抗戰詩人」一類的稱呼將他們勉強組合到一起，其實二者在《抗戰與詩》的寫作時間——1941 年以前就完成了個人身份的急遽蛻變以及不同命運軌跡的選擇。就在朱自清寫作這篇文章時，卞之琳已由延安魯藝返回大後方，而何其芳則留下繼續擔任教職。任教於魯藝可被視作兩人歷史經驗的一段重合，這一微妙的歷史細節可以爲我們提供一種重新審視二位詩人文學道路選擇的視角，圍繞這所黨的文藝學校所產生的不同文化心理和認同感折射出二者彼時對新文學圖景的想像差異，也加速了二者的「告別」。

〔註 1〕 朱自清：《新詩雜話》，北京：生活・讀書・新知三聯書店，1984 年，第 38～39 頁。

抗戰時期解放區新詩多以「大眾化」爲主要面目形態出現，然而追問這一現象的形成，時代危機之下固然也掩映著新詩與新詩人的自我挽救，新詩對時代旋律的呼應與詩人創作轉型的要求無疑在「抗戰」這一歷史契機之下打成共識，但是當我們的視線轉移回大眾化詩歌的發生場域與發展機制，也可窺見作爲革命話語、政治符號和新型文化象徵的「延安」之於大眾化詩歌的特殊歷史意義，而作爲實體的延安彼時典型的組織文化人的辦法——進學校，很大程度上作用著詩人們的詩歌觀念與創作方法。這可以衍生出另一個重要命題，在抗戰的歷史契機下，延安魯藝作爲一個許多詩人安身立命之處，提供給他們一種獨特的觀察自我、歷史、戰爭、社會、政治的視角，魯藝極大程度地改變了詩人們的聚集方式、生活方式甚至勞動觀念，也重新使他們校正甚至更新自己的知識系統。延安魯藝作爲一個「場域」〔註2〕，足以承載這一批詩人對歷史境遇的表達與書寫。

「教育」，特別是學校中的文學教育不僅有培育人的審美能力的作用，也通過課程設置、課堂氣氛、師生關係、校園文化等潛移默化地塑造著受教育者的思維與思想體系，就新詩而言，更直觀地作用於詩人的創作。除此之外，中國古代「詩教」傳統在「抗戰」這一歷史語境中被賦予了新的歷史意義，詩歌走出「象牙塔」並起到啓蒙大眾、組織鬥爭的教育功能。由此可見，在不同的歷史時期對「教育」這一概念有不同的理解方式，它是充分敞開的，正如陳平原指出，「教育的範圍不僅限於課堂，而是牽一髮而動全一身」，也「牽涉到啓蒙論述、文化政治、權力運作、經典確立、文學傳播、學科規訓等。」〔註3〕因此以此爲統攝視角便比宏觀性的延安詩歌研究更具有輻射力和發散性。將研究放置於「教育」視野之下，既契合魯藝作爲文藝學校的辦學宗旨，也能延展「教育」這一概念的指涉空間，爲窺破新詩與政治之間的關

〔註2〕這一概念源於布爾迪厄的場域理論，他認爲：「一個場域可以被定義爲在各種位置之間存在的客觀關係的一個網絡（network），或一個構型（configuration）。正是在這些位置的存在和它們強加於佔據特定位置得到了客觀的界定，其根據是這些位置在不同類型的權力（或資本）——佔有這些權力就意味著把持了在這一場域中利害攸關的專門利潤（specific profit）的得益權——的分配結構中實際的和潛在的處境（situs），以及它們與其他位置之間的客觀關係（支配關係、屈從關係、結構上的對應關係，等等。」在他看來，「場域」不是靜止的，而是反映了各種複雜的關係，具有能動性。（布迪厄、華康德：《實踐與反思》，李猛、李康譯，北京：中央編譯出版社，1998年，第134頁。）

〔註3〕陳平原：《知識生產與文學教育》，《社會科學論壇》，2006年第2期。

係開拓了一條切實可行的路徑。再者，新詩的發生與發展由多重因素共同觸發，僅依靠固有的新詩史框架無疑會遮蔽其中複雜的生產機制，如果將視線稍稍從已有的新詩史論述中轉移，引入教育這一線索，那麼綜觀教育如何參與了新詩的發展進程，新詩如何進入教育的過程，接下來對讀者產生什麼作用，對於重新發見延安時期新詩的創作、生產機制有著至關重要的作用。當然，延安魯藝的詩歌生產機制也折射著詩人被「組織」化後面臨的困境與妥協以及蛻變過程，詩人在此需要處理的問題集中在，受之於一種滲透進日常生活中的「教育」氛圍，自覺的時代感受與黨的文藝政策如何通過操作一併融入進詩歌創作中？

具體而言，本書將以延安魯藝爲隸屬「單位」進行詩歌創作的詩人命名爲「延安魯藝詩人群」。延安魯藝的設立源於黨培養文藝幹部的需要〔註 4〕，但是這也爲建立一個「文化共同體」提供了合法性支撐，雖然契合官方「文化支持抗戰」〔註 5〕與文化「爲抗戰建國服務」〔註 6〕的目的，選擇以詩歌爲載體作爲抗戰宣傳的手段在這裡帶有相對明顯的功利性，但是「學校」之於詩人的聚合作用仍不可小覷。無論是課堂講授、生產勞動、詩歌社團還是校園刊物，都某種程度上培養、修正了詩人對世界的理解和對詩的感覺方式，更作爲一個「中心意象」，規定與制約著詩人群體的思維與表達方式。雖然他們沒有一致的詩學主張和宣言，但是綜合考察，魯藝詩人的聚合方式、心理認同、校園文化對詩歌的影響、詩歌的發表園地等，都足以表明其可被稱作一個「群體」。延安魯藝作爲一所獨立文藝學校的歷史並不悠久，正是它的「戰時性」致使人員流動很大，假若不依靠某種地理空間或參考系爲介質，許多詩人也會因爲身份的不斷變動而被「遺忘」。現有的文學史與詩歌史論述中沒有明確提出這一概念，但是這一概念的缺席會導致「延安」這一「宏大話語」淹沒某些具體的「人」在歷史中的眞實處境，在講述某些詩人思想轉向時也容易過於籠統地強調黨的意識形態影響和詩人自我改造的作用，忽視了更複雜的歷史細節與內在矛盾。質言之，清理諸多詩人身處「魯藝」的歷史經驗其實是深刻體察新一輪詩人「換血」的重要關節。

〔註 4〕《創立緣起》，谷音，石振鐸：《東北現代音樂史料》第 2 輯（魯迅文藝學院歷史文獻），內部資料，1982 年，第 1 頁。

〔註 5〕洛甫：《抗戰以來中華民族的新文化運動與今後的任務》，《解放》，1940 年第 6 卷第 103 期。

〔註 6〕同上。

1.2 研究現狀

截至目前，學界對延安魯藝的研究相對匱乏，以魯藝詩歌作爲中心命題的研究更是鮮見。學界多數將目光聚集在對「延安文學」這一輻射面積較廣的概念上，延安文學自世紀之交以來成爲研究熱點。這與 20 世紀 90 年代「再解讀」熱潮的啓示有關，唐小兵、李楊、黃子平、陳建華〔註 7〕等學者對「革命」的解讀開始褪去 80 年代對「純文學」和文學「去政治化」的追求，轉爲理性剖析革命文學的內在秘密。新世紀以來，延安文學因爲勾連著五四新文學傳統和當代文學，一度成爲研究熱點，王富仁先生 2006 年提出「延安文學有重新加以研究的必要」，正是因爲它的存在「不僅關係於自身，而且關係到整個中國現當代文學史乃至整個中國現當代文化史」。〔註 8〕以「重新研究」爲出發點，致力於理性地反思、客觀公正地評價以及史料的開掘，由此先後湧現出一大批學術成果。具有典型性的包括：朱鴻召從「兵法社會」的角度論述延安政治文化生態的「軍事化」特徵〔註 9〕，不僅如此，他還將筆觸伸直延安時期的日常生活，從日常生活史角度勾勒延安的政治文化生態。〔註 10〕李潔非和楊劼的《解讀延安——文學、知識分子和文化》〔註 11〕則創造性地提出「超級文學」這一概念，指出文學的功能在延安時期急速擴張，文學被黨提升到與政權、國家興亡相關的高度上，一言以蔽之，他們都將視線聚焦到延安文藝的意識形態內核上，雖然論述重心也因此具有重合性，譬如以對《講話》的細讀爲研究重心之一，對史料的開掘也還有進一步進步空間，但他們脫離了單一的文本分析法，將社會學、歷史學的研究方法引入進延安文學研究，形成了多元綜合的考察方式，拓寬了這一領域的研究視野。除此之

〔註 7〕參閱唐小兵：《再解讀——大眾文藝與意識形態》（增訂版），北京：北京大學出版社，2007 年。李楊：《抗爭宿命之路——「社會現實主義」（1942～1976）研究》，長春：時代文藝出版社，1993 年。黃子平：《革命・歷史・小説》，香港：牛津大學出版社，1996 年。陳建華《「革命」的現代性——中國革命話語考論》，上海：上海古籍出版社，2000 年。黃子平《「灰闌」中的敘述》，上海：上海文藝出版社，2001 年。唐小兵《英雄與凡人的時代：解讀 20 世紀》，上海：上海文藝出版社，2001 年。

〔註 8〕王富仁：《延安文學有重新加以研究的必要》，《學術月刊》，2006 年第 38 卷。

〔註 9〕朱鴻召：《延安文人》，廣州：廣東人民出版社，2001 年。

〔註 10〕朱鴻召：《延安日常生活中的歷史 1937～1947》，桂林：廣西師範大學出版社，2007 年。

〔註 11〕李潔非、楊劼：《解讀延安——文學、知識分子和文化》，北京：當代中國出版社，2010 年。

外，袁盛勇、周維東、趙衛東等學者對延安文學的研究也已深入到延安文學的內在機制，並且呈現出較爲較強的反思意識。袁盛勇在《民族主義：前期延安文學觀念形成的最初動力和邏輯起點》〔註 12〕和《「黨的文學」：後期延安文學觀念的核心》〔註 13〕兩文中以「民族主義」和「黨的文學」分別概括以《講話》爲界限的延安文學前後期主要特徵。周維東〔註 14〕則以「空間」爲研究視角，強調延安文學背後的場域關係，提出了「突擊文學」等理論創見，並以史料爲研究基礎，特別是對新材料的開掘有突出貢獻。趙衛東的博士論文《延安文學體制的生成與確立》〔註 15〕以延安文學體制爲考察對象，運用文學社會學的方法重新「還原」延安文學體制。以個案分析的方式勾勒延安文學生態的還包括吳敏的《寶塔山下交響樂——20 世紀 40 年代前後延安的文化組織與文學社團》〔註 16〕、《延安文人研究》〔註 17〕和朱鴻召的《天上星星 延安的人》〔註 18〕等，無論以社團組織還是人爲個案，都有助於深入開掘某一個案在這一歷史情境中的表現特質。部分研究者還從「話語」的形成入手，力圖闡釋知識分子的話語改造機制及寫作模式的形成。譬如吳敏的《試論 40 年代延安文壇的「小資產階級」話語》〔註 19〕、李遇春的《革命文學秩序中話語等級形態分析》等，前者通過清理「小資產階級」這一概念在延安的「境遇」入手，探究其如何導致了文藝的區域性階段性特點，後者從《在延安文藝座談會上的講話》與工農兵文化話語形成的關係入手，認爲這種方向的確立對 50～70 年代文學產生了重要影響。〔註 20〕黃科安的《延安文學研究——建構新的意識形態與話語體系》則從意識形態建構的層面提出建構現

〔註 12〕袁盛勇：《民族主義：前期延安文學觀念形成的最初動力和邏輯起點》，《蘭州大學學報》（社會科學版），2005 年第 1 期。

〔註 13〕袁盛勇：《「黨的文學」：後期延安文學觀念的核心》，《中國現代文學研究叢刊》，2005 年第 3 期。

〔註 14〕周維東：《中國共產黨的文化戰略與延安時期的文學生產》，廣州：花城出版社，2014 年。

〔註 15〕趙衛東：《延安文學體制的生成與確立》，浙江大學博士學位論文，2004 年。

〔註 16〕吳敏：《寶塔山下交響樂——20 世紀 40 年代前後延安的文化組織與文學社團》，武漢：武漢出版社，2011 年。

〔註 17〕吳敏：《延安文人研究》，香港：香港文匯出版社，2010 年，第 143 頁。

〔註 18〕朱鴻召：《天上星星 延安的人》，北京：紅旗出版社，2016 年。

〔註 19〕吳敏：《試論 40 年代延安文壇的「小資產階級」話語》，《中國現代文學研究叢刊》，2004 年第 4 期。

〔註 20〕李遇春：《革命文學秩序中話語等級形態分析》，江漢論壇，2004 年。

代民族國家與話語體系更新的關係。〔註 21〕部分研究者還關注延安時期的文學生產，眼光涉及報刊出版、傳播等環節，尤其是對「黨報」——《解放日報》的研究較爲充分，李軍〔註 22〕、韓曉芹〔註 23〕等研究者多角度地探析了《解放日報》改版的深層動力。誠然，學界對延安文學的研究以問題域的拓展和方法的多元化爲探索方向，多數研究者具備了以細緻的史料考辨爲基礎的研究態度，將「延安」視作一個非本質化的場域；但是在大多數非「專事」延安文學的研究者的論述中，「延安文學」作爲一個概念被迅速「經典化」了，或被視爲文學史上一個不言自明的概念，或純粹意識形態的產物，從而於文學—政治的框架內懸置「延安」這一概念的複雜性。

在一系列延安文學的研究成果中，值得注意的是關於延安具體文藝形態的研究。首先是文藝形式的改造問題。由於戲劇本身包裹著的複雜因素開啓了豐富的闡釋空間，且中共出於文藝大眾化的方針政策對其做出過「特殊關照」，故研究者在闡述延安文學體制時多以此爲例揭櫫黨對民間藝術形式的改造和利用及其蘊含的政治倫理，孟悅通過歌劇《白毛女》重新審視了政治意識形態取用「民間倫理」的問題，並指出其絕非一個「絕緣體」，與「五四」以來的新文化千絲萬縷的聯繫〔註 24〕。冷嘉的《新秧歌劇的烏托邦敘事》〔註 25〕、熊慶元的《延安秧歌劇的「夫妻模式」》〔註 26〕等文則偏向於討論秧歌劇的「敘事模式」及其隱含的複雜文化因素。除此之外，對延安其他文藝形式（如民歌）改造的研究較爲貧弱。其中傅宗洪〔註 27〕集中探討了這一問題，關注延安時期民歌在文學趣味、詩體樣式、文本語言上的探索，他強調延安

〔註 21〕黄科安：《延安文學研究——建構新的意識形態與話語體系》，北京：文化藝術出版社，2009 年。

〔註 22〕李軍：《解放區文藝轉折的歷史見證：延安〈解放日報·文藝〉研究》，濟南：齊魯書社，2008 年。

〔註 23〕韓曉芹：《延安〈解放日報〉副刊與現代文學的轉型》，東北師範大學博士學位論文，2009 年。

〔註 24〕孟悅：《〈白毛女〉演變的啓示——兼論延安文藝的歷史多質性》，唐小兵：《再解讀——大眾文藝與意識形態》（增訂版），北京：北京大學出版社，2007 年，第 48～69 頁。

〔註 25〕冷嘉：《新秧歌劇的烏托邦敘事》，《中國現代文學研究叢刊》，2012 年第 5 期。

〔註 26〕熊慶元：《延安秧歌劇的「夫妻模式」》，《文學評論》，2014 年第 1 期。

〔註 27〕傅宗洪：《延安時期民歌改造的詩學闡釋》，《文學評論》，2011 年第 5 期。傅宗洪：《試論作爲先鋒藝術實驗的延安民歌改造運動》，《文藝爭鳴》，2011 年第 10 期。

時期的民歌改造不僅僅是一種思想上的改造，而且將其視作一種形式的探索，一場「先鋒藝術實驗運動」。其次，是針對延安時期詩歌的研究，劉金冬的《解放區前期詩歌研究（1936～1942）》、張元武的《解放區詩歌輪綱》〔註28〕勾勒了解放區詩歌的藝術形態及發生語境。張繼業的《新詩的大眾化與純詩化》將新詩的大眾化與純詩化概括爲中國新詩詩學發展的兩種主要潮流，在此著作中梳理了兩種詩學潮流各自發展又參差交錯的圖景。〔註29〕此外，値得一提的是張松建構建的「抒情主義與中國現代詩學」這一理論框架，作者基於現代中國的革命具有很強的主觀性，在詩學本體論層面提出了「大眾化的抒情主義」。〔註30〕抗戰時期，從形式問題的討論與實踐而言，魯藝作爲中共文藝政策的堡壘有義務踐行著以政黨意志爲標準的詩歌創作標準，但是與此同時，這些政策對每一位詩人而言都存在著不同的理解方式，延安魯藝內部也充滿了對這些詩學命題的論爭，他們之間的視點往往根植於其所接受的詩學觀念與對現實狀況的考量。無論是民族形式論爭還是新詩大眾化問題討論，延安魯藝詩人群都身先士卒，但學界對這些基本問題的重視程度還不夠。

誕生於抗戰烽火之中的魯藝是在黨的文藝政策和直接領導下建立的文藝學校，就魯藝文學系而言，又是建國之後的新文學範式和文學教學的先聲，但同時其草創之艱難也由此可見。雖然許多珍貴的教育、教學材料遭遇了散佚，可貴的是，仍有一批史料被保留下來並被彙編成冊，對魯藝研究具有重大意義。20 世紀 80 年代以來，對魯藝相關史料的搶救迫在眉睫，目前已出版的回憶錄和史料彙編叢書較有代表性的有《延安文藝叢書》〔註31〕、《延安魯藝回憶錄》〔註32〕、《延安魯迅藝術文學院紀事》〔註33〕、《延安文藝回憶錄》〔註34〕和《延安文藝運動紀盛》〔註35〕等，以及新近出版的「紅色延安口述・

〔註28〕張元武：《解放區詩歌輪綱》，山東大學碩士學位論文，2006 年。

〔註29〕劉繼業：《新詩的大眾化和純詩化》，北京：北京大學出版社，2008 年。

〔註30〕張松建：《抒情主義與中國現代詩學》，北京：北京大學出版社，2012 年。

〔註31〕鍾敬之，金紫光：《延安文藝叢書》，長沙：湖南文藝出版社，1987 年。

〔註32〕《延安魯藝回憶錄》編委會：《延安魯藝回憶錄》，北京：光明日報出版社，1992 年。

〔註33〕文化部黨史資料徵集委員會、魯藝史料專題徵集組：《延安魯藝藝術文學院紀事》（1938～1946），內部資料，1988 年。

〔註34〕艾克恩：《延安文藝回憶錄》，北京：中國社會科學出版社，1992 年。

〔註35〕艾克恩：《延安文藝運動紀盛》，北京：文化藝術出版社，1987 年。

歷史」系列中《永遠的魯藝》（上、下兩冊）〔註 36〕以及《延安時期的社團活動》〔註 37〕等都涉及當事人的口述資料。其中，賀志強等主編的《魯藝史話》〔註 38〕以重大事件爲線索，以夾敘夾議的方式力圖從總體上勾勒魯藝史。谷音，石振鐸編纂的「魯迅文藝學院歷史文獻」是十分重要且珍貴的史料，提供了大量細節性的校史材料，包括各期招生簡章、教育計劃草案、「對內通告匯存」等。〔註 39〕另外，《紅色檔案——延安時期文獻檔案彙編》系列叢書（共60 冊），內有影印《文藝月報》《中國青年》《大眾文藝》《草葉》《新詩歌》等延安時期的報刊資料，也有政府文件的彙編，爲勾勒魯藝彼時的社會、文學、政治生態提供了一手材料，對於研究者進一步挖掘延安文學、歷史等的諸多問題提供了一個入口。〔註 40〕口述歷史文獻紀錄片《大魯藝》以更爲形象生動的形式再現了魯藝的發展史，其中不乏歷史見證者提供的重要歷史線索。儘管社會各界爲收集魯藝史料付出了極大努力，但魯藝相關檔案、史料的匱乏及分散性仍導致魯藝研究遭到了冷遇。

截至目前，學界對延安魯藝文藝創作的考察集中在三個向度，一是對魯藝的相關歷史文獻進行整理開掘，如王培元的《從魯藝起步的年輕作者們》〔註 41〕、孫國林的《延安魯藝——革命文藝的搖籃》〔註 42〕、龐海音的《張聞天與延安魯藝前期的文藝教育》〔註 43〕、陳丹的《魯藝的歷史語境：中共意識形態的文藝樣本》〔註 44〕等，史料整理工作十分繁瑣，雖頗有價值，但因歷史、政治線索的錯綜複雜，因此仍需後來的研究者進行細密的考辨。二是將延安魯藝視作一個「文化組織」，或探究其《講話》前後在文藝活動鬆弛度上的調整，譬如吳敏的《寶塔山下的交響樂：20 世紀 40 年代前後延安的文化組

〔註 36〕任文：《永遠的魯藝》（上）、（下），西安：陝西師範大學出版總社有限公司，2014 年。

〔註 37〕任文：《延安時期的社團活動》，西安：陝西師範大學出版總社有限公司，2014 年。

〔註 38〕賀志強等：《魯藝史話》，西安：陝西人民出版社，1991 年。

〔註 39〕谷音，石振鐸：《東北現代音樂史料》第 2 輯（魯迅文藝學院歷史文獻），內部資料，1982 年。

〔註 40〕《紅色檔案——延安時期文獻檔案彙編》編委會：《紅色檔案——延安時期文獻檔案彙編》，西安：陝西人民出版社，2013 年。

〔註 41〕王培元：《從魯藝起步的年輕作者們》，《河北學刊》，2000 年第 5 期。

〔註 42〕孫國林：《延安魯藝——革命文藝的搖籃》，《黨史博採》，2004 年第 8 期。

〔註 43〕龐海音：《張聞天與延安魯藝前期的文藝教育》，《文藝理論與評論》，2010 年第 6 期。

〔註 44〕陳丹：《樂府新聲（瀋陽音樂學院學報）》，2012 年第 2 期。

織與文學社團》〔註45〕中第四章「『魯藝』文學系：『藝術宣傳』與『專門提高』」，主要側重於對魯藝文學系之「史」的梳理，作爲一個典型的文化組織構成了20世紀40年代前後延安眾多聲部中的一極；或將其視作與「文抗」相對立的「宗派」，譬如趙衛東的《延安文人的宗派主義問題考論——以魯藝和文抗爲中心》〔註46〕、田剛的《魯迅精神傳統與延安文藝新潮的發生》〔註47〕等，共同點在於將魯藝視作一個以周揚爲首的宗派團體，但是如此一來更應警惕是否以此封閉了「魯藝」的闡釋空間，甚至衍化爲一個「符號」；也有論者將其視作延安時期一種文化觀念的代表，譬如程鴻彬的《延安兩大文人集團「文抗」與魯藝的觀念分歧》〔註48〕。三是以延安魯藝生產出來的具體文藝類型爲考察對象，涉及音樂、美術、戲劇、文學等。延安時期，各文藝類型之間的互滲現象十分顯著，這當然離不開延安濃厚的文學藝術氛圍，也與魯藝的教學理念與課程設置相關，因此對延安魯藝其他相關文藝類型的研究也應納入考察範圍。典型的研究成果包括：楊德忠的《延安魯藝美術教育研究》〔註49〕主要對魯藝美術系的教育環節進行了深入的闡述。唐曉飛的《延安魯藝歌曲研究》〔註50〕以魯藝音樂系爲中心，通過較爲紮實的史料梳理填補了魯藝歌曲研究的空白，但此研究在歌曲的生產機制論述方面還過於平面。延安魯藝的藝術工作者曾創作出《兄妹開荒》《白毛女》等廣爲人知的戲劇作品，計曉華的《延安魯藝時期歌劇研究》〔註51〕介紹了延安魯藝的歌劇創作，徐明君的《魯藝文藝道路研究——以秧歌劇爲中心的考察》〔註52〕則把握住了秧歌劇這一戲劇形式的內在脈絡，強調從魯藝的角度剖析秧歌劇之意義即在於魯藝本身籠蓋著知識分子與革命文化之間

〔註45〕吳敏：《寶塔山下的交響樂：20世紀40年代前後延安的文化組織與文學社團》，武漢：武漢出版社，2011年。

〔註46〕趙衛東：《延安文人的宗派主義問題考論——以魯藝和文抗爲中心》，《中國現代文學研究叢刊》，2015年第3期。

〔註47〕田剛：《魯迅精神傳統與延安文藝新潮的發生》，《陝西師範大學學報》，2012年第3期。

〔註48〕程鴻彬：《延安兩大文人集團「文抗」與魯藝的觀念分歧》，《東嶽論從》，2015年第10期。

〔註49〕楊德忠：《延安魯藝美術教育研究》，南京藝術學院碩士學位論文，2009年4月。

〔註50〕唐曉飛：《延安魯藝歌曲研究》，中央音樂學院碩士學位論文，2007年。

〔註51〕計曉華：《延安魯藝時期歌劇研究》，《樂府新聲》（瀋陽音樂學院學報），2007年第3期。

〔註52〕徐明君：《魯藝文藝道路研究——以秧歌劇爲中心的考察》，北京：人民文學出版社，2016年。

的重要命題。至於學界對延安魯藝文學教育的研究，則缺乏基本的史料梳理，更缺乏深刻透闢的分析論述。彭民權、龐海音的《「延安時期」高校對文藝教育正規化模式的探索及反思》〔註 53〕和彭民權、陳麗芬的《「延安時期」高校文學系的設置與新文學傳統》〔註 54〕集中討論延安魯藝的文藝教育，後者更進一步分析了魯藝文學系的課程設置，並通過與西南聯大中文系的比較，凸顯了魯藝對「新文學」傳統的重視，及與建國後大學中文系課程設置的密切關係，但遺憾的是未對其進行深度探究。黃妍的《從延安魯藝文學活動看延安文人話語方式的變化》〔註 55〕通過對比整風前後延安魯藝的教學與文學活動探究延安文人的「話語」轉變過程，其中涉及延安魯藝的教學實踐以及以《草葉》爲中心的校園文學園地發生的論爭等，但是基於「話語」理論之上的探究不可避免地造成過於重視理論的嚴密性而忽略了還原歷史現場的生動感，且對具體歷史細節的把控仍不夠嚴謹。施新佳的《「魯藝」對蘇聯文學的接受與發展》一文則從蘇聯文學這一資源取用的側面探入了魯藝的文學接受問題〔註 56〕，雖然有所開拓，可惜並未揭示其中的複雜一面。

抗日戰爭時期，中共在解放區實施了一系列適應抗戰需要的教育政策，建立了一大批培養專門人材的學校，涉及軍事、政治、文化等諸多方面，主要教育目標就是教育爲現實服務，具有戰時性和靈活性。魯藝是一所以培養「抗戰藝術幹部」爲目標的綜合性藝術學校。中共幹部政策是魯藝形成和發展的制度支撐。側重延安時期幹部培養方針政策研究的有黃道炫的《抗戰時期中共幹部的養成》，認爲抗戰時期中共幹部的養成是一個系統工程，其基本環節包括教育、培訓、考核、批評與自我批評等，作者勾勒了「蔚爲成風的學習環境」，將延安的學習運動描繪爲一個動態的、敞開的場域。〔註 57〕這一系列的研究成果多偏重於從中共黨史角度對抗戰時期的中共幹部教育做出評述，未展開討論中共教育制度與文藝的互動關係。作爲將魯藝視作一個整體

〔註 53〕彭民權、龐海音：《「延安時期」高校對文藝教育正規化模式的探索及反思》，《美育學刊》，2012 年第 3 期。

〔註 54〕彭民權、陳麗芬：《「延安時期」高校文學系的設置與新文學傳統》，《文藝理論與批評》，2014 年第 2 期。

〔註 55〕黃妍：《從延安魯藝文學活動看延安文人話語方式的變化》，福建師範大學碩士學位論文，2006 年。

〔註 56〕施新佳：《「魯藝」對蘇聯文學的接受與發展》，《海南師範大學學報》（社會科學版），2017 年第 4 期。

〔註 57〕黃道炫：《抗戰時期中共幹部的養成》，《近代史研究》，2016 年第 4 期。

置於「教育」的視野下進行關照的還有北京師範大學龐海音博士的《延安魯藝：我國文藝教育的新範式》〔註 58〕和河北師範大學仇珊華博士的《魯藝精神及其當代價值》〔註 59〕，前者以延安整風和《講話》爲轉捩點，力圖與「五四」以來至建國以後的文藝教育進行對比，後者則從思想政治教育層面指出「魯藝精神」的當代價值。王培元先生較早地注意到以毛澤東思想爲指導的「新文學」的建立與中共文藝政策與教育制度息息相關，這種傳統應追溯至延安時期。〔註 60〕王著基於史料輯錄、口述史等研究方法，鉤沉了延安魯藝的存在形態及其折射出來的政黨文化。著者以「文化傳記」的形式，關涉魯藝的課程設置、校園文化氛圍，抓住了延安魯藝的獨特之處，將延安魯藝儘量還原爲一個迥異於同時期其他「學院派」院校的文藝學校。《抗戰時期的延安魯藝》爲錢理群主編的「二十世紀中國文學與大學文化叢書」之一。以「北京大學學人群」爲中心的研究者著力於敞開對文學教育的研究向度，陳平原、錢理群、溫儒敏等學者領銜的眾多北大學人走出單一的文學內部研究，而潛入文學史、教育史、學術史的交叉地帶，以陳平原爲例，20 世紀 90 年代起，陳平原的系列文章和論著中對「教育」的處理方式都不拘泥於狹義的「教育」的概念，而致力於打破「教育」話題的邊界，貫通教育與政治、社會、文化、文學等諸多重脈絡的聯繫，使其成爲透視時代場域的一個共鳴器。〔註 61〕近年來，「大文學史」〔註 62〕逐漸成爲史家治史的一種研究視野與研究趨勢，愈來愈多的專業研究者將目光投向新舊、文史之間以及潛入諸多學科的邊界之處，以獲取一種綜合性的視域和深切的人文關懷。特別是隨著「民國文學」

〔註 58〕龐海音：《延安魯藝：我國文藝教育的新範式》，北京師範大學博士學位論文，2009 年。

〔註 59〕仇珊華：《魯藝精神及其當代價值》，河北師範大學博士學位論文，2017 年。

〔註 60〕王培元：《抗戰時期的延安魯藝》，桂林：廣西師範大學出版社，1999 年。王培元：《延安魯藝風雲錄》，桂林：廣西師範大學出版社，2004 年。

〔註 61〕陳平原：《知識生產與文學教育》，《社會科學論壇》，2006 年第 2 期。陳平原：《知識、技能和情懷——新文化運動時期北大國文系的文學教育》，《北京大學學報》，2009 年第 6 期、2010 年第 1 期。陳平原：《作爲學科的文學史》，北京：北京大學出版社，2011 年。陳平原、夏曉虹等：《教育——知識生產與文學傳播》，合肥：安徽教育出版社，2007 年。

〔註 62〕參見錢理群：《關於 20 世紀 40 年代大文學史研究的斷想》，《中國現代文學研究叢刊》，2005 年第 1 期。吳福輝：《「大文學史」觀念下的寫作》，《現代中文學刊》，2013 年第 6 期。姜濤：《「大文學史」與歷史分析視野的內在化》，《文學評論》，2013 年第 6 期。周維東：《「大文學史」的邊界》，《揚子江評論》，2017 年第 4 期。

這一概念的提出，張中良〔註 63〕、李怡〔註 64〕等學者要求以「大文學史」統攝民國文學，打破文學與社會、歷史、政治、教育等問題的邊界，回到民國社會歷史文化的背景與具體情境中發現中國現代文學的意義與價值，顯得尤爲迫切。但如若參考「大文學史」這一研究視角，上述以魯藝爲對象的研究成果大多將魯藝視作一個單純的教育場域，既缺乏尋找延安魯藝鑲嵌在詩歌史、革命史、教育史中的交錯地帶，而且並未深入涉足延安魯藝的具體性質及其所導致的詩人存在方式和作品生產機制。

延安時期，大批詩人從國統區走向延安，卞之琳、何其芳、曹葆華等現代派詩人也被吸收進魯藝擔任教職，作爲教育者與被教育者的雙重角色，他們對「延安」有著非同質化的理解。截至目前，對上述詩人的研究不在少數，也涉及個別詩人的「延安」經驗對其人其詩造成的影響，將「延安」時期視作其思想及詩歌創作發展脈絡中的一個階段，或憑藉思想史的門徑作知識分子心態分析。「何其芳現象」在 80 年代中後期以來受到了學界的熱議，許多學者將其闡釋爲何其芳「思想進步與藝術退步」的不平衡現象，論者多藉此透視詩人與政治的關係〔註 65〕，而以李楊的《「只有一個何其芳」——「何其芳現象」的一種解讀方式》〔註 66〕爲代表，試圖打破傳統的文學——政治二元對立的思維，重新打開被遮蔽的文化政治，從各類文本的內在肌理出發發現構成所謂前後期「何其芳」聯繫的內在邏輯。以心靈史的研究理路進入此

〔註 63〕參見張中良：《回答關於民國文學的若干質疑》，《學術月刊》，2014 年第 3 期。張中良：《民國文學歷史化的必要與空間》，《文藝爭鳴》，2016 年第 6 期。

〔註 64〕參見李怡：《作爲方法的「民國」》，濟南：山東文藝出版社，2015 年。李怡：《民國機制：中國現代文學的一種闡釋框架》，廣東社會科學，2010 年第 6 期。李怡：《「民國文學」與「民國機制」三個追問》，《複印報刊資料（中國現代、當代文學研究）》，2013 年第 9 期。

〔註 65〕較爲典型的有劉再復的《赤誠的詩人，嚴謹的學者》（《文學評論》1988 年第 2 期）、應雄的《二元理論，雙重遺產：何其芳現象》（《文學評論》1988 年第 6 期）、王彬彬的《良知的限度——作爲一種文化現象的何其芳文學道路批判》（《上海文論》，1989 年第 4 期）），新世紀以來，王保生的《「何其芳現象」再批判》（《重慶三峽學院學報》，2003 年第 2 期）、何休的《個人話語與時代語境的脫離與融合——何其芳前期思想與創作》（《文學評論》，2003 年第 2 期）、孟憲爽的《「何其芳現象」探究》（《文教資料》，2006 年第 13 期）、張立群的《延安時期何其芳的詩人心態與創作道路》（《中國現代、當代文學研究》，2010 年第 10 期）等都從不同角度對此命題有進一步論述。

〔註 66〕李楊：《「只有一個何其芳」——「何其芳現象」的一種解讀方式》，《中國現代文學研究叢刊》，2017 年第 1 期。

命題的研究成果還包括：通過心靈傳記的形式細緻入微地研究何其芳 20 世紀 30 年代後的人生歷程，展示何其芳在延安時期的心理狀態〔註 67〕；還有研究者指出，只有破譯何其芳的精神人格發展演變的「密碼」，亦即那些歷史表象之下的暗流，才能洞悉知識分子改造運動作用於何其芳的邏輯及改造的程度，其中的重要論述環節就是何其芳赴延後「從文人到文藝戰士」的角色嬗變過程〔註 68〕。李遇春的《作爲話語形式的懺悔——何其芳延安時期的詩歌話語分析》〔註 69〕則專門論及何其芳延安時期的詩歌話語。另外，亦有論者關注與何其芳同赴延安的另一位現代派詩人——卞之琳在延安的一段旅程。姜濤的《小大由之——談卞之琳四十年代的文體選擇》〔註 70〕從卞之琳文體選擇的「小」「大」之辯入手，洞悉卞之琳文體觀念與歷史觀念的相互對照。張立群的《論卞之琳延安時期的詩歌創作——從〈慰勞信集〉方向看》〔註 71〕則認爲《慰勞信集》是詩人「非個人化」詩學主張的重塑與延續。王璞的系列研究〔註 72〕也深度剖析了卞之琳的延安之行中蘊含的主體歷史意識和詩學實質。當然，更存在大量魯藝詩人被新詩史敘述所遮蔽的現象，譬如學界往往關注作爲「現代派」的詩人曹葆華，對其赴延之後文學道路的關注度不足，除陳俐的研究〔註 73〕之外，少有論者涉足曹葆華這位重要詩人在魯藝的詩歌活動。除此之外，魯藜、公木、賀敬之、天藍等新詩史上的重要詩人都曾在魯藝有過或長或短的任教或學習，但未有研究者將上述詩人置於「教育」視域之下，通過梳理他們於這一特定歷史空間內的詩歌活動，重新審視延安魯藝對他們的歷史觀念和詩學觀念的形塑與影響。

〔註 67〕王雪偉：《何其芳的延安之路——個理想主義者的心靈軌跡》，山東師範大學博士學位論文，2005 年。

〔註 68〕趙思運：《何其芳精神人格演變解碼》，華東師範大學博士學位論文，2005 年。

〔註 69〕李遇春：《作爲話語形式的懺悔——何其芳延安時期的詩歌話語分析》，《南京師範大學學報》，2011 年第 1 期。

〔註 70〕姜濤：《小大由之——談卞之琳四十年代的文體選擇》，《新詩評論》2005 年第 1 輯，北京：北京大學出版社，2005 年，第 29～43 頁。

〔註 71〕張立群：《論卞之琳延安時期的詩歌創作——從〈慰勞信集〉方向看》，《長沙理工大學學報》，2011 年第 3 期。

〔註 72〕王璞：《論卞之琳抗戰前期的旅程與文學》，《新詩評論》2009 年第 2 輯，北京：北京大學出版社，2009 年，第 127～161 頁。王璞：《「地圖在動」：抗戰期間現代主義詩歌的三條「旅行路線」》，《現代中文學刊》，2011 年第 4 期。

〔註 73〕陳俐：《現代詩人曹葆華走向延安的詩與事》，《中國現代文學叢刊》，2012 年第 7 期。陳俐：《曹葆華傳》，成都：四川大學出版社，2016 年。

2.「組織起來」的詩歌寫作

如果將「組織」視作詩人聚合的一種形式，那麼成立於 1933 年的中國詩歌會可稱之爲一種典型任均、蒲風、穆木天等詩人在明確了「新詩歌的時代任務」〔註 1〕之後，1934 年在河北、廣州、湖州、青島等地成立了分會，「使全國各地的『詩歌同志』團結在一起，用集體的力量來促進現實主義的新詩歌運動」〔註 2〕，以期實現詩歌大眾化運動的廣泛開展。這種具有廣泛性、動員性的組織形式直接借鑒自「左聯」的組織經驗，而「中國詩歌會」正是「左聯的外圍組織，直接由左聯領導」〔註 3〕。但是，正如上文所述，不依附於政黨之上因此具有自發性和相對獨立性的「左聯」主要還是以文學論域爲陣地。詩人群體的組織形態眞正發生變化的開端始自中共合法政權的建立後，中共憑藉其號召力實現了詩人在空間地域上的聚集。從策略上而言，蘇維埃運動以來中共重新發現了知識分子身上的巨大能量，在抗戰時期憑藉穩定合法的政權組織——陝甘寧邊區政府落實爲相對具體的知識分子組織政策，使得知識分子在黨的領導下被組織起來成爲一條重要的「戰線」成爲可能〔註 4〕。相比蘇維埃時期中共的知識分子戰略而言，抗戰時期中共對文藝組織的訴求有

〔註 1〕 同人等：《關於寫作新詩歌的一點意見》，《新詩歌》，1933 年創刊號。

〔註 2〕 任鈞：《關於中國詩歌會》，任鈞：《新詩話》，上海：兩間書屋，1948 年，第 121 頁。

〔註 3〕 上海師大魯迅著作注釋組：《任均談「左聯」和「中國詩歌會」的一些情況》，北京魯迅博物館魯迅研究室：《魯迅研究資料》6，天津：天津人民出版社，1980 年，第 122 頁。

〔註 4〕 參見《延安文化思想概論》第一章第三節《知識分子政策與文化統一戰線》，曾鹿平，姚懷山：《延安文化思想概論》，西安：陝西師範大學出版總社有限公司，2015 年，第 34～41 頁。

其特殊背景——抗日民族統一戰線的建構，這一共同目標暫時縫合了階級之間的裂隙。正如艾青所言「革命的文藝創作則是從情感開始到理智開始影響人走向革命，組織人爲革命而生，爲革命而死」〔註 5〕。中共此時既要團結 1930 年代圍繞在「左聯」周圍的詩人——「亭子間的人」，又不放棄「山頂上的人」，更要結合實際考慮那些處理起來更爲棘手的、一度徘徊於「夢」與「醒」之間的詩人；而如何看待他們在知識體系、理想信仰、政治素養上的差異，以及他們心理結構中重疊的「陰影」，如何處理「門開了，資產階級的風就一定會吹進來」〔註 6〕，則將是「團結」之後的下一個步驟。

2.1 再造「詩人」

「魯藝」於 1938 年 4 月在延安成立，全名「魯迅藝術學院」，這是一所專門培養文藝工作幹部的學校，發起人爲毛澤東、徐特立、周恩來、林伯渠、成仿吾、艾思奇、周揚。1940 年 5 月改稱「魯迅藝術文學院」；1943 年 4 月併入延安大學，更名爲「魯迅文藝學院」；1945 年 11 月魯藝遷離延安，向東北、華北遷移。沙可夫、吳玉章、周揚、趙毅敏先後任魯藝院長、副院長，延安時期文學系共招生五屆，音樂、美術、戲劇系共招生六屆，共有 685 人畢業於此，其中文學系 197 人、戲劇系 179 人、音樂系 162 人、美術系 147 人。〔註 7〕本書的主要研究對象是魯藝遷離延安之前的主體部分。

延安魯藝是抗日戰爭時期在中國共產黨的領導之下，爲「培養抗戰藝術幹部，提高抗戰藝術的技術水平，加強這方面的工作，使得藝術這武器在抗戰中發揮它最大的效能」〔註 8〕，在陝甘寧邊區首府延安建立的第一所黨的綜合性文藝學校。魯藝的成立有其現實背景，抗戰爆發後，大批攜帶不同文化基因的知識分子使延安呈現出多極化文化取向，其中當然不乏不相調和的矛盾衝突。知識分子來到延安後大多被安排進各種文藝組織或文化團體，這種「安排」背後其實包蘊著組織策略。將大批知識分子安排進學校是中共組織

〔註 5〕艾青：《我對於目前文藝上幾個問題的意見》，《解放日報》，1942 年 5 月 15 日。

〔註 6〕何其芳：《毛澤東之歌》，何其芳著，藍棣之主編：《何其芳全集》第 7 集，石家莊：河北人民出版社，2000 年，第 394 頁。

〔註 7〕延安市志編纂委員會：《延安市志》，西安：陝西人民出版社，1994 年，第 779 頁。

〔註 8〕《成立宣言》，谷音，石振鐸：《東北現代音樂史料》第 2 輯（魯迅文藝學院歷史文獻），內部資料，1982 年，第 1 頁。

知識分子的策略之一，何其芳、卞之琳、沙汀、周立波、嚴文井等作家都或長或短地在延安魯藝文學系擔任教職，同時，組織考試招收學生並使他們接受教育也是黨培養新的文藝人才的重要方式。從這一角度看來，眾多詩人被組織進黨的文藝學校，由此形成了一個特殊的詩人群體，這一群體異於常態社會中的詩人群體，首先，它誕生於抗戰烽火之中，又有特殊的鄉土社會背景；其次，它並非詩人主動的集結，而是隸屬於一個文藝「單位」，是黨的文藝戰線的有機組成部分。

1926 年 3 月，34 歲的郭沫若赴任廣東大學文科學長，次月有著名文章《革命與文學》見諸於刊，文末他號召文學青年「趕快把神經的絃索扣緊起來」，「徹底的個人的自由，在現代制度之下也是求不到的，你們不要以爲多飲得兩杯酒便是甚麼浪漫的精神，多諷得幾句歪詩便是什麼天才的作者……你們應該到兵間去，民間去，工廠間去，革命的漩渦中去……」〔註 9〕。1926 年 7 月，郭沫若加入了北伐的行列。但是郭沫若「理想的『革命』生活」對大多數文學青年而言仍是一個烏托邦，即便是郭沫若自己，在大革命失敗後也不得不退返回書齋。〔註 10〕值得注意的是，郭沫若這裡對詩人生活的描述不僅符合革命文學時期對詩人生活的「想像」，而且伴隨著革命的進一步開展更衍生爲一種亟待改造的迫切要求。至少，對很多文學青年而言，「理想的『革命』生活」需要依靠更爲可靠和具體的組織形態而展開。

魯藝爲上述青年組織形態提供了合理化的空間，成爲延安諸多革命青年安放革命理想和發揮文學才華的夢想天堂。1940 年，未滿 16 歲的賀敬之來到延安，滿腔熱情地報考了魯迅藝術文學院，被當時的系主任兼考官何其芳選中，成爲當時文學系最小的學生。賀敬之對自己的錄取感到十分意外，因爲當時「魯藝招生已經正規化了，對學生的要求與比較高，很多生源在來延安前就已經是青年作家和知名記者」〔註 11〕，只有初一學歷的賀敬之在入學考試的面試環節又表現得稚嫩而緊張，卻憑「交上去的詩作」打動了考官。口試時，賀敬之對何其芳提出的一些專業問題答得很勉強，雖受到何其芳的鼓勵，但他依舊很洩氣。發榜那天，本以爲自己名落孫山，卻發現自己奇蹟般

〔註 9〕郭沫若：《革命與文學》，《創造月刊》，1926 年第 1 卷第 3 期。

〔註 10〕大革命失敗後，郭沫若遭到蔣介石通緝，被迫流亡日本。

〔註 11〕賀敬之：《延安，我真正生命的開始》，閆東：《大魯藝：五集大型文獻紀錄片》，北京：中國民主法制出版社，2014 年，第 242 頁。

地被錄取了。「後來我才知道，文學系本來沒想要我，但看了我交上去的詩作後，他們覺得我在創作方面是可以塑造的，於是，我成爲了魯藝文學系年齡最小的學生。」〔註 12〕1941 年他加入了中國共產黨，三年後，這位「十七歲的馬雅可夫斯基」成爲著名歌劇《白毛女》劇本的參與創作者之一。〔註 13〕

這位對魯藝滿懷感激的年輕詩人入學後不久便寫下了一首長詩——《我們這一天》。詩人以「一天」爲橫截面展示了魯藝歷時一天的學習、工作和生活畫面，長詩的篇製顯得這「一天」忙碌而充實，但是詩歌又非完全地寫實，其中夾雜著詩人大量的議論、抒情及想像；這個「一天」也是高度抽象的，它內在地鑲嵌於革命的整體運動中，向「明天」敞開著；同時，「我」的身份感獲得以作爲「我們」中的一員爲前提，意味著還有無數個這樣的「我」有著同樣的感懷。賀敬之的「伯樂」何其芳也在《叫喊》一詩中寫道：「我要證明／一個今天的藝術工作者，／必須站在群眾的行列裏，／與他們一同前進。」「我還要證明／我是一個忙碌的／一天開幾個會的／熱心的事務工作者，／也同時是一個詩人」。詩中的「我」主動兼任起多重身份，暗含著詩人參與公共生活的強烈意圖。但對比那首令賀敬之獲得魯藝「入場券」的《躍進》〔註 14〕，《我們這一天》明顯傳達出了詩人不同的心境。從時間的角度考察，《躍進》一詩寫在 1940 年 5 月賀敬之去延安的路上，《我們這一天》則作於 1940 年 11 月的延安魯藝，兩首詩串聯起了詩人從「走出了南方」到「在西北的路上」再到「我走進我的『系』」的「前進」過程，從不知晝夜地行走，穿越「彌天的大風沙」、空曠無垠的「黑色的森林，／漫天的大霧」到魯藝井然有序的一天——白天討論時事問題、國家、詩歌，夜晚繼續工作，表面上，後者是前者漂泊無依的歸宿——陽光驅散了「陰濕的南方」的記憶，溫暖、向上的集體生活、具體而微的生活目標取代了漫漫旅途上「摸索著遠方」，但實際上，兩首詩展現了詩人詩學觀念的微妙轉換，更反映出不同的主體位置。以兩首詩歌的結尾爲例，它們均以夜晚與「晚安」的祝福作結，但是卻在情感基調和主體認同上不能等同。

〔註 12〕賀敬之：《延安，我眞正生命的開始》，閆東：《大魯藝：五集大型文獻紀錄片》，北京：中國民主法制出版社，2014 年，第 242 頁。

〔註 13〕大型歌劇《白毛女》創作於 1944 年，由魯藝戲劇系張庚總負責，丁毅和賀敬之負責劇本創作，馬可、張魯負責音樂創作，導演是王大化等。

〔註 14〕賀敬之：《躍進》，《賀敬之文集》1，北京：作家出版社，2005 年，第 28～29 頁。

馬群，
憩息在路旁。
倔強的駕馭者的臉
映著火，
粗重地呼吸著。
豆料和煙草的氣息
膨脹在夜的胸膛。

我祝他們安眠，
在高原的搖籃裏，
叫大風沙，
給他們唱催眠歌……
——《躍進》〔註 15〕

這首詩的微妙之處在於，少年因「紅色的招引」而衝破「那狹窄的／低沉而暗啞的門檻」、告別「衰頹的小城」「腐蝕的日子」，儘管必須經歷「西北的苦澀的長夜」，然而翻山越嶺、自由馳騁的姿態對少年而言有著更大的吸引力——「如同雄鷹展開了翅膀，直想飛！飛！」〔註 16〕這種近乎漂泊的生命形態使詩人強化了對一路「風景」的體驗，詩歌末尾鋪陳出廣袤的高原上萬籟俱靜的自然圖景，詩人在溫暖夜色中獨醒著，一顆躁動的心也終於平靜下來，但詩句中湧動著生命氣息的意象製造著著未知而亟待展開的想像空間……可見詩人的身體和精神都處於一種高度的自由狀態，詩歌的衝動來源於自我私密的心靈體驗。而隨著詩人加入革命隊伍，「夜」被賦予了具體的含義。那個將「我」裹住，與之融爲一體的「夜」消失了，黑夜反而變得明朗起來。對賀敬之筆下的「魯藝」而言，「夜」是一個公共時間，一個代表作息規律的名詞，而對於魯藝的每一位文藝工作者而言，毫無例外地被編織進了這「一天」的時間邏輯當中：無論白天、夜晚工作都是爲了建設「文化的鋼鐵」，迎接「明天的花朵」，夜晚的休息是爲了更好地戰鬥。這種轉變意味著，當「紅色的招引」終於變爲現實的革命鬥爭，寫作主體在革命的日常生活中，

〔註 15〕賀敬之：《躍進》，《賀敬之文集》1，北京：作家出版社，2005 年，第 28 頁。
〔註 16〕井岩盾：《艱苦還是甜蜜？——關於延安的回憶》，《在晴朗的陽光下》，瀋陽：春風文藝出版社，1963 年，第 94 頁。

需要放棄那種自由馳騁、漫天瞭望的目光而收束於眼前具體的事物；那些靈感的源泉——剎那的感覺也需要轉化爲長久醞釀的、反映客觀實際的普遍眞理。

從這一微小的「時間」細節中可見，詩人在魯藝被有序地組織了起來。許多人甚至多年以後仍然以「一天」爲單位回憶在延安魯藝的學習與生活。莫耶在魯藝成立伊始便由抗大第三期轉入魯藝戲劇系，後又轉到文學系學習。她後來回憶，從清晨的藝術體操到上午的政治課和藝術理論再到下午的實習，學習和工作每天都在緊鑼密鼓地展開。〔註 17〕魯藝學生之所以有如此強的時間觀念，源於魯藝近乎軍事化的管理方式。以集合爲例，詩人井岩盾作爲延安魯藝文學院第四屆學員，曾記憶猶新地描述道：「魯藝的全體集合，是以一口架在房頂上的大鐘爲令的。每次都是這樣，只要一聽到這口曾經在廟宇中服務多年的鐵鐘一響，大家便馬上帶上自己的木凳，到前門口的籃球場或者禮拜堂中去集合。」〔註 18〕這種軍隊訓練式的集合方式賦予了日常生活「戰鬥化」的內涵。不僅如此，在教學上，魯藝也有嚴格的學時規定，「每日八小時學習，每周除生產及其他活動所必需時間外，共有 43 小時」，另外上課、自實習、自修所佔全期學時的百分比都有十分具體的執行規定。〔註 19〕統一時間安排、作息規律從學校管理角度而言無可厚非，但是對於「詩人」們而言卻有關他們生活習慣的校正。張聞天曾在《抗戰以來中華民族的新文化運動與今後的任務》中概括文化人的特點，其中一點是「習慣於單獨的生活與單獨工作的環境，要求個人自由、思想自由、創作自由、反對各種各樣的壓迫與干涉，但這可使他們中間一部分人易於不願過集體生活，發展個人主義，形成孤僻、同群眾隔膜、看不到與看不起群眾的力量」。〔註 20〕曾就讀於魯藝戲劇系的張潮在前方奔走了七八個月，頗有感觸地談到：「小資產階級出身的文藝工作者，過去的生活大抵是浪漫的、散漫的、奢侈的，甚至腐敗的，一旦到了革命的集團裏，就分外使人覺得刺目，而且，上面已經說過，文藝工作本身是缺少集體性的，把這些同志像軍

〔註 17〕莫耶：《延安魯藝生活散記》，中國青年出版社，《紅旗飄飄（23 集）》，北京：中國青年出版社，1981 年，第 84～100 頁。

〔註 18〕井岩盾：《艱苦還是甜蜜？——關於延安的回憶》，《在晴朗的陽光下》，瀋陽：春風文藝出版社，1963 年，第 104 頁。

〔註 19〕《魯藝第二期教育計劃草案》（一九三九年六月十一日），谷音，石振鐸：《東北現代音樂史料》第 2 輯（魯迅文藝學院歷史文獻），內部資料，1982 年，第 8 頁。

〔註 20〕洛甫：《抗戰以來中華民族的新文化運動與今後的任務》，《解放》，1940 年第 6 卷第 103 期。

隊一樣嚴格而機械地組織起來本身是一件難事……」〔註 21〕，這一棘手的問題也反映在沙可夫副院長在 1939 年《魯迅藝術學院工作檢查總結報告》中，他指出魯藝「集體學習制度始終沒有建立好」，「個別同志生活散漫，集體生活不夠」等問題的存在。〔註 22〕從「五四」到「魯藝」，詩人的生活方式經歷了一個塑造自我——打破自我——融入集體的過程，其中內在的歷史動力在於更爲具象的「理想」生活擺在他們面前，要去他們充分融入其中。據姜濤的研究，對於「五四」一代新詩人而言，詩歌創作本源於自我內在的衝動，他們常常從想像中獲得靈感，進而趨避開現實，這種「詩的生活」決定了它與直面現實、充滿自律性和戰鬥性生活不相調和，後者在 1920 年代又被蕭楚女稱作「方程式的生活」，以此命名革命的主體走出「舊我」，從嚴格的個人日常管理和規劃開始重塑自我。「控制自我」抑或「壓抑自我」這一「超越五四」之舉意味著對於浪漫文化政治的超克，意味著一種新的文化政治的產生。〔註 23〕其實，前述郭沫若所謂的「理想的『革命』生活」永遠是一個「未完成」的狀態，只能隨現實革命的要求不斷地「隨物賦形」，當「革命」的定義被黨的意志所壟斷，那麼「理想的『革命』生活」也理應按照黨的構思來進行，而詩人則將「理想」坐實爲「現實」之後逐漸適應即可，最重要的，是接下來如何處理革命的日常生活化問題。〔註 24〕

面對這一問題，首先需要向前追溯的是知識分子如何參與進組織中來。首先，若從「教師」一代考察，卞之琳曾形容 1938 年各地奔赴延安的青年男女爲「朝山進香式」地「背著行李，徒步跋涉，闖過三原一關，絡繹於途，意氣風發」〔註 25〕，但是從他後來的參與歷史的方式看來，「朝山進香」「意

〔註 21〕張潮：《對前方文藝工作的幾點意見》，谷音，石振鐸：《東北現代音樂史料》第 2 輯（魯迅文藝學院歷史文獻），內部資料，1982 年，第 72 頁。

〔註 22〕沙可夫：《魯迅藝術學院工作檢查總結報告》（一九三九年二月十八日），谷音，石振鐸：《東北現代音樂史料》第 2 輯（魯迅文藝學院歷史文獻），內部資料，1982 年，第 36 頁。

〔註 23〕參見姜濤：《公寓裏的塔》第七章「革命動員中的文學、知識與青年」（姜濤：《公寓裏的塔》，北京：北京大學出版社，2015 年，第 304～314 頁。）

〔註 24〕唐小兵認爲，革命時代會產生一種「日常生活的焦慮」。革命變爲常態化之後，如何處理革命與日常生活之間的關係就提上日程了。（唐小兵《〈千萬不要忘記〉的歷史意義——關於日常生活的焦慮及其現代性》，唐小兵編：《再解讀：大眾文藝與意識形態》（增訂版），北京：北京大學出版社，2007 年，第 224～234 頁）

〔註 25〕卞之琳：《「客請」——文藝整風前延安生活瑣記》，卞之琳：《卞之琳文集》中，合肥：安徽教育出版社，2002 年，第 111 頁。

氣風發」不過是以他以一個旁觀者的眼光對眼前新鮮光景做出的主觀描述，並未揭示出延安眞正之於「青年男女」的不同吸引力。實際上，「延安」這一面影並不清晰地存在於奔赴延安的知識分子腦海中，以「革命理想」一類富有浪漫主義色彩且含混不清的詞匯一概而論顯然帶有局限性。何其芳曾否認自己存在一些「預先猜想」，「雖說我並沒有胡塗到預先猜想這是一個實行著軍事共產主義的城，人民們得排著隊，拿著領物證，站一兩個鐘頭去領幾升米，幾兩鹽，卻也沒有料到私人商業這樣繁榮……雖然我並沒有胡塗到預先猜想這是一個厲行著檢查制度的城，卻也沒有料到每一個中華民族的子孫（只要不是犯了出賣祖國的罪的），不管屬於何種黨派，何種階級，都有享有著同樣的權利，自由。」〔註 26〕「雖說……卻也沒料到……」的論證方式表明，即使是日後主張「歌唱光明」的何其芳〔註 27〕，也不得不以拗口的方式在兩個「極端」的區間與搖擺之間戲劇化地表達、更模糊著自己原來對延安的想像，他將此行視作結束「太長，太寂寞的道路」〔註 28〕的一種可能——他在赴延之前，並沒有辭去在成都的中學教職，在通往延安的路上更是懷揣著「請你們容許我仍然保留批評的自由」的箴言〔註 29〕。有論者將其延安時期的知識分子概括爲「叛逆者、逃亡者與追求者」〔註 30〕，但是總體而言，大批知識分子前往延安還有更實際的需求，「抗戰」迫使大批作家「在生活上失去了保障，他們不能不紛紛離散，有的跑回自己的家鄉，有的投奔到前線去」〔註 31〕，從物質層面而言，延安魯藝爲詩人提供了一種相對穩定的創作環境。延安此時實行的戰時供給制度其實在物質條件上吸引著大批知識分子，在延安，作家無需爲生計奔波，因此除了 20 年代 30 年代「左聯」及其周圍的作家而言，那些所謂「自由主義知識分子」也受到感召，越過重重關卡前往延

〔註 26〕何其芳：《我歌唱延安》，《文藝戰線》，1939 年 2 月創刊號。

〔註 27〕何其芳：《毛澤東之歌》，何其芳著，藍棣之主編：《何其芳全集》第 7 集，石家莊：河北人民出版社，2000 年，第 408 頁。

〔註 28〕何其芳：《一個平常的故事——答中國青年社的問題：「你怎樣來到延安的？」》，何其芳著，藍棣之主編：《何其芳全集》第 2 集，石家莊：河北人民出版社，2000 年，第 75 頁。

〔註 29〕何其芳：《一個平常的故事——答中國青年社的問題：「你怎樣來到延安的？」》，何其芳著，藍棣之主編：《何其芳全集》第 2 集，石家莊：河北人民出版社，2000 年，第 83 頁。

〔註 30〕朱鴻召：《延河邊的文人們》，北京：東方出版中心，2010 年，第 3 頁。

〔註 31〕周揚：《抗戰時期的文學》，《自由中國》，1938 年第 1 卷第 1 期。

安。蕭軍曾在日記中寫下：「十年前的今天，我正在瀋陽小東關的寓所，獨坐在小河沿的公園裏坐聽著遠近竦疏的槍聲。夜間也是聽者恐怖的槍聲，那時候我還不知道我未來的命運，更想不到今天在延安聽著秋雨，坐在窯洞燈下寫我的日記。」〔註 32〕可見，延安給作家帶來了穩定的寫作環境與安全感，他們在「容不下一張安靜的書桌」的年代居然「可以安心寫作」〔註 33〕。相比同一時期的建校的西南聯合大學所處的大後方重要城市——昆明，延安受到的炮火威脅要小得多。以日軍的轟炸爲例，1938 年 11 月至 1941 年 10 月期間，日機共空襲延安 17 次，發動飛機 257 架次，投彈 1690 枚〔註 34〕；而昆明更是遭遇了日軍的野蠻轟炸，1938 年 9 月至 1943 年 12 月間遭遇了日機轟炸 52 次，出動飛機 1311 架次，投彈 3043 枚〔註 35〕，「跑警報」成爲了西南聯大師生筆下的一個常見畫面，而延安文人對於「空襲」的描寫和記憶則相對淡泊。

把這些動機各不相同的知識分子組織成一個「共同體」並非易事。中共此時的一項重要舉措就是賦予知識分子新的「身份」——將他們編入各種單位、學校、文藝團體、報社等，是最爲普遍和行之有效的辦法。周揚任陝甘寧邊區教育廳廳長，成仿吾擔任陝北公學校長，沙可夫任魯藝校長，丁玲、舒群、蕭軍、艾青等人則進入中華全國文藝界抗敵協會延安分會（簡稱「文抗」）……同時，諸多知識青年也被安排進中國人民抗日軍政大學、陝北公學、中國女子大學、毛澤東青年幹部學校、馬克思列寧主義學院、中央黨校、魯藝等學校學習政治理論知識以及專業技能。延安的知識分子很快就被安排在了各個崗位上，各司其職。這說明，1937 年中共進駐延安之後，「大量吸收知識分子」的文化政策收到了效果。〔註 36〕延安作爲彼時中國革命的中心本

〔註 32〕蕭軍：《延安日記》（1940～1945）上卷，香港：牛津大學出版社，2013 年，第 287 頁。

〔註 33〕艾青：《在汽笛的長鳴聲中》，《詩論》，北京：人民文學出版社，2013 年，第 153 頁。

〔註 34〕肖銀章，劉春蘭：《抗戰期間日本飛機轟炸陝西實錄》，西安：陝西師範大學出版社，1996 年，第 43 頁。

〔註 35〕張憲文：《日本侵華圖志》第 14 卷，無差別轟炸，濟南：山東畫報出版社，2015 年，第 269 頁。

〔註 36〕中共相繼發布的重要決議有 1939 年 6 月《總政治部關於大量吸收知識分子和培養新幹部問題的訓令》和 1939 年 12 月毛澤東爲中共中央起草的決定《大量吸收知識分子》。

具有某種象徵性和召喚性，現實層面上中共當局製造出的與大後方赫然有別的民主化生活圖景同屬吸引知識分子的重要因素之一。除此之外，知識分子在延安的也享受到了物質上的優越待遇，張聞天曾經就這一問題做過指示，「登記全國失業失學的文化人與青年知識分子，給他們以物質上的救濟，並有計劃的給他們擔任各方面的文化教育工作……」〔註 37〕艾思奇談及邊區教育時指出「從幼稚園一直到大學專門學院，一律不受學費、教育費，大學專門學校是連衣、食、住也供給的。」〔註 38〕據徐懋庸回憶，他曾任教於延安抗大，且在魯藝「兼了一點課程」，「另有每月五元的津貼費」，「此外還有一些稿費」，「所以我是很富的，生活過得很舒服」〔註 39〕。這裡的「稿費」已經脫離了都市語境下的讀者市場，「賣文爲生」的現實意義得以消解，繼之獲得較爲穩定的「收入」。當然，魯藝師生的「收入」也有區別，從教職人員津貼的明細和差序可見，魯藝十分尊重教員，教育幹部尤其是教員的工資收入高於行政組織幹部，另外，爲了顯示優待青年知識分子，學生也有一定的收入。〔註 40〕1944 年趙超構曾以《新民報》記者身份訪問延安，後將見聞整理爲《延安一月》出版，因報導的「客觀」還受到過周揚的稱讚〔註 41〕。他發現延安人其實並不十分重視貨幣問題，因爲彼時延安發行的「邊幣」，它的作用「主要的是公的」「而在私人經濟方面，邊幣和延安人的生活遠不如法幣和重慶人生活之密切。因爲他們的一切工作人員的生活，並不依賴薪資，而靠著實物的『供給制度』，他們自然感覺不到貨幣問題的迫切」〔註 42〕。在延安，「供給制度有一個公家規定的標準。這標準依著物資情形，每年都有修正。依據今年的標準，一個人基本生活，如衣食住日常用品，以及醫藥問題，文化娛樂，大體上都有了保證。」1941 年 12 月《中共中央關於幹部決定延安幹部學校的決定》中已經規定魯藝直屬中央文委，1943 年 4 月更是併入同樣直屬中央文委的延安大學，那麼按照趙超構的說法，魯藝這類由中央管轄的

〔註 37〕洛甫：《抗戰以來中華民族的新文化運動與今後的任務》，《解放》，1940 年第 6 卷第 103 期。

〔註 38〕艾思奇：《抗戰中的陝甘寧邊區文化運動——二十九年一月六日在邊區文協第一次代表大會上的報告》，《中國文化》1940 年第 1 卷第 2 期。

〔註 39〕徐懋庸：《徐懋庸回憶錄》，北京：人民文學出版社，1982 年，第 121 頁。

〔註 40〕《術字第三十三號》，谷音，石振鐸：《東北現代音樂史料》第 2 輯（魯迅文藝學院歷史文獻），內部資料，1982 年，第 8 頁。

〔註 41〕趙浩生：《周揚笑談歷史功過》，《新文學史料》，1979 年第 2 期。

〔註 42〕趙超構：《延安一月》，北京：中國國際廣播出版社，2013 年，第 71 頁。

學校，除了政府供給的百分之六十之外，還有百分之四十需要自給生產。〔註43〕由此可見，這種既接受政府供給又需要「自己動手，豐衣足食」的方式既滿足了知識分子的基本生活保障，也保持了他們的現實參與感，當然，依靠「公家」的扶助而「組織起來」，便使得拒絕做被「豢養的『士』」〔註44〕而繼續做自由主義知識分子變得困難起來。事實正如李楊指出：「供給制保證了鐵的紀律：個人服從組織、下級服從上級、全黨服從中央。換言之，供給制已成爲延安文化政治的經濟基礎。」〔註45〕具體個體作爲革命的「細胞」，革命對他們的最大影響其實在於重新塑造了人與人的關係，泯除個體之間的差異。何其芳認爲因爲革命可以「給我們把幸福帶來」，因此「人與人之間也能夠建築起一種親愛的關係」〔註46〕，人與人關係的改變成爲喚起革命衝動、構成革命肌體的基礎。邊區學校實質上從日常生活的角度潛移默化地培養起新一輩革命者的這種認知基礎，以投身於更廣闊的革命天地，繼而教育更廣大的人民群眾。

1937 年魯藝的《成立宣言》中指出，魯藝雖是一所文藝學校，但基本任務是「培養大批的藝術幹部，到抗日戰爭的各個部門、軍隊中、後方農村中，都市裏以至敵人佔領的區域裏去工作。」〔註47〕這表明，該學院的「專業」屬性是以黨的管理爲前提條件，在這裡接受教育是知識分子過渡到黨的文藝幹部的必由之路，是走上戰場和民間的「前階段」。抗戰時期黨的幹部中知識分子佔據的比例之高爲中共儲備了大量的人才資源，使得毛澤東在抗戰之初的勃勃雄心落實爲鍛造出一批「不但能治黨，而且能治國……有遠大的政治眼光與政治家的風度」〔註48〕的幹部。〔註49〕1939 年 5 月毛澤東在延安在職幹部教育動員大會上講到：

〔註43〕趙超構：《延安一月》，北京：中國國際廣播出版社，2013 年，第 71 頁。

〔註44〕蕭軍：《延安日記》（1940～1945）上卷，香港：牛津大學出版社，2013 年，第 129 頁。

〔註45〕李楊：《「右」與「左」的辯證：再談打開「延安文藝」的正確方式》，《中國現代文學研究叢刊》，2017 年第 8 期。

〔註46〕何其芳：《革命——向舊世界進軍》，何其芳著，藍棣之主編：《何其芳全集》第 1 集，石家莊：河北人民出版社，2000 年，第 18 頁。

〔註47〕《成立宣言》（一九三七年），谷音，石振鐸：《東北現代音樂史料》第 2 輯（魯迅文藝學院歷史文獻），內部資料，1982 年，第 8 頁。第 4 頁。

〔註48〕毛澤東：《目前抗戰形勢與黨的任務報告提綱》（1937 年 10 月），《毛澤東文集》第 2 卷，北京：人民出版社，1993 年，第 60 頁。

〔註49〕參見黃道炫：《抗戰時期中共幹部的養成》，《近代史研究》，2016 年第 4 期。

現在我們這個幹部教育制度很好，是一個新發明，是一個新發明的大學制度。講到大學，我們這裡有馬列學院，抗日軍政大學，女子大學等等，這都是很好的。在外邊有北京大學、復旦大學等等，在外國有牛津大學、巴黎大學等等，他們都是學習五年、六年便要畢業，叫做有期大學。而我們這個大學，可算天下第一，叫做無期大學，年紀大一點也沒有關係，只要你是活著，都可以進我們的大學。我們這樣的大學，是延安獨創，不過是人和人都可以進的，不論在什麼地方，華北、華中、華南各地，不論什麼人，共產黨員也好，不是共產黨員也好，都可以進這個長期大學的。〔註 50〕

延安實行的高等教育制度與民國時期以培養知識精英爲主要目的大學教育分屬兩套不同的教育體系。抗戰時期，延安施行了新民主主義教育改革，形成了包括在職幹部教育、幹部學校教育、中等教育、小學教育、農民業餘教育及軍隊教育的教育體系，兼具戰時性和長遠性。1940 年 4 月艾思奇在總結邊區文協工作的時候，提到了邊區教育的成績：「邊區建立了各方面的訓練抗戰建國幹部的學校」，比如抗大、女大、魯藝、陝公、自然科學研究院、馬列學院、衛生學校等。「這些畢業的幹部，都是分配到全國各地，特別是到前線的地方做抗戰工作，或在農村中做民眾工作。」〔註 51〕接著，他將青訓班和魯藝畢業學員的工作地區統計如下：

學　校	邊　區	華　北	大後方	留　校	其　他
魯藝	18	50	1	10	21
青訓班	34	22	0	14	30

從表格中數據可見，學生畢業後到邊區和華北戰區工作的佔多數，留校工作的其次，前往大後方的最少。

目下之際，培養一批適應於革命戰爭需要的文藝幹部，培養實際的創作人才，這首先要求文藝與現實緊密聯繫在一起，不可束之高閣；對於進入魯藝任教或學習的詩歌寫作者而言，詩人／幹部的雙重身份之下實際上暗含著一種要求——調整主體立場，每一個文藝幹部作爲革命組織中的一員，有義

〔註 50〕毛澤東：《在延安在職幹部教育動員大會上的講話》，《毛澤東文集》第 2 卷，北京：人民出版社，1993 年，第 183 頁。

〔註 51〕艾思奇：《抗戰中的陝甘寧邊區文化運動——二十九年一月六日在邊區文協第一次代表大會上的報告》，《中國文化》，1940 年第 1 卷第 2 期。

務接受黨的教育，放棄更多的個人自由。

有研究者已從「運動方式轉變」的角度指出了抗戰爆發後新文學運動由「自覺、多元和豐富的形態」到「受到嚴密組織和自覺控制的手段與軍事化、標準化的操作流程」的轉變，並認爲這一轉變的動力來自文學運動主體的「政治化、軍事組織化」。〔註 52〕歷史地看，一種政治組織化的文學運動主體——「左聯」誕生於 1930 年。〔註 53〕但是，正如程凱指出，「左翼十年」這種表述之所以產生了廣泛的影響性，是因爲常被研究者定義爲以「左聯」爲標準形態的「左翼文學運動」是與「文學革命」相對的政治化的產物，實際上，「左聯」並未借助政黨取得廣泛的影響性，恰恰相反，左聯的影響力「取決於它將由內容的政治性最內化地結合於自己的文化實踐、政治行動、組織形態乃至主體狀態」〔註 54〕。中共領導的組織化文藝運動開端於中央蘇區的實踐。中共在蘇維埃運動中建立了第一個中央政權，其一系列重要路線即誕生於蘇維埃運動之中，譬如武裝鬥爭、土地革命、群眾路線等。在蘇區，文藝的宣傳功能被不斷地放大，與軍事鬥爭結合成爲文藝的一條「核心路線」，這一要求之上建立了俱樂部、列寧室、蘇維埃劇團等文藝組織，而瞿秋白組織建立的高爾基戲劇學校更可堪稱爲黨的文藝學校的萌芽。

王明曾給「五四」後的知識分子排「輩分」，「我們把最近十年中國革命運動所產生的知識分子幹部排一排輩分，那麼『一二九』幹部都是第五代了。」他把「同盟會到辛亥革命」那一批幹部稱作「鼻祖」，主要強調它們反帝凡滿；第二代是「五四」一代，他把毛澤東和周恩來都算作這一代；第三代是「五卅」中產生的，譬如洛甫；第四代則是中共蘇維埃運動中產生的，譬如劉光、馮文彬……〔註 55〕作爲新一代眞正由中共領導走向現實革命的知識青年必須成長起來，獨立面對這種歷史現實，將自己的生命與革命鬥爭熔於一爐；但是對於那些懷揣革命理想的「舊的知識分子和專門人材」〔註 56〕而言，自「七・一五」

〔註 52〕錢文亮：《「沙龍」「大會」於「單位」——「新文學運動方式的轉變」之一》，《現代中國》第六輯，北京：北京大學出版社，2005 年。

〔註 53〕1930 年中國左翼作家聯盟成立於上海，簡稱「左聯」。

〔註 54〕程凱：《革命的張力——「大革命」前後新文學知識分子的歷史處境與思想探求（1824～1930）》，北京：北京大學出版社，2014 年，第 12 頁。

〔註 55〕此舉是有意加強青年幹部的身份認同，將他們編織進「革命」的譜系中。參見王明：《「一二九」四週年》，《中國青年》，1940 年第 2 卷第 3 期。

〔註 56〕《目前教育工作的任務的決議案》(1933 年 10 月 20 日中央文化教育建設大會通過)，中央教育科學研究所，陳元暉，鄒光威等：《老解放區教育資料》1，

國民黨武漢分共之後，就處於一種尷尬的狀態中。雖然中共在蘇維埃政權建立之後，充分地認識到了過去「吃知識分子」〔註 57〕傾向對於團結知識分子的不利影響，合理地吸收、安排知識分子成爲一項重要任務，譬如在教育問題上過去「對於舊的知識分子和專門家，採取了不正確的政策，沒有吸收他們到教育工作中來」〔註 58〕，「爲了吸收這些知識分子參加蘇維埃的文化教育工作（其他工作也是如此），我們還可以給他們以優待」〔註 59〕，但是眞正能將文藝組織化付諸實踐的群體——「舊的知識分子」受制於中共對蘇聯經驗的照搬，仍處於一種被邊緣化的狀態，特別是因「沒有組織起來」導致知識分子大大缺席了蘇區文藝實踐，因爲人才缺失，瞿秋白、沙可夫等人不得不兼任高爾基藝術學校的教員，以至於「蘇區文藝」的成就不足爲道，甚至被毛澤東有意地遮蔽起來而突出文藝在「延安」的一系列「創舉」。在這一意義上，毛澤東才特別表彰在延安成立的「中國文藝協會」爲「是近十年來蘇維埃運動的創舉」。〔註 60〕

2.2 身份認同的變異

一些來自都市且業已成名的作家面對延安這嶄新的世界，深刻地體驗著一種「重生」之感。當然，不同主體的政治覺悟與對黨的文藝政策把握程度不甚相同，一致的是，魯藝注重在短期內培養文藝人才的階段裏，更需要他們表率性地將自我鍛造爲一個革命的主體，試著融入軍事化管理式的環境。在這種情形下，如何理解魯迅所謂的「革命人」〔註 61〕與黨要求的「革命者」

土地革命戰爭時期，北京：教育科學出版社，1986 年，第 61 頁。

〔註 57〕「即對知識分子，尤其是非工農家庭出身的知識分子，妄加排斥，甚至對他們進行過火的鬥爭。」（陳桂生：《徐特立教育思想研究》，瀋陽：遼寧教育出版社，1993 年，第 46 頁。）

〔註 58〕《目前教育工作的任務的決議案》（1933 年 10 月 20 日中央文化教育建設大會通過），中央教育科學研究所，陳元暉，鄒光威等：《老解放區教育資料》1，土地革命戰爭時期，北京：教育科學出版社，1986 年，第 61 頁。

〔註 59〕張聞天：《論蘇維埃政權的文化教育政策》，《張聞天文集》1，北京：中共黨史出版社，2012 年，第 282 頁。

〔註 60〕毛澤東：《在中國文藝協會成立大會上的講話》，《紅色中華》，1936 年 11 月 30 日。

〔註 61〕這一說法出自魯迅的《而已集·革命文學》，他認爲，「革命人」比「革命文學」這一空洞的口號更能觸及到革命之於文學的本質，他的本意是強調作家主體的作用。「我以爲根本問題是在作者可是一個『革命人』，倘是的，則無論寫的是什麼事情，用的是什麼材料，即都是『革命文學』。從噴泉裏出來的

之間的關係？這是在情感與現實層面都不容忽視的問題。

何其芳、卞之琳和沙汀於 1938 年 8 月 14 日從成都出發，8 月 31 日抵達延安，9 月初，他們在鳳凰山窯洞裏受到了毛澤東的接見，沙汀等人提出「想寫延安」、「想到前方去」〔註 62〕、「到華北八路軍活動的地區，去搜集材料，寫報告文學」〔註 63〕。一個月後何其芳和沙汀便被分配到魯藝文學系工作，周揚此時擔任邊區教育廳廳長，兼任魯藝副校長及文學系系主任，提出讓沙汀接替自己代理魯藝文學系系主任的願望，沙汀暫時答應下來，而何其芳則直接決定留在魯藝教書。〔註 64〕當時魯藝實行的是「三三制」教學計劃，「每屆分兩學期，每學期三個月；第一學期修畢後，分發實習三個月再回院續修，第二學期。連實習期爲九個月必要時得延長或縮減。」〔註 65〕於是，他們上前線的「願望」和魯藝的教學安排恰巧吻合了：1938 年 11 月 19 日，何其芳和沙汀帶領魯藝文學系第一期二十一個同學跟隨賀龍的一二〇師到晉西北前線「實習」，按規定，三個月後方可返回延安。但是，在行軍路上，許多學生怨聲載道，並擅自向學校反映，請求批准提前結束實習期，魯藝校方給予的回覆是「不繼續辦高級班了，叫同學們安心工作」〔註 66〕。其實非但學生叫苦連天，就連帶隊的沙汀也感到十分不適，部隊不斷地轉移，加上得不到太多與賀龍接觸的機會〔註 67〕，身負採訪任務的他時常感到「沉悶，無聊，疲倦得要命！而且老是想吃零食。」〔註 68〕，有時甚至向同行的何其芳開玩笑：「我們是一二〇師喂的兩匹牲口！」因爲他們「既沒有具體工作，也不瞭解

都是水，從血管裏出來的都是血。」魯迅：《革命文學》，《魯迅全集》第 3 卷，北京：人民文學出版社，1981 年，第 544 頁。

〔註 62〕沙汀：《悼念・回憶・誓言》，《人民文學》，1977 年第 10 期。

〔註 63〕何其芳：《毛澤東之歌》，何其芳著，藍棣之主編：《何其芳全集》第 7 集，石家莊：河北人民出版社，2000 年，第 18 頁。第 378 頁。

〔註 64〕據吳福輝：《沙汀傳》，北京：北京十月文藝出版社，1990 年，第 207 頁。

〔註 65〕《魯藝第二屆概況》（一九三八年九月），谷音，石振鐸：《東北現代音樂史料》第 2 輯（魯迅文藝學院歷史文獻），內部資料，1982 年，第 18 頁。

〔註 66〕沙汀 1939 年 2 月 19 日日記，吳福輝：《沙汀日記》，山西教育出版社，1998 年，第 82 頁。

〔註 67〕沙汀在 1938 年 12 月 21 日日記中記道：「徘徊在去與留之間，因爲賀根本沒有多少時間談到他的經歷，擔心將來的寫作計劃不能實現，也怕一時不能返延；但不隨軍前驅冀中，又覺得太可惜。」（沙汀 1938 年 12 月 21 日日記，吳福輝：《沙汀日記》，山西教育出版社，1998 年，第 6 頁。）

〔註 68〕沙汀 1939 年 1 月 30 日日記，吳福輝：《沙汀日記》，山西教育出版社，1998 年，第 60 頁。

敵我情況，每天就雜亂無章地吃、喝、睡眠和行軍……」〔註 69〕雖然個中隱曲交織在一起形成了複雜的心情，但是當學生情緒失控時，一向冷靜克制的沙汀不忘教育道：「不要忘記自己現在是革命隊伍中的成員」。〔註 70〕何其芳和沙汀初到魯藝時，周揚便向他們追述了毛澤東 1938 年 4 月 28 日在魯藝的講話，提到「文藝是團結人民，打擊日本帝國主義的武器，文藝要爲工人、農民服務，要到現實鬥爭中去學習。」〔註 71〕這番轉述的目的十分明顯，就是要向二人傳達這次講話的中心思想，從而起到指導他們教學的作用。如果說，沙汀在魯藝的講課停留在康濯回憶的講《死魂靈》、茅盾、魯迅以及指導寫作、教學生如何觀察、「如何記素材筆記」上，〔註 72〕那麼他從行軍一開始的自我懷疑到途中眞正以「導師」身份自居、亮明態度的過程，也是開始內化那番「轉述」從而完成自我授權的過程，這在某種程度上表明，「行軍」的現實經驗加速了沙汀對「革命自我」的認同。

相比沙汀的種種不適，何其芳顯然對角色的突轉與新的生活適應得更快，彷彿對這一切早已有了心理準備。根據沙汀的描述，何其芳在行軍途中很少抱怨〔註 73〕，他從一開始就自覺地擔負起「導師」的責任，往往在軍隊休整時到各處探望被分散開來的魯藝學生〔註 74〕。從何其芳的描述中可見，

〔註 69〕沙汀 1938 年 12 月 30 日日記，吳福輝：《沙汀日記》，山西教育出版社，1998 年，第 17 頁。

〔註 70〕沙汀 1939 年 2 月 22 日日記，吳福輝：《沙汀日記》，山西教育出版社，1998 年，第 60 頁。

〔註 71〕沙汀：《沙汀自傳——時代衝擊圈》，太原：北嶽文藝出版社，1998 年，第 201 頁。

〔註 72〕康濯 1987 年 8 月講，轉引自吳福輝：《沙汀傳》，北京：北京十月文藝出版社，1990 年，第 208 頁。

〔註 73〕沙汀 1939 年 1 月 25 日日記，吳福輝：《沙汀日記》，山西教育出版社 1998 年，第 56 頁。沙汀日記中記道，有一次大部隊終於脫離了險境，大家疲憊地靠在一起，大部分人坐在到路邊打瞌睡，「也有人惶恐不安，抱怨著爲什麼不繼續趕路。我同其芳背靠背席地而坐，而他立刻鼾聲大作，一下就睡熟了。」何其芳還扮演著積極分子和矛盾調解者的形象，據沙汀日記，一位文學系的學生受到了批評，想回延安不成，於是嘮叨不休，沙汀終於對他發了火，師生爭吵起來。何其芳此時並未「火上澆油」，而是「同我在村口逛了兩圈，邊走邊談，氣也逐漸消了。」（沙汀 1939 年 2 月 22 日日記，吳福輝：《沙汀日記》，山西教育出版社，1998 年，第 85 頁。）

〔註 74〕譬如沙汀記道：「因爲夜裏沒有睡好，人一天都不舒服。早飯後，其芳單獨去店子頭看望『魯藝』文學系的幾位同學去了，我一個人在家裏。」（沙汀 1939 年 1 月 21 日日記，吳福輝：《沙汀日記》，山西教育出版社 1998 年，第 48 頁。）

他從一個地方到另一個地方，在向更廣闊的世界遷徙過程中存在一種職業慣性——教書是抗戰以來何其芳選擇的一項重要的文化實踐。從萬縣師範學校時「發現我的家鄉仍然那樣落後，這十分需要著啓蒙的工作」，到成都後「想在大一點的地方或者我可能多做一點事情」。他這期間被譏諷爲「刻薄」、「火氣過重」，正是爲了擺脫這「異常寂寞」的處境，他決定「到前線去」，不僅是寫士兵們的故事，而且「也可以使後方過著舒服的生活的先生們思索一下，看他們會不會笑那些隨時準備犧牲生命的兵士們也是頭腦暈眩或者火氣過重。」後者潛在的對話對象直接指向「關心他們的職業和薪金更甚於關心抗戰」的教書先生們。可以說，教育問題是何其芳抗戰時期關注的重要話題，「教書」是何其芳「從此我要嘰嘰喳喳發議論」的踐行方式之一，是他憑藉一己之力製造「批判」空氣的有效途徑〔註 75〕，更是「救救孩子」〔註 76〕的一種切實可行之法，而新文學則是他「啓蒙」的工具之一。他觀察到，無論是大後方學校使用的陳舊教材，還是師範生認古字、做古文，都彌漫著一股復古疲沓的習氣，何其芳在這種環境下擔任國文課教員，以「科學方法」親自編寫教本，在萬縣師範「編選三種國文教材，準備五樣功課。而且改三班作文劵子。」在成都時則「教兩班半國文，改兩班卷子。」講授新文學，既出於何其芳的啓蒙關懷，譬如何其芳曾總結在萬縣師範的教育效果時提到「使少數從外縣初中畢業而來的一年級同學，甚至有連魯迅的名字都不知道的，也接觸了一點新文學作品」〔註 77〕；當然也暗合著彼時一些進步青年的要求，「在這種風氣之下，我在一個中學裏教的一班高中畢業班竟大膽地自動地要求新文學，同時一班初二年級卻幾乎連學校規定的教本都不接受，因爲他們說他

何其芳有一天想作詩，但是一個上午一句詩也沒做成，「吃過午飯，他找文學系幾位同學去了，我留下來，考慮著自己的處境和工作。」（沙汀 1939 年 2 月 6 日日記，吳福輝：《沙汀日記》，山西教育出版社，1998 年，第 68 頁。）類似的情況還有很多，在沙汀筆下，何其芳對「魯藝」的學生更熱情上心，而自己卻常常陷入對個人前途的憂慮。

〔註 75〕參見何其芳：《我一年來的生活》，1938 年 7 月 7 日《戰時學生旬刊》，第 5、6 期合刊。（轉引自宮立：《何其芳佚文三篇》，《中國現代文學研究叢刊》，2017 年第 9 期。）

〔註 76〕何其芳：《論救救孩子》，何其芳著；藍棣之主編：《何其芳全集》第 2 集，石家莊：河北人民出版社，2000 年，第 13～18 頁。

〔註 77〕何其芳：《我一年來的生活》，1938 年 7 月 7 日《戰時學生旬刊》，第 5、6 期合刊。（轉引自宮立：《何其芳佚文三篇》，《中國現代文學研究叢刊》，2017 年第 9 期。）

們每人都有一部《古文觀止》。」〔註 78〕教學風格上，作爲教師始終不將自己高高壘起，相反，他慣於在私下裏與學生打成一片，他「使同學們知道一個教書的先生也可以做他們的朋友。當他們來找我，我總是在改卷子，就馬上放下筆，在準備功課就馬上放下書和他們談，談到他們走爲之。因爲我是熱情的，誠懇的，希望能夠對他們有一點幫助。」〔註 79〕比如他曾反對京戲，卻在學生的要求下請學生去聽戲，還玩笑著說：「我的教育完全失敗了，因爲我反對京戲而他們卻偏要看京戲。」〔註 80〕《論救救孩子》一文中友人的那封信也從側面流露出，他對學生的影響絕非單純停留在在於講授新文學知識上，而且以其言行觸動著青年的思想與心靈。〔註 81〕何其芳在魯藝的教職雖是「組織上分配的」，特別是文學系主任這個「擔子」，但是「出於一種參加革命隊伍的新兵的熱情和積極性，不怕兼做行政事務工作，不怕山上山下跑，而且認爲這並不妨礙我寫詩」〔註 82〕，何其芳在詩中寫道：

我還要證明：
我是一個忙碌的，
一天開幾個會的
熱心的事務工作者，
也同時是一個詩人！〔註 83〕

參與進「革命的隊伍」中的何其芳不可避免地以革命的標準丈量自己的步調，1938 年 11 月 16 日何其芳寫成《我歌唱延安》，次日經沙汀、王宗一介紹加入中國共產黨〔註 84〕。從何其芳的描述中可見，延安符合他對「光明和

〔註 78〕何其芳：《論救救孩子》，何其芳著；藍棣之主編：《何其芳全集》第 2 集，石家莊：河北人民出版社，2000 年，第 15～16 頁。

〔註 79〕何其芳：《我一年來的生活》，1938 年 7 月 7 日《戰時學生旬刊》，第 5、6 期合刊。（轉引自宮立：《何其芳佚文三篇》，《中國現代文學研究叢刊》，2017 年第 9 期。）

〔註 80〕何其芳：《解放區瑣談：京戲》，何其芳著；藍棣之主編：《何其芳全集》第 2 集，石家莊：河北人民出版社，2000 年，第 571 頁。

〔註 81〕朋友寫給何其芳的信中寫道：「從你走了後，學生不要那繼任的教員，再聘一個雖接受了也不好……」（何其芳：《論救救孩子》，何其芳著，藍棣之主編：《何其芳全集》第 2 集，石家莊：河北人民出版社，2000 年，第 18 頁。）

〔註 82〕何其芳：《毛澤東之歌》，何其芳著，藍棣之主編：《何其芳全集》第 7 集，石家莊：河北人民出版社，2000 年，第 18 頁。第 397 頁。

〔註 83〕同上。

〔註 84〕據文化部黨史資料徵集委員會、魯藝史料專題徵集組：《延安魯藝藝術文學院紀事》（1938～1946），内部資料，1988 年，第 14 頁。

快樂」〔註 85〕的幻想，更爲重要的是，「當我帶著熱情和夢想談說著人類和未來，再也不會有人暗暗地嘲笑。」〔註 86〕何其芳「認同危機」〔註 87〕的解除伴隨著新的認同感的建立：一類對於延安「自由」、「寬大」、「快活」〔註 88〕空氣的描述雖然表明客觀實際與詩人內在需求的契合，但是「嘲笑」一語卻勘破了何其芳此時更深層的心理機制，意味著其要求建立在一種社會學意義上的認同感。逃離被「嘲笑」的困境的過程與擁抱黨的懷抱之過程相吻合，一方面將延安普遍的「帶著熱情和夢想談說著人類和未來」的氛圍與「嘲笑」的對象並置，令後者處於道德的下風；另一方面，爲迎合輿論而製造出曾個人曾被「嘲笑」的窘迫形象，不僅是是道德性表態與言說，更是尋找更廣泛同情的途徑。查爾斯．泰勒提示道，人的自我「與觀察到人們有時對他們很緊要的『自我形象』有關」，「他們努力爭取在與之有聯繫的那些人以及他們的眼裏留下好印象。」〔註 89〕關於這一點，還導向了李楊所指出的另一個重要問題，那就是何其芳在延安的「自我批判」和「自我懺悔」的動力並非來源於延安整風運動，而是來自於吉登斯「自我認同」的現代性「新機制」，承襲的是「五四」啓蒙主義、人道主義、自由主義的思想脈絡。需要加以更爲細緻地辨別和區分的是，何其芳在承襲「五四」以來現代性追求之下更爲隱曲的一面，來自於內心深處一種本能地擺脫窘迫困境的「情動力」。

對於大多數詩人們而言，曲折的心靈運動軌跡闡釋了他們接受政治邏輯後與「舊我」的鬥爭過程，集體生活中寫作環境已經不允許他們再固守狹窄幽閉的心靈，而是需要面對更現實、嚴峻的戰爭和政治環境。魯藝的思想政治教育並非完全依靠課堂講授或政治學習，也發生在個體與環境發生碰撞的每一個環節上。這裡主要突出的是內心的自我教育之外，「環境」之於個人的重要意義，諸多歷史細節都體現出外部力量之於「改寫」個人思想的有效性。

〔註 85〕《一個平常的故事——答中國青年社的問題：「你怎樣來到延安的？」》，何其芳著，藍棣之主編：《何其芳全集》第 2 集，石家莊：河北人民出版社，2000 年，第 83 頁。

〔註 86〕同上。

〔註 87〕（加拿大）查爾斯．泰勒：《自我的根源：現代認同的形成》，韓震等譯，南京：譯林出版社，2001 年，第 37 頁。

〔註 88〕何其芳：《我歌唱延安》，何其芳著，藍棣之主編：《何其芳全集》第 2 集，石家莊：河北人民出版社，2000 年，第 41 頁。

〔註 89〕何其芳：《我歌唱延安》，何其芳著，藍棣之主編：《何其芳全集》第 2 集，石家莊：河北人民出版社，2000 年，第 45 頁。

在毛澤東《在延安文藝座談會上的講話》發表之前，詩人們處於一種相對複雜的文化機制中，特別是何其芳這類詩人，由於熟諳現代文學場域的運轉法則，仍不可避免地將其與自己的文學、社會實踐結合。

《講話》以前，以何其芳爲代表的魯藝教員們不僅參與了中共文藝工作者的培養，而且也將「公職」和「業餘」身份嚴絲合縫地契合在一起。需要指出的是，雖然在魯藝之外，魯藝詩人很難完全卸下組織授予他們發言的優越感，但正是憑藉「業餘」的身份，他們有機會參與延安文學場域的構建，以參與論爭、投稿、培養讀者等方式維護自己「獨立」的立場，這與革命對主體的要求顯然相悖。另外，在魯藝，革命工作者與自由主義詩人的角色之間不可避免地形成了一種張力，相比那些從上海左翼文壇遷移到延安的知識分子而言他們經歷了更爲艱難的蛻變。左翼知識分子教師身份的獲得是由相對處於邊緣走上中心的表現，他們無需再舉行飛行集會、散發傳單或是秘密地開會，而是能夠依憑新興政權實體進行意識形態宣傳，甚至走上講臺正大光明地進行政治啓蒙，這種新的歷史身份的獲得使左翼知識分子面臨著一種新的任務，即如何賦予過去單打獨鬥的革命歷史一種全新的意義，從而將過去看似不穩定和充滿狂熱情感的政治主體與現在的有序地排列在革命序列中的教育者形象貫通爲一個整體；而對於那些新轉入革命天地的知識分子而言，革命信念的汲取才是認領啓蒙者身份的基本前提。如果說 1940 年 1 月張聞天有意給處在集體生活中的文化人進行「鬆綁」，宣稱「統一戰線的組織，不應有很嚴密的集中的組織生活。應保證統一戰線組織內的文化工作者有發表、辯論、創作與生活的充分民主與自由，並給他們以足夠的單獨工作的時間」〔註 90〕，那麼對於何其芳、曹葆華這類教師而言，其身份的獨特性決定了他們需具備主動破除個人主義思想、投入集體生活的自覺。歷史地看，在新文化運動中誕生思想碰撞的學院場域破除之後，一種純粹的精神操練已經結束，左翼知識分子捲入了王富仁所謂的那種「社會、文化的系統」〔註 91〕中，他們身上攜帶的文學、政治、社會符碼無法調和地生長，撐破了每一獨立的畛域向其他身份領域滲透，更互相削弱著對方的功能。抗戰爆發後，過去處於相對封閉的「文人圈」中的何其芳也不得不流落於「十字街頭」，並在

〔註 90〕洛甫：《抗戰以來中華民族的新文化運動與今後的任務》，《解放》，1940 年第 6 卷第 103 期。

〔註 91〕王富仁：《關於左翼文學的幾個問題》，《中國現代文學研究叢刊》，2002 年第 1 期。

大後方切膚地感受著一種無法承受的黑暗現實，要求突破和尋覓新的解決方案。從某種程度上而言，身份之間的混雜與衝撞既是社會歷史賦予給詩人們的使命，也是一種釋放主體性的歷史契機。

雖然在赴延以前，何其芳的詩歌文本中就顯示出了詩人投入革命行動的可能，但他並未放棄對自由言說的追求，相比於做服膺於某種革命理論抑或意識形態的「革命者」，其實更貼近魯迅所謂的「革命人」。延安初期相對自由的文化氛圍仍提供給他一種親切感，使他「詩人」的身份得以安放，除了發表詩歌、指導學生寫作以外，以他作輿論中心的數起論爭也此起彼伏，不斷地勾起他往日的經驗。雖然詩人思想上要求「進步」，但其啓動的仍是民國文壇上的發表、批評機制，有關後者的一種極端情況就是賀麥曉提到的「罵」的批評，它爲現代文學與古典文學建立了邊界，並且以新文學共同體的美學方案吸引讀者，區分它們之間的差異。〔註 92〕他不停地宣告自己已經「轉變」，作爲魯藝教員已經自覺邁入革命的行列；「辯護」構成了何其芳在 1942 年《講話》之前的主要發言形式與內容，雖然這些發言並未寫明代表魯藝這一集體，但是除爲自己辯護外，仍呈現出一個宣教者的姿態，後者更能體現出何其芳在受到外部環境的諸多激蕩後，特別是在魯藝之外被賦予了「業餘」的身份時，仍不妄圖僭越加諸於自己身上的革命使命，在諸多聲音中自覺地維護自己的「導師」形象，這一點在與陳企霞關於詩歌的論爭中可以體現出來，本書第三章將具體闡述這一事件。

蕭軍曾在給胡風的信中論及延安的文藝空氣不濃厚的問題，於是決定成立一個「文藝月會」。〔註 93〕具體籌辦步驟包括出版刊物以及巡迴座談會等，

〔註 92〕（荷蘭）賀麥曉：《文體問題——現代中國的文學社團和文學雜誌（1911～1937）》，陳太勝譯，北京：北京大學出版社，2016 年，第 213 頁。

〔註 93〕蕭軍信中稱：「這裡文藝運動雖然有很多小組，作家……但是文藝空氣並不蓬勃濃厚，有些作家們感到創作不出的苦悶，就開始瞞天怨地地以至於尋找原因……。我和丁玲，舒群大家商量一下，就在十月十九日（魯迅先生四週年祭）那天成立一個『文藝月會』，目的是想借這個集會大家隨便談談，一方面提高文藝氣氛，另一面也可以交換些不同的意見。會已舉行了三次，每次的結果大致還不錯，但終是有些某種限度拘束，這是沒有辦法的事。月會還準備出一張會報，每月先暫定爲一次，將來可能也許能出兩次，每期字數約一萬多一些，內容：座談會記錄，雜文，短論，短篇小說等。……又舉行一種巡迴座談會運動，那就是把這裡所有各學校機關的五十幾個小組（共約七八百人）分成十三個區，每一星期在兩個區裏各開座談會一次。由一個人先作點報告，而後就由他們提問題，每一次問題總有十幾個，有些是一般的，有

這些舉措成立之初就致力製造蓬勃的文藝空氣，所以並不固步自封，而是接納和發現不同的文藝見解。「星期文藝學園」則是丁玲、蕭軍、羅烽等人發起的一個「作爲『業餘』的文學補習（或說『講習』）性質的學校」，〔註 94〕《文藝月報》第一期的《簡記文藝月會》中明確提到第一次座談會中有「『魯藝』的幾位同志」來開會，第六期中羅烽的《「專頁」及其他》中闢出一小塊空白公佈「星期文藝學園」的報告講師，其中有在魯藝擔任教職的有：立波、何其芳、周揚、荒煤、曹葆華、嚴文井。〔註 95〕星期文藝學園《文藝月報》第十六期是「星期文藝學園結束紀念特輯」，其中有「星期文藝學園學員名單」，從這一名單中可見，魯藝文學系的朱輪、戈壁舟、孫巴達、杜可魯，戰資室的晉駝，美術系的馮小鵬都參與了「星期文藝學園」。「星期文藝學園」爲那些無法進入魯藝的文學愛好者提供了課外學習的機會。簡而言之，該「學園」創立目的之一是爲無法進入魯藝等學校學習的文學青年提供一個學習的機會，第二點則是「可以和專門的文學學校在工作上取得補充和配合」，它雖分享著魯藝的教育資源，但創立者是基於文學的「業餘教育」比「職業教育」更爲重要的立場上闡述這兩點的〔註 96〕，「業餘」一詞的曖昧內涵中顯然流露出自由主義的不穩定因素。

「職業」與「業餘」的不相調和現象表現在「文抗」作家蕭軍身上，他不止一次在日記中表達自己對魯藝的不滿，更公開在《第八次文藝月會座談拾零》中，批評了何其芳的《革命，向舊世界進軍》以及周立波的《牛》，並說從中「感覺不到情緒、形象、音節、意境……」，指出「標語、口號、政論……和詩是不同的。」〔註 97〕但這種裂隙顯然並未影響何其芳，這是主要是因爲，何其芳「業餘」身份的獲得除了文藝月會的「邀請」外，另一面亦是在「指

些也很值得注意。到現在爲止，已經舉行了五次，每次常常要花費七八個鐘點；路程遠的來回可四十里。每一次我，丁玲，有時周文也來參加。將來把這全部座談會開了，打算把這些問題集起來編一本書，作爲文藝小組工作參考，這是後話。——這是延安一般文藝活動情形。」（蕭軍：《延安日記》（1940～1945）上卷，香港：牛津大學出版社，2013 年，第 90 頁。）

〔註 94〕正如羅烽對其性質的界定：「它必須是『業餘』的，這才能詩歌這些『在業』及『在學』的文學青年們底要求，他必須只在星期日活動，這才能眞正盡『補習』的作用。」（羅烽：《關於〈延安星期文藝學園〉的產生》，《文藝月報》，1941 年第 5 期。）

〔註 95〕羅烽：《「專頁」及其他》，《文藝月報》，1941 年第 6 期。

〔註 96〕羅烽：《關於〈延安星期文藝學園〉的產生》，《文藝月報》，1941 年第 5 期。

〔註 97〕蕭軍：《第八次文藝月會拾零》，《文藝月報》，1941 年第 7 期。

示」下進行，不脫黨的文化政策。1940 年 10 月 10 日中共發布《中央宣傳部中央文化工作委員會關於各抗日根據地文化人與文化團體的指示》，其中指出「各文化團體應該努力指導各學校、各機關、各部隊、各民眾團體的文化運動，幫助他們組織各種群眾的文化小團體如歌詠隊、劇團、文學小組之類，並供給他們以指導者與研究材料。必要時可召集他們開一定的代表會或座談會。」〔註 98〕這意味著何其芳認識到，各類文藝團體、學校之間應形成緊密的互動關係，互幫互助、互通有無，共同致力於邊區文化建設。事實層面上，雖然何其芳無論是參加巡迴座談會演講還是在星期文藝學園授課都屬於魯藝教職之外的「業餘」身份的表現，但通過上文中對何其芳發言和批評話語的分析可以發現，「職業」與「業餘」雙重身份之間話語立場的重合又一次證明了「只有一個何其芳」。〔註 99〕

但隨著文藝政策的收緊，何其芳們的身份也必須在「職業」與「業餘」的搖擺中固定下來，毛澤東《在延安文藝座談會上的講話》發表之後，何其芳承認自己作爲「革命者」、「教育者」和「詩人」的多重失敗，以魯藝教員身份爲參考標準的「職業」自我與「業餘」自我都難逃被否棄的命運。他實際上並未遭遇過「對手」，他曾經振振有詞的辯解與宣誓實際上不過是無物之陣中的赤手揮拳，不過是「對於失敗者的革命」〔註 100〕，這其中的問題關鍵正可以用魯迅《革命文學》一文的核心觀點解釋：「革命和文學的繁榮，並無正比例的關係」〔註 101〕他反省道：「自己改造自己的觀念過去在一般文藝工作者中間是很模糊的。以爲既已走到無產階級隊伍中來了，跟著走下去就成了，還會有什麼問題呢，殊不知自己舊我未死，心多雜念，不但今天在革命的隊伍中步調不一致，甚至將來能否不掉隊都很擔心。又因爲是寫文章的，自以爲眞有資格教育人了，而不知自己在許多方面還要從頭學起，先受教育。」〔註 102〕

〔註 98〕《中央宣傳部中央文化工作委員會關於各抗日根據地文化人與文化團體的指示》，中央檔案館編：《中共中央文件選集》第 12 冊 1939～1940，北京：中共中央黨校出版社，1991 年，第 498 頁。

〔註 99〕李楊：《「只有一個何其芳」——「何其芳現象」的一種解讀方式》，《中國現代文學研究叢刊》，2017 年第 1 期。

〔註 100〕魯迅：《革命文學》，《魯迅全集》第 3 卷，北京：人民文學出版社，1981 年，第 544 頁。

〔註 101〕孫郁：《魯迅與陳獨秀》，北京：現代出版社，2013 年，第 175 頁。

〔註 102〕何其芳：《改造自己，改造藝術》，何其芳著，藍棣之主編：《何其芳全集》第 2 集，石家莊：河北人民出版社，2000 年，第 350 頁。

2.3「詩的新生代」的自覺

整個延安城的知識分子在黨的組織下秩序井然，中共依靠軍事化的管理方式塑造著「新人」。如果說從規章制度上規範青年的行爲舉止，養成「集體生活」的習慣並提高他們的政治水平是邊區學校共同的策略，那麼一系列專門針對魯藝的演說以及課程等方屬魯藝師生所受的「特權」。魯藝作爲延安唯一一所專門的文藝學校，彙集了周揚、何其芳、嚴文井、周立波、冼星海、呂驥、沃渣等知名人士，實際上青年們的幻想多數最先發生在他們對於「導師」的想像上；而這些教員面對革命青年寄存在他們身上文學理想，則面臨著這樣的任務：如何將抽象而浪漫主義化的「文藝殿堂」〔註 103〕轉化爲爲現實層面的「文藝堡壘」。

一些年輕的面孔一出場就顯得與眾不同：當時的延安統一制服，夏冬兩季各一套，但是魯藝的學生卻「一頂軍帽的頂戴，一條腰帶的裝束，一雙草鞋的編織，莫不獨出心裁，非同一般。總之，處處展示各自的個性。」〔註 104〕他們身上洋溢著無限的活力與創造力，以詩歌爲寄託抒發革命鬥志，書寫青春的圖譜。他們中既有賀敬之這類文化程度不高的中學生，也有以張鐵夫爲代表的接觸過新文學的中小學教員，以及天藍這樣接受過燕大、浙大等高等學府教育的大學生，彼時「大學畢業生、詩人、才子」以及自嘲爲「土包子」的愛好文藝的青年戰士濟濟一堂。〔註 105〕文化程度的差異和艱苦卓絕的學習條件並未阻礙他們對於詩歌的探索和熱愛，魯藝濃厚的詩歌氛圍爲他們提供了良好的寫作環境，在這裡，詩歌不再是纖巧的手工藝品，而是時代洪流中的號角，而作爲吹號者的他們如何吹奏、吹奏什麼，正是他們在入學後的進一步學習與實踐中時時需要思考的問題。

如前所述，因爲學校名額有限，能如願進入魯藝學習的青年仍是少數。曾隸屬「文抗」的作家方紀寫於 1942 年 1 月的短篇小說《意識以外》講述了這樣一個故事：一個名叫 K 的女孩愛好拉小提琴，一心想進入魯藝學習，卻被分配到醫院當護士，「我」因一次生病偶然與她在醫院相遇，卻發現本來活

〔註 103〕馮牧曾在回憶錄中將魯藝文學系稱作「文學殿堂」（馮牧：《窄的門和寬廣的路》，《馮牧文集》5，散文卷，北京：解放軍出版社，2002 年，第 243 頁。）

〔註 104〕陸地：《瞬息年華——延安魯藝生活片段》，陸地：《陸地作品選》，桂林：灕江出版社，1986 年，第 426 頁。

〔註 105〕穆青：《魯藝情深》，文化部黨史資料徵集工作委員會，《延安魯藝回憶錄》編委會：《延安魯藝回憶錄》，北京：光明日報出版社，1992 年，第 580 頁。

潑開朗的她變得疑神疑鬼，甚至歇斯底里，最後 L 在長期的自我壓抑之下精神分裂。〔註 106〕小說作者曾談及，這個故事主人公的原型是一位名叫林蘭的 16 歲女學生，她於 1940 年告別雙親背著一把小提琴隻身前往延安，雖對革命充滿熱情，本以爲可以在音樂方面發揮自己的才能，卻只得聽從組織上的安排，最終導致了悲慘的人生結局。〔註 107〕當然，小說的本意並不在於渲染主人公 K 對於魯藝的嚮往，而是眞實地反映出青年在理想與現實之間的矛盾掙扎，但是小說所反映的現實中不得不讓人留意魯藝選拔人才時還需要「組織批准」這一環。據 1939 年 2 月《魯藝普通部招生簡章》，魯藝的投考資格爲「有初中以上或同等文化程度，擅長藝術，願作前後方文化娛樂工作，身體健康，能吃苦耐勞，年在十七歲以上，卅歲以下的男女同志，持有機關介紹信，均有資格報考。如持有所屬機關負責同志之正式報送文件，得免試入學（但試讀兩星期後，如認爲不合適者，得退回原屬機關）。」〔註 108〕從這一描述中可見，「持有關機關介紹信」是投考該校的必備條件，「投考」的另一重含義在於由一個「單位」轉入另一個「單位」，是帶有組織關係的轉移，其中存在有意篩選革命青年的考量。譬如，許多青年是從延安其他學校接受政治教育後轉入魯藝，比如詩人賈芝 1938 年 8 月 16 日抵達延安，第三天就進入了「抗大」學習，畢業後，他拒絕了在「抗大」留校任教的機會，因愛好文學才又轉入魯藝繼續學習。〔註 109〕而詩人戈壁舟在入魯藝學習前，就已經意識到詩歌不能盲目地「爲抒情而抒情」，其抒發的情感應建立在有利於革命的基礎上。〔註 110〕足見魯藝對學生的政治基礎要求不低，而「介紹信」某種程度上則是一個人有組織、有能力的證明。

1938 年 4 月 28 日，毛澤東在魯藝成立大會上發表講話時，魯藝文學系還未成立，但它所引徵的許多例證，無論是「藝術至上論」之於徐志摩，還是

〔註 106〕方紀：《意識以外》，《文藝月報》，1942 年第 14 期

〔註 107〕方紀：《長江自有浪花在》，中國人民政治協商會議天津市委員會文史資料委員會：《天津文史資料選輯》第 3 輯，總第 67 輯，天津：天津人民出版社，1995 年，第 11 頁。

〔註 108〕《魯藝普通部招生簡章》（一九三九年二月十八日）。谷音，石振鐸：《東北現代音樂史料》第 2 輯（魯迅文藝學院歷史文獻），內部資料，1982 年，第 8 頁。第 48 頁。

〔註 109〕賈芝：《「年輕人都是詩人」》，任文：《永遠的魯藝》（下），西安：陝西師範大學出版總社有限公司，2014 年，第 227 頁。

〔註 110〕戈壁舟：《戈壁舟文學自傳》，《新文學史料》，1987 年第 1 期。

民歌之於「好詩」，都十分「先見之明」地將詩歌納入了「管轄」的範疇。這說明，中共對詩歌的「部署」早已開始，開始通過「破／立」的方式建立起一套全新的文學批評話語，並帶有很強的階級色彩和毋庸置疑的口吻。因此，敏銳的人很容易把握住類似講話的「信號」意義。毛澤東在這番講話中提出了許多針對藝術的具體要求，日後對魯藝文學系的辦學具有一定的指導意義，譬如「我們在藝術論上是馬克思主義者」就暗含著以馬克思主義原理指導藝術的要求，「藝術作品要有內容，要適合時代的要求，大眾的要求」，「魯迅藝術學院要造就有遠大的理想、豐富的生活經驗、良好的藝術技巧的一批藝術工作者」等等則從實際方面規定了魯藝具體的辦學方向。〔註 111〕但是，值得注意的是，此番講話的目的並不拘囿於這一時一地，而是將魯藝在成立當天迅速地「加持」起來，在這批「現代中國知識分子和青年學生」〔註 112〕發言之前率先獲得文藝闡釋的權力。當然，以「我們」這樣極具號召力的口吻喚起師生的認同感和凝聚力顯得十分有效，「學校」還未正式運轉，先從精神層面上對其歸屬權有所界定，隨後賦予他們「黨的使命」。不僅如此，在這之後，魯藝都將圍繞在黨所制定的文藝政策周圍。1938 年 8 月，魯藝從第二期起增設文學系，初設立時周揚兼任系主任。即便文學系的師生們未曾聆聽過這場演講，也沿著毛澤東所規劃的路徑進行著實踐，許多年輕詩人從這裡培養了對革命與文學關係的認識，也從這裡出發，最終捲入複雜的現實鬥爭中，以文學爲「武器」完成「黨的使命」。因此，類似講話的象徵性遠大於它的實際性，它不僅象徵著黨的權威對「學校」這一「單位」的絕對領導權，其暗含著的本質目標在於「要把全黨變成一個大學校。學校的領導者，就是中央。」〔註 113〕但就其作用於文學創作個體而言，從思想教育落實到具體行動，還需要不斷地將其進行內化、提煉的過程，並通過自己熟悉的方式表述出來。

魯藝不僅是一個教育場域而且還兼具政治場域和文學場域的屬性，以魯藝作爲寫作空間的青年，具備一定的政治理論修養，對於許多人而言，在這

〔註 111〕毛澤東：《在魯迅藝術學院的講話》（一九三八年四月二十八日），中共中央文獻研究室：《毛澤東文集》，北京：人民出版社，1993 年，第 121～123 頁。

〔註 112〕「現代中國知識分子和青年學生的多數是可以歸入小資產階級範疇的。」（毛澤東：《中國革命與中國共產黨》，《共產黨人》，1940 年第 1 卷第 5 期。）

〔註 113〕毛澤東：《在延安在職幹部教育動員大會上的講話》，《毛澤東文集》第 2 卷，北京：人民出版社，1993 年，第 185 頁。

裡接受教育是他們眞正走上文學道路的起點。他們在文藝分工上被要求擔任完成「通俗化的工作」，張聞天在《抗戰以來中華民族的新文化運動與今後的任務》中指出：「一般說來，新文化各部門的提高工作，要由相當文化素養的（如在自然科學方面、社會科學方面或文藝方面）文化人來擔任與完成，而通俗化的工作，則要由廣大的青年知識分子來負責。這種相當的分工，在現在的條件下，是不可避免的，而且也是必要的。」〔註 114〕但是，一種假想的「新人」需要依靠具體的「施教者」而非空洞的理論口號或文藝政策得以塑造。隨著一批相對成熟的詩人相繼來到延安，其中更不乏主動投入到魯藝門下者，一個詩歌場域也通過具體的「人」參與而相應地成型。雖然對於革命青年而言，他們由文學「愛好者」轉變爲「專門家」〔註 115〕抑或轉入實際工作〔註 116〕，都受到外部力量的干預和影響，「革命」與「政治」構成了他們文學道路的基本底色，但是魯藝無疑也依靠組織的力量培養了一批具有革命理想和新的世界觀的青年詩人。在何其芳、卞之琳、曹葆華、柯仲平、艾青、蕭三等詩人發表詩作、發動詩歌運動、組織社團、提攜後輩等系列動作之下，延安形成了一個「詩歌圈」。再加上何其芳、卞之琳、蕭三等詩人雲集於魯藝，「詩人上課」成爲了一個重要現象，教員們課堂內外都身體力行地指導學生寫作，並以創辦校園刊物、指導學生建立校園詩歌社團等方式將詩歌融入校園文化之中，因此詩歌進入魯藝學生的視野並非偶然，在一系列的閱讀、發表、交流過程中充當了學生們較爲熟悉與固定的寫作體裁。

需要注意的是，中共文藝政策的制定和變化也包含著對上述施教過程的回應與糾正，魯藝師生一方面呼吸著延安濃厚的詩歌氛圍，另一方面它仍是一個文藝幹部的「訓練場」，中共通過對魯藝教—學—用環節的綜合考察，將

〔註 114〕洛甫：《抗戰以來中華民族的新文化運動與今後的任務》，《解放》，1940 年第 6 卷第 103 期。

〔註 115〕羅邁：《魯藝的教育方針與怎樣實施教育方針》（一九三九年四月十日），谷音，石振鐸：《東北現代音樂史料》第 2 輯（魯迅文藝學院歷史文獻），内部資料，1982 年，第 52 頁。

〔註 116〕周揚在 1942 年 8 月 30 日學風總結大會上的報告明確指出「畢業同學一定要去做實際工作，不要做一個職業的創作家，僅僅因爲他發表過作品，或理論修養好一點……最反對的過早的把自己放在創作上。」（周揚：《周揚同志在學風總結大會上的報告》（一九四二年八月三十日），谷音，石振鐸：《東北現代音樂史料》第 2 輯（魯迅文藝學院歷史文獻），内部資料，1982 年，第 52 頁。第 143 頁。）

「新人」的闡釋權掌握在自己手裏，魯藝詩人的創作實際上經過了教育、出版、傳播等環節以及層層組織機構的過濾，受到了一定程度上的「調控」。誠然，中共通過文藝學校的形式培養「新人」的舉措意味著，將這些青年詩人稱作「詩的新生代」並非名不符實，這種充滿活力的命名方式正貼合中共對青年革命者的想像；但是在《在延安文藝座談會上的講話》發表之前，魯藝作爲中共爲實現這種想像的「訓練場」，並不能刻畫出詩人如「戰士」一般整齊劃一的面孔。

「詩的新生代」一語出自唐湜。唐湜曾在 1948 年《詩創造》第 8 期中將穆旦爲代表的詩人群與綠原爲代表的詩人群稱之爲「詩的新生代」，以「詩的現代化」爲統攝性概念，是因爲尋找到了兩類詩歌的契合點。〔註 117〕事實上，唐湜「詩的新生代」這一概念的提出基於美好的夙願〔註 118〕，但是從後來《詩創造》的走向看來，唐湜將兩股「熱力」集合起來的願望落空了，從《詩創造》分化出來的《中國新詩》明顯滑向了現代主義，而臧克家等《詩創造》編輯部成員仍堅守著詩歌的現實主義精神，倡導詩的人民性。詩學構想上「聯合」與現實中的「分裂」意味著現代主義詩學與「革命」、「階級」、「人民」等一系列話語之間的相互齟齬。以帶有左翼立場的「人民派」詩人與學院派詩人爲主將「中國新詩派」均是在「抗戰」中成長起來的一代，他們分享著相近的歷史經驗的同時也提煉出不同的感受，在唐湜看來，他們的不同「不只在於文學技術或表現手法的運用，而更在於本質上的存在意義上的差異」，是「虛浮的功效」與「『人』的精神生活與由之而凸現的社會生活的深刻剖析與堅決而辯證的統一」，是「口號的『現實』」與深沉的現實之間的差異。〔註 119〕這場論戰的時間雖發生在抗戰勝利後，但卻是抗戰以來兩種詩學主張相互碰撞的一次集中爆發，也是 1930 年代以來關於詩歌工具論討論的進一步深入，最終結果以「詩人的分裂」告終〔註 120〕。之所以借用這一概念，是以這一概念中蘊含的巨大張力指涉青年詩人在魯藝這一空間中呈現出的駁雜面向，以

〔註 117〕唐湜：《詩的新生代》，李怡，易彬：《中國文學史資料全編 現代卷 穆旦研究資料》（上），北京：知識產權出版社，2013 年，第 329～332 頁。

〔註 118〕1947 年 7 月《詩創造》創刊，《泥土》上迅速刊登文章攻訐沈從文是「文藝騙子」、袁可嘉等人則是他的「嘍囉詩人」，隨著論戰不斷升級，唐湜才站出來呼籲雙方站在詩歌本體的立場上並指出「團結」的可能性。

〔註 119〕唐湜：《論〈中國新詩〉——給我們的友人和我們自己》，王聖思選編：《「九葉詩人」評論資料選》，上海：華東師範大學出版社，1995 年，第 7～8 頁。

〔註 120〕參見錢理群：《1948：天地玄黃》，濟南：山東教育出版社，1999 年。

及與環境博弈過程中不甚相同的自我「調試」程度。

毋庸置疑，上述論戰的雙方在處理詩歌／現實、詩歌／政治的關係問題上呈現了較大分歧，但是歷史的弔詭之處恰恰在於，詩人自身詩學資源的積累與轉換時常不受外部力量的控制，但是詩人又不能離開這層層累積的經驗兀自探索。這裡以一位詩人爲例說明「經驗」之於詩人的重要意義。後來被稱作「九葉派」代表詩人之一的曹辛之（杭約赫）畢業於工藝專門學校，抗戰爆發後，20 歲的他與其弟目睹國之危亡進入山西民族革命大學學習，次年赴延安入陝北公學，1939 年就讀於魯藝美術系第三期，後隨李公樸赴晉察冀邊區工作，工作結束後又隨李公樸到重慶。據曹辛之自述，1937～1939 年的經歷對曹辛之有著「決定性」的影響：

> 在敵人的炮聲火光中，爲動員民眾、鼓舞士氣，演劇、歌詠、在牆上畫漫畫、刷大標語、辦牆報、寫詩，什麼槍桿詩、詩傳單、朗誦詩、順口溜、四行六行的短詩、數百行的長詩，還給一位喜愛譜曲的古塞同志寫過歌詞。只要工作需要，我都積極地寫。在這段緊張的戰鬥生活裏，幾乎天天都寫，就是在行軍途中，還在尋詩覓句，這種旺盛的寫作熱情，對我以後的十多年——把寫詩作爲自己的第一願望，有著決定性的影響。我從事新詩寫作，就是從這個基礎上起步的。〔註 121〕

從這段自述中可見，曹辛之在延安時期便已經開始詩歌創作了，雖然彼時的詩作已經散佚，但是這裡依舊把他看做一位特殊的「新生代」，是因爲魯藝美術系的學習經歷成爲他日後無論是詩歌寫作抑或美術活動不可忽視的轉折點。對曹辛之而言，正是在前方「天天都寫」的慣性延續到相對常態的社會空間，使他迸發出了無窮的寫作靈感。1945 年 3 月，曹辛之在大後方重慶出版了他的第一部個人詩集《春之露》，在後記中寫道：「本來，我是個學畫的，在能夠塗抹彩色時，也偶而用詩這一形式來抒闡自己的愛和抑鬱。」〔註 122〕曹辛之之所以自覺地轉向抒寫內心感受，在《願》一詩中可見一斑，詩人認爲，繪畫只能捕捉「大太陽」、「褐色的土地」、「黃金的稻束」、「田埂」

〔註 121〕曹辛之：《〈最初的蜜〉後記》，《最初的蜜》，北京：文化藝術出版社，1985 年，第 251～252 頁。

〔註 122〕曹辛之：《後記》，《曹辛之集》第 1 卷，詩文，上海：上海人民出版社，2011 年，第 22 頁。

等風景的「一些光和線」，但不能深入刻繪「農夫」等詩歌意象背後的「活跳的心」，因此自己「厭棄了彩色，厭棄了畫筆，／去學習怎樣和聲，怎樣發音。」對於「心」的敏悟構成了曹辛之由「工作需要」而創作街頭詩到自覺探索詩歌道路的發端，與此同時，這種向內開掘的姿態也與魯藝要求的政治／文藝工作者的身份產生了分歧。

在 1944 年寫作的《啓示》一詩中，有這樣的開頭：

我們常常迷失在自己的小世界裏，
拾到一枚貝殼，捉到一個青蟲，
都會引來一陣欣喜。好像
這世界已經屬於自己，而自己卻
被一團朦朧困守住，
翻過來，跳過去，在一隻手掌心裏。

由「迷失」的焦灼開始，詩人其後展開不斷向外部世界拓展，「有一天忽然醒來，／燒焦了自己的鬚髮」，「涉過水、爬過山，／拋棄了心愛的鏡子，／開始向自己的世界外去找尋世界」。《啓示》通過主動地感知與觸摸自然界得出「啓示」，因此帶有「九葉派」典型的「思想知覺化」〔註 123〕特徵。但是，該詩的內核仍是典型的「延安題材」——知識分子的成長歷程與自我蛻變，由「舊我」向「新的世界」——「自己的世界外的世界」飛昇的過程。與其說曹辛之當初是裹挾在「朝拜延安聖地的浪潮」〔註 124〕中的一份子，不如說延安經驗爲詩人主體危機的解除帶來了一種契機，因此銘刻下深刻的記憶。

眼下的民族危機不允許知識分子顧影自憐，他們也嗅到了「將要來到的／一些憂患」（《啓示》）的氣味，於是紛紛向外尋找新的認同方式，尋找個體在民族、革命等宏大敘事中的位置。青年曹辛之之所以把延安作爲目的地，就是爲了「把『母親』尋訪」、「到新世界裏學習翱翔」。無論在陝公還是魯藝，接受革命理論是必修課，但介入延安「新世界」的實踐才是加深曹辛之對舊知識分子「這件舊長衫拖累住／你，空首了半世窗子」（《知識分子》）體認的重要來源，也是催生他應和著「塑造新我」的旋律「向自己的世界外去找尋世界」的動力。他在這裡是通過觸摸外部世界而獲得「啓示」的。即使離開

〔註 123〕袁可嘉：《〈九葉集〉序》，李怡，易彬：《中國文學史資料全編 現代卷 穆旦研究資料》（上），北京：知識產權出版社，2013 年，第 267 頁。

〔註 124〕唐湜：《曹辛之（杭約赫）論》，《詩探索》，1996 年第 1 期。

延安、離開魯藝，可他「到底喝過延河水」〔註 125〕，筆下仍多次出現了於農民、開荒、生產有關意象。黃土高原上開荒生產在詩人眼中既新鮮明朗、朝氣蓬勃，也帶有些許魔幻色彩，甚至是一種「神話」：

在那金色的高原上，
人們創建自己的天堂：
像塊巨大的寶石，
在金河的岸上放光。

老年人嘴邊的神話，
不再是荒誕的幻想。

乾癟的土地流了乳汁，
歌聲從黑夜響到天亮。

白鬍子和黑頭髮一樣年青，
拿鋤頭的也能使用刀槍。

千年的桎梏一齊打碎，
人類在那兒有了新的希望。

千萬人心裏亮著它的名字，
千萬人冒著死生去尋訪。

哪怕山高路遙、雨狂風暴，
像江河匯流海洋，誰的心不朝向太陽？
——曹辛之《神話》

詩人強調的是「窮山惡水」通過農民的辛勤勞作變爲「新的奇蹟」的過程（《拓》），他從中得到的「啓示」也與新生、希望與創造新生活有關，這與《啓示》一詩尋找自我蛻變的主旨確有吻合之處。更值得注意的是，詩中瑰奇的色彩意象令詩歌顯示出一種繪畫美，金色、黑色和白色製造出了視覺衝

〔註 125〕唐湜：《曹辛之（杭約赫）論》，《詩探索》，1996 年第 1 期。

擊力，這種冷峻與熱情的融合之感與革命的底色交相輝映，恰如魯藝美術系彼時倡導的木刻藝術一般。這種詩歌美學與詩人在魯藝美術系學習的經歷有不可分割的關係。但是相比在魯藝學習期間便從事詩歌寫作的詩人而言，曹辛之並未火速地投入「戰鬥的號角聲」中去，反而與在凸顯自我蛻變時選取了更內向化和私密化的表達方式，而在表現政治主題時則將自我抽離出來。通過《啓示》一詩，可以站在現實因素（隨李公樸赴晉察冀邊區）之外，窺見曹辛之離開延安之後與諸多魯藝詩人發生不同選擇的必然性。其一，詩人並未選擇可納入宏大主題中的歷史經驗作爲「舊我」與「新我」的轉啓，而是在小草、泉水、小動物這類平淡細微之物身上以及平淡的生活中找到了「磨煉自己」的方法，區別於那些「庸俗社會學出發的概念化的空洞呼喊」〔註 126〕，找到了個體化的書寫「蛻變」主題的方式。其二，詩人最後一節從「新的世界」的思考又回到了個體的「路」的選擇上來，這一朝向知識分子自我的言說路徑，也寓意著曹辛之的詩歌道路選擇與延安倡導的大眾化詩歌的分野，「暗示著知識分子走上革命道路不僅是對民族，即使是對具體的個體生命，也是無限開放、無限自由的最有價値的選擇！」〔註 127〕值得注意的是，雖然現代主義詩人並不反對詩歌與政治的結合，甚至「絕對肯定詩與政治的平行密切關係」〔註 128〕，但是「藝術可以自然地是一種宣傳手段」的前提是「本身也必須自覺地是生活中眞誠的存在，不容虛假」〔註 129〕。表現在曹辛之身上，雖然承認延安的現實經驗是促使他「蛻變」的重要轉折，套用何其芳的話，曹辛之詩歌道路的展開不是「從文學到文學」而是「從生活到文學」，〔註 130〕但他抓住了「生活」的本來面貌，而非在模式化的生活與概念口號中尋找「啓示」，以敞開自我的方式在豐富的體驗中摸索到「新生」的秘密。實際上，這段在魯藝學習的時期可稱得上刺激詩人站在時代的脈絡上開啓詩歌之路的契機，彼時魯

〔註 126〕唐湜：《曹辛之（杭約赫）論》，《詩探索》，1996 年第 1 期。

〔註 127〕陳超：《中國探索詩鑒賞辭典》，石家莊：河北人民出版社，1989 年，第 177 頁。

〔註 128〕袁可嘉：《「人的文學」與「人民的文學」》，《益世報》（天津），1947 年 12 月 7 日。

〔註 129〕唐湜：《論〈中國新詩〉——給我們的友人與我們自己》，王聖思選編：《「九葉詩人」評論資料選》，上海：華東師範大學出版社，1995 年，第 8 頁。

〔註 130〕何其芳：《文學之路》，《何其芳全集》第 6 集，石家莊：河北人民出版社，2010 年，第 507 頁。

藝美術系大力提倡木刻這一圖像類型，與曹辛之的愛好不謀而合，「以魯藝美術系（後來擴大改稱美術部）爲活動陣地，將新興木刻的創作經驗直接傳授給青年一代。」〔註 131〕曹辛之在大後方從事出版工作時，大量運用木刻圖畫作爲雜誌插圖和封面裝幀，一面寫詩、一面進行裝幀設計，「詩人曹辛之」與「美術家曹辛之」眞正相遇，卻不能忽視在兩種身份的「交匯」前夕的碰撞早已爲日後埋下了伏筆。作爲「教育資源」的魯藝與作爲「生命經驗」的魯藝有時並不能完全地重合，相比前者直接訴諸於文藝運動，後者更需要時間的沉澱與藝術的轉化。不能忽視的是，在曹辛之身上，魯藝雖然作爲智性「生命經驗」的一個提取物呈現出來，卻在經驗與創作的「時間差」裏召喚者感性層面上的抗戰熱情和革命動力。

如果說詩人曹辛之獲得的「啓示」來自生命歷程中提煉出來的經驗，並以此更新了哲學意義上的自我認知，那麼同樣魯藝的多數「新生代」卻通過在學習與生活中發現了這一「環境」之於自己的「重生」之義，甚至以此爲客體直接承載革命理想與生命信仰，更將此上升到「眞理」的高度。他們的表達與認知體現了魯藝黏合政治話語和個體認同的功能。

在一些魯藝青年詩人筆下，革命理想更多地始於眼前與腳下，將視線投向培養自己的「搖籃」。1939 年下半年，魯藝副院長沙可夫和音樂系系主任呂驥組織了一批同學組成文藝輕騎隊前往晉察冀前方，留下的一部分師生於 1939 年 8 月將校舍由延安城北門外搬到了離東門外十里路的橋兒溝——以法式天主教堂爲主建築的院落群：「不僅有一座磚砌的雙尖的、足壯觀瞻並可容納二三百個座位的教堂（擠著坐的話，甚至更多些人也可以），而且還有幾間現成的磚房以及三四十間石砌的窯洞。院內是平坦的，有球場並且還有成行的刺槐以及寥寥的花木和果樹。」〔註 132〕曾就讀於文學系的陸地充滿詩意地回憶道：「有創作，可以演奏朗誦於禮堂；得空餘，可以信步於河灘；白晝，仰望得見湛藍如海的晴空；午夜，不時諦聽悠揚的駝鈴，丁冬作響。」〔註 133〕實際上，隨著愈來愈多的人湧向延安，他們不得不在山上挖鑿窯洞以解決居住問題，至於延安學習、辦公場所更是十分簡陋，但相比延安同時期其他學

〔註 131〕江豐：《回憶延安木刻運動》，《美術研究》，1979 年第 2 期。

〔註 132〕井岩盾：《艱苦還是甜蜜？——關於延安的回憶》，《在晴朗的陽光下》，瀋陽：春風文藝出版社，1963 年，第 101 頁。

〔註 133〕陸地：《瞬息年華——延安魯藝生活片段》，本社編：《紅旗飄飄》23 集，北京：中國青年出版社，1981 年，第 103～104 頁。

校艱苦的環境，橋兒溝處的魯藝簡直可以稱得上一道「風景線」，特別是那高聳的教堂——延安唯一石結構的建築更展現出一絲神秘的氣息。但是，與事後雲淡風輕的描述不同，彼時許多年輕詩人的關注重心顯然不在於觀看「風景」，而是自覺地對「風景」所具有的神秘色彩以及可能轉化而成的現代詩歌「裝置」〔註 134〕施行去蔽，譬如賀敬之 1940 年 10 月寫於魯藝的《不要注腳——獻給「魯藝」》：

在時代的路程上，
教堂
熄滅了火焰，
耶和華
走下了臺階……〔註 135〕

魯藝文學系第二屆學員葉克同樣通過教堂宗教意義的消弭來突出「橋兒溝」「蛻變」的過程，他揭示了魯藝對教堂象徵性的改造，根據作者的描摹，過去的橋兒溝一片荒涼，「十字架，那只是象徵著苦痛，代表者死亡」，現在十字架失去了象徵意義，「它只是橋兒溝風景中的點綴，每個教堂的應有的一種裝飾而已。」〔註 136〕他們清醒地認識到，「改造」發生於紅軍到來之際，「天主教的主教跑了，留下幾位修女遷移到附近山邊的土窯洞棲身。教堂的整個房屋成了中央黨校宿舍。」〔註 137〕紅軍的到來被想像成一種比宗教更爲神聖的「救贖」，更是「時代的路程」上的必然。值得注意的還有此時魯藝 28 歲年輕教員陳荒煤的《在教堂裏歌唱的人》這篇短篇小說。小說開頭以一個旁觀者的視角記敘了魯藝的兩個青年學生在延安初春時節的一場對話，其中一個青年因爲皈依宗教的外祖母在窮困潦倒死去而憎恨教堂，教堂是連接他年少時貧窮記憶和外祖母的介質，然而當他「窮人底天堂」的幻想在魯藝這座教堂裏實現的時候，他認爲自己得到了眞正的救贖。這場對話似乎進一步提升了「我」的政治覺悟，待二位同學離開後，我又進入了「陰暗」的教堂，「但

〔註 134〕柄谷行人認爲，「風景」的發現是現代文學的標誌，基本特徵是作者出於政治的挫折向「內面」的「逃逸」。（柄谷行人：《日本現代文學的起源》，趙京華譯，北京：生活・讀書・新知三聯書店，2003 年。）

〔註 135〕賀敬之：《不要注腳——獻給「魯藝」》，《賀敬之文集》1，北京：作家出版社，2005 年，第 51 頁。

〔註 136〕葉克：《橋兒溝》，《大眾文藝》，1940 年第 2 卷第 1 期。

〔註 137〕陸地：《瞬息年華——延安魯藝生活片段》，本社編：《紅旗飄飄》23 集，北京：中國青年出版社，1981 年，第 104 頁。

是我現在充滿了讚美的心情，我底眼睛感覺這禮拜堂有一種神聖的光輝。我底眼睛好像很明亮，看得見在周圍石柱上懸掛著紅布的鮮豔的畫像，那是爲了拯救人類的以及爲了人類的幸福和自由而吶喊的巨人的畫像，……他們現在都以鮮明的光輝在這教堂獻身出來。而在神龕前，我看見那顆大的五角星……」〔註 138〕隨後，小說中出現了合唱的場景，「我」想像著那個曾「憎恨教堂的年青人」也融進了這一集體的歌聲中。這篇小說還有一個十分關鍵但容易被忽視的細節，實際上表明了魯藝青年人思想發生轉化的內在緣由。當兩個青年學生的對話陷入沉默時，突然由那個曾憎惡教堂的學生打破了沉默：「哦，大概已不早了，回去吧，你看，我們現在不能一天沒有鐘聲了吧？那就是說，我們不能沒有工作和休息時間的報導。但是誰想到過，這鐘聲原來是報告祈禱的時間的呢？」〔註 139〕

由此，不僅可見教堂的「鐘聲」重新塑造了學生們對時間的感知，而且青年對原本屬於宗教術語的「鐘聲」性質進行了重新界定，該細節表明了青年的政治敏悟並不流於空談，而是早已將其深深烙印進自己的日常生活，以象徵集體時間的「鐘聲」規範自己的作息時間，從而實現了「小我」在「大我」中的昇華。關於集體時間對個人的規訓，上文中已有所論及，這裡試圖指出的是陳荒煤小說中這一細節並非空穴來風，而是在虛構與眞實之間折射著一種無意識和普遍經驗，足見日常生活對人的思想與行爲習慣的改寫。還需要指出的是，這些文學作品將魯藝「教堂」這一意象渲染得無比光輝，而現實中作爲物質形態的魯藝校園卻恰恰相反，掩映在群山之間的魯藝校舍逼仄不已，教堂後面的幾排窯洞作爲教室更是擁擠，因此他們的課堂經常搬到露天的場院或不遠處的山頭上，「冬天找塊太陽地，夏天躲到陰涼地。大家一人一個小板凳，走到哪兒搬到哪兒，膝蓋就是『自備書桌』。」〔註 140〕在群山與窯洞之間，更顯示出魯藝校園的標誌性建築——高聳的天主教堂之醒目。通過對「教堂」這一意象的書寫投射出革命青年的兩種精神狀態。其一，根據王德威的提示，革命青年對「教堂」這一意象的探討與想像可以追溯到革命的暴力因素之外，「情」所形成的聚合力之上，革命賦予給教堂的光輝暫時

〔註 138〕陳荒煤：《在教堂裏歌唱的人》，《陳荒煤文集》（第 1 卷）小說、劇本、報告文學，北京：中國電影出版社，2013 年，第 276 頁。

〔註 139〕同上。

〔註 140〕穆青：《魯藝情深》，文化部黨史資料徵集工作委員會，《延安魯藝回憶錄》編委會：《延安魯藝回憶錄》，北京：光明日報出版社，1992 年，第 582 頁。

掩蓋了艱苦的教學環境，使苦難具備了一種崇高美學的特徵。〔註 141〕其二，從外形上看，這一磚砌的建築與它的象徵義——黨的「文藝堡壘」相當吻合，它高大、堅固、莊嚴肅穆。同時，「堡壘」是戰爭年代的產物，它的軍事性質不言而喻，而將「教堂」改造爲「堡壘」亦是解除文藝「光環」的過程，相應地，它要求詩歌傷感的基調、唯美的追求以及繁複的詩歌內涵與神秘的宗教寓意一併消失。這雖然符合抗戰以來新詩「摒棄了任何空想的與虛構的，以及羅曼蒂克的內容」〔註 142〕的普遍追求，但從其發生場域來看卻包裹著一層政治教育的內涵。曾被何其芳在《對於〈月報〉的一點意見》一文中引用過的《不要注腳——獻給「魯藝」》是一首相當具有代表性的詩歌，賀敬之在這首詩中將魯藝稱作「藝術的兵營和工廠」，並獲得了相應的「主人翁」式的身份認同：

在我們的場園裏，
我們趕出了
「傷感」的女神，
摒棄了
鍍金的憂愁。

人的叢林
在高呼：
「詩人
和共和國的工作
是完全一致的！」〔註 143〕

在藝術的
兵營和工廠，
我們是
戰鬥員和突擊者，

〔註 141〕參見王德威：《抒情傳統與中國現代性——在北大的八堂課》，北京：生活・讀書・新知三聯書店，2010 年，第 133～140 頁。

〔註 142〕艾青：《論抗戰以來的中國新詩——〈樸素的歌〉序》，艾青：《艾青全集》第三卷，詩論，石家莊：花山文藝出版社，1991 年，第 71 頁。

〔註 143〕馬雅可夫斯基詩句。（原詩注）

工作不息！〔註 144〕

賀敬之的一番豪言壯語道出了「我們」所理解的詩人的職責，他借馬雅可夫斯基之口將詩人的「工作」與民族國家理想聯繫在一起，並在「人的叢林」的高呼聲中印證，接著他又將視線從遙遠的理想拉回眼前的「工作崗位」,「詩人」再一次匯入了「我們」這一群體中來，以「堡壘」爲寫作園地發揮自己的價值，介入現實鬥爭，充當「戰鬥員和突擊者」。但是，賀敬之驅趕走了「『傷感』的女神」，卻掩飾不住詩中抒情主體空乏的、口號式的自我標榜。其實，刀與筆並置這類將文學軍事化的表述方式並不鮮見，提倡「革命文學」的左翼作家們「以筆爲槍」，抗戰時期更是將這一口號上升到民族主義的高度上。需要注意的是，魯藝的教育方針中規定了該校要作「中共文藝政策的堡壘與核心」〔註 145〕，那麼「筆桿子」理應配合「槍桿子」〔註 146〕。每一位在魯藝工作學習的人員都被給予了一份光榮的允諾，作爲被編織進學校集體中的個體有義務去履行這份「光榮的使命」，因此，賀敬之詩中以「藝術的兵營和工廠」指代魯藝，絕非自我想像的產物，而是對官方說法的一種自覺唱和，實屬接受魯藝教育理念使然。與那些從中國文藝界的形勢出發帶有更多理性色彩的文學軍事化論斷〔註 147〕相比，16 歲的賀敬之直接將自己

〔註 144〕賀敬之：《不要注腳——獻給「魯藝」》,《賀敬之文集》1，北京：作家出版社，2005 年，第 52 頁。

〔註 145〕羅邁：《魯藝的教育方針與怎樣實施教育方針》(一九三九年四月十日)，谷音，石振鐸：《東北現代音樂史料》第 2 輯（魯迅文藝學院歷史文獻），內部資料，1982 年，第 52 頁。

〔註 146〕這一說法的經典闡釋之一是朱德在出席魯藝成立二週年紀念大會時的講話：「在前方，我們拿槍桿子的打得很熱鬧，你們拿筆桿子的打得雖然也還熱鬧，但是還不夠。這裡，我們希望前後方的槍桿子和筆桿子能親密地聯合起來……打了三年仗，可歌可泣的故事太多了，但是好多戰士們勇敢犧牲於沙場，還不知道他們姓張行李，這是我們的罪過，而且也是你們文藝的罪過。」(《新中華報》1940 年 6 月 18 日報導。)

〔註 147〕譬如大眾化詩歌的積極倡導者之一柯仲平 1938 年 10 月發表《持久戰的文藝工作》提出了「文藝的持久戰」這一概念。該概念出自 1938 年 7 月 26 日毛澤東在延安抗日戰爭研究會上作的《論持久戰》的演講，演講闡述了「兵本是勝利之本」的人民戰爭思想，而《持久戰的文藝工作》一文中則相應地提出了持久戰軍事背景之下文藝的運動方向問題，柯仲平認爲「現在，文藝工作的進展，還遠落在軍事工作的背後」，可見他的論述前提在於文藝工作與軍事工作的同構性，隨後他引用毛澤東的觀點「中國的抗戰是持久性的」，推理出「文藝上，我們也必須將游擊戰，運動戰，陣地戰的三種作風配合起來。」（柯仲平：《持久戰的文藝工作》,《文藝突擊》，1938 年創刊號）

的革命熱情嫁接到詩歌創作中來，詩歌是他釋放革命激情和集體榮譽感的載體。因此詩歌之於他的本質化一面是單純地符合「革命」的要求，這首詩實質上是借「我們」之口，以標語式的方式描繪了賀敬之被納入「巨大的機械」〔註 148〕後與黨的意志同構的理想化鬥爭形態，顯示了他政治認同與文學自我的統一。

通過對比上述兩類青年不同詩歌道路的選擇，可以發現，如果將魯藝這一帶有多重指向性的場域視作詩人歷史經驗的一種承載形態，它看似提供了同質化的書寫空間，但是來往於魯藝之間的青年詩人做出的自我「調試」程度不甚相同，也會根據自己的理解以及過去累積的經驗對眼下的境況作出不同的歷史選擇，這種「自由」在《講話》發表以前尤爲明顯。他們收集、修剪、撿拾和吸收與魯藝碰撞摩擦而發出的種種體驗，相異的心理認同程度折射出他們對革命理想和現實鬥爭的不同看法，其詩歌也反映出青年人革命觀的駁雜面向。曹辛之在與魯藝拉開一段距離後方開始創作以現實爲主題的詩歌，而賀敬之則迅速將革命的日常生活引入詩歌之中，後者「速寫」式的寫作原理顯然更符合抗戰的需求，但是前者在「沉澱」過後的「追憶」卻能站在旁觀的立場召喚出相對複雜的歷史心態。需要指出的是，從結果上看，兩種文學道路看似並無重合之處，但是實際上革命道路上的文學青年並不居於一個固定的位置上，他們對「革命眞理」的踐行常常不直接訴諸行動或訴說，而是保持著若即若離的關係，即使習慣了歌頌光明的青年詩人時常也會將筆觸伸向「細部」，在關注低聲部和「暗影」的同時不自覺地偏離了他所恪守的信條。譬如，賀敬之的敘事體長詩《紅燈籠》便是一例，詩歌訴諸一種戲劇性情境，最終「來自遠方的流浪客，／死在自己家前」。詩人冷靜客觀地描述了青年由歸家心切到慘遭強盜殺戮的過程，渲染這個青年由喜到悲的命運結局。實際上，這首詩中矛盾雙方通過「姑母」的傾訴顯露出來，即適逢荒年，善良的村民和村子裏納糧交租、強盜橫行的黑暗現實的對立，青年的飛來橫禍正是後者對一個「不知情」者的無情蠶食，整首詩的情感基調錯綜複雜，希望與失望的情感交織，最終以青年之死結局將矛盾推向高潮。一個離去——歸來的故事模式嵌套著循環式的宿命現實（荒年——荒年），詩人的目的在於喚

〔註 148〕何其芳：《一個平常的故事——答中國青年社的問題：「你怎樣來到延安的？」》，何其芳著，藍棣之主編：《何其芳全集》第 2 集，石家莊：河北人民出版社，2000 年，第 83 頁。

醒讀者對於黑暗現實的覺悟。但是，這首詩不同於《不要注腳——獻給「魯藝」》式的標語式呼喊，「紅燈籠」抽象爲了一種命運的隱喻，全詩因此籠著著未知與恐怖的氣氛。

除此之外，不可忽視天藍這樣的青年詩人，他受過系統而完整的大學精英教育的影響，接受了新文學觀念，更攜帶著略顯沉重的西方詩學資源來到延安，他不自覺地以自己過去的文學經驗比附於革命現實之上，甚至因爲他的詩歌中流露出切中時弊或揭露人性的一面而被胡風等國統區詩人看重卻招致後來的「災禍」〔註 149〕。天藍的《隊長騎馬去了》《G.F.木刻工作者》《我，延安市橋兒溝區的公民》等詩中均流露出詩人在革命道路求索過程中的沉鬱和冷靜。以長篇敘事詩《G.F.木刻工作者》爲例，第一章中「五四」式的「出走」主題直接指向「革命」的「起點」問題：「我」作爲「一個樸素的木刻工作者」投身 Biticents（布爾什維克）的戰鬥之中。像天藍這樣身在魯藝，卻服膺胡風詩學觀念的詩人不在少數，侯唯動、胡征就是典型，但是他們也因極具個人特色的詩學主張在接下來的整風運動中受到「懷疑」。

上述粗疏的勾勒顯示出魯藝青年詩人群體內部駁雜多元的面相，因此對這些受教育的青年而言，他們的文學教育和思想教育並不分屬兩個不同的層面——魯藝的教育功能並不在於它教授知識的一面，而是具體化爲黨對文藝青年的調控政策，作爲空間敘事單位的魯藝如同一個收放自如的容器，一方面，前輩詩人爲青年詩人營造了一個詩歌寫作的場所，侯唯動在回憶錄中談及魯藝對自己成長的影響：「以前讀了許多書，好比拾到了幾把明晃晃的珍珠，到了『魯藝』才被一根紅線穿成珍珠項鍊。」〔註 150〕但這並不是他們的終極目的，成爲詩人的夢想在革命中是虛妄的，大多數青年在這裡學到「本事」以後爲了革命的需要理應將其轉化爲實際工作技能，自覺地認同「共產黨員要服從黨的分配，像算盤珠撥到哪裏在哪裏」〔註 151〕，投身於更廣泛的社會實踐。頗有詩歌天賦的文學系第四期學員張鐵夫發表過《鄉村》《土地的歌》《窩窩頭與白銀子的故事》等詩，後來接受了何其芳、周揚苦口婆心的勸

〔註 149〕搶救運動中天藍成爲被定爲「搶救」的對象。

〔註 150〕侯唯動：《寶塔高聳 延河長流》，湯洛、程遠、艾克恩主編：《延安詩人》，西安：陝西人民教育出版社，1992 年，第 509 頁。

〔註 151〕張鐵夫：《春風秋雨八十年——張鐵夫簡歷》，《張鐵夫詩文集》（下），北京：北京出版社，2003 年，第 1030 頁。

說，從一名感性的詩人一躍成爲新聞工作者。〔註 152〕類似的例子還有很多，魯藝青年詩人以「犧牲」自己的詩人身份獲得了與「民間」、「大眾」的寶貴聯繫，這種犧牲象徵著一種更高的革命理想的實現，畢竟他們並不願意將自己幽閉在一種「文藝青年」的生活圖景中，而渴望投注到眞正的戰鬥生活中；另一方面，青年們的激情常有逸出革命話語的危險，關於這一點，胡喬木的態度是：「一個學生並不是一張白紙，任人剪裁折疊和塗寫的，他到學校裏來不是爲了收管理和注射，而是爲了練習、修改和吸收，爲了在其既有的基礎上得到更進一步而且更迅速豐富的成長。」〔註 153〕面對青年們躁動的心靈和活躍的創作衝動，魯藝作爲黨的文藝樞紐，也會在適當的時機做出篩選、干預，特別是延安整風運動開始後，著手對那些逸出文藝大眾化路線的「異己分子」給予警告與處理。

2.4「拿起鋤頭上田開荒」——勞動與新詩

延安的生產實踐根源於延安的客觀現實和意識形態要求，在此基礎上建立起來的生產話語作用於文學創作與批評機制時，難免遭遇牴牾，因此 1953 年何其芳在北京圖書館主辦的講演會上將「寫詩」也指認作一種「勞動」時，實際上利用了馬克思的「精神生產」說爲自己「寫詩」尋找合法性，他說：「寫詩是一種專門的勞動，而且是一種非常精細的勞動」。〔註 154〕何其芳宣稱自己爲一個「勞動者」，不能與他延安時期在魯藝接受的勞動「教育」割裂開來。「勞動」也是魯藝師生的一門「必修課」，魯藝具體的勞作活動作用於詩人觀念的改造，也勾連著新的歷史主體的形成。

2.4.1 曹葆華：從清華到田野

曹葆華於 1939 年底從成都出發，1940 年 2 月 2 日來到延安，後任教於魯藝文學系。兩個月後，《西北一天》一詩發表在延安《大眾文藝》第一卷第一

〔註 152〕穆青：《魯藝情深》，文化部黨史資料徵集工作委員會，《延安魯藝回憶錄》編委會：《延安魯藝回憶錄》，北京：光明日報出版社，1992 年，第 582 頁。

〔註 153〕胡喬木：《關於新教育的二三事》，《中國青年》，1940 年第 2 卷第 5 期。

〔註 154〕何其芳：《關於寫詩和讀詩——一九五十三年十一月一日在北京圖書館主辦的講演會上的講演》，何其芳著，藍棣之主編：《何其芳全集》第 4 集，石家莊：河北人民出版社，2000 年，第 274 頁。

期，同樣嵌套在「一天」的時間邏輯裏，這首詩記錄的不是魯藝校園中緊鑼密鼓的學習或工作，而是校園之外的「生產」活動——「秋收」。詩歌分別以「早上」、「正午」和「傍晚」爲三小節的標題，從空間上而言，室內——室外的隔膜被打破了，在田野秋收與在室內「翻讀馬克思」構成完整的「一天」，白天室外的勞作與夜晚室內的閱讀分別代表著身體與精神兩個層面的富足。在這首詩中，「勞動」既源於「我」內心的自覺，「我」對「勞動」的渴望也總是被一種集體的力量所照亮。天還未亮，「塞上喇叭」將「午夜夢想」切斷，「我」便「扛著鐵鋤／向山嶺下／田野去」，這也正是詩人對自我人生軌跡的譬喻。

曹葆華出生於四川樂山的一個商人家庭，1927 年考入清華大學外文系，詩歌之路由此開啓，1930 年出版《寄詩魂》，一躍而爲清華的大詩人，1931 年進入清華研究院攻讀研究生，期間曾主編《北平晨報・詩與批評》專欄，間隙還翻譯了歐美等人的現代主義詩論。其早期詩歌受新月派影響頗深，後自覺轉向「僻奧怪罕，奇崛獨出」、「詩意幽晦，詩味冷澀」〔註 155〕的「苦吟」風格。對於曹葆華以及其他都市詩人而言，這種「自我封閉」式的內向化寫作誕生於遠離農耕文明的現代教育空間，現代意識的植入直接造成了詩人與現實對話的困難。奔赴延安足以構成曹葆華創作生涯的又一個重要轉折點。奔赴革命之地前夕，詩人一方面不斷地自我懷疑：「你的浪漫的手臂／遮得住群眾的風雨嗎？」（《抒情十章——寫在走向西北之前》），一面執意堅持「掙破噩夢」，「去到革命的烽火中／作革命的一環」（《西北道上》）。1939 年進入根據地之後，詩人消散了心中的猶疑，決心鎖起過去，並發出了「我是鐵／你是鋼／在時代熔爐中／經過黑夜的紅火／化作一杆矛／或一個炸彈」（《西北酌飲》）的吶喊，也不時流露出大快朵頤地劃拳、與戰友和同志「喝個乾杯吧」（《西北餞飲》）的喜悅。

《西北一天》中的「喇叭」聲並非實指，而是詩人心中的一道道德律令，在這一律令的指引下，勞動就是「敕旨」，「誰縮著頭／像烏龜」，同時，這種律令也消除了實際勞動中身體的疲憊，塑造了「堅強的身體」，「正是希望／照亮上山小徑／年青輕快的腳步」。傍晚背著沉甸甸的「收穫」，「手在歡舞／心在笑」，但詩人知道，身體的「勞作」結束了，精神的「勞作」仍要延續，

〔註 155〕方敬：《寄詩魂》，陳曉春、陳俐主編：《詩人・翻譯家——曹葆華》（史料・評論卷），上海：上海書店出版社，2010 年，第 40 頁。

那便是「一粒燈下／將翻讀馬克思」。詩中描述的「耕讀」場景是自古以來中國文人的一個「元命題」。傳統中國「耕讀」之精義始終勾連著政教倫理，以科舉制爲紐帶，學與政的關係未曾分離。時至晚清，「耕」對於傳統讀書人而言，「在田裏勞作」的實際意義逐漸被弱化，進而在個人身上具體體現爲「筆耕」、「舌耕」，即以在書院、學堂教書爲收入來源，但之所以仍要講「耕」，原因在於要維持一種認同，「以示未曾疏離於土地和農耕行爲」。〔註 156〕自科舉廢除後，「耕」更是流於虛名，特別是現代教育體制的引入，越來越多的知識分子選擇留在城市而不再返鄉，對他們而言，只能有距離地觀望「鄉土」而無法或不願歸鄉，以至城鄉之間的隔膜愈來愈深。但是，這種傳統於形式層面在抗戰時期的延安得到了復歸，但是「耕讀」之意義內涵已經隨時代精神發生了巨大的變化。

從運動軌跡這條線索來考察何其芳和曹葆華二位現代派詩人可以找到他們的共通之處，如果將四川——北平——延安視作詩人們活動的一條路線，無論「出蜀」抑或勸人「出蜀」〔註 157〕更多地寓意著詩人試圖擺脫鄉土傳統的束縛而尋找現代之光，但是第一個轉折卻構成了現代性與異質性文化力量的入侵，對他們而言，如何整合古老的國家與現代文明之間的關係，如何在其中找尋自己的歷史位置，面對 1930 年代變幻莫測的現實風景與社會秩序，「抗戰」這一外在契機意外地打破這種困境，借助「全民抗戰」這一集體行動，詩人重新檢視了自己與民族國家、時代之間的距離。因此，由「北平」到「延安」構成了對「鄉土」和「現代」的二重超克，內蘊著詩人對「自由」、「新中國」（《延安禮讚》）的憧憬與幻想。詩人赴延以前創作的「無題詩」誕生於氤氳著老舊氣息和現代氛圍交錯的北平，這種文化語境致使詩人只能「局促在一斗土屋內」，慨歎「幻想的天地怎不狹小」〔註 158〕，以「咬著」〔註 159〕的寫作方式「寄託自己對人類歷史的宏大反思和現代性焦慮」〔註 160〕。曹葆

〔註 156〕羅志田：《與時偕行的中國農耕文化》，《中華文化論壇》，2009 年第 2 期。

〔註 157〕這裡指曹葆華勸陳敬容離開樂山，到北京上學。（參見陳敬容答覆樂山市志辦公室信件摘要，轉引自陳俐：《詩人 翻譯家：曹葆華評傳》，成都：四川大學出版社，2016 年，第 65 頁。）

〔註 158〕曹葆華：《無題草・第五輯》（之八），陳俐，陳曉春：《詩人・翻譯家——曹葆華》（詩歌卷），上海：上海書店出版社，2010 年，第 205～206 頁。

〔註 159〕方敬：《再憶》，《方敬選集》，成都：四川文藝出版社，1991 年，第 770 頁。

〔註 160〕張潔宇：《荒原上的丁香——20 世紀 30 年代北平「前線詩人」詩歌研究》，北京：中國人民大學出版社，2003 年，第 116 頁。

華的《西北一天》折射出，延安革命語境下的「耕讀」絕非是解決生存問題和維繫知識分子「耕讀傳家」的本位思想，也並不僅作為詩人打破迷夢、介入現實的方式之一，而是以「家國一體」的傳統思想為根基，在「土地」這一介質上注入了「革命」的現代性因子，更內在地關乎著詩人的個人存在狀態與對民族國家的想像。

現實勞動與精神理想之間張力的大小程度還需結合《西北一天》等作品的創作背景來探測，只有將其放置在一個較為具體的歷史境況中，在「詩」與「史」之間的契合和裂隙裏才能撥開一道光亮。而將「秋收」、「開荒」這一題材的詩歌作品放在「生產運動」這一政治敘事的角度來觀察，詩人筆下的「秋收」就不再是一個單純的勞動情境，而勾連著象徵個體與集體的「人」與政治世界的互動關係。

參加「秋收」是魯藝師生的一項重要任務。每到秋收時節，魯藝便會組織各系學生到農村參加勞動。其實即便在日常，「為了保證自己有吃有穿」〔註161〕，魯藝師生除了正常的教學之外，也要進行開荒、播種、鋤草、種瓜種菜等生產活動。除《西北一天》外，彼時魯藝詩人以「秋收」、「開荒」為題材的詩歌還有許多，包括賀敬之的《十月》、井岩盾的《在收割的田野上》、戈壁舟的《割穀子》《軍民開荒》等。沙汀曾回憶與何其芳一起帶學生參加秋收的情形，他說，這是一項「組織分配」的任務，勞動的地點是延安二十里鋪。

> 下去之前，我們就動員準備隨同我們下去的同學，作為寫作實習，每個人這次勞動回來都得寫篇文章，其內容則是描寫自己在勞動中熟識的革命根據地的新型農民。對於如何選擇、觀察自己的寫作對象，我們曾經作過多次討論，而其芳更把它們逐條寫成文字，刻印出來發給大家。等到各自注定下來，我們每天晚飯後又分頭到他們所在的農民家裏進行一次檢查，給以必要指導。〔註162〕

這裡需要留意的是，「秋收」不是單純的勞動，魯藝的教師試圖將此轉化為寫作素材，因此，「勞動」和「寫作」並未完全地割裂開來，甚至有意地被組合到一起。據沙汀回憶，這次秋收雖然只進行了一個星期，但返校後，沙、何

〔註161〕宋侃夫：《一年來的政治教育的實施與作風的建立》（一九三九年），谷音，石振鐸：《東北現代音樂史料》第2輯（魯迅文藝學院歷史文獻），內部資料，1982年，第59頁。

〔註162〕沙汀：《追憶其芳》，易明善：《何其芳研究專集》，成都：四川文藝出版社，1986年，第20頁。

二人將學生們十幾篇「反映當時延安近郊的農村面貌和新型農民」的散文報導集成一本《秋收一周間》，雖然文集的出版情況不詳〔註 163〕，但是從天藍寫成的《秋收一周間》一文中仍可窺見此次秋收帶給魯藝青年學生的思考。給秋收小組成員留下深刻的記憶的，無論是「割糜子」、民歌民謠還是「王老頭的故事」〔註 164〕，對於天藍甚至大部分在現代教育中成長起來學生而言，這種勞動體驗不僅意味著全新的感受與經驗的獲得，而且關聯著審美趣味和話語方式的改變。雖然文章散淡的筆法與秋收緊張生產的任務之間存在著某種程度的裂隙，但是通過這種勞動的方式，將「體力生產」與文化人的創作特長聯繫到一起，用魯藝負責人的話來說，就是實現了「學習工作緊密配合」。〔註 165〕

《西北一天》依舊保留著曹葆華擅長使用的藝術手法，在情感表達方式上拒絕了口號式的直白，保留了「你願偷懶／喘息一口氣／作時光的扒手嗎」式奇警的譬喻，從整飭的形式中也流露出就讀於清華大學時期摹仿新月派的痕跡，但是全詩的意象已經脫離「無題詩」階段帶有詭奇怪誕色彩的幽靈、鬼魂、夢魘等，洋溢著健康向上的氣息，詩歌明快的節奏則與延安整飭的生活步調相得益彰。詩歌的發表時間證明，曹葆華寫作《西北一天》時並未參加過秋收。雖然「秋收」的情景倚靠的是想像的經營，但是「半日生產，半日學習」〔註 166〕還是爲他積累了不少勞動經驗。在這種情況下引此詩爲例，原因還在於它牽涉出了「勞動」以及由「勞動」引發出的革命想像如何參與進了包括曹葆華這類「現代派」在內的詩人的現實感的重建以及自我改造的生成。從抗戰前「無題詩」時期運用意象跳躍和空間陡轉等方式營造玄妙而神秘的詩歌效果，到抗戰爆發後對「我們是詩作者，／我們是文化人，／我們是戰鬥的一員」（曹葆華《我們是詩作者》）的身份體認，再到延安時期有序地按照早——中——晚、窯洞——田地——窯洞的時空邏輯結構詩歌，這種變化和結構方式背後的支撐動力之一在於，詩人自覺反省了自己與現實之

〔註 163〕沙汀：《漫憶擔任代主任後的二三事》，任文主編：《永遠的魯藝》（下），西安：陝西師範大學出版總社有限公司，2014 年，第 191 頁。

〔註 164〕天藍：《秋收一周間》，《文藝陣地》，1939 年第 4 卷第 1 期。

〔註 165〕宋侃夫：《一年來的政治教育的實施與作風的建立》（一九三九年），谷音，石振鐸：《東北現代音樂史料》第 2 輯（魯迅文藝學院歷史文獻），內部資料，1982 年，第 59 頁。

〔註 166〕朱聲：《開荒》，《七月》，1939 年第 4 卷第 2 期。

間的位置關係，過去那種無序的、雜亂的生活節奏被整飭的生產——學習計劃所取代，這一體驗發生在詩人身體的感知層面，其中借由身體的「勞動」過渡到詩人生命體驗思考的痕跡十分明顯。除此之外，一大批詩人都通過「勞動」的改造，自動放棄對先前社會分工的體認以及知識的信仰，轉而從過去所極力擺脫的「體力勞動」中獲得認同感與心靈的愉悅。「分不清韭菜和穀子」的「南方城市的孩子」，「再不會以爲有米樹子，／知道了吃小米過日子」（戈壁舟《割穀子》），這種喜悅中隱含著對過去「無知」的慚愧和悔悟，而這種覺悟不借助外部說教而完全升騰於自我內心，不依賴政治宣講而直接從田地裏、紡織機旁、生產小組中獲得。從都市「退回」田野，將腦力勞動與體力勞動的價值等同起來，甚至認爲後者的價值高於前者。從現代文明演進的角度，看似是一種「倒退」，在革命的視野中卻彰顯著「後退」與「前進」的張力。

2.4.2 勞動的「身體」

生產運動的背景根植於邊區困窘的經濟、財政狀況。隨著外來人口的不斷膨脹，邊區的經濟和生產壓力愈來愈大，特別是 1940 年國共關係惡化以後，更是到了「沒有衣穿，沒有油吃，沒有紙，沒有菜，戰士沒有鞋襪，工作人員在冬天沒有被蓋」的地步。〔註 167〕井岩盾晚年回憶 1940 年以後艱苦的生活條件時談到了在魯藝的吃飯問題，一個學習小組把菜打在一個小黑盆裏圍著吃，以土豆爲主要的菜蔬，一吃就是大半年，1941～1942 年間，「從伙房裏打出菜來時，不過是一盆烏黑的黑湯。」〔註 168〕實際上，中共領導人 1938 年便已注意到生產的重要性，1939 年 1 月陝甘寧邊區第一屆參議會在延安召開，林伯渠在政府工作報告中提到「擴大生產運動」的具體任務，其中就包括「發動一切機關學校和後方部隊實行自己耕種，以達到糧食蔬菜自給」。〔註 168〕

〔註 167〕毛澤東：《抗日時期的經濟問題和財政問題》（一九四二年十二月），中共中央文獻研究室、中國延安幹部學院：《延安時期黨的重要領導人著作選編》（上），北京：中央文獻出版社，2014 年，第 229 頁。

〔註 168〕井岩盾：《艱苦還是甜蜜？——關於延安的回憶》，《在晴朗的陽光下》，瀋陽：春風文藝出版社，1963 年，第 107 頁。

〔註 168〕《陝甘寧邊區政府對邊區第一屆參議會的工作報告》（一九三九年一月），《紅色檔案——延安時期文獻檔案彙編》編委會編：《紅色檔案，延安時期文獻檔案彙編》陝甘寧邊區政府文件選編，第 1 卷，西安：陝西人民出版社，2013 年，第 142 頁。

1939 年 2 月 2 日延安召開生產運動大會，毛澤東、李富春等也分別做了有關生產動員的報告，邊區大生產運動由此開始。〔註 170〕不久之後，魯藝副院長沙可夫在工作檢查總結報告中指出魯藝在生產節約方面的不足和努力方向，指出「過去的生產工作，做得太少，只下鄉幫助過一次秋收，雖曾種菜但無收穫。」他規定四項魯藝今後的生產方向，分別爲「成立合作社」、「開荒種小米及蔬菜」、「自制文具用品」和「養雞養豬」。〔註 171〕據《新中華報》1939 年 4 月報導的《中央直屬機關學校生產提及檢查總結》，魯藝的勞動力等級與馬列學院、黨校、訓練班並列「乙等」，開荒完成率爲 77.4%、種菜完成率爲 51%，沒有完成規定的生產任務；但參加生產人數爲全院 73%，僅次於馬列學院、訓練班和工人學校，可見生產熱情和生產效率都十分高漲。〔註 172〕四年後，毛澤東高度讚揚，1941～1942 年間延安軍隊和機關學校因「自己動手」而解決了大部分的生產、生活需要，這是「中國歷史上從來未有的奇蹟」。〔註 173〕

身體既是書寫的對象，也是感受的主體，美國哲學家舒斯特曼曾引用胡塞爾的名言「身體是所有感知的媒介」〔註 174〕力圖證明這一點。雖然舒斯特曼提出這一問題的學術語境根植於傳統學院派哲學家因過於迷戀邏各斯而忽視了肉身的操練的重要性，但亦提示我們在談論魯藝詩人通過詩歌介入革命現實時，將目光從宏闊而遼遠的革命理想構建和新中國想像拉回、收攏到個體改造的「發生學」維度以及革命開展的順序上去，從「身體」這一基本單位開始，重新審視以魯藝詩人爲代表的延安文人參與革命的方式。正如研究者指出，「以身體作爲線索來討論革命的歷史」，「也許不會改寫一場革命的全部歷史，卻能讓我們以新的、更貼近『人』的角度來觀看歷史的發展，認識客觀現實如何限制或激發人的欲想與抗拒，使歷史形成預計或未預計的結

〔註 170〕張憲文、張玉法：《中華民國專題史》（第七卷 中共農村道路探索），南京：南京大學出版社，2015 年，第 474 頁。

〔註 171〕沙可夫：《魯迅藝術學院工作檢查總結報告》（一九三九年二月十八日），谷音，石振鐸：《東北現代音樂史料》第 2 輯（魯迅文藝學院歷史文獻），內部資料，1982 年，第 30 頁。

〔註 172〕《中央直屬機關學校生產提及檢查總結》，《新中華報》，1939 年 4 月 22 日。

〔註 173〕毛澤東：《抗日時期的經濟問題和財政問題》（一九四二年十二月），中共中央文獻研究室、中國延安幹部學院：《延安時期黨的重要領導人著作選編》（上），北京：中央文獻出版社，2014 年，第 231 頁。

〔註 174〕（美）理查德・舒斯特曼：《身體意識與身體美學》，程占相譯，北京：商務出版社，2011 年，第 13 頁。

果。」〔註 175〕與陶行知、梁漱溟等人「失敗」的鄉村教育實踐相比，毛澤東所謂的「奇蹟」確乎貞切，它得益於革命的巨大號召力和勢能之下，每一個勞動者將其肉身投注到生產事業中去；但「身體」亦纏繞著情感與理性、國家與個人、民間與官方的複雜關係，這些關係網交織在一起，拋出了若干問題：誰來主宰身體？詩歌生產機制與身體勞動有何關係？有關身體的操練又如何進入一種藝術世界？從事實到文本，魯藝詩人都表現出對「身體」的強烈關注。

文學系第二期學生葛洛的散文《搬運——魯藝勞動生活散記》一文記敘了魯藝師生一次有驚無險的秋收經歷。隊伍出發前，一些認爲自己有更強壯的身體的師生「自動地從隊伍裏站出來報名參加搬運」，但就在大家都在向著「搬完打穀場附近山坡上所有的谷堆」的目標突擊時，日本的偵察機和轟炸機突然襲來，作者也險些暴露在敵機之下而喪命。但幸好大家因隱蔽及時順利脫險。最後，搬運隊長說，由於敵機轟炸佔去了兩個半小時的搬運時間，爲了奪回時間，提議大家犧牲午休時間來突擊，得到了大家熱烈地回應。頗爲有趣的是，「身體」的「發現」與「隱蔽」構成了這個生活片段的兩個轉折，其一，作者基於對勞動強度孰強孰弱的判斷和勞動類型的選擇來表現自己的覺悟；其二，正是危急時刻一聲「不要跑！倒下！」的「命令」挽救了作者的生命。無論是自覺地從事較重的農業活動，還是聽從「命令」「順從地臥倒」，都勾勒出了一個典型的訓練有素的「身體」，而作者對這兩個環節的敘寫，無意識地流露出革命理念是如何注入到個人的身體內部，支配著人做出反應和動作。

這亦表明，以學校爲單位，一種具體而微的「改造」歷程，除了政治理念的灌輸與學習之外，起始於對知識分子身體的重新分工。1940 年間，魯藝「勞動」的氛圍已經相當濃厚，不僅表現在口號標語的張貼：「到處牆上壁間，『爭取勞動英雄！』『把學習突擊的精神帶到生產中去！』『生產、學習、工作是三位一體！』的標語……」而且將「生產」上升到了「政治任務」的高度，魯藝一年的生產及計劃也有著明確的規定。〔註 176〕對於革命者而言，「生產」的方式多種多樣，分工明確，「除了衛生人員交通人員和病員，男同志每

〔註 175〕黃金麟：《政體與身體：蘇維埃的革命與身體，1928～1937》，臺北：聯經出版社，2005 年，第 1 頁。

〔註 176〕程秀山：《魯藝在生產戰線上》，《新華日報》，1940 年 6 月 14 日。

日下午參加開荒種地，女同志則經常參加勞動——縫衣，種菜，洗衣服……身體軟弱的同學參加種樹修路，教員參加精神生產——創作。」但也有一邊創作一邊參加勞動生產的教員。這種「藝術與勞動結合」的盛況甚至被院長吳玉章形容為：「拿起鋤頭上田開荒，這是古今中外未先見的」。〔註 177〕從這種描述可見，勞動與「精神生產」緊密聯繫在了一起。但是，體力勞動與精神勞動構成了一組「勞動鏈」。正如在勞動鏈上，「搬穀子」高於「收穀子」一樣，重體力勞動對輕體力勞動產生壓抑，由此推理可知，精神勞動處於整個勞動鏈條的最底端。劉光指出：「勞動給我們青年的重要教育——勞動神聖，在我們親身投入生產勞動之中，更會體驗出它的偉大意義。」〔註 178〕這裡的「勞動」顯然指的是體力勞動。通過「勞動」，詩人完成了一種自我教育，也想像性地完成了革命和對「每一個覺悟的青年」提出的要求。〔註 179〕質言之，勞動體驗不僅充當了詩人的創作素材，溝通了詩歌與現實的聯繫，更深入到了他們對革命落實為「現實」後的認識和革命人格的塑造，構成了他們革命理想的樞紐。

當「主義」變為「行動」時，「主義」便存在落後於「行動」的可能，曾經為「主義」奔走呼號的「筆桿子」也墮入了「教條」的嫌疑。1941 年 9 月以後，黨的基本方針變為爭取工農群眾及中間階級，這個策略影響到了中共整個決策的方向。1942 年 2 月 1 日，毛澤東在《整頓學風黨風文風》一文中重新強調了「革命黨」是與「敵人」對立的存在，那麼把這種敵對關係引入現實鬥爭，必須不斷地尋找革命力量的「對立面」，而知識分子「『不勞而食』的剝削階級思想」〔註 180〕也成為了打擊對象之一。對於許多奔赴延安的詩人而言，規訓是從身體開始的，而真正使他們產生質變的，則來自於頭腦中模糊的「革命」理想一步步得到清晰的答案。從「革命的標準」〔註 181〕、「革命

〔註 177〕程秀山：《魯藝在生產戰線上》，《新華日報》，1940 年 6 月 14 日。

〔註 178〕劉光：《組織廣大青年參加生產運動》，《中國青年》，1939 年 4 月創刊號。

〔註 179〕劉光說：「每一個覺悟的青年和先進的青年團體必須很好的懂得：用勞動者的實際經驗來教育自己，而同時用新的生產知識來推進生產和教育老百姓是我們的職責。」（劉光：《組織廣大青年參加生產運動》，《中國青年》，1939 年 4 月創刊號。）

〔註 180〕《延安大學概況》（一九四四年六月），谷音，石振鐸：《東北現代音樂史料》第 2 輯（魯迅文藝學院歷史文獻），內部資料，1982 年，第 194 頁。

〔註 181〕「在中國的民主革命運動中，知識分子是首先覺悟的成分。……然而知識分子如果不和工農民眾結合，則將一事無成。革命的或不革命的或反革命的知

的主力軍」〔註 182〕到「知識的定義」〔註 183〕，無一鉅細關切著詩人思想教育的方方面面。因此，從官方的角度而言，自然的改造、詩人身體的改造與精神的改造三條線索在同時推進，對於魯藝的詩人們而言亦是如此，工農大眾作爲革命主力軍對革命的階級性質產生了直接影響，這就要求小資產階級詩人們纖細的、握筆的「手」放下筆杆子，拿起生產工具。但其中悖論之處在於，作爲「藝術工作者」的他們又不能放棄「精神生產」，因此只能在詩歌中宣判與舊我的決裂。表現在詩歌作品中，較爲典型的是，「手」成爲了他們表白政治覺悟的一個重要意象，恰如何其芳寫道：「我們用自己的手來克服一切困難。」〔註 184〕在延安，「勞動」總是被「相對」地提出，這種觀念造成了抬高體力勞動地位與折損「知識」同步進行，此種趨勢在延安文藝座談會之後尤爲鮮明。毛澤東在《講話》中那個有關「身體」的譬喻十分著名，「手是黑的」「腳上有牛屎」的工農「還是比資產階級和小資產階級知識分子都乾淨。」〔註 185〕魯藝青年詩人戈壁舟 1944 年寫下了《我生產了十七石》一詩：「手」不能再作爲「知識至上論」和「知識即權力」的象徵，它被形容爲「蒼白的」。「蒼白」的手不具有任何美學意義，而是關乎一種道德意義上的自責。接下來就由「手」蔓延至對身體（主體）的想像：

我生產了十七石，
我再不是蒼白的知識分子，
我是鋼筋鐵骨的莊稼漢，
世界再沒有甚麼叫做困難。

識分子的最後的分解，看其是否願意並且實行和工農民眾相結合。他們的最後分界僅僅在這一點，而不在乎口講什麼三民主義或馬克思主義。」（毛澤東：《五四運動》，《解放》1939 年 5 月 1 日第 70 期。）

〔註 182〕毛澤東在《青年運動的方向》一文中號召「主力軍是誰呢？就是工農大眾。中國的知識青年們和學生青年們，一定要道工農群眾中去，把佔全國人口百分之九十的工農大眾，動員起來，組織起來。」（毛澤東：《青年運動的方向》，中共中央文獻研究室中央檔案館：《建黨以來重要文獻選編（一九二一～一九四九）》，第 16 冊，北京：中央文獻出版社，2011 年，第 285 頁。）

〔註 183〕「什麼是知識？自從有階級的社會存在一起來，世界上的知識只有兩門，一門叫做生產鬥爭知識，一門叫做階級鬥爭知識。」（毛澤東：《整頓學風黨風文風》，《整風文獻》（增訂本）第 3 版，膠東新華書店，1948 年，第 10 頁。）

〔註 184〕何其芳：《快樂的人們》，何其芳著，藍棣之主編：《何其芳全集》第 1 集，石家莊：河北人民出版社，2000 年，第 368 頁。

〔註 185〕毛澤東：《在延安文藝座談會上的講話》，《解放日報》，1943 年 10 月 19 日。

我生產了十七石，
比我寫一篇漂亮的文章，
比我發表一個動人的講演，
更能減輕老百姓的負擔。
只是比起勞動人民呵，
這還是很小很小的一點。〔註 186〕

以勞動戰勝困難的烏托邦理想十分普遍地存在於魯藝詩人的詩歌當中。戈壁舟是魯藝文學系第三期的學員，大生產運動教會他的不僅是「開荒、鋤草、種糧食、紡線線、伐木、拉大鋸」等生產技能，「更重要的收穫是我的思想感情有了變化，由空虛變得充實了一些，由軟弱變得堅強了一些」。〔註 187〕在這裡，「堅強」不僅指涉著身體，而且關聯著詩人的靈魂，通過參與勞動生產，詩人「想像」地實現了「一個階級變到另一個階級」〔註 188〕的飛躍。

1943 年，中共把發展生產規定爲邊區的首要任務，邊區掀起大生產運動。「自己動手，豐衣足食」八個字構成一種「敕令」。在這之前，毛澤東就已經強調生產不是以改良生活爲目的而是「解決一般需要」，因此「動員的範圍也不限於軍隊，而是所有部隊、機關、學校一律進行生產，發出了開展一個大規模生產運動的號召」。〔註 189〕1942 年底，他將經濟與教育視爲目前陝甘寧邊區的中心工作，「兩項工作中，教育（或學習）是不能孤立地去進行的，我們不是處在『學也，祿在其中』的時代，我們不能餓著肚子去『正誼明道』，我們必須弄飯吃，我們必須注意經濟工作。」〔註 190〕所謂「經濟工作」落實爲個人層面，正是以開展生產的形式表現出來，反之，物質條件的困窘激活了勞動的「身體」，而知識分子的身體在履行他們「勞動」義務的過程中也驅逐著「學也，祿在其中」的傳統讀書觀念，學習不再是無功利地自得其樂，

〔註 186〕戈壁舟：《我生產了十七石》，《延安詩抄》，西安：陝西人民出版社，1978 年，第 51～52 頁。
〔註 187〕戈壁舟：《戈壁舟文學自傳》，《新文學史料》，1987 年第 1 期。
〔註 188〕毛澤東：《在延安文藝座談會上的講話》，《解放日報》，1943 年 10 月 19 日。
〔註 189〕毛澤東：《經濟問題與財政問題》，中共中央文獻研究室中央檔案館：《建黨以來重要文獻選編（一九二一～一九四九）》第 19 冊，北京：中央文獻出版社，2011 年，第 624 頁。
〔註 190〕毛澤東：《經濟問題與財政問題》，中共中央文獻研究室中央檔案館：《建黨以來重要文獻選編（一九二一～一九四九）》第 19 冊，北京：中央文獻出版社，2011 年，第 627～628 頁。

也無關仕途通達，而是與發展經濟緊密結合在一起，於是，「教育」就被編織進了馬克思主義「經濟基礎決定上層建築」的指導思想中，與「勞動」合法地嵌套起來。

爲了響應「開展一個大規模生產運動的號召」，1943 年春魯藝積極加入進大生產運動中來。這一年爲配合整個邊區勞動競賽的號召，魯藝也出現了競賽熱潮，從他們承擔的勞動任務和高漲的勞動熱情中，絲毫看不出他們是專門的藝術工作者。比如，魯藝「李國泰老婆」紡毛小組全由男性組成，向全院提出紡出頭等紗、完成總任務的百分之二百五十的挑戰〔註 191〕；美術組的「吳滿有」農業生產小組則在學校的生產牆報上報導菠菜下種、增開荒地等消息，更提出完成當年生產任務百分之三百的目標。〔註 192〕另外，戲劇部製作紡車和家具；「製牙刷小組」、「製鞋組」也競相比賽生產成績；文學系主任何其芳更是「自願超過免除一半勞動的規定，訂出了完成百分之二百的計劃。」〔註 193〕這座昔日的文藝殿堂儼然成了「聚集著五花八門的手藝人的小作坊」〔註 194〕。

戈壁舟的《我生產了十七石》寫於 1944 年魯藝農業合作社。1943 年 4 月魯藝雖併入延安大學，但依然沿用「魯藝」的名稱。經過了整風運動的魯藝已經煥然一新，反省了「正規化教學上搬運教條」〔註 195〕後，1944 年 5 月魯藝第六屆的教育方針已經調整爲「教育與生產結合，以有組織的勞動，培養學員的建設精神，勞動習慣與勞動的觀點。」〔註 196〕在 1944 年 6 月印行的《延安大學概況》中，「生產運動」作爲魯藝的一項重要教學活動得到了介紹。學校還規定教職員必須參加學校的生產活動，生產時間和學習時間的比例是：

〔註 191〕《魯藝生產熱潮，四月製鞋三百雙牙刷五百支》，《解放日報》，1943 年 3 月 25 日。

〔註 192〕《本市機關學校生產熱烈展開，魯藝菠菜已下種》，《解放日報》，1943 年 3 月 23 日。

〔註 193〕《魯藝生產熱潮，四月製鞋三百雙牙刷五百支》，《解放日報》，1943 年 3 月 25 日。

〔註 194〕李潔非，楊劼：《解讀延安：文學、知識分子和文化》，北京：當代中國出版社，2010 年，第 101 頁。

〔註 195〕《延安大學概況》（一九四四年六月），谷音，石振鐸：《東北現代音樂史料》第 2 輯（魯迅文藝學院歷史文獻），內部資料，1982 年，第 182 頁。

〔註 196〕《延安大學暨魯藝教育方針及實施方案》（草案）（一九四四年五月廿一日），谷音，石振鐸：《東北現代音樂史料》第 2 輯（魯迅文藝學院歷史文獻），內部資料，1982 年，第 176 頁。

學習佔百分之八十，生產佔百分之二十。〔註 197〕趙超構訪問延安時亦對這種景況印象深刻：「每個工作人員，在種地、紡紗、撚毛線三者之中，必有一種。每天 11 小時的工作，7 小時辦公，2 小時學習，2 小時生產。實際上，有些人爲貪圖收入，生產時間超過兩小時是極普通的。」〔註 198〕他將延安人的生活特點歸結爲一個「忙」字，「緊張的情緒還不止於生產忙，而在『計劃』的嚴格」，在機關學校部隊工廠的人，差不多每人都有一個計劃。〔註 199〕1944 年 6 月印行的《延安大學概況》也制定了這一年中延安大學的生產總任務和具體任務分配情況〔註 200〕，可見魯藝的生產分工十分明確，全校有 1613 人參加生產，其中 1527 人參加手工業生產，136 人參加農業生產。農業生產以耕種土地爲主，工業以紡線爲主，副業則涵蓋了經營磨房、豆腐房、屠宰房、商業等。〔註 201〕雖然並未停止專業課和政治理論課的學習，但是「勞動」不言而喻地構成了魯藝師生生活中的重要組成部分。

1943 年以後，魯藝重組，從人事上而言，最明顯的變化是艾青、舒群、蕭軍、魯藜等原屬「文抗」的作家被調入魯藝擔任教員或研究人員。1944 年 3 月 6 日，蕭軍一家搬來魯藝文學系。〔註 202〕接下來每天的日記幾乎構成了蕭軍關於自己、魯藝甚至延安的一部「勞動」報告。從這些日記中可見，魯藝人員從事的勞動包括開荒、掘糞窯、種花生、紡毛線……從日記中可見，變工隊〔註 203〕會經常宣佈勞動記錄和測驗勞動率，每個人的勞動量都被量化處理。勞動力的等級有著嚴格區分，37 歲的蕭軍竟開始爲自己不能奪取「一

〔註 197〕《延安大學概況》（一九四四年六月），谷音，石振鐸：《東北現代音樂史料》第 2 輯（魯迅文藝學院歷史文獻），內部資料，1982 年，第 186 頁。

〔註 198〕趙超構：《延安一月》，北京：中國國際廣播出版社，2013 年，第 77～78 頁。

〔註 199〕趙超構：《延安一月》，北京：中國國際廣播出版社，2013 年，第 78 頁。

〔註 200〕《延安大學概況》（一九四四年六月），谷音，石振鐸：《東北現代音樂史料》第 2 輯（魯迅文藝學院歷史文獻），內部資料，1982 年，第 193 頁。

〔註 201〕《延安大學概況》（一九四四年六月），谷音，石振鐸：《東北現代音樂史料》第 2 輯（魯迅文藝學院歷史文獻），內部資料，1982 年，第 194 頁。

〔註 202〕蕭軍：《延安日記》（1940～1945）下卷，香港：牛津大學出版社，2013 年，第 377 頁。

〔註 203〕變工隊是抗戰時期陝甘寧邊區農業生產中的一種勞動互助組織。「『變工』就是換工的意思，它是農民爲了克服生產上的困難，互相調劑勞動力和畜力的一種方法。參加變工隊的農民，各以自己的勞動力和畜力，輪流地、集體地替本隊各家耕種，結算時，一工抵一工，多出了一人或畜工的，由少出工的補給工錢。有的也按照勞動畜力的強弱，實行評工記分。」（通俗讀物出版社：《農業合作化名詞解釋》，北京：通俗讀物出版社，1956 年，第 15 頁。）

等勞動力」而感到「暮氣」襲人的痛苦〔註 204〕，可見延安文人此時以勞動標準衡量自己的價值已經內化爲一種無意識。還應注意到，根據蕭軍的記載，體力勞動與思想政治教育幾乎同時進行，時常是白天生產，晚上開會，會議的主題包括農業組的總結〔註 205〕、自我檢討〔註 206〕、衛生問題〔註 207〕、重慶的「壓力」問題〔註 208〕、「『伸冤』座談會」〔註 209〕等，由此可見，以魯藝爲單位，諸多個體從身體到精神，都被「組織起來」了。

2.4.3 勞動與革命新主體的生成

歷史地看，由「五四」前夕蔡元培提出「勞工神聖」的口號開始，經過五四運動、中共成立、新村運動、工讀互助團等一系列「事件」發酵後，「勞動」在不同向度上構建意義，由「勞動」引發的實踐可以構成一條脈絡清晰的線索，雖然對「勞動」探討的背後摻雜著諸多複雜的問題，但其核心都不外乎將「勞動」視作一個與近代以來知識分子精神理想緊密相連的現代概念；從周作人的「新村」實驗、梁漱溟的鄉村建設等一系列「失敗」的嘗試也反映出，依靠知識分子的個人力量闡釋及建構一種具有普世意義的新型勞動觀是虛妄的。中共在邊區的實踐恰恰相反，它證明了，馬克思主義理論意義上的「勞動」觀念如何發動包括知識分子在內的革命細胞，在政黨的指引下落實爲實踐，並訴諸文學形式產生動員效果。

面對新的革命任務，新型革命主體的塑造不可一蹴而就，如果說種種路線、方針政策、現實運動鋪展爲一系列時代背景，那麼對各個革命組織集體的敘寫和布置，則參與了具體政治圖景的展開。對於魯藝師生而言，當「運動」轟轟烈烈地開展時，個人的名字便被抹去了，他們只能被冠以「魯藝師

〔註 204〕蕭軍：《延安日記》（1940～1945）下卷，香港：牛津大學出版社，2013 年，第 380 頁。

〔註 205〕蕭軍：《延安日記》（1940～1945）下卷，香港：牛津大學出版社，2013 年，第 434 頁。

〔註 206〕蕭軍：《延安日記》（1940～1945）下卷，香港：牛津大學出版社，2013 年，第 400 頁。

〔註 207〕蕭軍：《延安日記》（1940～1945）下卷，香港：牛津大學出版社，2013 年，第 422 頁。

〔註 208〕蕭軍：《延安日記》（1940～1945）下卷，香港：牛津大學出版社，2013 年，第 426 頁。

〔註 209〕主要是談「搶救運動」中的經驗。（蕭軍：《延安日記》（1940～1945）下卷，香港：牛津大學出版社，2013 年，第 435 頁。）

生」的稱呼出現在報紙、刊物上滑落爲一個數字、一個百分比，或一個被表彰的集體名詞，而他們如何遵循自我塑造的技術，如何說服自己，以外在的規範、準則要求身和心的重塑則構成了歷史的低音。雖然這種聲音十分微弱，但是一些革命圖景中「不甚和諧」的畫面依然隱秘而模糊呈現在革命事業面前，存在淡官方敘事的「危險」。概言之，一種「新主體」的生成並非倚靠一種絕對力量的主導，而是在一系列參差有別的對話關係上中建立起來。作爲研究者，一方面應當發掘和探查「勞動」如何參與了新的詩人主體的塑造，另一方面也不應忽視人的主體意識及其表現形式又如何反作用於「勞動」這一宏大概念。

爲配合邊區開展生產運動，邊區文藝界也發揮了巨大的宣傳作用，《文藝戰線》《文藝突擊》《大眾文藝》《穀雨》等刊物都發表了以「生產」爲題材的文學作品，不僅如此，一系列徵文活動也以「生產」題材的作品爲重點徵集對象。1942 年 4 月《穀雨》雜誌刊登了一則《徵稿啓事》，內容爲延安邊區文協大眾化工作委員會徵集「大眾文藝叢書」和「通俗故事叢書」，二者都要求「反映邊區生活」，但後者更明確地將「劉子丹的故事……及其他革命英雄的故事等等。又比如選舉……生產的故事，冬學的故事，二流子的故事等等」〔註210〕列入徵稿範圍。但是，當「文藝」滲入現實「事件」以後，卻產生了對現實的反作用，文藝發揮其運作機制，時而逸出了官方對於「勞動」原理的闡釋，對現實產生了反諷。1939 年 5 月《文藝突擊》推出了「生產特輯」，該特輯發表了魯藝教師塞克創作的《生產大合唱》和嚴文井的小說《春天》，「文抗」作家師田手名爲《勞動日記》的短篇小說也略顯「突兀」地夾在這一專欄中，與其他歌頌生產與戰鬥的文章相比顯然有「唱低調」的「嫌疑」。小說的主人公管朋——一個認爲生產勞動與革命無關的「革命者」，即使投入到勞動中去也對勞動的意義將信將疑。這篇小說無論在內容還是形式上都頗具意味，管朋一開始認爲「我來革命，並不是來勞動呀！」但是中間隨著接連不斷的戀愛危機、輿論壓力、自我拷問，促使他「隨大流」地參與進勞動中去，並過度勞累生病了，直到小說最後，他仍堅持「勞動不合我身份」，勉爲其難地承認「到底我是個革命者，我看到開荒的意義。」〔註211〕小說文本呈現出一種撕裂與焦灼感，首先，「我」與「革命者」身份之間並不完全重合。「我」

〔註210〕《徵稿啓事》，《穀雨》，1942 年第 1 卷第 4 期。
〔註211〕井岩盾：《勞動日記》，《文藝突擊》，1939 年新一卷第 1 期。

並非將自己定義爲一個純粹的「革命者」，在「我」看來，「革命者」只是「我」的其中一重身份，只有在「革命者」的自我追認下，「開荒」才是有意義的。其次，就形式而言，這篇小說的文體延續著《狂人日記》開創的傳統，「日記」的眞實性與小說的虛構性互相消解、互相辯難，並最終消解了小說「反題」之本義。小說的主旨在於諷刺這類「冥頑不靈」的知識分子，但是也眞實地反映出革命者對「革命」的想像和日常化的革命生活存在無法耦合的現象，因此革命洪流裏夾雜著許多「失語」者，而他們「扭轉」困難的深層動因在於，知識分子面對角色的轉變和歷史使命的突轉，仍感到手足無措。質言之，這篇小說生動地反映了延安「整風」運動以前，儘管生產運動的聲勢很大，但知識青年中間仍不乏無法完全領會「勞動」之眞諦者，故而游離在「身體革命」與「思想革命」之間的眞空層之中。

沒有被完全規訓和實現一體化的「勞動」觀念也表現在井岩盾 1941 年創作的《在收割後的田野上》中，這首詩表現的是一個勞動後的場景：

今天，
我們唱著歌，
走過只剩了莊稼根的
枯葉呻吟的田野，
我的心，
回到我的故鄉去了。

我想起故鄉收穫後的季節，
寂寞而無邊的原野裏，
一個個的旋風慢慢地在飄遊；
一些婦人和孩子，
破爛的衣裳孕滿向晚的冷風，
落葉似的徘徊者，
懷著拾取一個糧食穗子的希望……

你問我爲什麼沉默著，
臉色和照射著我們的陽光
一樣慘淡，

我的朋友啊，
我又一次的吞著淚水，
咀嚼我所親愛的人們的
悲苦的命運！〔註212〕

與其他諸多直接敘寫勞動場景的詩有所不同的是，在這裡，「勞動」被推至遠景的位置上，它僅僅作爲一種「過去式」的動作甚至一個背景，啓動了詩人的情感發生機制。詩歌開頭與「我們唱著歌」的歡樂氣氛形成強烈反差的是「我」眼中的「枯葉呻吟的田野」，這一衰敗場景觸動並喚起了「我」對故鄉下層人民的掛念。詩歌結尾「你」對「我」「沉默」的不解亦是與開頭「枯葉呻吟的田野」與「我們」歡樂歌唱兩個對比強烈的場景的呼應。這首詩更接近詩人純粹「精神生產」的產物，雖然表現了詩人的人道主義關懷，但「勞動」畫面並未眞正出場，且整首詩多取用頹敗的意象，氣氛充滿感傷與壓抑，詩歌強調個體情感的抒發，疏離了勞動動員的激昂聲調。此詩與《冬夜之歌》《星》等構成了井岩盾詩歌的「故鄉」系列，這些詩中存在一個可以描述爲「觀景——思鄉」的固定模式，因此，「田野」只能充當情感的觸發背景而不是歷史的舞臺，因此顯得十分「多感」〔註213〕。

需要追問的是，在黨的政治意識形態主導之下，「勞動」的多義性和延展空間是否眞正存在？吳曉東在談論卞之琳的小說《山山水水》時注意到了詩意與政治的悖論：卞之琳在《海與泡沫：一個象徵》一節中描寫到了延安的勞動場景，但政治意識壓倒了個體思想，由此「勞動也似乎表現爲一種祛魅的境界，去除個人性的言語、思想、意象的過程，這也許就是在勞動中自我改造思想的過程，從而證明最深刻的改造是對話語和無意識的改造。」〔註214〕誠然，知識分子面對豐收之後的場景本應禮讚，但卻在個體話語的作用下暴露出詩性與勞動本身的緊張關係。

文學研究者常常囿於以新文學史帶動民國教育史的慣性思路，而忽視了在新文化運動的發祥地——北京大學開創的，以培養現代知識精英爲目標的

〔註212〕井岩盾：《在收割後的田野上》，《摘星集》，北京：作家出版社，1958年，第9～10頁。

〔註213〕嚴文井在概括井岩盾發表在《草葉》上的詩歌特徵時說：「井岩盾的詩特別顯得多感一些。他在生產運動的秋收時一個人想著故鄉的悲苦而吞著淚水……」（嚴文井：《評過去四期〈草葉〉上的創作》，《草葉》，1942年第5期。）

〔註214〕吳曉東：《〈山山水水〉中的政治、戰爭與詩意》，《文學評論》，2014年第4期。

教育傳統以外，還存在另一種以實用主義哲學爲主導、提倡社會實踐的教育理念，在這一條線索上，黃炎培、陶行知、晏陽初、梁漱溟等人的主張與實驗堪稱典範，與其在同一時空中產生共振的，亦有毛澤東提倡的農村教育思想。這種集中在社會領域的討論與實踐，回答了1920年代初期以來知識輿論界急切要求走出文化、文學議題，並以提出、解決具體社會問題取代小知識分子顧影自憐的感傷氛圍。正是得益於他們「發現」了與都市精英並行不悖的鄉村社會，將「到民間去」的浪漫激情轉化爲了實幹家的社會踐行，從而催化了革命理論轉化爲革命運動。在中共領導的革命戰爭中，出於訴諸「鄉村」的相同訴求，這些學說與社會實踐時常混合在一起成爲教育界吸收借鑒的資源。譬如陶行知弟子董純才1942年9月於《解放日報》撰文《論國民教育的改造》，即是接續陶行知「生活教育」的思路，他將「使書本知識的教學和感性知性的教學統一起來，使用腦和用手聯合起來，使勞心和勞力結合起來，使知和行聯繫起來，使教學和做統一起來」〔註215〕視作教育教條主義的「療救」之方，強調「行」、「用」、「勞動」在國民教育中的重要意義，以衝破「舊的傳統教育」的藩籬。〔註216〕1927年3月陶行知創辦曉莊師範，便是以「學校」爲單位組織勞動生產的先例，但是陶行知倡導普及教育的「大同」理想基於打破勞心者、勞力者和勞心兼勞力者的界限，指向的是「萬物之眞理都可一一探獲，人間之階級都可一一化除」〔註217〕。因此，當董純才將陶行知的教育理念作爲培養無產階級政權下未來「國民」之培育法則進行鼓吹時，實際上已經剝除了陶行知教育學說中破除階級壁壘這一終極理想。需要注意的是，北伐戰爭後，知識界大多將視線收回到本土問題的解決之上，構成了1930年代起全國範圍內開展鄉村建設運動的文化背景。因此，就「鄉村」、「勞動」究竟在何種意義上發揮作用，左、中、右各派知識分子各執一詞。〔註218〕與陶行知打破傳統儒家構建起來的勞心——勞力的二元程式學說及基於此構築的穩定社會結構不同的是，毛澤東則站在階級的立場剖析「治人」與「治於人」的分工來源〔註219〕。沿著毛澤東的思路，在鄉建的視角下，陝甘

〔註215〕董純才：《論國民教育的改造》，《解放日報》1942年9月4日。

〔註216〕董純才：《論國民教育的改造》，《解放日報》1942年9月4日。

〔註217〕陶行知：《在勞力上勞心》，胡曉風等：《陶行知教育文集》，成都：四川教育出版社，2007年，第235頁。

〔註218〕參見蔣寶麟：《「帝國主義」與「封建主義」：20世紀30年代知識界關於鄉村建設運動的論爭》，《史學月刊》，2008年第5期。

〔註219〕毛澤東在《青年運動的方向》中說：「開荒種地這件事，連孔夫子也沒有做過。

寧邊區的生產運動並未致力於打破這種二元關係，而是在此基礎上對傳統社會分工進行了改造，翻轉了「心」與「力」的等級關係。這種綜合性的「改造」進一步證明了，「勞動生產」絕非一項純粹臻於自我完善或與農民打成一片的手段〔註 220〕，以此爲話題，它發源自農耕文明本身，在一條未曾斷裂的鎖鏈上，內在地勾連著鄉土中國的倫理關係與現代都市的知識生產，也關聯著現代文明進程中知識者與革命者對於土地的想像，同時，它訴諸一套完整的身體技術，源源不斷地爲馬克思主義經濟社會理論下新的生產關係和社會結構注入活力。然而，當注意力聚焦到邊區這場重新分配社會分工等級的運動中時，無論是政策文件還是新聞報導抑或文學作品，一個顯著的現象就是「勞動的身體」不斷出現，這種主題性的意象旋律構成了以鄉村爲背景、以階級話語主導的敘事大規模出現〔註 221〕的一種徵兆。

恩格斯將人類社會區別於猿群的特徵歸結爲勞動〔註 222〕，馬克思認爲，

孔子辦學校的時候，他的學生也不著，『賢人七十，弟子三千』，可謂盛矣。但是他的學生比起延安來就少得多，而且不喜歡什麼生產運動。他的學生向他請教如何耕田，他就說：『不知道，我不如農民。』又問如何種菜，他又說：『不知道，我不如種菜的。』中國古代在聖人那裡讀書的青年們，不但沒有學過革命的理論，而且不實行勞動。現在全國廣大地方的學校，革命理論不多，生產運動也不講。只有我們延安和各敵後抗日根據地的青年們根本不同，他們眞是抗日救國的先鋒，因爲他們的政治方向是正確的，工作方法也是正確的。所以我說，延安的青年運動是全國青年運動的模範。」（毛澤東：《青年運動的方向》，中共中央文獻研究室中央檔案館：《建黨以來重要文獻選編（一九二一～一九四九）》，第 16 冊，北京：中央文獻出版社，2011 年，第 287～288 頁。）

〔註 220〕譬如陶行知爲了實現鄉村教育建設，首先要求鄉村教師自我改造，使其達到「農民化」，從而與農民打成一片，最終實現「化農民」的目標，但是最終結果如梁漱溟所說「號稱鄉村運動而鄉村不動」。（參見王文嶺：《陶行知鄉村教育改造思想述論》，《南京曉莊學院學報》，2016 年第 7 期。）

〔註 221〕蔡翔的系列論文討論了小說中的「勞動」敘述和勞動意識及其包裹的意識形態內涵，討論範圍貫穿了抗戰文學到「十七年文學」，他認爲「正是『勞動』這一概念的破土而出，才可能提出誰才是這個世界的眞正的創造主體的革命性命題。」（蔡翔：《〈地板〉：政治辯論和法令的『情理』化——勞動或者勞動烏托邦的敘述（之一）》，《文藝理論與批評》，2009 年第 5 期）。除此之外，蔡翔的系列論文還包括《〈改造〉以及改造的故事：勞動或者勞動烏托邦的敘述（之二）》，《文藝理論與批評》，2009 年第 6 期；《〈創業史〉和「勞動」概念的變化：勞動或者勞動烏托邦的敘述（之三）》，《文藝理論與批評》2010 年第 1 期；《〈萬紫千紅總是春〉：女性解放還是性別和解：勞動或者勞動烏托邦的敘述（之四）》，《文藝理論與批評》，2010 年第 2 期。

〔註 222〕恩格斯：《從猿到人類中勞動底作用》，《中國青年》，1940 年第 3 卷第 1 期。

勞動是一種實踐活動，具有生產性，不僅生產出肉體生命，而且生產出精神生命，「進而生產出科學實驗、階級鬥爭、倫理活動等其他實踐類型」〔註 223〕。新政權入駐延安後，依託無產階級政黨建立的新型生產關係成爲可能，因此「自給自足」既是現實要求，也是調動生命主體發揮創造力的必然要求，「把生產和戰鬥結合起來」（毛澤東語）被賦予了一種政治意義。面對那些逸出馬克思主義化的勞動觀的思想和行爲，從教育界到延安整個輿論界，都出現了強大而統一的反對聲音。胡喬木指出，在錯誤世界觀的指導下，只偏重「精神勞動」甚至有滑入「唯心論」的危險。〔註 224〕從勞動動員走向勞動實踐，無疑內在地構成了「新中國的主人」、「中國新青年」的必備要求和歷史使命。因此便有了這樣的指示：「那一個青年團體，學校，機關，部隊能達到自足自給，他們就對抗戰盡了極重要的貢獻。因此，發展農，工，商業——開荒，種莊稼，辦合作社，做手工業，是今天最主要而且光榮的事業。」〔註 225〕如果說，自近代以來，從「新民」到「新人」的身份建構，經歷了重心逐漸從國家向個體再向組織的演變，那麼，抗戰時期中共對「新人」的訴求顯然相對大革命時期具有了更爲確切的目標，「擁抱『主義』」、「服從紀律」、「爲改造社會的理想而奉獻」〔註 226〕的抽象、宏遠、分散不均的口號與要此時在一個層面打成了共識，那就是爲了「新中國」而努力奮鬥，「新中國」的曙光也照亮了包括曹葆華在內的一眾詩人。正如 1943 年戈壁舟在魯藝寫道：「到處的山頭都在競賽，／新社會在競賽中向前。」〔註 227〕因此，「勞動」在馬克思主義意義上的實踐意義和民族國家想像有機地結合了起來。總體而言，「勞動」既作爲一種一種批評話語，對那些帶有「唯心論」色彩的論調進行批判，又作爲一種建構話語，朝向革命的烏托邦理想永遠地打開。

1943 年 4 月艾思奇爲《解放日報》撰寫了題爲《建立新的勞動觀念》的社論，以「勞動光榮」爲主旨，指出「勞動的結果，對於自己，是豐衣足食，過好光景，對於民族，對於全國人民，是爭取抗戰的勝利與民族解放。」

〔註 223〕陳治國：《關於西方勞動觀念史的一項哲學考察——以馬克思爲中心》，《求是學刊》，2012 年第 6 期。

〔註 224〕胡喬木：《關於新教育的二三事》，《中國青年》，1940 年第 2 卷第 5 期。

〔註 225〕劉光：《組織廣大青年參加生產運動》，《中國青年》，1939 年創刊號。

〔註 226〕王汎森：《從新民到新人——近代思想中的「自我」與「政治」》，許紀霖：《世俗時代與超越精神》第 8 輯，南京：江蘇人民出版社，2008 年，第 191 頁。

〔註 227〕戈壁舟：《軍民開荒》，《延安詩抄》，西安：陝西人民出版社，1978 年，第 47 頁。

〔註 228〕隨著邊區勞動英模製度的建立，表彰勞動英雄的風氣愈演愈烈，所謂「勞動創造一切，模範勞動者正才是我們應該崇敬的英雄。」〔註 229〕一方面，吳滿有等勞動模範的「故事」承載著黨的歷史，將黨在邊區紮根的過程融入個體生命歷程中去；另一方面，通過一整套政治話語對吳滿有人生軌跡進行描述，對文學生產也起到規訓作用。宣傳「吳滿有方向」、激發農民生產的積極性成爲延安文藝座談會結束後的第一個文學寫作浪潮。據何其芳 1945 年的回憶，1943 年吳滿有在魯藝報告了自己「翻身的故事」，隨後在接待室裏休息，「大家都擠進去圍著他問長問短」，令彼時擔任文學系系主任的何其芳印象最爲深刻的是吳滿有「諷刺」「舊社會」縣長的回答。〔註 230〕這個細節透露出，在踐行「吳滿有方向」中，魯藝詩人進一步明晰了「新社會和舊社會的差別」〔註 231〕。

這種勞動觀除了加諸於個人身上之外，亦改變了人與人之間的關係。1943 年底，蕭軍搬到離延安城二十里外的「別一世界」，開始過普通村野農夫的生活，與普通農民一樣躬耕於田，承擔生活壓力的重負，曾對延安的艱苦條件怨聲載道的他在接受勞動改造後在日記中稱：「勞動改變一切眞理更被證實，最重要的它改變了人底一切瑣碎，自私性，個人的利己性。」〔註 232〕。蕭軍依靠自己的「手」養活了家庭，但是他的「自我放逐」則決定了，雖然他的勞動帶有自願改造的意義〔註 233〕，但終究與集體主義語境中誕生的「春天，我們工作在一起，／我們快樂在一起」（《我們笑了》）的性質仍有不同。《我們笑了》是賈芝於 1940 年發表的一首反映生產運動的詩，寫於在魯藝開荒生產的過程中。他這樣寫道：「如說古代的點金術，／手指觸了河水，／河水變

〔註 228〕《建立新的勞動觀念》，《解放日報》，1943 年 4 月 8 日。

〔註 229〕《吳滿有——模範公民》（社論），《解放日報》，1942 年 5 月 6 日。

〔註 230〕「有人問他：『從前舊社會的縣長找過你沒有？』他幽默地說：『他找我老吳！我去找他，他還會說：這是哪達來的老漢，給我打出去』！」（何其芳：《回憶延安・吳滿有的話》，《新華日報》，1945 年 11 月 27 日。）

〔註 231〕同上。

〔註 232〕蕭軍：《延安日記》（1940～1945）下卷，香港：牛津大學出版社，2013 年，第 381 頁。

〔註 233〕蕭軍在 1943 年 11 月寫給中央組織部王鶴壽的信中寫道：「因爲自己小資產階級感情、思想、行爲中的雜質太多，也太頑強，這絕非言語等所能克服，自知非眞正去變爲工具——而且要長時期——是無多大效果的、并決定暫停寫作與發表文章數年。」（蕭軍：《延安日記》（1940～1945）下卷，香港：牛津大學出版社，2013 年，第 381 頁。）

了金的，／手指觸了樹枝，／樹枝變了金枝，／我們笑著說，／我們有這樣的魔力，／我們的勞動／使我們得到要得的東西。」〔註 234〕這首詩中，以開荒爲現實背景，生動地闡釋了「生產勞動改造了自然，也改造了人」〔註 235〕這一原理。在延安貧瘠的土地上開荒實屬不易，很大程度上依靠的是詩中象徵集體力量之「我們」的勞動熱情。《解放日報》曾報導過這樣一次事件：1942 年，延安縣計劃開荒八萬畝，但是 3 月 10 日至 4 月 19 日前，只開了 15000 畝，這時時間已經過去 2／3，於是 4 月 19 日下雨後，在以後的 20 天內採取了「開荒突擊」的辦法，完成了 46442 畝。這樣激動人心的數字不得不讓人慨歎：「互助的集體的生產組織形式，可以節省勞動力，集體勞動強過單獨勞動」。而促成這一勞動成績的，實際上在於「互助的集體生產組織形式」「大大發揮勞動熱忱，增強生產效率，因爲大家一起工作，生動活潑，情緒緊張，互相鼓勵，互相競賽，誰也不肯落在人後」。〔註 236〕蕭軍 1944 年加入魯藝文學系之後被編入農業小組參加開荒等集體勞動，他說道：「這十幾日的勞動過程中，使我和每位同志覺得不獨在工作上更接近、協同……而且有了一種接近的感情。因爲他們有對我起始參加勞動曾抱了「他是個作家，一定馬馬虎虎」的觀點，從我實際不斷的工作中，他們承認我底勞動能力，甚至有了「模範作用」。〔註 237〕簡而言之，生產制度的革新重構了生產關係乃至社會關係，更基本的是改變了人與人的關係，互幫互助、互相競賽的「同志愛」不僅代替了宗法倫理和血緣尊卑，而且對知識分子而言，打破了他們之間以及他們與大眾之間的隔膜，正是這些看似不足爲道的人際關係的改善，參與推動了現代化進程緩慢的邊區社會秩序的變革。

在各種宣傳中，事實和情理總是穿插在一起進行講述，以期發揮「團結」在勞動中的凝聚力，而人的具體精神狀態卻被遮蔽了，如此一來，勞動者開始趨於單一的面孔。伴隨著「學習」的氣氛愈來愈濃，1942 年以後，詩人個人的「身體」甚至逐漸在作品當中消弭，勞動人民的身體取而代之。1942 年 5 月 8 日，《解放日報》第四版刊出了賈芝的詩歌《攔牛》，這首詩最初發表於

〔註 234〕賈芝：《我們笑了》，《中國文化》，1940 年 4 月第 1 卷第 2 期。

〔註 235〕《延安大學概況》（一九四四年六月），谷音，石振鐸：《東北現代音樂史料》第 2 輯（魯迅文藝學院歷史文獻），內部資料，1982 年，第 194 頁。

〔註 236〕《把勞動力組織起來》，《解放日報》，1943 年 1 月 25 日。

〔註 237〕蕭軍：《延安日記》（1940～1945）下卷，香港：牛津大學出版社，2013 年，第 379 頁。

蕭三主編的《新詩歌》第六期上，發表時間是 1941 年 5 月 21 日，題目爲《牧牛》。雖然從題目到內容均發生了變動，但是詩人未曾修改落款時間，兩版本均爲 1940 年 7 月 8 日。從發表時間這一細節可見，詩人有意地掩飾了詩歌版本的變動，爲後者製造出了一種「天然」、「本來如此」的「假象」。但是，這首詩修改前後的視角和情感態度發生了較爲明顯的變化。兩版本均以對「你」的「觀看」結構成篇，但是初版本顯然流露出觀看者與「你」的疏離與陌生感，從文本看來，這個觀看者有詩人自己的影子，雖然以李有福牧牛這一勞動場面爲題材，但不自覺地投注了一種讀書人田園牧歌的情懷。《解放日報》版則打破了這種隔閡，拉近了「觀看者」與「被觀看者」的距離。其情感「躍進」的樞紐就在於用字用語的方言化。如果說「牧牛」一詞帶有濃重的古典氣息，屬於傳統文人的表意系統和書寫語言，那麼改「牧牛」爲陝北方言「攔牛」，目的在於將觀看者與被觀看者置於同一話語體系中。除此之外，從個別字句的斟酌與刪減中亦可見詩人對農民情感的變化，譬如在描繪主人公李有福的穿著打扮時，初版本中有這樣的詩句：「你的頭上的白毛巾／是你們陝北的裝飾／像你們女人們的頭上／□□□□〔註 238〕」〔註 239〕，而在《解放日報》版中則被修改爲「你頭上挽著條白毛巾／像你們陝北婦女的頭上／有黑紗巾。」〔註 240〕詩人省略了對「白毛巾」的介紹，原因在於長期生活在農民中間，對陝北人穿著打扮漸漸熟諳；更重要的是，詩人的目標讀者發生了變化，這種「常識」對陝北人而言已經無需贅言。此時，《講話》還未正式傳播，賈芝對詩作的修改行爲並未受到其影響，可稱得上自覺，這時的觀看者已經與詩人完全融爲一體，而通過對農民李有福「攔牛」這一勞動場景的勾勒，自我教育下調整主體位置的努力不證自明。

將「勞動」眞正打上階級烙印的是邊區勞動英模製度。隨著邊區勞動英模製度的建立，表彰勞動英雄的風氣愈演愈烈。「勞動創造一切，模範勞動者正才是我們應該崇敬的英雄。」〔註 241〕一方面，吳滿有等人的「故事」承載著的是黨的歷史，將黨在邊區紮根的過程融入個體生命中去，從而完成自己合法性的建立。另一方面，通過中國共產黨的一整套政治話語對吳滿有的人生軌跡進行描述，完成了一種人生「範式」的建立。「整風」後的延安文藝界，

〔註 238〕原文字跡模糊不清。

〔註 239〕賈芝：《牧牛》，《新詩歌》，1941 年 5 月第 6 期。

〔註 240〕賈芝：《攔牛》，《解放日報》，1942 年 5 月 8 日。

〔註 241〕《吳滿有——模範公民》（社論），《解放日報》，1942 年 5 月 6 日。

將「勞動者」和「文化人」對舉並據之自貶的風氣蔓延開來，以至於這種模式成了一種固定的批評話語，譬如艾青在談論街頭詩時首先考慮的是「勞動者」的接受情況：「勞動者是文化的創造人，革命的目的之一，就是要把文化從特權階級奪回來，交還給勞動者，使它永遠爲勞動者所有。」〔註 242〕1942 年 10 月 4 日康生發表《提倡工農同志寫文章》一文，指出「打破只有知識分子才能寫文章的錯誤心理，要告訴知識分子同志們，應跟工農幹部學習，拜他們爲先生」〔註 243〕，致力於顛覆了「五四」以來「啓蒙者」與「被啓蒙者」的關係。這一觀點一出，迅速引來了陳企霞、盧寧、柯仲平的積極響應。其中有這樣的觀點：知識分子充當工農文章的「理髮員」是一種有限度的行爲：不要以爲「幫助」工農「修理」文章是在「幫助」他們，相反，正是工農的文章「教育」了這些「理髮員」。〔註 244〕1943 年 2 月 6 日，延安文化界的二百餘人在青年俱樂部舉行歡迎農民吳滿友、工人趙占魁、機關生產者黃立德三位勞動英雄座談會。在座文化人都頗受「教育」，范文瀾慚愧於知識分子「只知道吃救國公糧」，而張仲實聽了三位英雄的報告說：「這不是知識分子能夠說出來的。」〔註 245〕後一觀點也得到了魯藝負責人周揚的肯定，以至於他在見到勞模孫萬福時，忍不住尊稱其爲「詩人」。〔註 246〕到此爲止，詩人寫作的「權力」也被黨新「發現」的寫作主體分享了。

綜上，通過對魯藝詩人詩歌中「勞動」的因素進行分析，可見通過對「勞動」的書寫，黨實現了知識分子與農民之間的相互救正，前者接受了黨所賦予的價值觀念向後者「學習」，後者則實現了黨賦予給他們的使命——爲自己的階級發聲，充當革命的中流砥柱。「新主體」的誕生從「身體」開始，但是這一過程中，勞動也大大遮蔽了其他身體姿態，人的欲求與肉體的痛苦被視作消極的、不健康的東西被剔除出「新」的肉身序列。

〔註 242〕艾青：《展開街頭詩運動》，《解放日報》，1942 年 9 月 27 日。

〔註 243〕康生：《提倡工農同志寫文章》，《解放日報》，1942 年 10 月 4 日。

〔註 244〕陳企霞：《「理髮員」和他的工作》，《解放日報》1942 年 10 月 8 日。

〔註 245〕艾克恩：《延安文藝運動紀盛》，北京：文化藝術出版社，1987 年，第 418 頁。

〔註 246〕周揚：《一個不識字的勞動詩人——孫萬福》，《解放日報》1943 年 12 月 26 日。

3. 文學系與延安「新文學」的建構

民國時期的大學對於學院派文學生態甚至整個新文學場的形成具有至關重要的影響，教師、學生、社團、講義、教材、課程、課堂等客觀因素共同發酵，共同構築了一個學院式的文學空間，而大學也作爲一個「容器」，承載著時代思潮、思想啓蒙、教育變革、文學論爭、文學創作等現象，輻射出廣闊的社會歷史背景、文學風景以及文人心態和文人趣味。〔註 1〕這種教育場域並未在中國共產黨領導的解放區中喪失位置，恰恰相反，魯藝文學系生產知識的功能反而爲政治權力運轉機制所看重，使其翻轉爲黨的文藝路線方針的先頭兵。中共對於新型文學形態的設想首先基於對自由主義文學傳統的驅逐，研究界在提及 1942 年以前丁玲、蕭軍、王實味等人的思想觀點與創作時，不自覺地將他們置於一種「五四」／延安二元對立的框架中，但是李楊這樣提示道：「與其說這些批判者是在實踐『五四』啓蒙主義立場和文化理想，不如說他們是在要求實現更爲理想化的人民民主。支持他們對現實做出評判的文化政治信念，主要不是『獨立』精神與『自由』意志，而是蘊含於左翼文化邏輯中的『不斷革命』的激情。」〔註 2〕這一觀點的啓示意義在於，1942 年以前的延安並不存在絕對的自由主義文藝思想，丁玲等人的革命激情與魯藝成立的情感動因並無太大分歧，眞正將兩種知識分子分區開的，是相比前者咄咄逼人的理想架構方式，後者在魯藝這一教育場域中明顯承擔著自我教

〔註 1〕陳平原：《新教育與新文學——從京師大學堂到北京大學》，《中國大學十講》，上海：復旦大學出版社，2002 年，第 101 頁。

〔註 2〕李楊：《「左」與「右」的辯證：再談打開「延安文藝」的正確方式》，《中國現代文學研究叢刊》，2017 年第 8 期。

育和「再造新文學」的歷史使命。這其中不僅涉及教育者重新清理自我知識系統和青年文藝家的再教育問題，而且面臨著如何恰當處理新文學複雜的內質與延安歷史情態的牴牾。以具體文藝理念爲指導，以學校爲單位重新將知識條分縷析地指認和歸類，有助於文藝觀念系統地生成，1940 年 1 月毛澤東《新民主主義論》發表，中共視野中的「新文學」開始以此爲對照標準，被重新講述和反覆實踐，及至 1942 年《講話》發表後，更是成爲魯藝文學系知識生產的唯一參照，催發了一種觀念式文學形態的誕生。但是，以《講話》的發表爲界，魯藝文學系在課程設置、校園文化生活、師生互動關係等方面均表現出較大的差異，本章擬將討論範圍大致規定在《講話》發表以前，目的在於揭示這一時期魯藝文學系內部及外部聲音的多元複雜性，試圖從具體歷史語境出發，以新詩在文學系內外的「遭遇」爲坺本，考量新詩不僅作爲一種現代文體而且作爲一種知識構型如何參與延安文學形態的建構。

3.1 課程設置、組織形式與知識生產

民國以來，新文學的建構以大學爲依託，並通過具體的教學步驟和不同的講授方式不斷地進行知識生產，大學亦是新、舊兩派爭奪話語權的場所，折射出整體的文化與社會氛圍。1928 年楊振聲出任清華大學國文系主任，雖主張從「研究我們自己的舊文學」和「參考外國的新文學」兩個角度入手「創造我們這個時代的新文學」〔註 3〕，但 1930 年代以前清華大學國文系仍舊是古典文學研究佔據上風，學生對學問的想像與新文學創作實踐各執一端，而「時代的新文學」此時絕大部分是從異域獲得參照標準。直到 1930 年代新文學「被『大學課堂』接納爲研究對象，似乎也象徵著新文學的歷史價値，最終得到了某種認可，成爲『高級』知識的一部分。」〔註 4〕但是，新文學直到抗戰爆發後仍未在大學中文系立穩腳跟，這不僅表現在課程設置上現代文學的邊緣地位〔註 5〕，而且「生活在大學校園裏的新文學家或講授新文學的教

〔註 3〕 楊振聲：《中國文學系的目的與課程的組織》，《清華大學一覽》（1929～1930 年度），參見齊佳瑩編撰：《清華人文學科年譜》，北京：清華大學出版社，1999 年，第 84 頁。

〔註 4〕 姜濤：《1930 年代大學課堂與新詩的歷史講述》，陳平原：《教育：知識生產與文學傳播》，合肥：安徽教育出版社，2007 年，第 302 頁。

〔註 5〕 在三、四年級 21 門文學選修課中，古代文學佔 17 門，現代文學僅佔 4 門，這 4 門中只有《現代中國文學》是常開課，其餘的開課時間都不長。（參見西

授，在注重考據義理詞章的中文系裏，是比較受到歧視的。」〔註6〕這裡對於1940 年代大學裏文學新舊兩派地位的對比基於沒有被戰爭切斷的民國大學教育流脈和獨立自由的學術精神；而在中共文化建設的視野下，「根本的革命力量是工農，革命的領導階級是工人階級」〔註7〕，建立「文化軍隊」〔註8〕的目標規定了中共的當務之急是培養服務於抗戰和人民大眾的文藝人才，因此民國以來以培養知識精英爲主要目標的大學教育在延安失去了語境和效用，「義理詞章」等「學問」無法在民族救亡中發揮直接作用，普及性教育和以培養實用人才爲目標的高等教育代之而起。加之客觀上延安本土缺乏學術土壤和學術傳統，又缺乏相應的教員，而政治力量的介入和闡發也並未明確劃定傳統文化中「糟粕」與「精華」的指涉對象。換言之，雖然《講話》發表以前，「知識」的等級序列尚在商榷之中，但能夠確定的是，以「工農標準」衡量這些「極少數人所作，爲了極少數人的利益的」「學問」則顯得十分可疑。「身份」不明的「學問」被剔除出文學系課程的範疇也是情理之中。另一方面，還應注意到魯藝也不斷地檢驗、調試並強化著「新」與「舊」、「土」與「洋」等二元對立的知識生產模式，配合展開文藝戰線的部署，這些策略爲保持新文學整體性帶來了困難，因此，犧牲局部以保證一個完整的革命史敘事成爲魯藝課堂講授的一種常態，但不完整的資料也顯示了一些教員將個人革命理想、審美趣味、文學觀念鎔鑄進授課內容中，將課堂作爲一種表達觀點的空間，這未免造成他們與魯藝一體化的規劃之間產生衝突與齟齬。按照陳平原的說法，「文學」成爲一個「學科」，是現代社會專業化合理化的要求使然。〔註9〕但是魯藝文學系的創立並未承襲這種努力，而與「新文學」學院化的踐行道路相悖而行，所謂面向「多數人」換言之正是要求作家「換氣」——祛除學院氣和知識分子氣。1942 年 5 月，毛澤東更是將「五四」至 1930 年代產生新文學的大學稱作「資產階級學校」〔註 10〕，並視經由這類學校培

南聯合大學校友會：《國立西南聯合大學校史》，北京：北京大學出版社，1996 年，第 113～114 頁。）

〔註 6〕陳平原：《作爲學科的文學史》，北京：北京大學出版社，2011 年。

〔註 7〕毛澤東：《五四運動》，中共中央文獻研究室、中央檔案館編：《建黨以來重要文獻選編》第 17 冊，2011 年，北京：中央文獻出版社，第 192 頁。

〔註 8〕毛澤東：《新民主主義論》，中共中央文獻研究室、中央檔案館編：《建黨以來重要文獻選編》第 16 冊，2011 年，北京：中央文獻出版社，第 54 頁。

〔註 9〕陳平原：《作爲學科的文學史》，北京：北京大學出版社，2011 年，第 152 頁。

〔註10〕毛澤東：《在延安文藝座談會上的講話》，《解放日報》，1943 年 10 月 19 日。

養的知識分子爲待「改造」的對象，據此更進一步將魯藝的知識生產與其劃清界限。就新詩的講授而言，魯藝文學系的教員已經不再延續 1930 年代「要講現代文藝，應該先講新詩」〔註 11〕的策略，那麼新詩在這一時期魯藝文學系的課堂上究竟扮演了何種角色，又以什麼方式參與了這一時空中歷史的想像，還有待梳理和重新審視。

3.1.1 茅盾對《新民主主義論》的接受——從「不談新詩」的「文學史」談起

郭沫若的《「民族形式」商兌》一文初發表於 1940 年 6 月 9～10 日的重慶《大公報》，後被延安《中國文化》第二卷第一期轉載，同期還刊登了茅盾的《舊形式・民間形式與民族形式》。《中國文化》創刊於 1940 年 2 月 15 日，是邊區文協的機關刊物，主編爲艾思奇。綜合其稿源看來，該刊十分重視理論闡發，有意吸引和培養具有一定文化修養的幹部和青年學生等讀者群。茅盾在《中國文化》共發表文章三篇，分別是《關於〈新水滸〉——一部利用舊形式的長篇小說》《論如何學習文學的民族形式》（在延安各文藝小組會上演說）和《舊形式・民間形式・與民族形式》，三篇文章皆圍繞「民族形式」展開，他在回憶錄中詳細描述了這三篇文章誕生的過程，均屬「約稿」的產物。〔註 12〕茅盾於 1940 年 5 月 26 日抵達延安，上述三篇文章正是集中創作、發表於茅盾 1940 年 5 月底到 9 月底訪延期間，反映了茅盾的「延安經驗」。茅盾這一時期的觀點是 1930 年代文藝大眾化討論發展的結果，抗戰初期茅盾就曾指出「大眾化是當前最大的任務」〔註 13〕，而他在延安接受了毛澤東文藝思想後，對其觀點進行了加工改造，通過「講學」、「發表」等方式參與到知識生產的序列當中。蕭軍曾指出：「我和茅盾我們是在創作上不能走一條路的，他完全是一個小說作者，缺乏一個詩人的靈魂和情感。」〔註 14〕在此談論茅盾並非企圖從這位缺乏「詩人氣質」的作家身上發現詩性的因子，而是茅盾作爲左翼陣營裏較早地開始反思文學大眾化的作家，在抗戰初期曾撰文《論初期白話詩》《敘事詩的前途》《這時代的

〔註 11〕馮文炳：《談新詩》，北京：人民文學出版社，1984 年，第 1 頁。

〔註 12〕參見茅盾：《延安行——回憶錄（二十六）》，《新文學史料》，1985 年第 1 期。

〔註 13〕茅盾：《大眾化與利用舊形式》，《茅盾全集》第 21 卷，北京：人民文學出版社，1991 年，第 410 頁。

〔註 14〕蕭軍：《延安日記》（1940～1945）上卷，香港：牛津大學出版社，2013 年，第 2 頁。

詩歌》討論新詩，他曾指出：「就文藝的各部門而言，詩歌最能深入廣大的民眾。」〔註 15〕然而，他在延安的一系列文章與發言中卻從未提及新詩〔註 16〕，在「市民文學」這一概念的統攝下，對於古典詩歌「民族形式」的一面探討也不充分，這當然與茅盾駐留時間短暫、無法展開更複雜深入的論題有關，但更爲重要的是，考慮到茅盾駐延期間任教魯藝的事實，文體的選擇直接指向學生知識譜系的構建，以「小說史」代替「文學史」，以及「不談新詩」之舉勾連著茅盾對知識等級序列的排列與想像。

茅盾在抵達延安之前便與魯藝結緣已深，1938 年 3 月，魯藝頒佈的《魯迅藝術學院第一屆教育計劃》中，茅盾與陳立夫、宋慶齡、毛澤東、洛甫等國共領導人以及蔡元培、郭沫若、田漢、許廣平等文藝、教育界人士共同位列校董委員會。在茅盾赴延前，曾於 1938 年 4 月在香港編輯、廣州出版《文藝陣地》〔註 17〕，不僅發表了魯藝美術系胡一川等人的木刻作品〔註 18〕，還關注文學系的青年詩人，刊載了天藍的長詩《隊長騎馬去了》〔註 19〕。實際上，茅盾在延安的大部分時間正是在魯藝度過的。茅盾在毛澤東的「建議」之下搬去魯藝，開始只是「客居」的心態，也並不想做毛澤東所謂的「旗幟」〔註 20〕，還事先和周揚講好只「客居」不任教，但茅盾在「客居」魯藝期間仍爲文學系「客串」講授了「中國市民文學概論」這門課程，每週報告一次，〔註 21〕儘管講稿現已遺失〔註 22〕，但根據茅盾在延安發表的幾篇文章，大致

〔註 15〕茅盾：《這時代的詩歌》，《茅盾全集》第 21 卷，北京：人民文學出版社，1991 年，第 338 頁，

〔註 16〕關於茅盾延安時期寫作文章的統計參見孫中田：《茅盾在延安》，孫中田，查國華：《茅盾研究資料》（上），北京：知識產權出版社，2010 年，第 362～363 頁。茅盾這一時期關注的兩個主要話題分別是民族形式問題以及對魯迅的紀念。

〔註 17〕從第二卷第七期起改由樓適夷代編，中間多次被迫終刊，1944 年 3 月停止活動。

〔註 18〕胡一川：《魔手下的壯丁》（木刻），《文藝陣地》1938 年第 1 卷第 12 期。

〔註 19〕天藍：《隊長騎馬去了》，《文藝陣地》，1939 年第 2 卷第 6 期。

〔註 20〕據茅盾回憶，毛主席曾對他說「魯藝需要一面旗幟，你去當這面旗幟罷」，而他和妻子剛到延安時「有人勸我搬到全國文協延安分會去，丁玲他們都在那裡，現在我決定採納毛主席的意見去魯藝。」（茅盾：《延安行——回憶錄（二十六）》，《新文學史料》，1985 年第 1 期。）

〔註 21〕關於講授的總課數，茅盾曾在多處有不同的回憶。一爲講了五六次課（參見茅盾：《延安行——回憶錄（二十六）》，《新文學史料》，1985 年第 1 期。），一爲三四次課（參見孫中田：《茅盾在延安》，孫中田，查國華：《茅盾研究資料》（上），北京：知識產權出版社，2010 年，第 358 頁。）。

〔註 22〕講稿當時曾油印成一冊。

可以瞭解他在這一時期主要的觀點。〔註 23〕

茅盾稱《論如何學習文學的民族形式》（在延安各文藝小組會上演說）是自己「最早的一篇討論中國文學史（嚴格地說是小說史）的文章」。〔註 24〕該文發表於 1940 年 7 月，在此之前他已經研讀過毛澤東和張聞天對於新民主主義文化的論述。〔註 25〕按照茅盾的說法，他是來到延安的第三天，在文化俱樂部舉辦的民族形式討論會上才瞭解到《新民主主義論》的，隨後借來了《中國文化》雜誌進行研讀。1940 年 6 月初，毛澤東又送給茅盾一本剛出版的《新民主主義論》與他暢談中國古典文學，並「對《紅樓夢》發表了許多精闢的見解」。〔註 26〕《新民主主義論》構成的理論壓力使茅盾在加工生產「知識」的過程中有更複雜的意義與限度。文章開宗明義地指出此次演說是基於分別刊登在《中國文化》創刊號和第二期上毛澤東的《新民主主義的政治與新民主主義的文化》和洛甫的《抗戰以來中華民族的新文化運動與今後任務》中所論及的「如何學習文學的民族形式」問題展開的討論，以此明確問題的緣起以及論域的選擇，並顯示出與之對話的姿態。但是，這種「對話」不啻爲茅盾自我研究思路和理論資源與中共主流文藝思想的「接合」。茅盾認爲，「學習」民族形式的使命高於「創造」，至於學習對象，一是「向中國民族的文學遺產學習」，二是「向人民大眾的生活去學習」。〔註 27〕茅盾寫於 1938 年 6 月的《論加強批評工作》一文中已提出批評家應「向『舊形式』去學習」、「向生活學習」的要求。〔註 28〕但是《論如何學習文學的民族形式》顯然帶有更強的政治色彩，其「學習」的態度更爲虔誠和謙卑。他在文中指出了「創造」和「學習」的辯證關係「『學習』是『創造』的前提，又是『創造』的過程。離開了學習來空談創造們也許可以『造』出一些什麼

〔註 23〕「論述中國市民文學，是我在延安期間文學活動的一個特點。」（茅盾：《延安行——回憶錄（二十六）》，《新文學史料》，1985 年第 1 期。）

〔註 24〕茅盾：《延安行——回憶錄（二十六）》，《新文學史料》，1985 年第 1 期。

〔註 25〕《大眾文藝》曾報導：「文協、魯藝、新哲學研究會、大眾讀物社，且邀請兩位先生（茅盾和張仲實——筆者注）到文化俱樂部舉行座談會，暢談新民主主義文化，運用舊形式問題，部隊文藝工作問題等等云。」（《茅盾先生張仲實先生來延安》，《大眾文藝》，1940 年第 1 卷第 2 期。）

〔註 26〕茅盾：《延安行——回憶錄（二十六）》，《新文學史料》，1985 年第 1 期。

〔註 27〕茅盾：《論如何學習文學的民族形式》（在延安各文藝小組會上的演說），《中國文化》，1940 年第 1 卷第 5 期。

〔註 28〕茅盾：《論加強批評工作》，《茅盾全集》第 21 卷，北京：人民文學出版社，1991 年，第 410 頁。

來，然而未必是『創』。」〔註29〕針對第一點，茅盾從市民文學發展史的角度梳理了自戰國時代到唐宋兩代「市民階層」的產生過程，並指出眞正的市民文學起源於宋朝，他說：「眞正的市民文學……代表了市民階級的思想意識，並且爲市民階級所享用欣賞。」〔註30〕他將「市民」劃定爲「城市商業手工業的小有產者」以及「鄉村中農富農」，在新民主主義論中這些成分則是組成「統一戰線」的部分，而這些「由人民大眾所創造出來的形式」則被茅盾歸結爲「市民文學」。他隨後通過具體文本的舉隅，強調具有新鮮活力的作品的出現是市民階層疏離封建統治階層結果，從而得出《水滸傳》《西遊記》和《紅樓夢》是「民族民主革命」文學、寓言文學的民族形式和問題小說的民族形式之代表的結論，側重迎合「新民主主義文化」論述中「反封建」的一面，目的是揭示三部作品表現的社會背景（封建社會）和反抗封建思想（儒家思想）的重要意義。由此可見，茅盾嘗試著將毛澤東構建的中國現代化道路的理路鎔鑄進了自己「民族形式」的觀點中，並相應地形成了一套文學史敘述模式。茅盾稱，該文實際上是在延安各文藝小組會演說稿的基礎上改寫而成〔註31〕，基於茅盾在左翼文學界的地位，更出於演講的公共性的考量，他的演講內容理應貼合一個「文化戰線」上的「指揮員」〔註32〕的要求，達到教育聽眾的目的。

至於茅盾所提到的第二種「學習對象」指人民大眾的生活，他認爲向生活學習就是把「經驗」和「觀察」統一起來的意思。茅盾指出，這是「幹文學的人」老生常談的話題，這種「學習」與文學形式無關，最爲核心的是「思想意識」上的轉變，以擁有先進的宇宙觀人生觀爲「武器」。〔註33〕茅盾抗戰初期針對「抗戰八股」的流行談到「正確的宇宙觀人生觀，生活決定意識，作家的生活經驗」〔註34〕的重要性，而這些問題的本質是強調作家實踐，側

〔註29〕茅盾：《論如何學習文學的民族形式》（在延安各文藝小組會上的演說），《中國文化》，1940年第1卷第5期。

〔註30〕同上。

〔註31〕見「附注」。（茅盾：《論如何學習文學的民族形式》（在延安各文藝小組會上的演說），《中國文化》，1940年第1卷第5期。）

〔註32〕毛澤東：《新民主主義論》，中共中央文獻研究室、中央檔案館編：《建黨以來重要文獻選編》第17冊，2011年，北京：中央文獻出版社，第54頁。

〔註33〕茅盾：《論如何學習文學的民族形式》（在延安各文藝小組會上的演說），《中國文化》，1940年第1卷第5期。

〔註34〕茅盾：《關於〈抗戰後文藝的一般問題〉》，《茅盾全集》第21卷，北京：人民文學出版社，1991年，第366頁。

重於作家向「生活」開掘而非關注階級意義上的「人民」本身，因此他在此重提這一問題顯然與「新民主主義文化」中「人民大眾」本位的思想有所錯位。由於茅盾《中國市民文學概論》原始講稿的遺失，無從考證這一話題在是否在魯藝課堂上有所展開，但茅盾離延前夕寫下的另一篇文章中卻提示了一種可能性。

與演說不同，茅盾《舊形式・民間形式・與民族形式》是個人參與論戰的結果。1940 年 8 月 5 日，茅盾讀孔羅蓀編輯的《文學月報》「文藝的民族形式問題特輯」後致信孔羅蓀，陳述了自己對「民族形式」之前途的看法。〔註 35〕隨後，他又向魯藝索取了論爭的其他相關資料，如向林冰、葛一虹、郭沫若等人的文章，遂撰文批駁向林冰將民間形式指認爲「中心源泉」。〔註 36〕雖然他依舊肯定「民族形式的內容將是新民主主義的新現實」〔註 37〕，但茅盾發現，過去自己過高地估計了「五四」新文化運動根基的深度，而如今「民族形式」的說法有撼動「五四」地位的錯誤生長傾向〔註 38〕。因此，他認爲若建立「新中國文藝的民族形式」，應放眼「古今中外」，除了關注文化遺產和人民大眾生活之外，還「要學習外國古典文藝以及新現實主義的偉大作品的典範」，「繼承發展五四以來的優秀作風」，「深入於今日的民族現實」等〔註 39〕。顯然這篇文章在觀點與論調上與《論如何學習民族形式》一文存在裂隙。以茅盾對《紅樓夢》的評價爲例，《論如何學習民族形式》一文從「市民文學」的角度指出賈寶玉處於儒家思想布下的「天羅地網」中，最終成爲了「名教」的叛徒，因此這部小說是「思想上對於儒家提出抗議的一部傑作」〔註 40〕——顯然是從「反封建」的層面上評價《紅樓夢》，其政治說理性不言而喻；而在《舊形式》一文中，茅盾則指出《紅樓夢》《儒林外史》雖是「舊形式之佼佼

〔註 35〕茅盾：《致孔羅蓀》，《茅盾全集》第 36 卷，北京：人民文學出版社，1991 年，第 191～192 頁。

〔註 36〕茅盾：《延安行——回憶錄（二十六）》，《新文學史料》，1985 年第 1 期。

〔註 37〕茅盾：《舊形式・民間形式・與民族形式》，《中國文化》，1940 年 9 月第 2 卷第 1 期。

〔註 38〕茅盾：《致孔羅蓀》，《茅盾全集》第 36 卷，北京：人民文學出版社，1991 年，第 191 頁。

〔註 39〕茅盾：《舊形式・民間形式・與民族形式》，《中國文化》，1940 年第 2 卷第 1 期。

〔註 40〕茅盾：《論如何學習文學的民族形式》（在延安各文藝小組會上的演說），《中國文化》，1940 年第 1 卷第 5 期。

者」，但是並不爲大眾接受，其主要原因是脫離大眾的生活，茅盾於此眞正洞悉了「民族形式」背後關鍵隱含的「思想」問題〔註 41〕，觸碰到了「民族形式」這一議題中的關鍵。除此之外，文章的基調還從低姿態的「學習」轉向「創造」一種「世界性的文學藝術」〔註 42〕的衝動。這種裂隙的出現並非偶然，茅盾在延安一開始就受到了道德壓力與輿論影響，不僅有毛澤東的「旗幟」使命，更肩負著講授課程、爲知識劃分等級的任務。就連撰寫文章時的主旨都要講過商討才能確定，譬如《談〈水滸〉》一文的指導思想就是經過《大眾文藝》編輯部劃定的，於是茅盾便在魯藝講《水滸傳》的內容基礎上進行了擴充。〔註 43〕在這種情況下，茅盾以個人名義發聲變得困難起來，他需要不斷衡估自己的位置，並代表黨的意志做出判斷。

故而，正如茅盾指出，《論如何學習文學的民族形式》一文才眞正反映了自己「在延安談論中國市民文學的基本觀點」，也最爲貼合「中國市民文學概論」「系統地講一講中國市民文學的發展史」的思路。這種說法有其合理性，他在私下裏給青年講荷馬史詩和契訶夫〔註 44〕，而在魯藝課堂上則站在《新民主主義論》理論視域內公開發言。一種線性的歷史敘述有助於幫助學生積累知識與建立知識體系，民國以來以「文學史著述」取代「文章源流」是一種極具現代化的歷史現象，〔註 45〕但是，「文學史」講述思路也非茅盾首次嘗試，而是內在地延續了他「史論」〔註 46〕式的批評邏輯：注重宏觀社會歷史背景的把握，以時代的主潮作爲參照系線性地梳理文學現象。在魯藝，茅盾有意明確選擇「文學史」作更爲貼合學生接受程度的講述方式，但其選取的理論視角和階級立場使他以「反封建」作爲「市民文學」發展的內在動力，這一敘述模式導致了該文學史敘述框架遮蔽了宋代以前文學的豐富性，而對

〔註 41〕茅盾：《致孔羅蓀》，《茅盾全集》第 36 卷，北京：人民文學出版社，1991 年，第 192 頁。

〔註 42〕茅盾：《舊形式·民間形式·與民族形式》，《中國文化》，1940 年第 2 卷第 1 期。

〔註 43〕茅盾：《延安行——回憶錄（二十六）》，《新文學史料》，1985 年第 1 期。

〔註 44〕胡征：《茅盾在魯藝講學小記》，任文：《永遠的魯藝》（上），陝西師範大學出版總社有限公司，2014 年，第 61 頁。

〔註 45〕陳平原認爲：「文學史著述基本上是一種學院派思路。這是伴隨西式教育興起而出現的文化需求，也爲新的教育體制所支持。」（陳平原：《作爲文學史家的魯迅》，《學人》第四輯，南京：江蘇文藝出版社，1993 年。）

〔註 46〕主要指茅盾的八篇作家論：《魯迅論》《王魯彥論》《讀〈倪煥之〉》《徐志摩論》《盧隱論》《丁玲論》《冰心論》《落華生論》中貫穿著對社會歷史的考察。

詩歌這一文體發展過程的描述也只能遷就這一整體的歷史框架。因此入選的只有魏晉南北朝的遊仙詩、民歌《敕勒歌》《子夜歌》以及《木蘭辭》《孔雀東南飛》兩篇敘事詩，而這些還都只是「市民文學」的萌芽狀態，不能納入「市民文學」的體系；至於「市民文學」在現代文學中的延續形態更是語焉不詳。

胡適在《白話文學史》中強調「一切新文學的來源都在民間」，與此同時將「民間文學」作爲「廟堂文學」的對立面，二者形成的張力構成了中國文學發展的內在發展動力。茅盾雖也看重「民間」，但他的關注重心並不在新文學合法性的確立，而是對其性質的重新界定——反帝反封建的新民主主義文學，因此他搬出宋代以來的文學來尋求一種反抗力量的源頭，其落腳點在於政治意義的書寫。他並不將「廟堂」視作「民間」的對立面，反而認爲經過「廟堂」潤色或進入「新廟堂」——都市的「民間」文學形式中而呈現出進步性。〔註 47〕另外，考慮到他講授「市民文學」的語境，他對「市民文學」的論述摻雜著相當程度的對文體等級序列的排列。他認爲在「民間形式」中「散文」、「評話」是相對於「韻文」的進化，認爲「自漢以至南北朝，民間所能造的形式，不過是歌謠，頂多是『抒情』之中帶點『敘事』的詩篇。都是韻文的東西。到了宋朝『民間形式』的新東西就是『散文』的『評話』了。」〔註 48〕而散文、評話之於韻文的「進化」基於宋代以來都市及市民階層的興起。章太炎曾界說「有韻爲詩，無韻爲文」〔註 49〕，質疑了形式上不押韻的新詩在中國詩歌譜系上的位置。茅盾的論述也是基於這種劃分方式，以「韻文」指涉「詩」，但認爲韻文不過是反映了封建社會的生產方式與生產關係。他將產生韻文的中國封建社會與歐洲中世紀對舉，直接依據是韻文的「階級屬性」，將「韻文」的「發展」歸結爲向林冰所謂的「民間形式」，而將其剔除出「民族形式」的輻射範圍，以此形成了文體上貶抑詩歌、「抬高」小說的效果。〔註 50〕章太炎回顧古詩的前提是立足於被自由體新詩所「破壞」的詩

〔註 47〕譬如「雜戲」與「南曲」、「話本」與舊「小説」。（茅盾：《舊形式・民間形式・與民族形式》，《中國文化》，1940 年第 2 卷第 1 期。）

〔註 48〕茅盾：《舊形式・民間形式・與民族形式》，《中國文化》，1940 年第 2 卷第 1 期。

〔註 49〕章太炎著，曹聚仁整理：《國學概論》，北京：生活・讀書・新知三聯書店，2015 年，第 75 頁。

〔註 50〕茅盾：《舊形式・民間形式・與民族形式》，《中國文化》，1940 年第 2 卷第 1 期。

歌基本原則和審美範式，但有意思的是，與茅盾「不提新詩」的目的相似，「有韻爲詩，無韻爲文」的「定義」同樣誕生自一種知識生產的需要。章太炎 1922 年 4～6 月間在上海進行國學演講時做出這一界說，反響頗爲熱烈，諸多論者又圍繞這一觀點進行捧殺〔註 51〕。當然，引發此種情形前提是存在一群「用批評的眼光去觀察」〔註 52〕的聽眾。而至於茅盾是否存在此類「聽眾」，至少在一些魯藝學生流露於紙面的回憶文字中未曾見得。

茅盾在談論初期白話詩時曾就其「力求解放而不作怪炫奇」、「須要用具體的做法，不可用抽象的說法」、寫實主義品格等方面有過褒揚。〔註 53〕但回到茅盾在延安期間關於「民族形式」的論斷，其「歷史化」的目光鎖定在古典文學之上，並未提及新文學與「市民文學」的關係，更是未將曾褒揚過的新詩納入「文學史」的譜系，但是茅盾對新文學以至新詩的避而不談正是他以現實爲目的的敘述策略，只不過以小說史貫穿市民文學史的做法恰恰證明了這一文學史框架在描述中國文學發展時的捉襟見肘。與 1920～1930 年代北京大學、清華大學國文系將「新文學」邊緣化，以賡續文化傳統、維護學科邊界不同〔註 54〕，「市民文學」是一個理論先行的概念，以「市民」之名劃定符合自己的論述前提的「文學史」疆域，只有小說文體方能入選，而其他文體則只能屬於「市民文學」的過渡形態，至於脫離了「市民」論述框架的詩歌文體則被排除在外。問題的本質在於，茅盾開設「中國市民文學概論」這門課程雖是特殊境遇下的歷史選擇，但它卻典型地揭示了延安魯藝文學系「知識生產」機制中教師主體力量的有限性，即該主體基於整體政治環境與魯藝教育任務的壓力之下，不得不對自我已有理論資源做出一次重新整合。以茅盾爲代表的魯藝教師以學習和接受《新民主主義論》爲契機完成了自身知識結構的轉型，將個人的處境置於更爲廣闊的社會歷史視野中，並力圖將自己嵌入革命話語的學習——傳授雙重互動關係。在「學」與「用」之間，政治

〔註 51〕譬如邵力子、曹聚仁都認爲這一觀點有待商榷。（參見邵力子：《志疑》，曹聚仁《討論白話詩》、《新詩管見》（一）（二），章太炎著，曹聚仁整理：《國學概論》，北京：生活·讀書·新知三聯書店，2015 年，第 94～115 頁。）

〔註 52〕曹聚仁：《小識》，章太炎著，曹聚仁整理：《國學概論》，北京：生活·讀書·新知三聯書店，2015 年，第 4 頁。

〔註 53〕茅盾：《論初期白話詩》，《茅盾全集》第 21 卷，北京：人民文學出版社，1991 年，第 233～235 頁。

〔註 54〕姜濤：《20 世紀 30 年代的大學課堂與新詩的歷史講述》，《學術月刊》，2007 年第 1 期。

理念不僅演化爲一種教育邏輯，以此在黨——施教者和施教者——青年學生之間構成了層級關係，而且這種關係並不穩固，施教者——學生之間不斷發生著博弈，那麼教員作爲連接黨和青年學生之間的紐帶則受制於二者的訴求不斷調整自己的姿態，更常常因此對自己的階級位置和文化處境產生思考甚至懷疑。茅盾的「客串」時間短暫，這項揉於集體之中的切問反思未曾徹底展開，而在文學系其他教員身上，自身知識結構的調整與文學系課程設置相生相伴，在這一層面上，教師講學的自由被限制在狹窄的半徑中，施教這一行爲在塑造青年學生的同時又潛在地塑造著他們自身。

3.1.2 魯藝文學系初期課程設置與新詩想像

總體而言，魯藝文學系的課程分爲必修課和專修課兩種，從初設起便在教育計劃中有較爲嚴格的教學方案實施計劃，包括總課時、授課次數、授課時間等。

文學系第一期的所謂「自由選課」模式即顯示出充分尊重學員的知識水平，鼓勵學生開闊視野、增長見識的教學特點。具體選課方式表現爲「依學員進修情況，課程又可分爲三種：（一）公共必修課——各系學員共同必修者，一般理論課及政治課屬之。（二）各系專修課——各系之業務課，爲各系學員所必修者。（三）選課——又分兩種：A 不分系別，爲適應部分同學所需者，爲共同選修課。B、選聽本系以外他系之課程，爲自由選課。」〔註 55〕除政治理論與文藝理論這類必修課之外，文學系爲學生開設了豐富的專修課程，筆者目前發現的最爲完整的課程表見諸《東北現代音樂史料》，茲列於下〔註 56〕：

科　目	基本內容	總時	周時	周次	授課時間
文藝論	文藝新方向 文藝的本質 文藝與階級 文藝批評	72	3	1	第一、二單元

〔註 55〕《魯藝第二期教育計劃草案》（一九三九年六月十一日），谷音，石振鐸：《東北現代音樂史料》第 2 輯（魯迅文藝學院歷史文獻），內部資料，1982 年，第 9 頁。

〔註 56〕《魯藝第二期教育計劃草案》（一九三九年六月十一日），谷音，石振鐸：《東北現代音樂史料》第 2 輯（魯迅文藝學院歷史文獻），內部資料，1982 年，第 14 頁。空白處皆爲原文缺失。

文學概說	文藝方法論(包括各種文學形式的介紹)	60	一單 3 二單 2	1	第一、二單元
文藝思潮史	中國文學發展史略 西方文藝思潮發展史略	18	6	2	第三單元
名著選讀〔註 57〕	解放區的文學名著選 中國現代的文學名著選 蘇聯現代文藝選讀	108	一單 6 二單 3 一單 3	2 1 1	第一、二單元
民間文學〔註 58〕	民間故事、唱本、彈詞、民歌等的介紹與研究	48	二單 1.3	間周次	第一、二單元
歌寫作	以寫歌爲主,稍及一般新詩之寫作	24	2	1	第一單元
劇寫作	寫小型格局與話劇腳本之方法	36	3	1	第二單元
通訊寫作〔註 59〕	一般新聞通訊普及報告文學的形式	18	1.5	間周次	第二單元
小說創作	群眾化的短篇小說做法	36	3	1	第二單元
習作〔註 60〕		96	3	1	第一、二、三單元
特別講座		18	6	2	

從科目和基本內容可見，文學系制定了頗具特色的教學計劃，不僅注重學生文藝理論的根基，還有文學史和具體文體創作的相關課程；不僅討論中國文學史，還涉及西方文藝思潮；不僅強調「名著」的閱讀，還專門開設民間文藝的介紹課程，除此之外，這一時期的課程設置也體現了魯藝注重培養新文學創作人才的特點，歌、劇、新聞通訊、小說等文體的創作均設有專門的課程。從表格中的課程名稱中便反映出文學系創辦伊始的「新文學」本位立場，除了「文藝思潮史」中涉及到的「中國文學發展史略」與古代文學相關之外，其餘課程均圍繞著新文學和外國文學展開，呈現出與同時期以西南聯大爲代表的大學國文系的分野。在文學系課目籌劃期間便已經形成了上述計劃的雛

〔註 57〕原文缺失，根據《草案》中提到的「科目」補充。(《魯藝第二期教育計劃草案》(一九三九年六月十一日)，谷音，石振鐸：《東北現代音樂史料》第 2 輯(魯迅文藝學院歷史文獻)，內部資料，1982 年，第 9 頁。)

〔註 58〕同上。

〔註 59〕同上。

〔註 60〕同上。

形，世界文學、中國文藝運動、名著研究、舊形式研究、創作實習〔註 61〕皆入選課程範圍，而《草案》中開示的課程不過是把以上的幾門課進行了合併或進一步細化。從落實情況上而言，在具體實施過程中並非與原計劃嚴絲合縫地契合，比對 1938 年 10 月肖殷發表在重慶《新華日報》上的《抗戰藝術在延安》一文中提及的文學系專修課目，可以推測文學系第一期的專修課教學大體不脫舊形式研究、世界文學、中國文藝運動史、名著研究、創作五門課程〔註 62〕，相比原定教學計劃而言課程有所壓縮和簡化。魯藝主要考慮到較短的「三三制」學制、教員的特長以及學生的學習程度做出了相應的調整，但總體而言落實了教學上「古今中外法」〔註 63〕的構想以及「培養抗戰藝術工作的幹部，研究藝術理論，接受中國與外國各時代的藝術遺產，以至創造中華民族的新藝術」的教學計劃。〔註 64〕

雖然文學系第一期尚處於草創階段，但相較其他三個系而言，文學系的課程最多，而在所有課程中，文學系的授課內容又主要偏重文藝理論。這主要是學校的教學計劃使然。在課程比重上，學校規定理論課佔全部時間的 1／3，「唯文學系以性質之關係，可略為增多，但不得超過全課程之 1／2」〔註 65〕。具體而言，全校的理論課既包括政治理論，也包括文藝理論，政治理論主要集中在列寧主義、哲學、軍事、中國近代史等內容上，文藝理論則主要指周揚主講的《藝術論》〔註 66〕，統稱為全校的「大課」，文學系主要又在此

〔註 61〕《魯藝第二屆概況》（一九三八年九月），谷音，石振鐸：《東北現代音樂史料》第 2 輯（魯迅文藝學院歷史文獻），內部資料，1982 年，第 18 頁。

〔註 62〕肖殷：《抗戰藝術在延安》，文化部黨史資料徵集工作委員會，《延安魯藝回憶錄》編委會：《延安魯藝回憶錄》，北京：光明日報出版社，1992 年，第 606 頁。

〔註 63〕魯藝規定，「全部課程及每一課程之排列，均依古今中外法。」具體而言，在時間上取：①「八一三」以後的②抗戰中的③「五四」以後的④近百年的⑤古代的；地域上取：①解放區的②蔣管區的③蘇聯的④其他國家的。（《魯藝第二期教育計劃草案》（一九三九年六月十一日），谷音，石振鐸：《東北現代音樂史料》第 2 輯（魯迅文藝學院歷史文獻），內部資料，1982 年，第 7 頁。）

〔註 64〕《魯藝第二屆概況》（一九三八年九月），谷音，石振鐸：《東北現代音樂史料》第 2 輯（魯迅文藝學院歷史文獻），內部資料，1982 年，第 18 頁。

〔註 65〕《魯藝第二期教育計劃草案》（一九三九年六月十一日），谷音，石振鐸：《東北現代音樂史料》第 2 輯（魯迅文藝學院歷史文獻），內部資料，1982 年，第 8 頁。

〔註 66〕《魯藝第二屆課程一覽表》（一九三八年），谷音，石振鐸：《東北現代音樂史料》第 2 輯（魯迅文藝學院歷史文獻），內部資料，1982 年，第 21 頁。

基礎上增加了文學理論的比重。嚴文井對此專門解釋道，「三三制」下，不可能迅速地培養出作家來，因此魯藝有意招收一些有寫作經驗者，「給他們一個正確的寫作方向，多注意文藝理論的講授」。〔註67〕魯藝以「文學理論」統攝文學系課程的做法顯然賡續的是 1920～1930 年代大學新文學教育的主要策略，但早在 1920 年代便已證實，西方文學觀念體系滲透之下形成的「文學概論」課程無法容納左翼文學將理論工具化的要求，因此許多學院派便由此退回至偏於純文學化的「文學批評」。〔註68〕偏於理論工具化的「文學概論」在延安被賦予了固定的意識形態內涵後故態復萌，從延安「突擊文化」〔註69〕的角度考察，此時的魯藝滲透在一種軍事化和高度重視效率的社會框架之中，學制的劃定、知識孰輕孰重的判斷，皆與高效地培養爲抗戰和人民服務的文藝創作者息息相關。譬如魯藝並不培養專門的文藝家，因此從第一期起便重視新聞通訊寫作技能的培養，學生畢業後的主要出路是「報紙和文藝刊物的編輯、記者、通訊員」，截止到 1942 年 9 月，「魯藝出去的同志分配在我們部隊和根據地工作的佔全數百分之八十，而現在學生中，過去曾做過實際工作的，也佔了全數百分之四十九」。〔註70〕新聞文體已經逸出文學革命以來「文學」概念的指涉範圍，實用類文體進入教學環節是對「文學系」本身知識生產的一種挑戰，囊括著將「無用」的「文學」更新改造爲一種「有用」的「工具」之義。

對於那些過去擁有寫作經驗的青年詩人而言，他們雖不缺乏詩歌寫作上的技巧，但是被視爲思想覺悟和理論水平上有待提高的對象，理論課直接針對的正是他們對文藝階級屬性的認識不足這一弱點。考察第一屆學生的教育背景，他們的經歷相對駁雜，其中不可忽略的是天藍等人在入學之前便已經具備相對成熟的寫作經驗。天藍進入魯藝之前，先後就讀於燕京大學、浙江大學，可謂接受過系統的學院派新文學教育。在創作上，他 1935 年在燕京大學讀書時參加左翼文藝運動，曾擔任北平左聯委員兼出版委

〔註67〕嚴文井：《對於文學研究班的回顧與展望》，谷音，石振鐸：《東北現代音樂史料》第 2 輯（魯迅文藝學院歷史文獻），內部資料，1982 年，第 69 頁。

〔註68〕季劍青：《大學視野中的新文學》，北京大學博士學位論文，第 41 頁。

〔註69〕周維東：《中國共產黨的文化戰略與亞那時起的文學生產》，廣州：花城出版社，2014 年，第 77 頁。

〔註70〕周揚：《藝術教育的改造問題——魯藝學風總結報告之理論部分：對魯藝教育的一個檢討與自我批評》（一九四二年），谷音，石振鐸：《東北現代音樂史料》第 2 輯（魯迅文藝學院歷史文獻），內部資料，1982 年，第 150 頁。

員，主編北平左聯機關刊物《聯合文學》，並有《時代論》《集體郊遊歌》等詩歌發表於此。這些詩歌記錄下天藍革命理想的養成，可見宏大的時代聲音激活了詩人個體的活力，詩人澄澈激揚的青春熱情寄身於永續的革命潮流裏：

春來了，
春到了，
這是我們大家
活躍的時候
看呀！
這兒是紅紅綠綠的花；
聽呀！
那是唧唧吱吱的鳥——
這世界是多麼的美妙，
正和我們一樣的年少。
……
這是我們結隊
遊春的時候。
團結！
莫要分出黨派和階層
攜手，
也不限定男女和老少——
我們的隊伍要組織在
窮鄉僻壤和熱鬧的街頭。
讓我們攀登那高高的山崗吧！
讓我們渡過那潺潺的流水吧！
自然在喊叫，
中國的民眾已經醒來了！
……〔註 71〕

這首詩圍繞個體、自然與民族的關係展開，詩人在青春歲月中體悟到自然界萬物復蘇和中華民族的覺醒，這是他站在時間軸上的青春冥想，也正意味著

〔註 71〕天藍：《集體郊遊歌》，《聯合文學》，1937 年第 1 卷第 3 期。

詩人亟待投身更廣闊的天地，將「春」的希望和時代的宏大圖譜落實爲更爲具體的實踐。但天藍也有《給一個陳死人》這類詩，《給一個陳死人》書寫了一個革命者對於「世紀末」景象的留戀：

她極度裝飾她自己；
她的眼眶，她的耳垂，
她的指甲，她的嘴唇……
她盛裝走到了墳墓裏。

她遺下頹廢的和諧，
秋風吹動著柳枝，依依……
一株枯乾，揭示
剝削者的奇蹟。

感喟，咿噓……
我將留戀於這惡花之美：
這分披的鬢髮上，一左一右，
這低音雙唇上，一高一低，
我輕輕地吻著吻著，……
吮吸兩代的氣息。〔註 72〕

詩中的主體發聲機制與《集體郊遊歌》有所不同，都市經驗的嵌入使詩歌呈現出「內面自我」的生長與社會批判的衝動之間的張力，堪稱典型的「左翼作家的都市書寫」。天藍 1979 年補注稱這首詩是「爲紀念一個電影演員的死而作」〔註 73〕，詩中「你畢竟在樣子間裏，／門檻裏是腹部流線型的經紀人，／門檻外是爲色情狂惱恨的小市民。／一件廣告藝術品，／能値幾文？」等句也暗示了這首詩歌的現實指涉意義，但是「我」在咒罵現實世界造成戕害的同時，也抽身於現實批判的立場，流連於這絢爛旖旎的「世紀末」之景色中：「而我，這火熱的美的評賞者，／將吟詠這山河的平曠，／和這舊時林草的雲翳。」詩人顯然置身於一種現實自我與理想自我的分裂中，一方面覺察到社會的不公正待遇以及社會剝削對於「美」的摧殘，

〔註 72〕天藍：《給一個陳死人》，《燕大週刊》，1936 年第 7 卷第 10 期。
〔註 73〕1979 年加注。天藍：《天藍詩選》，北京：人民文學出版社，1981 年，第 3 頁。

另一方面社會改造的理想與自我覺醒還未完全整合到一起，「我」仍留戀著這種令人迷醉的「美」。這種「美」在左翼作家筆下具有典型性。「頹廢女人」的原型來自波德萊爾的《惡之花》〔註 74〕，但是詩人在左翼視野之下對「惡花之美」呈現出另一重隱秘的解讀方式，即通過一個具有誘惑力的女演員的死觀看一個混亂不安的「舊世界」的滅亡。這裡顯示出與革命相連的另一重女性觀的介入，與波德萊爾認爲女性是「一頭美麗的野獸」相反，「沙皇俄國的以政治觀念爲核心發展起來的新女性意識」則標榜女性解放和女性參與社會變革的權力，這一序列的女性形象極大地影響了中國左翼文壇。天藍筆下的女性正處於兩種形象的臨界點上，因此對這一女性的遠觀折射了詩人複雜而焦灼的現實關懷，對造成破碎而頹敗的「美」的劊子手——時代的憤怒，昭示了左翼詩人在面臨革命現實與審美理想時的兩難。從詩人所處空間上而言，從都市到邊區，罪惡的都市風景已經置換爲明朗健康的革命畫面，更昭示著偉大鮮活的「勝利」圖景，詩人的生活方式、思想觀念都面臨著質變，除了自我的主動改造與蛻變之外，黨此時並不作爲一個政治實體強行將自己的意識形態附著在詩人身上，而是作爲一種「無形之物」，以「潤物細無聲」的方式打磨他們思想中不和諧的成分，利用他們的特長爲其文藝戰線服務。

雖不乏有創作才能的學生，但是從客觀條件上而言，文學系第一期正處於師資最匱乏的時期，除了周揚負責全校「藝術論」這門必修課程外，彼時眞正在文學系授課的只有沙可夫、陳荒煤〔註 75〕、嚴文井〔註 76〕、徐懋庸、卞之琳。沙可夫當時是魯藝的副院長，一面在戲劇系教課，一面在文學系講「蘇聯文學」，並給全校學生開設俄文課〔註 77〕；徐懋庸主要任教於「抗大」〔註 78〕，此時只作爲魯藝文學系的兼職教員講授「文學的特性」；陳荒煤先在

〔註 74〕這首詩可與波德萊爾《被殺的女人——無名大師的素描》一詩對讀，其書寫對象都是死去的女人。（（法）波德萊爾《被殺的女人——無名大師的素描》，（法）波德萊爾：《惡之花》，郭宏安譯，北京：北京燕山出版社，2005 年。）

〔註 75〕參見陳荒煤：《我的經歷》，陳荒煤：《陳荒煤文集》第 10 卷，日記、書信、自傳，北京：中國電影出版社，2013 年，第 551 頁。

〔註 76〕嚴文井 1938 年 5 月先赴「抗大」第四期學習，10 月畢業，年底調入魯藝文學系任教。

〔註 77〕康濯：《一個平凡而高大的形象——〈沙可夫文集〉跋》，《新文學史料》，1989 年第 1 期。

〔註 78〕徐懋庸到 1938 年 8 月到「抗大」後先教三大隊政治經濟學，後擔任三大隊政

戲劇系任教後轉入文學系。教學計劃的制定是魯藝保證正常的教學秩序的前提，但囿於現實條件，詳盡的課程計劃不得不根據各位教員的知識結構和研究範圍加以調整。儘管如此，教員的權力並沒有設想中那麼大，仍然要遵循魯藝「培養抗戰藝術工作幹部」的目標編寫教材、講義等。魯藝更是嚴格控制著教材內容的範圍，要求教員「教授前須擬定提綱，交教務處研究（必要時得召集有關教員共同研究之）需製講義者，亦需交教導處研究後印發之。」〔註 79〕對於新詩的講授而言，短時的學制以及教員的流動，課堂上的講授並不完全落實爲系統的知識被學生接受，但各位教員的授課內容仍然或隱或顯地映像著個人的旨趣，他們設計的教學環節有意無意地投射出自己的審美趣味與文學關懷，與一體化的教學目標構成了張力，多姿多彩的課堂爲魯藝成長爲新詩的園地醞釀出多元的氣候。

魯藝第三期（文學系第二期）的教員陣容已經趨於穩定，文學系教員除卞之琳之外，還有周立波、蕭三、曹葆華、嚴文井、陳荒煤幾位，周揚開始兼任系主任。與此同時，文學系第二期的課程相較第一期而言因教員的增多也更爲豐富。魯藝負責人在二月曾反省過去的教育計劃過於重視專門人材的培養，指出以後應將重點放在培養大批普通幹部上去，並重新規劃了文學系的課程，其中包括：文學概論、中國新文學運動、民間文學研究、寫作方法、蘇聯文學、名著研究、創作實習。〔註 80〕針對這一要求，魯藝第三期初次開設了普通部，普通部原本計劃招生一百人〔註 81〕，未料文學系報考熱度驟增，最後只文學系便招收了五十人。〔註 82〕此時魯藝學制由「三三制」延長爲「四四制」，在初級班培養抗戰需要的藝術工作者和

治主任教員。(《徐懋庸年表》，王韋：《徐懋庸研究資料》，南昌：江西人民出版社，1985 年，第 227 頁。)

〔註 79〕參見《魯藝第二期教育計劃草案》(一九三九年六月十一日)，谷音，石振鐸：《東北現代音樂史料》第 2 輯（魯迅文藝學院歷史文獻），內部資料，1982 年，第 9 頁。

〔註 80〕沙可夫：《魯迅藝術學院工作檢查總結報告》(一九三九年二月十八日)，谷音，石振鐸：《東北現代音樂史料》第 2 輯（魯迅文藝學院歷史文獻），內部資料，1982 年，第 31 頁。

〔註 81〕據《魯藝普通部招生簡章》(一九三九年二月十八日)，谷音，石振鐸：《東北現代音樂史料》第 2 輯（魯迅文藝學院歷史文獻），內部資料，1982 年，第 48 頁。

〔註 82〕據嚴文井：《對於文學研究班的回顧與展望》，谷音，石振鐸：《東北現代音樂史料》第 2 輯（魯迅文藝學院歷史文獻），內部資料，1982 年，第 69 頁。

幹部的基礎上，還設立高級班以「加強將擴大黨在藝術方面的影響和領導，奠定新藝術的初步基礎。」〔註 83〕1939 年 3 月 13 日陳荒煤率領文學系學生黃鋼、楊明、梅行、葛陵、喬秋遠等組成文藝工作團上前方工作。陳荒煤認爲，文藝工作者到前方不僅是搜集材料，而且是爲了「開展廣泛的新的文藝運動而努力」，這一時期的文藝「應該配合部隊作戰」，那麼對文藝本身而言應增強文藝的戰鬥性，同時也應提高戰士的文藝水平，〔註 84〕這是魯藝這一時期「培養藝術上的連排長干部」〔註 85〕的教育任務決定的。此後，文學系一時因大量人員缺失而不得不面臨重新整頓的現實，因此大部分學生轉入了普通部，留下的一部分學生則組成了文學研究班。據陸地回憶，文學研究班的成員包括賈芝、葛洛、楊思仲（陳湧）、林藍、柯藍、陸地等，5 月起蕭三開始擔任系主任，嚴文井擔任輔導員。隨後，華北聯大文藝部成立，魯藝普通部師生轉入華北聯大文藝部，魯藝則在 1939 年 8 月至 1940 年 4 月回到專門學習時期，並取消普通部只保留專修部。〔註 86〕轉入華北聯大的師生中，副院長沙可夫和詩人蔡其矯結緣頗深，二者日後詩學資源的分享並非偶然，延續的正是通過魯藝建立起來的師生情誼，據蔡其矯回憶，當時沙可夫是華北聯大文學院的院長，自己是教員，二人之間有些交往，他看到的惠特曼的《草葉集》就是沙可夫從蘇聯帶回來的，而自己連鋼筆字都受到沙可夫的影響。〔註 87〕回到文學系第二期（暨魯藝第三期）的教育政策上來，它一直徘徊在「普及」與「提高」的教育計劃之間，因此課程並未按照原計劃開展，根據陸地回憶，文學系第二期課程主要包括「馬克思主義文藝理論」、「外國名著選讀」、「專題講座」、「習作討論」等。〔註 88〕蔡其矯則回憶魯藝文學系「教學很不正規，並無教學提綱

〔註 83〕《魯迅藝術學院第三屆教育計劃》（一九三九年一月廿二日），谷音，石振鐸：《東北現代音樂史料》第 2 輯（魯迅文藝學院歷史文獻），内部資料，1982 年，第 22 頁。

〔註 84〕荒煤：《魯藝文藝工作團在前方》，《大眾文藝》，1940 年第 1 卷第 4 期。

〔註 85〕龔亦群：《回顧第三屆》（一九四〇年），谷音，石振鐸：《東北現代音樂史料》第 2 輯（魯迅文藝學院歷史文獻），内部資料，1982 年，第 75 頁。

〔註 86〕《訊字第十七號》，谷音，石振鐸：《東北現代音樂史料》第 2 輯（魯迅文藝學院歷史文獻），内部資料，1982 年，第 104 頁。

〔註 87〕伍明春：《詩與生命交相輝映——蔡其矯訪談錄》，伍明春：《沉潛與喧囂——當代詩歌論》，福州：福建人民出版社，2014 年，第 355～356 頁。

〔註 88〕陸地：《七十回首話當年》，《新文學史料》，1989 年第 4 期。

和教學方案。」自己在這裡半年「只上十次課：徐懋庸講《文藝與政治》五次，周揚講《藝術論》兩次，陳荒煤講《創作方法》三次。」〔註 89〕但是變動不居的課程安排並未讓魯藝的年青詩人失去創作的方向，反而給他們的興趣的發展留下了空間。被艾青稱爲「播穀鳥」詩人的賈芝進入文學系第二期後寫下《我們笑了》《牧牛》等詩，正如他的自述，自己「在延安時期的詩，除了思想、感情發生了一些新的變化而外，還注意到觀察和寫陝北的農家生活，或抒革命之情。」〔註 90〕詩人的事後陳詞當然重要，但是考察詩人這一時期的文學活動，並不僅限於思考自己如何「轉型」，就讀文學系期間，賈芝憑藉一本北京大學的法語教程自願充當教起職工與學生的法文老師，而講授的重點則是都德的一首詩。〔註 91〕可見，對於一批具備創作經驗的學生而言，鬆散的課程計劃雖未令他們建立起穩固的知識體系，教師隊伍的流動性和多元化反而使他們接觸了不同的文學資源。他們更從大量的自修、課余時間中獲得了自學和汲取現實經驗的機會。

3.1.3 轉入「專門化」後的新詩園地

沙可夫調入華北聯大後，1939 年 11 月 28 日周揚接替魯藝副院長一職（院長爲吳玉章），負責魯藝的日常工作，何其芳則擔任文學系系主任。文學系第三期的新詩創作成績十分耀目，井岩盾、馮牧、邢立斌、自評、李方立、侯唯動、章煉峰、賀敬之、張鐵夫、戈壁舟等學生紛紛創作並發表了大量新詩，這與這一時期魯藝的詩歌氛圍密不可分，更與周揚和何其芳的個人趣味有很大關係。

何其芳主持文學系後，文學系的創作園地一度呈現出勃勃生機，他不僅牽頭創辦文學性刊物《草葉》，而且以他爲中心形成了一種極爲濃厚的詩歌創作氛圍。他招收學生的條件靈活自由，格外看重有詩歌創作才華的青年，筆試成績不佳、面試時受到何其芳格外關注的就有賀敬之、馮牧、戈壁舟等〔註 92〕。何

〔註 89〕參閱蔡其橋給公木的回信。（公木：《序曾閱撰詩人蔡其橋年表》，曾閱編著：《詩人蔡其橋》，北京：作家出版社，2002 年，第 18 頁。）

〔註 90〕賈芝：《「年輕人都是詩人」》，艾克恩、程遠、湯洛：《延安詩人》，西安：陝西人民教育出版社，1992 年，第 467 頁。

〔註 91〕胡征：《跟賈芝學法文》，艾克恩、程遠、湯洛：《延安詩人》，西安：陝西人民教育出版社，1992 年，第 474～476 頁。

〔註 92〕賀仲明：《何其芳評傳》，南京：南京大學出版社，2012 年，第 187 頁。

其芳作爲文學系面試官掌握招生大權，不自覺摻雜了個人喜好，這令魯藝文學系一時間詩人雲集，日後甚至「攪動」了延安的詩壇。

在此期間，何其芳的「創作實習」課也開展得十分順利。該課程既無教材也無講義，開展方式具有很強的靈活性。據陸地回憶，創作實習課不同於中學生課堂作文，「不限時間也不出題目」，「只由同學個人從生活的體會中，選擇覺得可寫的人和事，隨意運用自己所能掌握的形式（體裁），寫成篇章。先在自願組合的學習小組的三、五個同學當中，互相切磋琢磨，然後再交到老師那裡，定個時間開座談會討論。同學們先評論其優缺點，老師最後作小結：肯定成功的地方，分析不足之處：指出具體修改要求或今後寫作應注意克服的毛病。」〔註 93〕根據魯藝師生的回憶，何其芳一般根據學生課堂上臨時提出的問題和寫作中遇到的困難，結合學生平時的創作情況進行講解。他允許學生在課堂上與他當場反駁、辯論，因此創作課就變成了「討論課」，這充分彰顯了何其芳「創作實習」課堂的民主氣氛。〔註 94〕輕鬆愉悅並不意味著懈怠或偷懶，何其芳的大量苦功和心血大多用在課下，他字斟句酌地批改學生作業，有時直到深夜，第二天「從這個窯洞到那個窯洞，找了這個找那個」，將自己的意見一一告知學生，但也充分尊重學生的意見，「不把個人的趣味好惡強加於人」。〔註 95〕他的上課地點不囿於課堂，延河河畔、學生「住處」也是他的「課堂」，他經常在傍晚時分約同學在延河邊談話交流，「坦率地提出批評意見，推心置腹。」〔註 96〕陸地回憶說，當時的文學系同學爲了消磨冬日寒夜的時光，常常有「爐邊閒話」〔註 97〕，講的大都是自己投身革命的現實故事，有時，何其芳也會加入進來，陸地記得何其芳在朦朧的夜色中發表過這樣的觀點：「他上過前線，訪問過賀龍的一二〇師，本應是要

〔註 93〕陸地：《瞬息年華——延安魯藝生活片段》，《陸地作品選》，桂林：灕江出版社，1986 年，第 423 頁。

〔註 94〕朱寨：《急促的腳步——何其芳素描之一》，單天倫：《時代履痕——中國社會科學院學者散文選》（下），北京：社會科學文獻出版社，2004 年，第 684 頁。

〔註 95〕朱寨：《急促的腳步——何其芳素描之一》，單天倫：《時代履痕——中國社會科學院學者散文選》（下），北京：社會科學文獻出版社，2004 年，第 684～685 頁。

〔註 96〕朱寨：《急促的腳步——何其芳素描之一》，單天倫：《時代履痕——中國社會科學院學者散文選》（下），北京：社會科學文獻出版社，2004 年，第 683 頁。

〔註 97〕穆青也在回憶錄中提到了這一活動。（穆青：《魯藝情深》，文化部黨史資料徵集工作委員會，《延安魯藝回憶錄》編委會：《延安魯藝回憶錄》，北京：光明日報出版社，1992 年，第 581 頁。）

放聲歌頌那些置生死於度外，爲民族獨立、人類解放事業而獻身的英雄的。可惜，自己一貫所熟悉的無非是一些讀書人，對出身於工農的英雄人物，卻隔著一層紗幕，看不清摸不熟。戰鬥英雄雖然坐在面前談話，彼此到底未能一見如故，思想感情結合不到一塊。即算爲他們也寫了詩，那只不過是理智上的頌歌，不可能令人感到親切，受到感染。」〔註 98〕可見，何其芳在同學間公開批評「理智上的頌歌」，主張寫自己熟悉的生活，表達眞實的情感，他的這種詩歌理念對魯藝文學系學生的詩歌道路形成了極大的影響。誠然許多人對何其芳在魯藝指導學生習作時傾注的心血及循循善誘的教學方法記憶深刻，甚至將其上升爲一種人格的光輝，但是在褒揚何其芳人格的過程中，很容易忽視「創作實習」這門課本身就規定著特殊的教學法，即本課教員和助教閱讀學生作品後提出意見，「每次選數篇寫出書面意見交大家傳看並提交作品批評會討論，不提交作品會暫由本課教員或助教面談意見，人數太多時作品批評會得分組進行。」〔註 99〕這一教學法極有可能是何其芳參與制定的，但這一教學方法也並非他個人原創，而是源於魯藝「創作實習」課的傳統。在何其芳來延前夕，周揚爲文學系第一期代課，據康濯回憶，當時 50 名學員共上交了六七十篇習作，後來周揚全部看完後，專門進行了講評。「他先對全部習作作了幾點總的評價和分析，然後提出八篇進行了表揚」〔註 100〕可見周揚和何其芳在指導學生習作的方式方法上有所共識，但何其芳則更進一步發揮了自己作爲詩人的熱情，竭盡心力地發揮「導師」的作用。

魯藝文學系此時的課程設置和詩歌氛圍無形中使這一期的許多學生自覺選擇了詩歌這一文體作爲情感表達方式。周揚上任以後修訂了課程大綱，保留了自己講授的「藝術論」和「中國新文學運動史」作爲全校必修課，而文學系的專修課則增加了文學史和文學「研究」的講授比重，以下是文學系第三期的課程及時間支配表〔註 101〕：

〔註 98〕陸地：《瞬息年華——延安魯藝生活片段》，陸地：《陸地作品選》，桂林：灕江出版社，1986 年，第 427 頁。

〔註 99〕《魯迅藝術學院第四屆教育計劃》（一九四一年改訂），谷音，石振鐸：《東北現代音樂史料》第 2 輯（魯迅文藝學院歷史文獻），內部資料，1982 年，第 93 頁。

〔註 100〕康濯：《延安魯藝之憶》，文化部黨史資料徵集工作委員會，《延安魯藝回憶錄》編委會：《延安魯藝回憶錄》，北京：光明日報出版社，1992 年，第 511 頁。

〔註 101〕《魯迅藝術學院第四屆教育計劃》（一九四一年改訂），谷音，石振鐸：《東北現代音樂史料》第 2 輯（魯迅文藝學院歷史文獻），內部資料，1982 年，第 52 頁。

授課時間＼學期＼學年 課目	I		II		III		每科上課時間總計	備考
	1	2	1	2	1	2		
名著選讀	120	60					180	全係共同必（修）課
文學概論		60					60	〃
中國文學史			60				60	〃
西洋文學史				60			60	〃
中國小說研究			60				60	〃
中國詩歌研究				60			60	〃
作家研究					60	60	120	〃
文藝批評					60		60	〃
理論名著選讀						60	60	〃
寫作實習								從三學年起全係分劇作理論，二組，分別進行
每學期上課時間總計	120	120	120	120	120	120		
附注：寫作實習一年，每月開批評會一次，約三小時，學生寫作時間則不規定時，課目第三系「中國詩歌研究」								

由上表可見，對作家作品的研讀是這一時期魯藝文學系的教學重點，除此之外，也涉及文藝批評、文學理論的和文學史的講授。知識上偏重中國古典文學和外國文學的系統習得、創作上偏重現代文學的形式，這成爲此時魯藝文學系的一項基本共識。「系統性」是這一時期魯藝文學系課程安排的重要標誌，不僅從課程設置上可見，教員的講授也突破了那種漫談式、介紹式的方法，據陸地回憶，第二期「世界文學」課由蕭三和曹葆華分別擔任，蕭三主要介紹蘇聯文學，「漫談他在蘇聯那些歲月的文壇見聞」，曹葆華則介紹西歐文學史，後來則「專心於俄文的學習去了，放鬆了對我們的講授」。〔註 102〕文學系第二期的「世界文學」大致與第三期的「名著選讀」重合，周立波在「名著選讀」課上對世界文學的講授雖然充斥著個人趣味，但是相比「漫談」式的介紹，已經具備了相當的規模和深度。

〔註 102〕陸地：《瞬息年華——延安魯藝生活片段》，《陸地作品選》，桂林：灕江出版社，1986 年，第 424 頁。

以系統化、理論化的學習爲背景，「詩歌」從一種實用性文體躍升爲一門課程。縱覽這一期全校的教育計劃和課程安排，「詩歌」以課程的形式進入了魯藝知識生產的軌道，與詩歌相關的課程分別入選了戲劇、音樂、文學三大系別，分別是：戲劇系的「文學欣賞」課爲全係必修課，主要內容是「選讀中外古今長短篇小說散文及詩歌」，「授課時間著重作者介紹和作品分析，提出閱讀。」音樂系的「詩歌」課則由聲樂組作曲組專修，「選讀各時代各大作家之代表作品使了然各時代的詩歌之特點及其發展趨勢加深其對於詩歌之理解，以提高歌曲創作之質量並未進一步研究各時代的聲樂藝術之助」。通過官方教學計劃描述的課程內容提要可見，戲劇、音樂兩系的詩歌學習和閱讀範圍十分廣泛，以「古今中外」爲原則。但是相比之下，文學系的「中國詩歌研究」課卻以古典詩歌爲研讀對象，「選中國古典詩歌爲代表作品如詩經、楚辭、漢魏六朝、五言詩、唐詩、宋詞元曲之一部分作品較詳細言及以新的觀點說明其內容與藝術形式。」與草創時期的文學系相比，課堂上的講授重心由新文學轉移到了古典文學，無論是中國文學史、中國小說研究還是中國詩歌研究，它們的目標講授內容均限制在古典文學的範疇，並不染指現代，其中的內在邏輯還有待梳理和進一步明晰。首先，從經典化的層面考察，魯藝文學系此時引入了古典文學的維度，大有爲自己張目之意。眾所周知，民國以來創建的大學，其國文系以研究古典文學爲主要任務，新文學的誕生動力卻往往是在外文系中受到外國資源的影響和擠壓，並基於較爲開闊的視野向古典文學資源回溯。〔註 103〕這一時期的魯藝意欲擺脫戰時性而走常態化、「正規化」的道路，爲了使文學系學生的基本功更爲紮實，也借鑒了這種經驗，向古典和外國「經典」回歸是其重要特徵。〔註 104〕其次，文學系的這種安排看似「厚古薄今」，實際上恰恰相反，古典文學提供的正是一種強大的文學傳統和文學資源，聯繫彼時延安文藝界的情形，圍繞「民族形式」的論爭依舊火熱，眾所周知，民族形式的核心問題正是如何看待和運用舊形式。這門課的授課教師雖不得而知，但是從《魯迅藝術學院第四屆教育計劃》開列的文學系專修課中的課程設置與要求看來，文學系十分強調運用「新的觀點」闡釋文學現象與文學作品，這要求它保持與最新的理論成果的步伐一致，因此

〔註 103〕季劍青：《大學視野中的新文學》，北京大學 2007 年博士學位論文，第 31～32 頁。

〔註 104〕不僅是文學系課堂上講授古今中外的經典作品，戲劇系也排演了《日出》《大雷雨》《欽差大臣》《馬門教授》等話劇，而後被批評爲「演大戲」。

這些課程名「古」實「今」，體現了魯藝「理論與實踐的統一爲教學之最高原則」。〔註 105〕「新的觀點」作爲一種理論視野，這一字眼分別出現在「中國文學史」、「西洋文學史」、「中國小說研究」、「中國詩歌研究」四門課的課程大綱中。何謂「新的觀點」？顧名思義，「新的觀點」與「舊的觀點」針鋒相對，這種新舊之分將魯藝的理論與批評話語規定在一種二元對立式的語境中，其中的傾向性和意識形態性不言自明。正如姜濤指出，1920～1930 年代新文學課程的設置本身就包含著自我辯護的功能，而新文學合法性中最成問題的一部分就是新詩，「新詩作爲整個新文學的急先鋒，在美學形式及文化形態上構成的反叛最爲強烈，內含的現代性緊張也最爲鮮明，這正是『要講現代文藝，應該先講新詩』背後的邏輯所在。」〔註 106〕延安時期的新詩賡續著「五四」以來新詩的血脈，但面對強大的歷史傳統時卻並未顯示出「影響的焦慮」，反而將其轉化爲「民族形式」論域中構成民族現代性想像的一個動力。〔註 107〕顯然，論證新詩的合法性在諸多延安詩人看來並不構成一個問題，考察在他們延安時期的文章，圍繞詩歌本體的討論十分罕見，而是大多將詩歌置於抗戰、國族、大眾化等視野中考察。魯藝的教育層仍堅定地站在新文學的陣營裏，無論是周揚的「中國新文學運動史」指明新詩在新文學史中的地位，還是何其芳課上課下切身指導學生的習作，他們都參與著新詩「升格」爲一種教育情境下符合戰爭時代想像的文體。

這一時期魯藝已經摸索出相對穩定的教學思路並形成了較爲固定的教學隊伍，學制延長至三年，更在一般的基礎知識學習之上樹立了培養「專門人才」的計劃。這一時期與文學相關的講義除周揚的《中國新文學運動史講義提綱》以及周立波的「名著選讀」的部分保存下來外，其餘都無從尋覓，甚至具體課程和任課老師也無法完全對應，這增加了研究難度，但憑藉其他相關材料依舊可以勾勒出文學系第三期教師隊伍的大致輪廓。據艾克恩《延安文藝運動紀盛》，1940 年 12 月起延安作家每兩周在文化俱樂部爲延安文藝小組及其他團體的文藝工作者報告一次，以使他們系統地瞭解文藝理論。其中

〔註 105〕《魯迅藝術學院第四屆教育計劃》（一九四一年改訂），谷音，石振鐸：《東北現代音樂史料》第 2 輯（魯迅文藝學院歷史文獻），內部資料，1982 年，第 81～96 頁。

〔註 106〕姜濤：《20 世紀 30 年代的大學課堂與新詩的歷史講述》，《學術月刊》，2007 年第 1 期。

〔註 107〕袁盛勇：《「黨的文學」：後期延安文學觀念的核心》，《中國現代文學研究叢刊》，2005 年第 3 期。

就有在魯藝講授新文學的陳荒煤、周揚、周立波、何其芳四位，他們的報告題目分別是《主題與典型》《現實主義》《歐洲文學》《欣賞與批評》，〔註 108〕由此可以推測以上四人在魯藝的講授內容以及關注重心。除此之外，此時的文學系改稱文學部，下設文學研究室，專門從事文學理論和批評，以嚴文井爲主任，〔註 109〕此法亦爲魯藝嘗試擺脫戰時性文學訓練而走「正規化」道路的嘗試。

自 1939 年國民黨第二次反共高潮後，國共關係開始惡化，1941 年 1 月 6 日皖南事變發生，陝甘寧邊區陷入兩面作戰的局面，來自國民黨的軍事圍困、經濟封鎖以及日本對中共武裝地區的進攻使得本來自然條件惡劣、政權根基不牢的陝甘寧邊區陷入困境，在這種情況下，除了保衛邊區、加緊邊區生產外，中共也針對此調整了戰局之下的文化政策，無論魯藝的「正規化」計劃還是《解放日報》創刊〔註 110〕，均不可離開這一現實政治軍事背景，一種長久的「文藝作戰」計劃釋放了大量的話語空間。此時抗戰進行至戰略相持階段，中共爲了保存實力，因此在文藝政策上相對寬鬆自由，執掌文化宣傳工作的張聞天、博古等人都主張知識分子自由發展，給予了知識分子極大的寬容。羅邁在魯藝第二次全院工作檢查總結大會上提出了兩重任務，一是提高自己，二是幫助別人，至於後者直接指向「新民主主義革命成功以後」「需要我們的藝術幹部去領導」的長遠規劃〔註 111〕，顯然有儲備人才資源的意圖。但是魯藝副院長周揚在執行這一計劃時，卻暴露了 1930 年代「左聯」時期積累下的眼光和趣味，而魯藝詩人們也藉此機會嶄露頭角，一時間詩歌社團、

〔註 108〕其他報告題目分別爲，劉雪葦：《文學的發源及其發展》、艾思奇：《文學與生活》、茅盾：《中國文學運動史》、蕭三：《蘇聯文學》、丁玲：《漫談〈子夜〉》、周文：《阿 Q 正傳》等。（艾克恩：《延安文藝運動紀盛》，北京：文化藝術出版社，1987 年，第 223 頁。）但是這一材料有明顯的史實錯誤，這份「名單」極有可能是提前擬好但「並未能完全落實下來」。以茅盾爲例，茅盾 1940 年 9 月便已離開延安，他也於 1978 年 9 月 6 日給孫中田回信證實了自己並未舉辦「文藝講座」講「中國文學運動史」。（參見孫中田：《茅盾在延安》，孫中田，查國華：《茅盾研究資料》（上），北京：知識產權出版社，2010 年，第 358～359 頁。）

〔註 109〕《術字第二十九號》，谷音，石振鐸：《東北現代音樂史料》第 2 輯（魯迅文藝學院歷史文獻），內部資料，1982 年，第 113 頁。

〔註 110〕1941 年 5 月 16 日在延安創刊

〔註 111〕《羅邁同志在第二次全院工作檢查總結大會上的講話》（一九四一年四月二十八日），谷音，石振鐸：《東北現代音樂史料》第 2 輯（魯迅文藝學院歷史文獻），內部資料，1982 年，第 118 頁。

文藝小組、文學報刊的數量驟增，一些研究者試圖將這一時期的魯藝視爲一個一元化的整體，這恰恰忽略了魯藝內部思想來源的複雜性。

1941 年 12 月，《中共中央關於延安幹部學校的決定》認爲延安各學校具體定位與目標不明，再次明確「延大、魯藝、自然科學院爲培養黨與非黨的各種高級與中級的專門的政治、文化、科學及技術人才的學校」，指出「課程教材與教學方法，必須與各校具體目的相結合」，並規定魯藝直屬中央文委。最具指導意義的是，這一決定規定了魯藝專門課佔百分之八十、政治課應佔百分之二十，「堅決糾正過去以政治課壓倒其他一切課目的不正常現象」。〔註 112〕這一決定提出之前，中央的「整風」已經提上日程，1941 年 5 月毛澤東發表了《改造我們的學習》一文，並進一步指出文藝家理應進一步學習政治理論並檢討自己主觀主義教條主義作風。但是主張「專門化」的周揚顯然並未嗅到此中的政治氣味，因此魯藝第四期依舊照「專門化」的路子，強調「經典」的學習。1942 年魯藝進入第五期時，中共中央已經進入「整風」的部署階段，並明確指出過去「宣傳教育部門沒有把貫徹黨的這一思想作爲自己目前宣傳教育工作中的中心任務」〔註 113〕根據陳雲 1942 年 3 月的說法，延安存在一種新幹部要求「長期學習」而不參加工作的不良現象，顯然直指魯藝的「專門化」。其實，魯藝並非沒有嘗試著與黨的文藝政策進行互動，只是苦心孤詣建造的知識系統無法及時地隨著政策的調整翻新與大規模改變，只能在原有基礎上進行調整。1942 年 2 月改訂魯藝教學計劃時，毛澤東的《整頓黨的作風》《反對黨八股》業已發表〔註 114〕，因此魯藝第五屆伊始便據此修訂了文學系的課程計劃，譬如將「名著選讀」一課進一步細化爲「近代名著選讀」和「中國舊文學選讀」，並增加了「民間文學」〔註 115〕和「翻譯」三門課程。

〔註 112〕《中共中央關於延安幹部學校的決定》（本決定同時亦適用於各抗日根據地），中央教育科學研究所：《老解放區教育資料（二）》（上），北京：教育科學出版社，1986 年，第 239～240 頁。

〔註 113〕《中共中央宣傳部關於進行反主觀主義反教條主義反宗派主義反黨八股給各級宣傳部的指示》，中共中央文獻研究室中央檔案館編：《建黨以來重要文獻選編（一九二一～一九四九）》第 19 冊，北京：中央文獻出版社，2011 年，第 80～82 頁。

〔註 114〕分別發表於 1942 年 2 月 1 日和 1942 年 2 月 8 日。

〔註 115〕而新增加的「民間文學」課則要求教師「闡明民間文學的一般概念與歷史內容，它作爲民間風俗學的社會意義，與乎藝術上的價值，尤其重於中國固有之各種民歌、民謠、民間故事等之具體研究與分析。」

在每學期總課時增加的基礎上，「中國舊文學選讀」的總課時是「近代名著選讀」的一倍，其比重更是遠遠大於其他課程。〔註 116〕在此，民間文學初次以課程的面目出現在魯藝文學系，顯然是力圖將一種「在野」的文學形態囊括進知識生產的脈絡中。〔註 117〕

3.1.4 文學與政治之間——並行不悖的文學社團與學習小組

在魯藝諸多係別中，最活躍的並非文學系，這與文學本身「功能性」的限制有關，相比戲劇系、音樂系和美術系師生訴諸視聽的文藝形式而言，文學在抗戰宣傳的效果上並不顯著。對於文字藝術宣傳性的探討是抗戰時期眾多詩人的共同話題，任教於西南聯大的聞一多撰有《宣傳與藝術》一文，文中指出由於民眾的文化水平低，因此將文字作爲宣傳工具效用不大，「文字宣傳究不如那『不落言詮』的音樂圖畫戲劇來得有效。」〔註 118〕結合延安語境考量，延安文學不僅要求藝術形式鼓舞人民群眾的抗戰精神，還肩負著意識形態宣傳的任務；魯藝的教育目標並非培養「作家」，而是建立藝術作品與人民群眾之間的聯繫，使作品更好地服務於抗戰。但除了朗誦詩、槍桿詩、街頭詩以及標語口號類的作品外，新詩在以上兩個方面上的功利價值十分有限。1939 年 2 月教務處處長沙可夫在工作檢查總結報告中點名批評了文學系，他認爲各系的創作表現「一般都好，美術最有成績，音樂系次之，戲劇系還不錯，文學系較差」〔註 119〕，並針對此提出「文學系應試寫章回小說」的建議，對新詩則隻字未提。〔註 120〕即使是在延安文藝座談會之後，陸定一以出

〔註 116〕《魯迅文藝學園第五屆教育計劃及實施方案》(一九四二年二月改訂)，谷音，石振鐸：《東北現代音樂史料》第 2 輯（魯迅文藝學院歷史文獻），內部資料，1982 年，第 125 頁。

〔註 117〕《魯迅文藝學園第五屆教育計劃及實施方案》(一九四二年二月改訂)，谷音，石振鐸：《東北現代音樂史料》第 2 輯（魯迅文藝學院歷史文獻），內部資料，1982 年，第 132 頁。

〔註 118〕聞一多：《宣傳與藝術》，聞一多：《聞一多全集》文藝評論，散文雜文 2，武漢：湖北人民出版社，2004 年，第 190 頁。

〔註 119〕沙可夫：《魯迅藝術學院工作檢查總結報告》(一九三九年二月十八日)，谷音，石振鐸：《東北現代音樂史料》第 2 輯（魯迅文藝學院歷史文獻），內部資料，1982 年，第 39 頁。

〔註 120〕沙可夫：《魯迅藝術學院工作檢查總結報告》(一九三九年二月十八日)，谷音，石振鐸：《東北現代音樂史料》第 2 輯（魯迅文藝學院歷史文獻），內部資料，1982 年，第 40 頁。

現的先後順序排列《講話》後產生的文藝成果，「用豐富的民間語彙」、「內容形式都好的」新詩出現時間排在最末。〔註 121〕。站在官方的立場上考察，新詩收到的宣傳鼓動效果不佳，因此常常受到批評，而就創作主體所作的努力而言，魯藝文學系的師生曾極力地製造一種詩歌之「風」的嘗試不能被簡單化，這主要體現爲他們在課堂之外，在相近的歷史境遇和身份體認中，校園爲他們提供了具體的活動空間，他們則將詩歌創作和文學交往視作打造文學共同體的基本手段。魯藝在經歷「整風」之前曾出現過一股詩歌熱潮，這股熱潮由文學系學生主導，教師在其中扮演指導作用，在師生的共同作用下，以文學社團和學習小組爲具體組織形式，彰顯出了朝氣蓬勃、單純明朗的校園文化。

這裡借用民國歷史學家劉咸炘提出的「風」這一史學觀念進行闡釋。劉氏從批判宋代以後的史書「重政治」、「輕民風」的特點出發，重新發現「民風」對於史學的重要性，進而推演出，無論是時代的社會、政治、人事、風俗，一切因素皆在「風」中，他著重強調的是歷史研究要兼顧「上下」和「左右」。〔註 122〕在這裡徵引這一觀點，目的在於突出在一個強調「實用」的教學空間裏，詩歌作爲一種「務虛」的文體曾經被許多師生所想像爲一種可以波及「上下」和「左右」的書寫物，在聯結個體與國家、黨、大眾，以及書寫自我與他人、時代、現實之間的關係時，顯示出它不可替代的一面，也由於篇製的短小適應了彼時發表的客觀條件，因而受到文學社團和學習小組的歡迎；另一方面，這些文學「聚合體」也自然處於文學與政治的錯動關係之間，既構成延安文學生態的一部分，也令「黨的形象」時刻籠罩在這些「共同體」的背後，成爲他們在發掘自我與諸多「他者」關係時的一個如影隨形卻又無可替代的權威一極。

魯藝的「路社」成立於 1938 年 8 月，是魯藝官方所創辦的文藝社團，取名自「魯迅的路」。這一社團的成員輻射至文學系全體學生，內分研究、編輯等股，分別進行不同的文學活動，研究股主要負責舉行各種座談會，而編輯股則負責主辦牆報《路》，除此之外，爲了宣傳延安的諸多紀念活動，編輯股

〔註 121〕陸定一：《序〈王貴和李香香〉》，《群眾》（香港版），1947 年第 7 期。

〔註 122〕參見王汎森《執拗的低音——一些歷史思考方式的反思》第四講《「風」——一種被忽視的史學觀念》（王汎森：《執拗的低音：一些歷史思考方式的反思》，北京：生活・讀書・新知三聯書店，2014 年，第 167～210 頁。）

還負責印發詩傳單。〔註 123〕路社成立伊始由文學系第一期學生天藍擔任主任，康濯任副主任。天藍的詩歌成就無需贅言，康濯年紀雖小卻也是一名名副其實的詩歌愛好者〔註 124〕，畢業於湖南省立長沙高中的他，小學時便在《通俗報》《小朋友》等雜誌上發表過兒童詩歌，中學時更參與創辦了鉛印刊物《楚波》，有新詩作品見於此刊，二人對詩歌的熱情影響了路社的文學活動。更值得探究的是，二者對路社的領導更淺隱著一種彌足珍貴的詩歌民主理想，不僅力圖以詩歌爲媒連接更爲廣闊的現實生活，積極與時代對話，而且反映了豐富多元的主體訴求，捍衛了詩人自由表達的權力。

隨著該社團影響力的擴張，其組織成員不再拘囿於校內，而蔓延至校外甚至晉東南，參與詩歌活動的權利也不爲魯藝的文學小團體獨享。除此之外，路社常以獨立文學團體的名義出席延安文藝界的會議，也召開詩歌座談會，甚至徵求政治領袖的指導意見。1939 年 1 月路社常務委員會擬召開詩歌座談會，邀請毛澤東前來指導，毛澤東雖未能到場，卻在回信中發表了自己對詩歌的意見：

> 問我關於詩歌的意見，我是外行說不出成片段的意見來，只有一點，無論文藝的任何部門，包括詩歌在內，我覺都應是適合大眾需要的才是好的。現在的東西中，有許多有一件毛病，不反映民眾生活，因此也爲民眾所不懂。適合民眾需要這種話是常談，但此常談很少能做到，我覺這是現在的缺點。這一點是都有考慮的價值，請你們斟酌一番。〔註 125〕

「給路社的信」〔註 126〕集中談論的「關於詩歌的意見」〔註 127〕並非針對路社單獨而發，這封信是毛澤東在延安發表的唯一專門談論詩歌的意見，其重要

〔註 123〕《魯藝第二屆概況》（一九三八年九月），谷音，石振鐸：《東北現代音樂史料》第 2 輯（魯迅文藝學院歷史文獻），內部資料，1982 年，第 18 頁。

〔註 124〕其爲當時魯藝文學系第一期年齡最小的學生。

〔註 125〕孫國林：《重新發現的一封毛澤東談詩歌問題的信》，《文藝理論與批評》，1989 年第 2 期。

〔註 126〕該信件發表於 1939 年 3 月 1 日出版的《魯藝校刊》第 10、11 期時的標題爲「毛主席給路社的信」。（孫國林：《重新發現的一封毛澤東談詩歌問題的信》，《文藝理論與批評》，1989 年第 2 期。）

〔註 127〕該信件發表於 1942 年 5 月《新詩歌》第 8 期時的標題爲「毛澤東同志關於詩歌的意見」。（孫國林：《重新發現的一封毛澤東談詩歌問題的信》，《文藝理論與批評》，1989 年第 2 期。）

性不言自明，不久後便分別在牆報《路》、《魯藝校刊》和《新詩歌》上各發表一次。但是政治領袖關於詩歌大眾化的意見顯然是「老調重彈」，在落實方面，路社成員並未完全匍匐於毛澤東的要求下而有意迎合大眾的口味，路社負責人天藍所追求的詩歌民主甚至在本質上與之發生著齟齬。路社未有統一的文學主張，組織形式也十分鬆散，也正是這種不具有一體化特徵的形態方可容納天藍極具個人化的見解。天藍對詩歌民主的理解主要表現爲兩個方面，其一是廣泛吸納社員入社，並要求社員每月至少提交一篇文學作品給社委會，並給予他們發表的自由；其二則是視詩歌爲表達民主思想的武器。寫詩的自由即是民主的自由，這與艾青在 1940 年代初期主張的詩歌「民主精神」相通〔註 128〕。1939 年 1 月邊區參議會通過《陝甘寧邊區選舉條例》後，天藍以民主選舉爲題材創作了《我，延安市橋兒溝區的公民》一詩，發表於 1942 年 1 月 15 日延安《穀雨》的第一卷第二、三期合刊，詩中天藍自稱「公民」，流露出在民主根基尚淺的邊區遭遇挫敗時的沮喪以及對民主政治的嚮往。在此之前，天藍則翻譯過美國詩人惠特曼帶有強烈民主傾向和批判色彩的詩歌《反叛之歌》〔註 129〕和《我坐著而我凝望著》〔註 130〕。天藍詩歌中流露出來的「民主」意識顯然不能被整合進此時中共的政治術語中，不同於「新民主主義憲政」〔註 131〕的民主理想，而與西方式「民選」觀念相通，因此就詩歌的思想意義而言距離毛澤東「詩歌大眾化」意見較遠。

這種政治觀念雖未被廣泛地分享，卻主導了路社的整個組織形態。師生之間的民主氛圍作爲一種狹義的「民主」被吸收、編織進路社的文學活動中來，他們在讀與寫、創作與修改之間分享詩歌資源，也豐富著藝術民主的內涵。在路社的活動中，何其芳是一個舉足輕重的人物，其作爲「導師」的重要意義不在於向學生說教革命原理，而是提供了一種自由表達生命經驗的典範。他支持學生們辦牆報，「爲他們看稿、改稿、設計版式」，甚至親自動手幫學生抄寫。〔註 132〕1940 年元旦，文學系照例要張掛新編的「牆報」以迎接

〔註 128〕參見王東東：《詩歌烏托邦與民主烏托邦——對艾青 1940 年代詩歌的重新理解》，《中國詩歌研究》，2014 年第 11 輯。

〔註 129〕惠特曼作，天藍譯：《反叛之歌》，《中國文藝》，1941 年第 1 卷第 1 期。

〔註 130〕W.惠特曼作，天藍譯：《我坐著而我凝望著》，《解放日報》，1942 年 1 月 13 日。

〔註 131〕參見韓大梅：《試論新民主主義憲政思想的形成》，《南開學報》，2001 年第 5 期。

〔註 132〕沙汀：《追憶其芳》，易明善編：《何其芳研究專集》，成都：四川文藝出版社，1986 年，第 20 頁。

新年，何其芳向學生提議牆報以「希望與夢想」爲主題，「放手讓各人自己愛怎樣想就怎樣寫，在抒發感情方面，不要劃地爲牢，束縛想像的翅膀。」牆報中有這樣的詩句：「我是一條笨拙的春蠶，／吃的是敗葉，吐的是縷縷金絲。／裝飾了別人，束縛了自己。」以及「你呦，你是我心的黑夜的燈光，／我呀，同影子一樣，永遠依伴你的身旁。／你和我不離開了，／我再也不去渴望著天堂。」〔註 133〕悖論的是，這些詩句記錄了青年學生革命成長路上的心靈悸動，卻在象徵體系、抒情方式、思想情感等方面延續著何其芳《預言》時期青春夢幻的想像和灰暗現實中的孤寂。若要理解這一悖論，理應釐清何其芳號召書寫「希望與夢想」的本質含義。何其芳在延安時期努力逃避個人主義式的詩歌，不斷宣告自己已經告別感傷的調子，他在 1940 年這樣寫道：「用手指擦乾你的眼淚，／讓我們來談著光明的故事，／快樂的故事！」（《夜歌》（三）），同時，他寄希望於少男少女身上，希望他們張揚健康向上的情感，「歌唱早晨」、「歌唱希望」、「歌唱那些屬於未來的事物」、「歌唱那些正在生長的力量」（《我爲少男少女歌唱》），於是這一時期的詩歌中頻繁出現將青年與希望對舉的意象。他不希望青年「重蹈」自己的「覆轍」，他向四面八方懺悔，不僅朝向「黨」和「人民」這些宏大而抽象的概念，也面向他勤懇工作的校園空間及魯藝的文學青年，他說：「我犯的罪是弱小者容易犯的罪，／我孤獨，／我怯懦，／我對人冷漠。」（《解釋自己》）爲了擺脫「冷漠」，他熱情地充當起青年導師。實際上，從詩歌本身而言，這一時期的《夜歌》等詩未脫《預言》《畫夢錄》式的個人主觀抒情方式決定了何其芳爲青年隱秘地呈示著另一重作用力，正如他在《〈夜歌〉（初版）後記》中所說，他的詩在「否定」的意義上爲青年學生提供著墶本和情感共鳴器的作用：

> 正因爲這些詩發洩了舊的知識分子的傷感、脆弱與空想的情感，而又帶有一種否定這些情感並要求再進一步的傾向（雖說這種否定是無力的，這種要求是空洞的），它們在知識青年中得到了一些同感者，愛好者。最近還有一個熱心的多次朗誦我的詩的人從遠地給我來了一封信，說我的作品引著一些青年走上了「生活的正路」。〔註 134〕

可以認爲，何其芳並不是號召青年學生退回「純文學」的領地，相反，他正是

〔註 133〕陸地：《瞬息年華——延安魯藝生活片段》，陸地：《陸地作品選》，桂林：灕江出版社，1986，第 428 頁。

〔註 134〕何其芳：《〈夜歌〉（初版）後記》，何其芳著，藍棣之主編：《何其芳全集》第 2 集，石家莊：河北人民出版社，2000 年，第 521 頁。

洞悉了自己的詩歌對青年學生革命道路的教育啓示意義，才鼓勵青年抒發自己內心的眞實感受、記錄「別開生面的、發自肺腑的青春的呼聲」〔註 135〕，這也是何其芳對延安「自由的空氣。寬大的空氣。快活的空氣」〔註 136〕的理解落實於詩歌創作上而對應呈現出藝術民主觀。1940 年路社停止活動後，曾作爲路社成員的天藍、賈芝、馮牧、葛陵等人又於 1941 年創辦了牆報《同人》，上述何其芳的《我爲少男少女歌唱》在正式發表前便張貼於此。路社的文脈並未斷流，何其芳與魯藝學生之間詩歌承續關係依然隱而不彰地存在。1941 年文學系第三期學生井岩盾發表了一首《冬夜之歌》，這首詩的核心意象正是何其芳鍾愛的「夜晚」。在一個寒風呼嘯的夜晚中，「我」擁擠在熟睡的同志們之間聯想起了流浪的過去和祖母在溫暖的冬夜中「溫柔的言語」，在過去——現在、孤單——安寧的對比中，「夜」這一意象褪去了鬼魅的影子反襯了同志愛的「溫暖和安寧」：

現在，
樹木的葉子又已凋零，
入眠的土地上
又呼嘯著寒冷的風，
在一切都睡去的夜晚，
這宇宙的音樂啊，
流浪的時候曾使我感到孤單，
而現在，
它使我感到了溫暖和安寧……〔註 137〕

値得注意的是，詩人不僅在詩歌意象上直接取法何其芳的詩，流露出一種憂鬱的調子，在抒情方式上，詩人也在半夢半醒中（「我愛在這樣的夜晚醒來」）自由地游移在幾個時空之間，囈語式的獨白凸顯的仍是「我」在時代中的選擇與體驗以及對世界的感知。進而言之，路社成員與何其芳之間絕不僅停留在表面上的學生與導師、摹仿與被模仿的關係，而是在革命語境下分享著相同的話語體系和抒情空間，這表明在延安特殊的語境之下，文學社團依靠師生之間的互相扶持爲延安的詩歌民主提供了可能性。

〔註 135〕陸地：《瞬息年華——延安魯藝生活片段》，陸地：《陸地作品選》，桂林：灕江出版社，1986，第 429 頁。

〔註 136〕何其芳：《我歌唱延安》，《文藝戰線》，1939 年 2 月創刊號。

〔註 137〕井岩盾：《冬夜之歌》，《中國青年》，1941 年第 3 卷第 4 期。

當視線從校園文化收回至魯藝的教學空間中來，在具體教學方法上，魯藝提倡的是「教學做用」合一的原則，強調理論和實際相結合，力避教材和教學上的學院主義。因此，無論是教師的課堂教授還是學生的自學和討論中蘊含的教育邏輯迥異於「學院的邏輯」，而更著意於培養中共文藝幹部的實際需求。就學生而言，除了聆聽基本的課程以外，還應學校要求自由組合成學習小組。顧名思義，學習小組響應的是魯藝「集體互助」的號召，「以小組爲學習單位，同學間有互相幫助的責任」。〔註 138〕而就校方而言，將學生劃分爲若干學習小組的方式也有利於學生的管理工作。這種學習小組以養成民主學習風氣爲目的，在「政治」和「文學」兩個維度上發揮著作用，前者對後者造成壓力的同時也潛在地創造著維護文學共同體的可能。

在邊區各單位、各軍隊中成立學習小組是中共幹部養成的重要環節，其中，由於知識分子正是中共著力培養的政權棟樑，因此知識分子之間開展的學習小組尤爲醒目。〔註 139〕但是魯藝的學習小組並不以提高學員的專業素養爲主要目的，其根本出發點在於培養青年的集體意識，使之在相互敦促學習中增強革命肌體的凝聚力。學習小組是政治教育環節中「集體學習」的場所，宋侃夫總結魯藝一年來的政治教育時說道：「因爲集體學習，主要是求得互相幫助，平衡發展。使程度高的幫助程度低的。班的和小組的討論會主要的是求得對問題的瞭解更加深刻、普遍。」〔註 140〕這段話內「程度高低」的主語顯然是政治理論素養，足見學習小組在政治「進步」上收到了理想的效果。值得進一步探究的是，學習小組是否全然充當了封閉性的政治團體？誠然，學習小組有效地激發個人的集體意識，如前所述，這些來自五湖四海的青年並非全部具備堅定的革命信念，其中不乏因在大後方流離失所、失學無門而投靠中共的一部分。因此，若要投身於眞正的革命實踐，不僅需要個體專業素質、理論武器、道德修養的儲備，還要在根本上明確自己不再是一個獨異的個體，而是革命軍隊中的一枚「螺絲釘」。「小組」作爲革命個體和抽象的革命理想之間的過渡地帶，扮演了「上傳下達」的角色。從「現代」的角度考量，革命打破了以地緣和血緣維繫的人

〔註 138〕《魯藝第二期教育計劃草案》（一九三九年六月十一日），谷音，石振鐸：《東北現代音樂史料》第 2 輯（魯迅文藝學院歷史文獻），內部資料，1982 年，第 8 頁。

〔註 139〕黃道炫：《抗戰時期中共幹部的養成》，《近代史研究》，2016 年第 4 期。

〔註 140〕宋侃夫：《一年來的政治教育的實施與作風的建立》，谷音，石振鐸：《東北現代音樂史料》第 2 輯（魯迅文藝學院歷史文獻），內部資料，1982 年，第 57 頁。

際關係，也泯除了個體在教育程度、身份等級上的差異性，革命青年倚靠抽象的革命倫理聚合在一起，並冠以「同志」之名；從文化社會學的意義上考察，「當處境相同的個人們發現了他們地位中的共同要素，得到了他們角色的共同定義，自我意識就具有了集體的特徵。這些作爲後果產生的群體意識形態是隨著拋棄了傳統情感而發展起來的」。〔註 141〕但是當進一步打破審視革命時所採用的「現代」視角，便可發現人與人的關係並非嚴絲合縫地符合這種組織原則，譬如，從川籍作家何其芳、沙汀、卞之琳、曹葆華等人的交往中可見，以傳統意義上的地域認同爲紐帶帶動詩人轉向革命工作的情況極爲常見。因此，革命倫理無法闡釋學習小組在「名」與「實」之間的裂隙，以魯藝文學系爲個案重新審視「學習小組」在革命史中的位置，它在整風運動之前之所以能取得穩固的地位，將文學青年組織起來，並發揮其政治優越性，不能忽視「文學」這一極重要因素注入了集體組織的肌體中來。

以文化人爲主體的自由聚合是「學習小組」的另一重存在形態。除了顯在地通過小組培養革命情誼和進行政治學習外，對於那些因詩結緣的革命青年而言，「學習小組」成爲彼此聯絡的最佳途徑。彼此切磋詩藝再加上教師的指導，這使得「小組」獲得了「沙龍」式的活動形態。恰如費冬梅指出，「沙龍」是典型的現代文化產物，「既是對傳統文人清談雅集的一種新命名」，也指代了「一種新型的文人生活和交往方式」，隨後演化成爲「一種都會流行文化」。〔註 142〕延安不具備生產「沙龍」這一都市產品的物質條件和運轉基礎，而且「沙龍」與左翼文人要求的集體性和紀律感相悖，加之中共當局有意規避作家自由的生存集合狀態，因此延安並不存在嚴格意義上的「沙龍」。但是，在一種「都市慣性」〔註 143〕的左右下，魯藝特別是文學系青年學生在參與以「政治性」爲根本導向的學習小組時，卻以追求多元開放的文學空間爲指歸，與興盛於 1920～1930 年代的文學沙龍圍繞探討文藝觀點、創作和交流文學作

〔註 141〕（德）卡爾·曼海姆：《文化社會學論集》，艾彥，鄭也夫，馮克利譯，瀋陽：遼寧教育出版社，2003 年，第 117 頁。

〔註 142〕費冬梅：《沙龍：一種新都市文化與文學生產（1917～1937）》，北京：北京大學出版社，2016 年，第 20 頁。

〔註 143〕所謂「都市慣性」指的是：「延安作家大多來自資本主義都市，他們往往自覺或不自覺地以自己所熟悉、所習慣的都市方式來參與和組織文學生產，從而將一種完全陌生的文化氣息帶到了延安則以整齊劃一的準軍事化社會。」（程鴻彬：《延安 1938～1942：「都市慣性」支配下的文學生產》，《中國現代文學研究叢刊》，2009 年第 1 期。）

品、培植新人等活動產生的場域特徵有相近之處。同時，這種文學組織與延安彼時並存的另一文學社團——懷安詩社存在明顯的不同，原因在於學習小組不僅憑藉「學緣」關係而獲得了一定程度上的現代性，而且其成員自由組合的聚合方式也造成了寫作的多樣性。1941 年 9 月 5 日由林伯渠、謝覺哉、高自立等邊區領導人組成的懷安詩社成立〔註 144〕，這個社團沒有具體章程，以「文人唱和」式的聚合方式彙集起來，人數不到半百。最爲典型的是，他們的革命道義融於傳統文人「雅集」、「采風」、「唱酬贈答」〔註 145〕等行爲方式，卻是「適應一部分人所掌握的詩詞形式和技巧使之能爲抗戰服務的業餘性文藝結社。」〔註 146〕這一「復古」潮流給予徘徊在「新詩」大門之外的舊體詩「登堂入室」的機會，早已被排擠出新詩陣營的舊體詩「舊瓶裝新酒」〔註 147〕並獲得了合法性。它誕生於延安的「幹部群」〔註 148〕之間並「更新」爲一種具有「與時俱進和繼往開來」〔註 149〕的詩歌體式，參與進「大眾化」的詩歌潮流中去〔註 150〕，並以報刊爲媒介進行傳播〔註 151〕，帶有很強的政治意圖。相比之下，各學習小組沒有明確的文學主

〔註 144〕據《解放日報》1941 年 9 月 7 日通訊《懷安詩社成立》「九月五日，林伯渠、謝覺哉、高自立等同志，於交際處宴請延安民間詩人墨客，到會者多爲壽高六十或七十歲以上之老人……並請王明同志作陪。其中計有秀才五人，拔貢一人。暢談當年入場及清末遺事甚歡。因當場多詩詞之士，乃由林老發起組織一詩社，本『老者安之，少者懷之』之旨，定名爲懷安詩社，由法院李木庵同志主持詩壇，蒼集佳作。聞者多稱之曰延水雅集。」（《懷安詩社成立》，《解放日報》，1941 年 9 月 7 日。）

〔註 145〕參見《懷安詩社詩選》目錄（李石涵編：《懷安詩社詩選》，西安：陝西人民出版社，1980 年，第 1～19 頁。）

〔註 146〕《懷安詩社概述》，李石涵編：《懷安詩社詩選》，西安：陝西人民出版社，1980 年，第 292～293 頁。

〔註 147〕李木庵：《漫談舊詩的通俗化及韻律問題——記「懷安詩社」二三事》，李石涵編：《懷安詩社詩選》，西安：陝西人民出版社，1980 年，第 276 頁。

〔註 148〕「參加的人員大都是邊區各部門的幹部、來延安學習的各根據地幹部和邊區參議員中幾位地方耆老。他們都能熟練地運用舊體詩披襟述懷。他們不僅是革命者，還是一些具有時代感、使命感、歷史感和藝術感的詩人。」（《前言》，李石涵編：《懷安詩社詩選》，西安：陝西人民出版社，1980 年，第 1 頁。）

〔註 149〕《前言》，李石涵編：《懷安詩社詩選》，西安：陝西人民出版社，1980 年，第 3 頁。

〔註 150〕李木庵：《漫談舊詩的通俗化及韻律問題——記「懷安詩社」二三事》，李石涵編：《懷安詩社詩選》，西安：陝西人民出版社，1980 年，第 275 頁。

〔註 151〕譬如《解放日報》1941 年 10 月 16 日專闢「懷安詩選」專欄，刊出林伯渠、謝覺哉、朱嬰、李木庵等人詩詞八首，1942 年 2 月 21 日「懷安詩選」專欄刊出續范亭、林伯渠、李木庵等人的作品 12 首。

張，據陸地回憶，學習小組「由於都是出於個人愛好而主動要求學習的，閱讀、寫作和個人的志趣比較一致，因而鑽研的情緒都特別高。爲著創作構思發癡，爲著閱讀小說入迷的現象，並不是個別的。」學習小組的文學創作並不以某種政治理念爲歸宿，他們更爲看重寫作技能的掌握。陸地對青年學生寫作上的進步這樣感歎道：「在當時，就有一些在抗戰前曾在『北大』、『燕京』、『輔仁』等校上過學的同學，說他們過去雖然讀的名牌大學，可沒有象現在這樣，很快學會創作。」〔註 152〕更值得進一步思考的是，陸地這番話雖揭示了學習小組對青年學生寫作能力的提升有所助益，但與「學院的邏輯」不同，學習小組對於「文學」的接納是有限的，它雖然具備了某種開放性的形態，但是仍根植於魯藝培養文藝幹部的教育目標，在有限範圍內激發著青年的創作激情。

3.2 歷史秩序與文體選擇

對於那些經歷過歷史震盪之後選擇奔赴延安的詩人而言，文體的選擇背後還隱匿著一種歷史意識，詩歌成爲他們燭照時代的燈盞；但是歷史秩序的變動也帶來反思的契機，究竟何種文體才可堪匹敵與記錄這「大時代」？這些詩人中，以卞之琳、何其芳兩位現代派詩人爲例，他們面對著洶湧而來的時代巨浪還能否堅守對詩筆的信念？卞之琳在魯藝的短暫任教經歷與他 1940 年代轉向小說創作有著密切的聯繫，而當何其芳的「天才說」被質疑時也勾連著延安輿論界對詩歌文體的重新審讀，二人的經歷和日後選擇雖然截然不同，卻共同反映了他們所棲身過的魯藝已不允許他們延續過去夢幻式的沉思，反而令他們逼視自己過去的文學道路與生活。

3.2.1 形式內外的辯難——卞之琳與魯藝文學系關係考

雖然作爲「抗戰詩人」的卞之琳已經被研究者所發現和認識，但是這段在魯藝任教的經歷常常被當做一個「做客」行爲，並沒有被整合進卞之琳抗戰時期的整體形象中，也未展開對具體的細節的論述。〔註 153〕絕大部分原因

〔註 152〕陸地：《瞬息年華——延安魯藝生活片段》，陸地：《陸地作品選》，桂林：漓江出版社，1986，第 425 頁。

〔註 153〕譬如王璞：《論卞之琳抗戰前期的旅程與文學》，北京大學中國新詩研究所：《新詩評論》，2009 年第 2 輯，北京：北京大學出版社，2009 年。王璞：《「地圖在動」：抗戰時期現代主義詩歌的三條「旅行路線」》，《現代中文學刊》2011 年

在於卞之琳在此時期幾乎沒有留下與教育活動相關的資料，但根據筆者的掌握有限的材料而言，魯藝的短暫任教經歷正是卞之琳「旅行」經驗的重要組成部分。從文化社會學的角度考察，如果說隨軍遠行是卞之琳「向外」探索的一次嘗試，那麼在高度組織化的集體中任教不啻爲又一次激發他發現自身獨特性的契機，他進一步發現了自己在變遷著的時代秩序中的位置，加劇了他作爲獨立的知識分子個體對秩序做出的回應〔註154〕，而這主要表現在卞之琳在大時代中對「文體」和「形式」的重新認識和發現上。卞之琳這一時期的文體選擇雖然具有很強的個體意識，但正是對「延安」語境內強大的意識形態做出的一種反應和投射，因此，通過對卞之琳此時的一系列意識和行動可以聯動延安整個文藝界對「新詩」文類的看法。

在赴延之前，卞之琳這位現代派詩人已經開始走出詩歌王國，遊走於詩歌以外的文體。〔註155〕卞之琳任教於魯藝文學系時，曾將1933年出版的《不走正路的安得倫》用來作參考教材，這部中篇小說由蘇聯聶偉洛夫創作，曹靖華翻譯，魯迅作序。魯迅曾在《不走正路的安得倫》單行本中附有《〈文藝連叢〉——的開頭和現在》一文，介紹了叢書誕生的緣起，申明這是約定「負責任的編輯」、收錄「可靠的稿子」組成「小叢書」〔註156〕。對卞之琳和他所在的魯藝而言，該叢書的質量經過了魯迅的審定，具有較爲可靠的保障和作「參考教材」的基礎。但是一部作品能進入經典化的序列，只依靠個人的想像力和努力還不足夠，一部能夠用來做魯藝文學系參考教材的小說必須具備內容和形式兩個層面的指導意義，否則難以通過教導處的審核。這部小說的敘事背景設置在「蘇維埃共和國結果了白黨而開始和平的建設的時候」，即社會主義農村建設時期，故事講述了熱情單純的革命者安得論經受了新舊交替的動盪，在農村建設中反覆失敗卻不動搖革命的意志，它「號召著毀滅全部的舊式的農民生活」，無論對蘇聯還是中國革命皆有啓示意義。魯迅在《〈不

第4期。姜濤：《小大由之：談卞之琳四十年代的文體選擇》，謝冕，孫玉石，洪子誠主編：《新詩評論》，2005年第1輯，北京：北京大學出版社，2005年。

〔註154〕（德）卡爾·曼海姆：《文化社會學論集》，艾彥，鄭也夫，馮克利譯，瀋陽：遼寧教育出版社，2003年，第120～127頁。

〔註155〕參見王璞：《論卞之琳抗戰前期的旅程與文學》，北京大學中國新詩研究所：《新詩評論》，2009年第2輯，北京：北京大學出版社，2009年，第130頁。

〔註156〕魯迅：《〈文藝連叢〉——的開頭和現在》，魯迅著，劉運峰編：《魯迅序跋集》（下），濟南：山東畫報出版社，2004年，第562頁。

走正路的安得倫〉小引》中引用了這樣一段對聶偉洛夫的評價：「他吐著革命的呼吸，而同時也愛人生」，同時，在藝術手法上他以現實主義爲指導，深刻燭照了生活和人性本質。因此，魯迅認爲這部小說「故事是舊的，但仍然有價值」〔註 157〕。在藝術上魯迅看重的是它的生動詼諧〔註 158〕，卞之琳也有同感，他晚年已回憶不起這部作品的內容，只對其「輕鬆風格的律動」記憶猶新〔註 159〕。

卞之琳晚年的記憶脈絡中對該小說文本內容的淡漠反而提示我們注意小說形式之於卞之琳的意義，從而將卞之琳這一時期的歷史選擇貫通爲一個整體。魯藝的臨時教職只是卞之琳教學履歷中一個小小的片段，1933 年卞之琳從北京大學英文系畢業後，曾兩度在中學教書，1937 年擔任四川大學外文系講師。如果不將卞之琳選取《不走正路的安得倫》作參考教材置於教育視野下考察，將會打開其中折疊的敘述空間。卞之琳之所以選擇這一外國小說作爲參考教材，不僅承襲著魯迅將其「經典化」的努力，也涉及自己這一時期的歷史位置如何通過「教師」這一職業展開。據卞之琳回憶，他初到延安時曾受到了「社會主義經典著作」「讀書浪潮」的影響，「初窺了辯證唯物主義與歷史唯物主義的門徑」，並於 1938 年 11 月 12 日加入「抗戰文藝工作團」。這一工作團 1938 年 5 月中旬成立於延安，隸屬陝甘寧邊區文化界救亡協會和八路軍總政治部領導，團名由毛澤東命名〔註 160〕，共有六組，其中卞之琳負責領導第三組〔註 161〕，組員有吳伯簫、林山、白曉光、野蕻，由西安轉隴海線到達晉東南，1939 年 1 月又向東往河北，繼續向敵後方深入，1939

〔註 157〕魯迅：《〈不走正路的安得論〉小引》，魯迅：《魯迅全集》第 7 卷，北京：人民文學出版社，1981 年，第 392 頁。

〔註 158〕魯迅：《〈文藝連叢〉——的開頭和現在》，魯迅著，劉運峰編：《魯迅序跋集》（下），濟南：山東畫報出版社，2004 年，第 562 頁。

〔註 159〕卞之琳：《「客請」——文藝整風前延安生活瑣憶》，卞之琳：《卞之琳文集》（中），合肥：安徽教育出版社，2002 年，第 115 頁。

〔註 160〕《抗戰文藝工作團》，鍾敬之，金紫光主編：《延安文藝叢書》第 16 卷，文藝史料卷，長沙：湖南文藝出版社，1987 年，第 394 頁。

〔註 161〕「抗戰文藝工作團」第三組由卞之琳領導，另外幾組的領導人分別是：第一組劉白羽領導、第二組雷加領導、第四組劉白羽領導、第五組周而復領導（《向總會報告會務近況》，《大眾文藝》，1940 年第 1 卷第 1 期。）第六組由蕭三領導。（《抗戰文藝工作團》，鍾敬之，金紫光主編：《延安文藝叢書》第 16 卷（文藝史料卷）長沙：湖南文藝出版社，1987 年，第 394 頁。）

年 4 月返回延安。12 月 12 日，卞之琳五人到達山西長治訪問山西新軍決死三縱隊〔註 162〕，不日卞之琳便與吳伯簫暫別，啓程返回總司令部，吳伯簫在《沁州行》一文中寫道：「季陵則是專爲訪問山西新軍決死三縱隊而來的。以來賓資格而被優渥招待留了一宿的翌晨，正大雪紛飛。季陵回總部，我開始我底漫漫長途。」〔註 163〕後二人又匯合，一同往河北。這期間，他們穿越火線，途徑村莊，卞之琳的戰地經歷爲他提供了《石門陣》《晉東南麥色青青》《「日華親善」· 漁獵》等報告文學以及《鋼盔的新內容》《進城 · 出城》等戰地生活速寫的素材。卞之琳回延後，除了在魯藝開設課程外，還利用業餘時間開始寫作報告文學《第七七二團在太行山》。1939 年 5 月 14 日，中華全國文藝界抗敵協會延安分會召開成立大會，會上卞之琳代表「抗戰文藝工作團」第三組報告前線工作情形及所獲經驗與教訓〔註 164〕，此時的卞之琳已經開始在魯藝任教，並在日後與吳伯簫合作完成了《從我們在前方從事文藝工作的經驗談起》。按照作者的說法，這次上前方不僅搜集了寫作材料、推動了文藝組織、加深了對前方民眾和部隊的認識，還「得了一點從事文藝工作的經驗，以及對於一般文化人的印象和要求的理解。」〔註 165〕

正是這篇文章中指涉的文藝工作「經驗」積澱爲這位詩人轉換身份、接受周揚安排的教學任務，並融入校園集體生活的前提。這次晉東南之行是卞之琳「上前方」「去走走」〔註 166〕的結果，其動力來源於卞之琳對自我現狀的不滿足，他急需閱歷的增長和視野上的開拓，「上前方」可以稱得上一種將自我需要和革命潮流相結合的方式。但是，當他以個人精神狀態的滿足與否作爲革命的參照系，他的關懷便逸出革命的現實範疇，而延伸至對青年知識分子與現實革命之間關係的探察。他發現，一方面，前方急切地需要文化人，另一方面，文化人特別是文學青年卻感到「學非所用」的苦悶，雖然指出做「文藝幹事」是解決這一問題的最好辦法，但是卻並不否認文學青年因此又陷入了另一方狹窄的天地——一部分人因爲工作「失去的文藝活動的餘裕」，

〔註 162〕子張：《吳伯簫年譜》（1938～1941），《現代中文學刊》，2016 年第 3 期。

〔註 163〕吳伯簫：《沁洲行》，《潞安風物》，香港：海洋書屋，1947 年，第 61 頁。

〔註 164〕艾克恩：《延安文藝運動紀盛》，北京：文化藝術出版社，1987 年，第 135 頁。

〔註 165〕吳伯簫、卞之琳：《從我們在前方從事文藝工作的經驗說起》，《文藝突擊》，1939 年新一卷第 2 期。

〔註 166〕張曼儀：《卞之琳著譯研究》，香港：香港大學中文系，1989 年，第 204 頁。

還有一部分人被限制在「後方」。〔註 167〕

1930 年代初期，卞之琳和吳伯簫絕非作為兩個革命主體而相遇，1934 年 4 月《水星》創刊，吳伯簫極富感傷情調的散文《天冬草》《海》曾發表於此，驗證了該雜誌「致力文學純正性的藝術追求」〔註 168〕的美好願景，但正如卞之琳晚年的回憶稱：「一個夏晚，我們不限於名為編委的幾個人，到北海五龍亭喝茶，記得亭上人滿，只得也樂得在亭東佔一張僻遠而臨湖的小桌子。看來像大有閒情逸興，其實我們憂國憂時，只是無從談起，眼前只是寫作心熱，工作心熱。」〔註 169〕這「無從談起」的「憂國憂時」終於經歷了在文學場域中的一系列碰壁與壓抑後，在「現實戰鬥」中得到了釋放，但是事實證明，文學青年的「憂國憂時」仍無法通過文學「當行本色」的方式來抒發與解決。卞、吳二人因緣際會中一道奔赴前線，在配合工作團完成「任務」〔註 170〕的同時，二人合著的這篇文章中還展現了一種情與理的辯證法，於「理」的一面，他們承認一種歷史必然，無論是官方意志、時代要求還是個人選擇，文學青年都自動走進革命的譜系裏；於「情」的一面，他們設身處地發覺了「前線青年」的苦悶後，也流露出對文學青年走進革命隊伍「之後」的關切。但與吳伯簫描寫「晉東南二十四縣的群眾大會，是四萬個人底人海，帶了四萬個響亮的喉嚨，八萬隻堅韌的手臂」以表現歷史意志不同，「上前線」的「經驗」之於卞之琳的意義存在悖論性：「上戰場」提供給卞之琳一種迥異於審美層面的現實關照，與此同時，也激發了在觀看更為遼遠的「風景」時將「風景」的發明推給「外部化」的機制，而「我」則顯示出一種「退場」的姿態，作為歷史主體的「我」也在歷史現實中被淡化和消弭，蟄伏著隨時疏離於「上前線」的本然時代動機之外的可能。他的一系列看似符合革命要求的歷史行

〔註 167〕吳伯簫、卞之琳：《從我們在前方從事文藝工作的經驗說起》，《文藝突擊》，1939 年新一卷第 2 期。

〔註 168〕文學武：《〈水星〉雜誌與中國現代文學空間的開創》，《新文學史料》，2015 年第 2 期。

〔註 169〕卞之琳：《星水微茫憶〈水星〉》，《讀書》，1983 年第 10 期。

〔註 170〕「抗戰文藝工作團」的主要任務為「（一）建立各地文藝通訊網；（二）搜集各地方抗戰的現實材料；（三）有系統的編寫文藝通訊報告；（四）搜集各地民間文藝；（五）攝影；（六）文藝的宣傳工作。」（《抗戰文藝工作團》，鍾敬之，金紫光主編：《延安文藝叢書》第 16 卷，文藝史料卷，長沙：湖南文藝出版社，1987 年，第 392 頁。）

動都被編織進一種向形式本身的「後退」。〔註 171〕

於魯藝文學系任教的經歷也是構成這種「後退」姿態的重要一環。卞之琳任教於魯藝文學系的時間爲 1939 年 5、6 月間，此時正值魯藝文學系第二期（暨魯藝第三期），卞之琳是於沙汀、何其芳去前方之際「頂替他們執教」〔註 172〕，主要承擔的是文學系「文學概論」一門課，還在課余時間指導過學生的習作。爲卞之琳關注的具有「輕鬆律動的風格」的《不走正路的安得倫》，被周立波描述爲「漫畫風的文體」，「樂觀主義和輕快」，「悲劇中的輕鬆，愉快的調子」等。〔註 173〕王璞已經注意到，卞之琳「趣味主義」的旅行書寫已經由《晉東南麥色青青》和盤托出，但是需要追述的是，「趣味」緣何進入卞之琳的視野，又如何推動了卞之琳 1940 年代自覺的文體轉移。「幽默」、「趣味」曾在新詩誕生伊始靈光乍現，但更多時候在新詩譜系中是缺席的。胡適在《逼上梁山——文學革命的開始》中談到，1915 年夏，與任叔永、梅光迪、楊杏佛、唐擘黃在綺色佳討論中國文學的問題，此時自己已經開始承認「白話是或文字，古文是半死的文字」，幾人便圍繞次此說，以「遊戲詩」互相酬贈，其中「文學革命」的口號就是那個夏天「亂談」出來的，自此之後的一年中，他們常借遊戲詩打「筆墨官司」，胡適在此過程中走上了堅持做白話詩的道路。〔註 174〕「輕鬆律動」更多以「打油詩」的面目出現，打油詩雖作爲新詩的「胚胎」卻總在新文學家受挫而自嘲、自我掩護時出現〔註 175〕，然而這都是新文學家一時「出走」的結果，當他們回到「文學家」的身份時便又一本正經起來。關於「幽默」在新詩中的匱乏，朱自清曾這樣解釋道：

> 新文學的小說、散文、戲劇各項作品裏也不缺少幽默，不論是會話體與否；會話體也許更便於幽默些。只詩裏幽默卻不多。我想這大概有兩個緣由：一是一般將詩看得太嚴重了，不敢幽默，怕褻瀆了詩的女神。二是小說、散文、戲劇的語言雖然需要創造，卻

〔註 171〕王璞：《論卞之琳抗戰前期的旅程與文學》，北京大學中國新詩研究所：《新詩評論》，2009 年第 2 輯，北京：北京大學出版社，2009 年。

〔註 172〕卞之琳：《冼星海紀念附驥小識》，《人與詩：憶舊說新》（增訂本），合肥：安徽教育出版社，2007 年，第 66 頁。

〔註 173〕周立波：《周立波魯藝講稿》，上海，上海文藝出版社，第 142 頁。

〔註 174〕胡適：《逼上梁山——文學革命的開始》，胡適編選：《中國新文學大系・建設理論集》，上海：良友圖書印刷公司，1935 年，第 6～7 頁。

〔註 175〕譬如周作人作「五十自壽詩」。

> 還有些舊白話文，多少可以憑藉；只有詩的語言得整個兒從頭創造起來。詩作者的才力集中在這上頭，也就不容易有餘暇創造幽默。〔註 176〕

的確，相比小說、散文、戲劇等文體對於「幽默」的承載能力，新詩表現得「差強人意」。卞之琳對「幽默」的發現來自於他在沉重的歷史現實面前「小處敏感」（卞之琳語）的心理機制。許多論者都注意到，與一般的抗戰詩歌書寫不同，卞之琳這一時期的《慰勞信集》把抗戰鮮血淋淋的現實置換爲一種輕鬆愉悅的場景，樂觀向上的人群和自然界生生不息的力量消解了戰鬥殘酷的一面。即使是報告文學《晉東南麥色青青》也彰顯了馬丁式「道旁的智慧」，篩去了戰爭的正面描寫，而將目光聚集在給人帶來愉悅感的鄉情、自然風光與民歌民謠上。〔註 177〕巴赫金對「笑」的「顚覆性」有出色的闡釋，除此之外，他還以相同的理路分析了詩歌和小說文體之間的差異，認爲文體的差異主要來源於兩種語言形式之間的差異，前者以獨白爲主要形式，趨向於統一性和向心力，而後者則以表現出「四散的分解的力量」〔註 178〕，以對話性的「雜語」爲主要標誌。巴赫金的「雜語」觀點立足於他對「民間」的體察，以「四散的」、不存在語言中心的「雜語」消解官方話語，構成了其狂歡化理論的開端。巴赫金的理論提供了一種理解卞之琳「小」、「大」之辨的視角，從文體選擇上投射出卞之琳以自我指涉整合時代歷史的做法，試圖尋找一種「四散的」話語方式以承載自己對歷史的反應機制，卞之琳昆明時期自覺地從詩歌轉向能夠容納和處理更爲綜合、立體式時代經驗的小說，正是從「上前線」、任教於魯藝等一系列與時代革命脈搏最緊密的行動中獲得的。任教於魯藝期間，卞之琳並沒有刻意強調自己的「詩人」身份，反而在文學系獲得了指導學生寫小說的機會。據魯藝文學系第二期學員陸地回憶，他的小說寫作曾受到卞之琳的指導。陸地曾爲表現「舉國上下、團結一致、積極抗戰的精神」作了兩三篇小說，隨後求教於卞之琳，卞之琳的評語表現出了一種現實主義文學觀：「主題好，思想正確；可惜，情節不眞，人物形象模糊。

〔註 176〕朱自清：《詩與幽默》，《朱自清全集》第 2 卷，散文編，南京：江蘇教育出版社，1988 年，第 338 頁。

〔註 177〕王璞：《論卞之琳抗戰前期的旅程與文學》，北京大學中國新詩研究所：《新詩評論》，2009 年第 2 輯，北京：北京大學出版社，2009 年。

〔註 178〕巴赫金：《巴赫金全集》第 3 卷，石家莊：河北教育出版社，2009 年，第 49 頁。

一句話，概念化。」〔註 179〕由此可見，雖然他在此之前未眞正從事小說創作，但是對抗戰小說概念化的省察已經從他代課期間表露出來。

卞之琳只在魯藝任教三個月便返回西南大後方〔註 180〕，這之後開始寫作他人生中的一部重要小說作品《山山水水》，小說意在通過展示戰時知識分子的精神變遷而抓住「時代的精神末梢」，形式上則以山水長卷式變化莫測的手法呼應小說的主題。卞之琳這一時期逸出詩歌文體之外的嘗試正印證了姜濤所說的：與何其芳將延安視作「出遊」終點不同，卞之琳的「延安之行」只是「螺旋式人生行程的一站」，「通過擴張經驗的廣度，以獲得心智更高意義上的『成熟』，才是『螺旋』的主線。」〔註 181〕

不容忽視的是，所謂「道旁」的姿態在彼時並未顯示出其格格不入，相反，以其在魯藝任教的經歷爲例，卞之琳此類逸出詩歌文類之外的「實驗」與魯藝的教學要求甚至黨的文藝訴求不謀而合，抑或構成了某種同構關係。1939 年 2 月魯藝副院長沙可夫的工作檢查總結報告中對改進教學計劃有「文學系應多研究報告文學並多『複寫名著』可以增強同學寫作能力」的建議〔註 182〕，而上文的描述已證明卞之琳任教期間以身作則地踐行了這兩項計劃。魯藝文學系三個月的任教經驗作爲卞之琳「延安體驗」的一個重要組成部分，雖然具體細節有待進一步勘查，但不能否認卞之琳這一時期萌發的對小說文體的關注與對其他文體的嘗試一道構成了他 1940 年代發生轉向的內驅力。

3.2.2「怎樣研究寫作」與青年人生觀的重塑——以《中國青年》爲個案

值得進一步探討的是，文體秩序的重建不僅在魯藝文學系和個別詩人之間內進行，如果將視線稍微打開，聯繫彼時延安言論界集中探討的問題，便

〔註 179〕陸地：《七十回首話當年》，《新文學史料》1989 年第 4 期。

〔註 180〕卞之琳：《政治美學：追憶朱光潛生平的一小段插曲》，卞之琳：《卞之琳文集》（中），合肥：安徽教育出版社，2002 年，第 147 頁。

〔註 181〕姜濤：《小大由之：談卞之琳四十年代的文體選擇》，謝冕，孫玉石，洪子誠主編：《新詩評論》，2005 年第 1 輯，北京：北京大學出版社，2005 年。

〔註 182〕沙可夫：《魯迅藝術學院工作檢查總結報告》（一九三九年二月十八日），谷音，石振鐸：《東北現代音樂史料》第 2 輯（魯迅文藝學院歷史文獻），內部資料，1982 年，第 39 頁。

會發現對「詩歌」這一文體的討論已經逸出了文學話題本身，伴隨著彼時社會歷史和革命情態下青年人生觀的重塑。《講話》以前，延安流行著一種把青年的研究、學習與人生觀塑造聯繫在一起的言論風氣。

1939 年 4 月，停刊 12 年之久的《中國青年》復刊，胡喬木任主編。雖然隨著時代的流轉，青年的歷史任務發生了變化，但是該刊物動員青年、宣傳革命的主要宗旨並未改變，力圖「繼承並發揚大革命前《中國青年》的光榮事業，像過去的《中國青年》推動了千百萬中國青年投入了大革命浪潮一樣，我們今天的《中國青年》要能推動，組織更廣大的青年到抗日戰爭中來。」〔註183〕誠如姜濤指出，文藝問題並不是 1920 年代《中國青年》的關注重點，〔註184〕甚至在撰稿者中發生了「新詩人的棒喝」，但是 1939 年復刊的《中國青年》卻發表了一系列與文學相關的討論文章及詩歌作品，與 1923～1924 年秋士等人割裂「文化運動與社會革命之間的有機性想像」〔註 185〕不同，這一時期的革命者發現了文化運動作爲社會革命的動力，這種闡釋伴隨著「文化運動」之革命意義的發掘。其中，毛澤東在《中國青年》「五四運動的二十年」筆談下就強調了五四運動在民主主義革命史上的重要意義，這類全新的闡釋模式決定著何種文學才能推動革命的深入開展。〔註 186〕《中國青年》的作者在批評文學青年時，常將其創作傾向附著在一種風花雪月、「脫離現實」、與革命不相稱的生活態度上，特別是「詩人」這一稱謂在某種程度上作爲一種批評話語爲人引徵，恰如馮文彬指出的：

> 有些青年，他們把三字二字坐一行，自以爲是詩人，寫了幾十頁不知說了些什麼「花啊」，「鳥啊」，「樹啊」一大套，一點實際內容都沒有，自以爲是了不起的「文學家」。這種毛病，當然都是脫離現實的結果。〔註 187〕

「脫離現實」並不完全立足於文學批評的層面上被提出，而是違背了「文藝工作者」的基本素養，因爲要想創作出「驚人的、廣大青年所愛讀的作品」，

〔註 183〕馮文彬：《發刊詞》，《中國青年》，1939 年創刊號。
〔註 184〕姜濤：《公寓裏的塔》，北京：北京大學出版社，2015 年，第 276 頁。
〔註 185〕姜濤：《公寓裏的塔》，北京：北京大學出版社，2015 年，第 285 頁。
〔註 186〕毛澤東、陳紹禹、洛甫等：《五四運動的二十年》，《中國青年》，1939 年第 1 卷第 2 期。
〔註 187〕馮文彬：《論青年與文化——在陝甘寧邊區第一次文協代表大會上的講演辭（二十九年一月八日）》，《中國青年》，1940 年第 2 卷第 3 期。

「就要求每個青年作者，必須到實際生活中去，到戰區去，到廣大群眾中去」。〔註 188〕文學不是遣詞造句，不是「一長串形容詞和描寫」〔註 189〕，而是一種行動。

在闡釋文學運動與革命的關係時抬出魯迅，是整風運動以前延安文化界的普遍做法，1937 年毛澤東在「陝公」爲魯迅逝世週年紀念作過一次報告，後由大漢整理以《毛澤東論魯迅》爲題發表在 1938 年 3 月 1 日《七月》第二集第十期上。報告中指出紀念魯迅的原因「不僅是因爲他的文章寫得好，成功了一個偉大的文學家，而且因爲他是一個民族解放的急先鋒，給革命以很大的助力。他並不是共產黨的組織上的一人，然而他的思想，行動，著作，都是馬克思主義化的。」〔註 190〕有論者注意到，彼時針對「魯迅」的言說「有很多雷同之處，更像是在複製政治領導人對魯迅的闡釋並相互複製。」〔註 191〕其中蕭三 1939 年 11 月 5 日發表在《中國青年》上的《魯迅與中國青年——爲魯迅逝世三週年紀念作》就是一例，與其另一篇紀念文章——1939 年 10 月 30 日發表於《解放》上的《紀念魯迅逝世三週年》〔註 192〕的目標讀者不同，考慮到《中國青年》的讀者群是青年一代，故重提魯迅一生對青年愛護有加，但是其落腳點回落到魯迅致力於文藝「改變國民的精神」〔註 193〕這一點。「想利用它的力量，來改造社會」的文學「爲人生」的觀念，自然是作爲反對「爲藝術而藝術」的標杆而樹立起來的。〔註 194〕誠然，考慮到蕭三此文的潛在讀者，蕭三在此強調革命文學「爲人生」絕非回到「五四」文學時期批判社會現實的路徑，而是將魯迅的文學觀念與革命主體的能動性聯繫起來，爲青年提供一種楷模，「爲人生」在某種程度上構成了革命者高尚的道德品質，「魯迅一生奮鬥精神之最可取法的是，他仗義執言，毫不姑息，毫不妥協，絕不

〔註 188〕馮文彬：《論青年與文化——在陝甘寧邊區第一次文協代表大會上的講演辭（二十九年一月八日）》，《中國青年》，1940 年第 2 卷第 3 期。

〔註 189〕何其芳：《怎樣研究文學》，《中國青年》，1940 年第 2 卷第 6 期。

〔註 190〕大漢筆錄：《毛澤東論魯迅》，上海文藝出版社：《中國新文學大系（1937～1949）·第一集 文藝理論集一》，上海：上海文藝出版社，1990 年，第 518 頁。

〔註 191〕潘磊：《「魯迅」在延安》，桂林：廣西師範大學出版社，2008 年，第 4 頁。

〔註 192〕蕭三：《紀念魯迅逝世三週年》，《解放》，1939 年第 87、88 期。

〔註 193〕蕭三：《魯迅與中國青年——爲魯迅逝世三週年紀念作》，《中國青年》，1939 年第 2 卷第 1 期（革新號）。

〔註 194〕蕭三：《魯迅與中國青年——爲魯迅逝世三週年紀念作》，《中國青年》，1939 年第 2 卷第 1 期（革新號）。

投降，鬥爭到底，至死不改其宗。他的鬥爭，不是和人們鬧私人意氣，而是爲中華民族公共的幸福。」〔註 195〕由此，「爲人生」的涵義，由一種夾雜著現實主義關照和自我精神寫照的文學與人生觀，整合爲鬥爭性、民族性人格。魯迅在延安被接受與「發明」的過程已有研究者進行過梳理〔註 196〕，筆者著意強調的是蕭三的這種闡釋邏輯，此時魯迅文學家與革命家的形象一道被引入青年的接受視野中，這種雙重身份的確證牽涉著青年人對魯迅所開創的新文學傳統的理解，因此，對於那些恪守革命原則的革命者和延安本土培養的文藝青年而言，純粹的文學身份並不存在。

但是，這些觀點不禁引出一個問題，在作者的言說背後，究竟「誰」才能充當青年的導師？「誰」在爲青年的未來勾勒著藍圖？馮文彬爲《中國青年》創刊號撰寫的《發刊詞》中不僅要求青年群體積極參加抗戰，而且要促成青年統一戰線的建立和發展，以及青年教育的內容：「我們要以進步的社會科學，革命的三民主義，國際主義精神來教育青年；要以革命領袖與先進長輩的嘉言懿行來做我們的楷模。」〔註 197〕馮文彬時任中共中央青年工作委員會副書記，長期在青年團和黨內從事青年組織工作，這份發刊詞明顯是從「統一戰線」的角度，暗含著將全國青年納入目標讀者的行列。但不久後，洛甫不僅提出「《中國青年》成爲全國青年幹部（首先是中下級青年幹部）學習的刊物」的希望，還包括「希望從《中國青年》培養出無數具有『堅定地正確的政治立場，靈活的革命的實際主義，前進的艱苦奮鬥的精神，大眾的民主主義作風』的新青年的一代！」〔註 198〕這表明，相較 1920 年代的《中國青年》，延安時期的《中國青年》在執行黨的教化這一功能目標上並未改變。

中共在青年中培養具有先進世界觀和革命人生觀的文化工作者，首先需要注意到的一點是，抗戰掀起的是一場全民族青年的反抗運動，這運動的主體除了知識青年外還有很大一部分併未受過系統教育的青年，其中包括凱豐所謂的「勞動青年」〔註 199〕，考慮到這部分不具備充分的文學準備與文學修

〔註 195〕蕭三：《魯迅與中國青年——爲魯迅逝世三週年紀念作》，《中國青年》，1939 年第 2 卷第 1 期（革新號）。

〔註 196〕參見潘磊：《「魯迅」在延安》，廣西師範大學出版社，2008 年；袁盛勇：《延安時期「魯迅傳統」的形成》（上），《魯迅研究月刊》，2004 年第 2 期；袁盛勇：《延安時期「魯迅傳統」的形成》（下），《魯迅研究月刊》，2004 年第 3 期。

〔註 197〕馮文彬：《發刊詞》，《中國青年》，1939 年創刊號。

〔註 198〕洛甫：《對〈中國青年〉的希望》，《中國青年》，1940 年第 3 卷第 1 期。

〔註 199〕凱豐：《青年學習問題》，《解放》，1941 年第 133 期。

養的青年，對「文學並不是文學家的專利品」〔註 200〕的體認至關重要，將「業餘文人」〔註 201〕視作重要的文學創作主體，讓他們的革命激情與創作熱情互相碰撞，不過也牽涉出如何處理和控制青年情感流露的程度與表達的方式。故而，面對青年們的創作熱情，面對青年們迫切的追問——「求學是爲求學，求的什麼學呢？是爲建國，建的什麼國呢？是爲個人的生活，什麼樣的生活呢？」〔註 202〕《中國青年》的作者們做出了回答。與 1920 年代整體性地否棄「文學」不同〔註 203〕，1939～1941 年間《中國青年》對於「文學」的探討試圖與對青年的革命「教育」、「學習」聯繫在一起。有趣的是，這一次《中國青年》沒有重演 1920 年代那種整飭的聲音，撰稿者中並未引起「新詩人的棒喝」式的共鳴。其重要原因在於，參與青年問題討論的人物身份複雜，他們並不希冀在刊物上形成一種對話關係或引發什麼話題，而是平行地提出一系列與革命青年相關的話題，使其在各自的領域遙相呼應。

儘管未有意引發爭端，《中國青年》試圖將文學問題與青年的人生觀、革命理論、革命方法甚至衛生習慣等實用性的問題並置，仍爲那些擅於談論文學非功利性的作家提供言說自我的契機，不自覺地以「告誡青年」的口吻發表看法。雖然馮文彬在《論青年的學習》中宣稱「死讀書，讀死書，讀書死」的教育模式「破產」了，現在的學習對象不再是抽象的知識而是「向群眾學習」、「向工作學習，向鬥爭學習」〔註 204〕，給從文學經驗中獲取靈感和座標的學院派式寫作造成了壓力，但在這種「壓力」下，當身爲魯藝文學系教師的何其芳仍站出來以「導師」的身份談論「怎樣研究文學」，並大談「天才說」，立即引起了軒然大波。〔註 205〕

何其芳的《怎樣研究文學》一文是應中國青年社之邀的「命題作文」，也是何其芳所謂的「雜感」〔註 206〕，但是不久之後，《中國青年》與《大眾文藝》便一唱一和地陸續發表了雪韋、茅盾、艾思奇等人的相關討論文章，聲勢熱

〔註 200〕蕭三：《「職業的文人」和「業餘的文人」》，《解放日報》，1942 年 1 月 1 日。

〔註 201〕同上。

〔註 202〕丁浩川：《我們現在怎樣做學生》，《中國青年》，1939 年 1 卷第 7 期。

〔註 203〕姜濤：《公寓裏的塔》，北京：北京大學出版社，2015 年，第 284 頁。

〔註 204〕馮文彬：《論青年的學習》，《中國青年》，1939 年第 1 卷第 4、5 期合刊。

〔註 205〕關於這一論爭，詳見艾克恩編著：《延安文藝史》（上），石家莊：河北教育出版社，2009 年，第 150～151 頁。

〔註 206〕《關於文學上的「才能」問題》（文藝問答），《大眾文藝》，1940 年第 1 卷第 4 期。

烈，《大眾文藝》的編者甚至在「編後記」中坦言集中發表這些文章的原因在於相關稿件實在繁多。〔註 207〕《怎樣研究文學》一文觸及創造「偉大」作品時遭遇的客觀限制，簡而言之便是個人的先天約束：「我們的成績、效果和影響是受制於我們的才能和感覺和實際工作的情形的。」命題的關鍵在於，後天努力在文學創作中究竟扮演何種角色，這直接關涉文學創作的主體問題，如果過於強調天賦在文學創作中的作用，則必然將那些缺乏文學天賦的人民群眾排除在文學大門外。艾思奇隨後提示何其芳，馬克思主義並不反對「天才說」，但是馬克思主義強調先天才能和後天努力的辯證關係。〔註 208〕眾多反對者也迅速抓住了這一點，批評何其芳提及的「才能」或「修養」之於寫作並不是必要條件，寫作是「吃苦」的事業，需要兢兢業業地耕耘才能收穫。譬如活躍在延安文壇上的雪葦就在《大眾文藝》連載《寫作講話》，特意告誡寫作者應明白「吃得苦中苦，方爲人上人」的道理，以此說明寫作也是一種磨礪心智的過程。

何其芳是作爲「詩人」形象在延安文學青年中受到擁戴的，但他並不認爲新詩文體的地位高於其他文體。對文體不存偏見，這與他長期指導學生寫作的經歷有關，他指出「最適當的形式就是最美的形式」，「不要因爲看見書上印著，或者別人寫著分行的形式便去寫詩。」但是，何其芳勸初學者不要輕易寫詩，言下有維護新詩的藝術品格之意，主要原因在於寫詩仍需要一定的「天才」。他以濟慈、蘭波早年成名爲例，認爲「一個智慧低下，對事物缺乏感受力，而又不肯思索的人是不適宜於從事文藝工作的。」從根本上而言，何其芳堅信寫詩需要天賦是基於寫詩被當做「志業」這一前提而言的。他意在表明，寫詩作爲一種「志業」，是一個漫長的過程，後天努力固然重要，但缺乏智力、敏悟力以及才能和修養者所作的詩則不能稱之爲詩，於是他批評了那些認爲摘抄「他們認爲美麗的詞匯、句子」便是「好的文學」的初學者和教師，重新將文學的評判標準定爲「眞實的思想、情感和幻想」。〔註 209〕

在現代文學批評史上，「天才」這一概念被貶抑始於魯迅對郭沫若等創造社諸君的評價。就「才子＋流氓」一語而言，就是魯迅「一瞥」而創造出的

〔註 207〕《編排之後》，《大眾文藝》，1940 年第 2 卷第 2 期。
〔註 208〕艾思奇：《文學上的才能是那裡來的》，《中國青年》，1940 年第 2 卷第 11 期。
〔註 209〕何其芳：《怎樣研究文學》，《中國青年》，1940 年第 2 卷第 6 期。

批評術語，是將「天才」置換爲「才子」的結果。〔註 210〕但是魯迅忽視了，郭沫若曾在 1920 年代歌頌、呼喚「天才」的出現，也爲「天才論」尋找到與現實的接合點，特別是立足於教育的現實危機。〔註 211〕另外，浪漫主義文學觀對「天才」的重視長期受到貶抑，但是天才論卻並未因此湮滅，反而經過梁實秋等新月派成員的醞釀發展爲與階級論相對的一種文學潛流。對於郭沫若和梁實秋而言，「天才」並不意味著凌空蹈虛的文學才能，而是意味著以文學的非功利性救治現實「偏至」以期達到一種理智的清明。何其芳延續著他在 1930 年代積累的文學經驗，試圖以審美法則對淺薄空洞的文學創作進行糾偏，但弔詭的是，在諸多反對聲中，「天才論」的反對者很快便抽離了文學論題本身，伸向了何其芳等人以「導師」自居的姿態，並急於將青年從何其芳們「執掌」的那片文學小天地中打撈出來，將文學素養納入更爲廣義的革命品質當中，進而重新規劃革命圖譜中青年的人生路線。

該期《中國青年》作爲「中國兒童節特大號」，何其芳在此文中談及「天才」，顯然意在肯定兒童的文學創造力。但是，這個出發點被批評者直接無視了，一位署名「漠芽」的讀者甚至將何其芳的觀點歸納爲「天才遺傳說」，並將其與「地主階級」的自高自大聯繫起來。〔註 212〕如果說，承認「才能」和文學經驗積累層面上的「文學」，終究與革命語境下無法歸入「自然科學、教學、歷史學、地理學、語言學、美學、倫理學、以及關於社會和人生的實際情況實際問題的各種科學和技術的知識等等」這類「具體的知識」〔註 213〕，並作爲一種精英意識被排除在外；那麼，何其芳的論敵緊緊握住的把柄，其實在於何其芳試圖用學院教育培養起來的寫作和閱讀的經驗來「教育」青年群體。不久之後，一些文學初學者就因不滿於自己「被教育」而跳出來反駁，並對何其芳加以諷刺。〔註 214〕其實，這些來自初學者的指責並非空穴來風，當 19 歲的穆青向八路軍總政治部組織部提出提出想去魯藝學習時，負責的同志的「搖頭」極富深意：「上那個學校的都是藝術家，你

〔註 210〕郭沫若：《創造十年》，《郭沫若全集》文學編，第 12 編，北京：人民文學出版社，1992 年，第 34 頁。

〔註 211〕郭沫若：《天才與教育》，《創造週報》，1923 年第 22 期。

〔註 212〕漠芽：《談才能或天才》，《大眾文藝》，1940 年第 2 卷第 2 期。

〔註 213〕《學習具體的知識》（社論），《中國青年》，1941 年第 3 卷第 4 期。

〔註 214〕「初學寫作的青年們，我們先不要學習寫作好了，因爲我們之中，難說有點修養，卻很少有特殊才能的呀！」（《關於文學上的「才能」問題》（文藝問答），《大眾文藝》，1940 年第 1 卷第 4 期。）

可能考不上」。〔註 215〕在邊區廣大熱愛文學的青年之間，只有少數「幸運兒」能通過魯藝層層選拔進入這文藝殿堂，從「選拔」的標準可見，無論是筆試時的「作文」，還是面試時回答有關「讀書」的問題，莫不是在考察學生的「才能」與「修養」。通過這種方式，何其芳發掘了賀敬之、井岩盾、馮牧等「詩的新生代」，進而言之，只有幸運地通過何其芳選拔的學生才有機會得到「出於愛護、扶植的誠心，有如保姆教導孩提學步」〔註 216〕式的關懷。

不同於 1920 年代《中國青年》那場「新詩人的棒喝」，何其芳遭到的「棒喝」並非針對詩歌本身，其「對手」所打擊的對象是何其芳以標準制定者自居、精英主義的態度和啓蒙的姿態，以及那種倚重天才、靈感、繾綣於書卷之間的學院派作風和寫作習慣；他們反對的不是新詩，而是基於一種共同的立場，即「文學並不是文學家的專利品」，強調詩歌的權力不再被那些具有「天賦」、「才能」、「修養」的知識分子所壟斷，而是應該下放到每一個個體。這場討論已經出離了對文學、寫作本身的探討，由青年人是否具備通過文學甚至詩歌表達自己的情感的能力，是否能通過「努力」獲得上升到一種革命品質的「學習」。茅盾關於後者的著墨最多，「倘空爭才能或天才之有無其物，那倒不如來談談如何實現『天才是長期刻苦的結果』這一句話，——即談學習問題。」他認爲與其抽象地討論「才能」「天才」，不如具體地指出文學的才能究竟是什麼，他將其概括爲敏感、想像力、概括力和組織力四種要素。「有這樣的才能的人，做什麼都行，豈僅爲一文學家？」〔註 217〕將「做什麼都行」和「僅爲文學家」並置顯然從語氣上體現了對後者的貶抑，更有「文學家」已經不足以承載上述「品質」之含義。但是，當一種普遍性的「才能」標準和學習熱情彌漫至每一個革命的個體，何其芳式的「天才論」及受其譴責的那種在遣詞造句中尋找美感的寫作方式都一併得到了清理，而一些青年在寫作過程中卻也難免遭遇歐陽山在《馬列主義與文藝創作——文藝思想性和形象性漫談之一》一文裏談到的那個現象：一位青年說：「最近整個腦子都裝滿了革命理論，一首短詩也寫不出來了」。〔註 218〕

〔註 215〕穆青：《魯藝情深》，文化部黨史資料徵集工作委員會，《延安魯藝回憶錄》編委會：《延安魯藝回憶錄》，北京：光明日報出版社，1992 年，第 580 頁。

〔註 216〕陸地：《瞬息年華——延安魯藝生活片段》，《陸地作品選》，桂林：灕江出版社，1986 年，第 424 頁。

〔註 217〕茅盾：《茅盾先生對本文的意見》，《大眾文藝》，1940 年第 2 卷第 2 期。

〔註 218〕歐陽山：《馬列主義與文藝創作——文藝思想性和形象性漫談之一》，《解放日報》，1941 年 5 月 19 日。

3.3 詩歌「經典」的生成

3.3.1「民族」與「世界」的方程式

從異域資源的取用與創作互動這一角度關照中國現代文學發生與發展的歷史，其基本形態的生成離不開翻譯實踐。無論是文學觀念還是文體、表達方式和象徵秩序的重建，都多取法域外，並與中國的本土現實相結合。郭沫若曾稱譯詩爲「媒婆」，譯詩在文化交流和民族詩歌的發展新變上產生了巨大影響。延安詩人取法俄蘇的一部分原因在於以俄蘇詩歌形式啓迪文藝大眾化道路，比如在馬雅可夫斯基與朗誦詩運動之間建立聯繫；另一部分則通過翻譯釋放自己的政治認同和民主革命理想，這一要求主要表現在對高爾基、普希金的譯介當中。魯藝文學系從創辦伊始也顯示出對俄蘇詩歌的興趣，其文學構想和對新詩的講述也內在地鑲嵌在這種異域資源的燭照中。其中魯藝教員對俄蘇文學的引介不僅出於中共對俄蘇革命歷史的認可，也不能忽視彼時延安文學界的具體語境，除了魯藝的教學要求外，還應將其置於延安當時的詩歌運動中進一步考察。本書擬以蕭三和周立波對外國詩歌資源的取用爲例，探究《講話》發表以前魯藝詩人之間相互碰撞的文化資源。

根據現有資料顯示，最先在魯藝課堂上講授蘇聯詩歌的教員是沙可夫，他在「蘇聯文學」課上「如數家珍」地朗誦普希金、馬雅可夫斯基的詩，給學生留下了深刻的印象。〔註 219〕沙可夫不僅是魯藝的副院長，還曾是魯藝籌備委員會的主要負責人、《魯藝創立緣起》的起草者，並創作了魯藝校歌的歌詞部分，魯藝最初的定位和具體規劃與走向很大程度上受到了沙可夫的影響。沙可夫 1927 年到莫斯科中山大學學習，1931 年回國，而後任中央蘇維埃臨時政府教育人民委員部副部長及《紅色中華》主編。他在魯藝講「蘇聯文學」實際上是他政治身份之下新文學家身份的延伸，沙可夫在 1937 年魯藝成立前便注意到了普希金小說的中譯本存在很大問題，他以對讀的方式介紹了一些普氏小說的譯筆，更通過這種方式，委婉地批評了各種翻譯版本中存在的錯譯、漏譯的現象。這種有理有據的「批評」來自於沙可夫的翻譯經驗：從蘇聯回國後，沙可夫便爲魯迅創辦的《譯文》

〔註 219〕康濯：《一個平凡而高大的形象——〈沙可夫文集〉跋》，《新文學史料》，1989 年第 1 期。

翻譯了許多蘇聯文學的譯作，其中就有蘇聯史洛尼姆斯基的《普式庚的童話》一文，該文論及普希金的保姆對他童話書寫的影響時，節錄了普希金十七歲所作的《睡夢》一詩，同期還發表了沙譯普希金的童話詩《漁夫與魚的故事》。1930 年代的這些譯詩實踐對沙可夫的詩歌觀念產生了不可忽視的影響，特別體現在對詩歌形式的思考上，除了在課堂上朗誦蘇聯詩歌外，還就朗誦詩這一藝術形式也提出過許多中肯的意見。〔註 220〕除此之外，對於俄蘇文學的「範式」意義，不僅短暫駐留的卞之琳深以爲然，而後，蕭三和周立波擔任教職時也大體延續了這一傳統。但是相較後者以課堂爲載體開展知識傳播，前者更重視報刊等媒介形式，將對馬雅可夫斯基的譯介植入「民族形式」的討論中。因此，筆者關注的重心在於，其一，在本土的左翼文學傳統與異域資源兩相對照之下，二者分別以「民族」與「世界」爲元素製造了不同的方程式，顯示了個人化的視野和看待世界的迴異方式，他們的「方程式」也被魯藝青年學生讀解、運用，參與著他們文學趣味的形成；其二，不同的「方程式」之間也存在著纏繞、齟齬，將它們共同置於同一個政治場域運轉時也會遭遇不同的命運。

1939 年 5 月，蕭三到延安的第二天便出任魯藝編譯處的處長，據《蕭三傳》，蕭三初到延安便對「魯藝」有一種天然的歸屬感，他早先通過一些介紹瞭解了「魯藝」的相關情況，「從思想情感上『早就是該院的人了』。」〔註 221〕後又兼任文學系系主任。1940 年 9 月 1 日，蕭三、公木發起了延安新詩歌會，柯仲平，何其芳，李雷，天藍等積極參加，也吸納了張沛、張鐵夫等魯藝文學系的年青詩歌愛好者。其機關刊物——延安版《新詩歌》創刊號由戰歌社與山脈文學社合編，後五期由延安新詩歌會主編；綏德版《新詩歌》1941 年 6 月在綏德創刊，由延安新詩歌會綏德分會主編，共六期。蕭三意欲推動「街頭詩運動」與「詩歌朗誦運動」的意圖在他《出版〈新詩歌〉的幾句話》一文中清晰可見，「延安的詩歌運動——街頭詩運動，詩歌朗誦運動——開全國

〔註 220〕參見沙可夫：《關於詩歌朗誦、實驗和批判》，劉運輝，譚寧祐：《沙可夫詩文選》，北京：文化藝術出版社，1990 年，第 45～46 頁。沙可夫：《關於詩歌民歌演唱晚會的意見與感想》，劉運輝，譚寧祐：《沙可夫詩文選》，北京：文化藝術出版社，1990 年，第 49～50 頁。

〔註 221〕王政明：《蕭三傳》，成都：四川文藝出版社，1992，第 375 頁。蕭三的任職情況據《訊字第十三號》，谷音，石振鐸：《東北現代音樂史料》第 2 輯（魯迅文藝學院歷史文獻），内部資料，第 104 頁。

之風。但是『只開風氣，不爲師』。我們還得繼續充實這一運動底內容。」並且通過「彼此吟詠、推敲，彼此欣賞、批評」〔註 222〕的方式，以刊物爲橋樑形成對話的風氣。《新詩歌》是蕭三、公木、劉御等發起的延安詩會的主要創作陣地，「柯仲平，何其芳，李雷，天藍等都將積極參加」，「經常在創作上互相抵礪研究」。〔註 223〕蕭三的編輯活動與其教育活動具有互動性，據文學系第二期學員柯藍回憶，蕭三在任期間十分關心學生的生活和學習，「規定我們閱讀文學作品，並批閱我們習作。」〔註 224〕因此基於他在魯藝同學之間樹立的威信，他所提倡的朗誦詩無形中也成爲一種典型「教材」，成爲學生普遍摹寫的對象。從《新詩歌》的目錄看來，魯藝的「新生代」佔據了刊物極大的內容比重，胡征、賈芝、井岩盾、戈壁舟等求學於魯藝的青年詩人均有詩歌發表於此，離不開蕭三任職魯藝期間對新人的大力指導與扶植，圍繞《新詩歌》形成了一種蕭三「唱高調」，魯藝青年學生「敲邊鼓」的態勢。

不能忽視的是，留蘇派蕭三對「革命」的理解被視爲更接近正統馬克思主義思想，同時他身上攜帶著的「蘇聯」符號使他的身份相較其他由國統區投奔延安的文人而言帶有某種發言權，加之蕭三與毛澤東的私人交情，因此某種意義上具有官方「代言人」的性質。1939 年 5 月 17 日《中共中央書記處關於宣傳教育工作的指示》中提出「應注意宣傳鼓動工作的通俗化、大眾化、民族化，力求各種宣傳品的生動與活潑，特別注意戲劇歌詠等等的活動。」〔註 225〕這一強調文藝宣傳的「生動與活潑」，而「歌詠」則成爲「特別注意」的對象。「生動與活潑」的理論源頭出自毛澤東的 1938 年 10 月的報告《中國共產黨在民族革命戰爭中的地位》〔註 226〕：「洋八股必須廢止，空洞抽象的調頭必須少唱，教條主義必須休息，而代之以新鮮活潑、爲老百姓所喜聞樂見的

〔註 222〕寫詩要有詩歌環境，在這裡面彼此吟詠、推敲，彼此欣賞、批評，然後大家能前進，向上，然後能使得詩歌底聲音更大，更洪亮，達到得更遠。這些就是我們出版『新詩歌』的主要原因。」（蕭三：《出版〈新詩歌〉的幾句話》，《新詩歌》（延安版），1940 年第 1 期。）

〔註 223〕《詩人蕭三等發起延安新詩歌會》，《大眾文藝》，1940 年第 2 卷第 1 期。

〔註 224〕柯藍：《延水情深——我的文學道路》，任文：《永遠的魯藝》（下），陝西師範大學出版總社有限公司，2014 年，第 701 頁。

〔註 225〕《中共中央書記處關於宣傳教育工作的指示》，中共中央文獻研究室中央檔案館：《建黨以來重要文獻選編》第 16 冊，北京：中央文獻出版社，2011 年，第 307 頁。

〔註 226〕此報告同年 11 月 25 日以《論新階段》爲題發表在《解放》週刊第 57 期。

中國作風和中國氣派。」〔註 227〕雖然毛澤東的闡發並非專門針對文藝，卻很快在延安文藝界掀起了一場「民族形式」論爭。〔註 228〕同時，儘管延安的諸多文藝工作者並未在「民族形式」內涵上打成共識，但都不脫離向舊形式和民間文學尋找資源的判斷。蕭三是延安時期較早地將理論上的民族形式問題與具體的詩歌實踐形式相結合的詩人之一。蕭三曾指出詩歌的民族形式有兩個源泉：

> 一是中國幾千年來文化裏許多珍貴的遺產，《離騷》、詩、詞、歌、賦、唐詩、元曲……二是廣大民間所流行的民歌、山歌、歌謠、小調、彈詞、大鼓詞、戲曲……

蕭三從引述 1923 年《中國青年》的一封讀者通信中所指出的對新詩不滿出發，認爲「十五六年前所批評的『矯揉造作』和『構造潦草』的這些缺點，到現在還是『新詩』的最大的缺點」，認爲中國新詩到現在還沒有「成形」。〔註 229〕然而，蕭三以消解「五四」以來的新詩成就爲代價而積極倡導朗誦詩雖然引發了反對聲〔註 230〕，但是他仍執著地從異域中尋找到了可

〔註 227〕毛澤東：《毛澤東選集》（第 2 卷），北京：人民出版社，1991 年，第 360～361 頁。

〔註 228〕段從學：《「民族形式」論爭的起源與話語形態分析》，《社會科學研究》，2009 年第 5 期；畢海：《延安對「五四」新文藝的重申及其意義——以「民族形式」論爭爲中心》，《中國現代文學研究叢刊》，2013 年第 9 期；石鳳珍：《從「舊形式」到「民族形式」——「民族形式」論爭運動發起過程探略》，《西南民族大學學報》，2006 年第 3 期等文都對這一論爭的來龍去脈和意義內涵做了梳理和分析。

〔註 229〕蕭三：《論詩歌的民族形式》，《文藝戰線》，1939 年第 1 卷第 5 號。

〔註 230〕反對者中較爲典型的有何其芳，蕭三主張將音樂因素引入新詩中的做法在何其芳看來是一種「倒退」，他指出文學和音樂分離代表著人類文化的進步，詩歌、戲劇、音樂等各司其職，分工不同：「不管詩人苦心地，反覆地用著各種不同的腔調唱他的詩，我們從來沒有遇見一個工人或者農民或者甚至一個知識分子記得一首朗誦詩，而且能夠照樣地唱出，然而冼星海同志的一個普通曲子卻流行在各個地方，各個階層的人民中間。」（何其芳：《論文學上的民族形式》，《文藝戰線》1939 年第 1 卷第 5 號。）與何其芳處處溢美「五四」新文學不同，周揚更顯示出作爲理論家的審慎和思辨力，一方面，他認爲「五四」以來的新文學「不但不是與大眾相遠離，而正是與之相接近的」，他從歷史的脈絡中梳理出新文學與大眾親近的事實，並指出歐化與民族化並非絕不相容；另一方面他也承認新文學與大眾的隔膜，但是他超越了蕭三對戰時文藝形式的看重而將舊形式的改造引入新文學長遠發展的道路上來，重心在於新文學的建設。在新舊形式的區隔問題上，他從階級進化——民主主義取代封建主義的角度肯定了「新形式比之舊形

以印證「音樂」之於詩歌重要性的資源。在「民族形式」論爭中，他選中了馬雅可夫斯基的樓梯體詩歌從中汲取「聲音」的因素。在對馬雅可夫斯基的譯介上，蕭三憑藉馬雅可夫斯基「闡釋者」的身份在恰當的時機將馬氏的「世界性」編織進了「民族」的譜系，以此進一步更新以歐美詩歌爲傚仿對象的新詩範式。

魯藝青年學生也在蕭三的影響下參與進譯介馬氏詩歌的潮流，比如《新詩歌》第六期刊登了由馬雅可夫斯基創作、馮牧翻譯的《家》：

無產階級
　從下層
　　走上共產主義；
起來了
　從礦山裏
　　從鐮刀和草耙裏。
我
　從抒情的天空
　　跳向它。
爲什麼？
　因爲對於我
　　除了它
　　生命並不可愛。
……〔註 231〕

這首詩從形式上看是典型的「樓梯體」，且韻腳整齊有力，頗能體現馬氏詩歌

式，無論如何使進步的，這一點卻毫無疑義」，更以現實主義爲理論武器指出「新文學如要以正確的完全地反映現實爲自己的任務，就不能不採取新形式，以發展新形式爲主。」他清醒地認識到舊形式的流行具有戰時性，是「作爲一種大眾宣傳教育之藝術武器而起來的」，因此「以舊形式能博得大眾的排長就認爲是最高藝術，也是不必要的；這近乎一種廉價樂觀與自我陶醉。」與何其芳一致，他將普及與提高結合視作實現「民族形式的新中國文藝之建立」的「目標」。（周揚：《對舊形式利用在文學上的一個看法》，《文藝戰線》，1940 年第 1 卷第 6 號。）周、何二人立足於新文學自身發展的普及／提高的論證邏輯疏離了蕭三式響應毛澤東「馬克思主義必須通過民族形式才能實現」的政治目標。

〔註 231〕（蘇）馬耶剋夫斯基作，馮牧譯：《家》，《新詩歌》（延安版），1941 年第 6 期。

形式的精髓。翻譯者馮牧曾爲魯藝文學系第三期學員，他在晚年回憶自己在文學系時「十分起勁地研讀過現代派詩人 T.S.艾略特、瓦勒里、瑪拉美的詩，也非常眞誠地爲惠特曼和馬雅可夫斯基的作品所激勵」〔註 232〕。

蕭三主編的另一刊物《大眾文藝》創刊於 1940 年 4 月 15 日，題名由毛澤東親筆書寫，該刊物的前身爲《文藝突擊》，由陝甘寧「邊區文協」主持〔註 233〕，是「延安早期出版的唯一綜合性文藝專刊」〔註 234〕。按照《蕭三傳》作者的說法，毛澤東「欽點」〔註 235〕蕭三爲該刊物的主編。如果說《新詩歌》是蕭三推動詩歌大眾化的實踐方式之一，那麼他主編的《大眾文藝》就充分顯示了他的國際視野和把握延安文藝格局的野心。蕭三不負毛澤東所望，與「馬克思主義在中國具體化」、「中國作風和中國氣派」等論斷形成呼應，將民族／世界維度引入「民族形式」論爭中，並摒除「歐化」或「洋八股」的潛在危險。其前提是以其國際視野爲詩歌「民族形式」建立了更高的標準，稱「愈是民族的東西，它便愈是國際的」〔註 236〕。從這一角度看來，「馬雅可夫斯基」此時的面目頗爲複雜，一方面蘇聯方面將他塑造爲一個正統的社會主義詩人，中共因此輕而易舉地獲得了製造「偶像」的機會；另一方面，有論者發現了「中國作風和中國氣派」這種論述的秘而不宣之處在於企圖超越共產國際的控制和建立民族國家的渴望，在這種前提下，又不得不在明暗之間將馬氏植入本土語境，化之爲與「民間」交錯的代表詩人。〔註 237〕

〔註 232〕馮牧：《窄的門和寬廣的路——文學生活的回顧》，《馮牧文集》5，散文卷，北京：解放軍出版社，2002 年，第 244 頁。

〔註 233〕該刊物的演變軌跡爲：《文藝突擊》1938 年 10 月 16 日創刊，前兩期爲油印本，後來六期爲鉛印本，終刊於 1939 年 6 月 25 日；1940 年 4 月在蕭三主持下復刊，更名爲《大眾文藝》，至 12 月共出版九期；1941 年 2 月在周揚主持下復刊，更名爲《中國文藝》，出版一期。

〔註 234〕奚原：《〈文藝突擊〉和山脈文學社的創辦》，任文：《延安時期的社團活動》，西安：陝西師範大學出版社，2014 年，第 11 頁。

〔註 235〕1939 年 5 月毛澤東與蕭三在交談時布置了兩件事，一是中央開會決定蕭三擔任魯藝編譯部主任，擁有發表的權力，另一是「可以在延安辦一個文藝雜誌，此事請你來主持。」（王政明：《蕭三傳》，成都：四川文藝出版社，1992 年，第 387～388 頁。）

〔註 236〕蕭三：《論詩歌的民族形式》，《文藝戰線》，1939 年第 1 卷第 5 號。

〔註 237〕蕭三在《論詩歌的民族形式》一文中說：「試看古今中外哪一個偉大的詩人——屈原、李、獨、白、荷馬、普希金、海涅、馬雅可夫斯基——不是受民間影響最深而有大成就的？」

《大眾文藝》第一卷第一期爲「馬雅可夫斯基逝世十週年紀念特輯」，就在刊物出版的前一天，延安文化俱樂部召開了馬雅可夫斯基逝世十週年紀念大會。〔註 238〕這一紀念活動並非延安獨創，而是在全國左翼文化界廣泛地開展。〔註 239〕馬雅可夫斯基之所以被「抬高」，除了受蘇聯影響之外〔註 240〕，首先來源於抗戰時期馬氏的詩歌唱和著中國的時代旋律——鼓點式的節奏、整飭的韻腳、爆發性的情緒、強烈的鼓動性都訴諸「朗誦」這一表演形式，使得他的詩歌具有一種廣場美學的特徵，強烈契合著戰時的美學風格。1938年田間來到延安，隨後發動了「街頭詩運動日」，探索詩歌如何走向群眾和戰場。田間的《給戰鬥者》《假使我們不去打仗》《義勇軍》等鼓點式撼動人心的詩歌頗具馬雅可夫斯基詩歌的風範，田間也曾坦言他受到了馬雅可夫斯基的影響，但是僅限於馬氏的「革命精神」，並一再聲明自己「不曾寫過樓梯詩，只寫過長短句」。〔註 241〕與之相反，蕭三這一時期對詩歌的看法很大程度上受到馬氏的直接啓發，並影響了許多青年詩人。

「馬雅可夫斯基逝世十週年紀念特輯」中刊載了蕭三翻譯的《左的進行曲》《與列寧同志談話》（與李又然合譯）及魏伯翻譯的《開會迷》三首馬雅可夫斯基的詩歌。其中魏伯的這首譯詩頗值得注意。魏伯曾於魯藝學習過一段時間〔註 242〕，並被周揚作爲魯藝文學系「具有才能和相當熟練的作者」介紹給老舍〔註 243〕，1939 年於陝西宜川創辦了《西線文藝》，1940 年發表敘事體長詩《在黃河上》。《開會迷》是馬氏諷刺詩的代表，得因於列寧曾稱讚這首諷刺詩在政治上「完全正確」而被經典化。〔註 244〕但是，列寧開啓的批評

〔註 238〕《文化俱樂部開幕》，《大眾文藝》，1940 年第 1 卷第 1 期。

〔註 239〕以紀念馬氏十週年爲例，具有代表性的活動包括：1941 年 4 月 14 日黃藥眠、孟超、陳閒、胡明樹、覃子豪、林林、林山、韓北屏、劉火子、蘆荻等出席桂林樂群社舉行的馬氏逝世十週年紀念活動；「文協」在「中蘇文協」會所也舉行紀念大會，胡風擔任主席，郭沫若、戈寶權、光未然、力揚等五十餘人參加，郭沫若發表演講，光未然、常任俠、高蘭朗誦了馬氏原作和譯詩。

〔註 240〕龍瑜宬：《兩次革命間的迴響——馬雅可夫斯基在中國》，劉東：《中國學術》（總第 31 輯），北京：商務印書館，2012 年，第 198～234 頁。

〔註 241〕田間：《幾次探索——我的寫作簡歷》，唐文斌：《田間研究專集》，杭州：浙江文藝出版社，1984 年，第 40 頁。

〔註 242〕具體就讀信息不詳。

〔註 243〕周揚：《周揚致老舍》（1939 年 10 月 9 日），老舍：《老舍全集》15，（散文·雜文·書信），北京：人民文學出版社，2013 年，第 549 頁。

〔註 244〕蕭愛梅：《正確地認識馬雅可夫斯基——爲詩人死去十週年（1930.4.14～

傳統正是對馬氏諷刺詩的一種誤讀，蕭三亦處於這一批評傳統的延長線上。馬雅可夫斯基曾將「諷刺」的希望寄託在青年學生身上〔註 245〕，但是「諷刺」中的破壞性衝動卻在為其樹立「標準像」的過程中被過濾掉了，蕭三指出他有別於「為諷刺而諷刺」的文人們，「他的刺是『熱刺』不是冷嘲、他的『歌和詩——這就是炸彈和旗幟』，而不是『冷箭』。馬雅可夫斯基是大的。一切向大處著眼」〔註 246〕。可見，蕭三將馬雅可夫斯基的「熱刺」從批判精神引向了詩人人格上的偉大，而有意地遮蔽了馬氏的批判現實精神。因此在某種程度上，魯藝學生接受的馬雅可夫斯基實際上是被蕭三等人「改造」過的人格形象。

在相似的革命語境和接受前提下，馬雅可夫斯基的詩歌及詩人形象被迅速地加持起來。隨著蘇聯大力宣馬雅可夫斯基的「社會主義現實主義詩歌奠基人」形象，蕭三作為公認的「蘇聯專家」開始以此為標準為馬雅可夫斯基正本清源，他主要通過兩種方式：一是揭示「中國文藝界對於馬雅可夫斯基的瞭解，一向是不很詳細，而且是不很正確的」，批判中國文藝界二三十年代那些自由主義作家的「誤讀」；二是不斷強化馬雅可夫斯基階級代言人的形象，稱其為「為工人階級及其政黨服務的」「戰士」、「社會主義建設的參加者」。〔註 247〕蕭三迎合的是左翼陣營中譯介、紀念馬氏的熱潮，更因此找到了契合延安語境的實踐方式——「馬雅可夫斯基體」被徵用為「政治正確」的「教材」，成為許多學生競相模仿的對象，蕭三在這一過程中推動建立了詩歌形式與政治意識形態內容之間的聯繫。從蕭三大規模地組織譯介馬雅可夫斯基開始，便懸置了「詩人之死」的象徵意義，而借馬雅可夫斯基這股「東風」為「民族形式」造勢。

1940.4.14）紀念作》，《大眾文藝》，1940 年第 1 卷第 1 期。

〔註 245〕在《作為諷刺家的馬雅可夫斯基》一文中，作者最後寫道：「在他的一卷諷刺詩集的序文中。瑪耶珂夫斯基戲謔地寫道：『我深信，在將來的學校裏，諷刺文，會和算術一同教授，會有更大的成就。特別那些好惡作劇和精神煥發的學生們，一定會選『笑』作為他們的專門課。那時候會有，那時候一定會有，一所笑的高等學校。』」（V・卡塔尼陽作、千冬譯：《作為諷刺家的馬雅可夫斯基》，《大眾文藝》，1940 年第 1 卷第 1 期。）

〔註 246〕蕭三：《關於馬雅可夫斯基的二三事》，《人物與紀念》，北京：生活・讀書・新知三聯書店，2012，第 318 頁。

〔註 247〕蕭愛梅：《正確地認識馬雅可夫斯基——為詩人死去十週年（1930.4.14～1940.4.14）紀念作》，《大眾文藝》，1940 年第 1 卷第 1 期。

蕭三曾富有煽動性地斷言：「馬雅可夫斯基是今天中國詩人的模範。」特別是將他的樓梯體詩歌與高超的寫作能力及先進的世界觀聯繫在一起。受此影響，延安詩人們對馬雅可夫斯基的接受也集中在其詩歌形式及個人的偉大人格上，甚至基於後者而認同其「詩的語言」〔註 248〕。馬雅可夫斯基之於詩人們的革命認同感幾乎完全模式化了——鼓舞人心的詩歌節奏與誇張的形象「很像是從我們自己的心裏發生的歡呼」〔註 249〕。在譯介馬雅可夫斯基的浪潮中，《大眾文藝》起到了推波助瀾的作用。《大眾文藝》明確地表示自己「除一般大眾的文藝雜誌應有的任務外，還應該是對文藝小組及初學作家的一種帶教育性的刊物」。〔註 250〕舉措之一除了具體的文藝創作方法和觀念的指導外，還包括提攜新人，這與前述《新詩歌》的編輯方針確有相似之處，《新詩歌》作爲專門的詩歌雜誌是對《大眾文藝》主張的進一步落實與細化，更是一種補充，那些因篇幅原因〔註 251〕無法刊載於《大眾文藝》的詩歌作品得以在《新詩歌》上發表。蕭三任教於魯藝期間，這兩份刊物可謂是他在校園之外開設的另一個「課堂」。《大眾文藝》上發表的文章和作品大多近似「官樣文章」，蕭三作爲編輯以《大眾文藝》宣傳黨的意識形態的策略顯而易見，也很快引來了針鋒相對的聲音，比如蕭軍就暗自決定不給《大眾文藝》寫稿〔註 252〕，並萌生了另辦刊物「打擊俄國販子蕭三」的意圖〔註 253〕，反觀蕭軍主編的《文藝月報》，既充當的論戰場地又接納多元的稿件，的確有與「官方」對抗之意。

忽略政治外殼的「包裝」和馬氏詩歌在戰時語境下的普遍流行，延安詩人們對其接受更爲隱秘的一面似乎在於，作爲爲數不多的具有合法性的異域

〔註 248〕蕭愛梅：《正確地認識馬雅可夫斯基——爲詩人死去十週年（1930.4.14～1940.4.14）紀念作》，《大眾文藝》，1940 年第 1 卷第 1 期。

〔註 249〕何其芳：《馬雅可夫斯基和我們——紀念馬雅可夫斯基誕生六十週年》，何其芳著，藍棣之主編：《何其芳全集》第 4 集，石家莊：河北人民出版社，2000 年，第 246 頁。

〔註 250〕《編後記》，《大眾文藝》，1940 年第 1 卷第 1 期。

〔註 251〕《大眾文藝》在「歡迎投稿」欄中對字數有所規定「每篇字數愈少愈精愈妙，最好不超過五千字，特稿除外。」（《大眾文藝》，1940 年第 1 卷第 1 期。）實際上，延安因爲物資匱乏，幾乎所有出版物都對字數有所限制。

〔註 252〕蕭軍 1940 年 9 月 24 日日記，蕭軍：《延安日記（1940～1945）》（上卷），香港：牛津大學出版社，2013 年，第 48 頁。

〔註 253〕蕭軍 1941 年 9 月 19 日日記，蕭軍：《延安日記（1940～1945）》（上卷），香港：牛津大學出版社，2013 年，第 288 頁。

詩歌資源，可以憑藉此勾連起閉塞的黃土地與寬廣的世界之間的聯繫。即使是何其芳也借馬氏的詩歌幻想著小布爾喬亞式的都市情境。他曾在1940年讀到了馬雅可夫斯基《好！》的節譯，如果何其芳的記憶無誤，他所讀到的可能是於重慶出版的《文藝月報》上王春江翻譯的版本：

我讚美
　　今天的
　　　祖國，
三倍地讚美
　　它的將來。〔註254〕

該期《文學月報》是「瑪雅可夫斯基逝世十週年紀念特輯」，刊載了紀念馬氏的文章若干。更值得注意的是，何其芳此時與大後方的讀者結成了一個閱讀的共同體，身處貧瘠土地的他腦中卻浮現出「走到了莫斯科的街頭，看見了白天的藍絨一樣的天空、夜晚的燈火照耀著的商店和書店的玻璃櫥窗。」〔註255〕夜晚的燈光、商店和書店的櫥窗並未莫斯科獨有，而是一種具有普遍性的都市景觀，因此何其芳由閱讀馬氏詩歌引出的幻想也召喚出一種過去浪漫而快活的生活記憶，這種「都市幻想」雖在某種程度上與蕭三的本來意圖構成了離心力，卻也在認同機制的推動下默契地配合著馬氏「模範」地位的確立。而艾青則認爲，馬雅可夫斯基留給人們的「最珍貴的紀念品」乃是「讓詩脫去神父的可憎的黑袍，穿上清道夫的紅背心。」〔註256〕相較而言，未受過學院豐富文化資源浸染的革命青年對於馬雅可夫斯基的接受顯然更貼合蕭三的本意。1940年3月，張鐵夫的《談談詩歌的民族形式》一文發表在謝冰瑩主編的《黃河》月刊「青年園地」欄目下，開篇即援引馬氏「我們的武器便是我們的歌」。隨後他指出「最近有人提出『詩歌的民族形式』，我覺得這個口號是正確而切要的，它就是爲適應時代的要求而提出，並不是憑某個人空想，獨創出來的。」至於詩歌民族形式的具體特徵，張鐵夫更是直接套用了蕭三在《論詩歌的民族形式》一文中指出的「兩個源泉」說，及其

〔註254〕（蘇）瑪雅可夫斯基作，王春江譯：《好！》，《文藝月報》，1940年第1卷第4期。

〔註255〕何其芳：《馬雅可夫斯基和我們——紀念馬雅可夫斯基誕生六十週年》，何其芳著；藍棣之主編：《何其芳全集》第4集，石家莊：河北人民出版社，2000年，第246頁。

〔註256〕《文化俱樂部舉行瑪耶可夫斯基紀念會》，《解放日報》1942年4月13日。

對魯迅《答殷夫書》的引用。值得說明的是，張鐵夫一文近乎照搬蕭三的《論詩歌的民族形式》〔註 257〕絕非偶然，張鐵夫發表此文時正是魯藝文學系第四期學生，亦是新詩歌會的成員，當他耳濡目染於延安詩壇爭中時，不僅通過撰文發稿的形式闡明態度，也創作了一系列帶有民歌民謠色彩的詩歌發表在《新詩歌》上，不僅表明作爲學生一輩參與這一論爭的勇氣，更以實際行動聲援了蕭三。

與之形成對比的是，周立波以「世界文學」的視角統攝對詩歌的理解，看似與彼時文藝界風頭強勁的「民族形式」論爭有所疏離，但是仔細追究，可見他流露著的現實關懷，只是總體而言，他借講授「名著」的方式表達了自己對詩歌「常態」狀態中的認識，與「民族論爭」中蕭三大力譯介馬雅可夫斯基形成鮮明對比，顯示了他對文學恒定品格的追求。也正是這種在戰火中尋找永恆文學經典的做法，成爲引導學生閱讀名著的指向標。經典一旦被讀者接受，亦不全沉澱爲公共性的意義空間，而在許多層面呈現出「經典」被日常生活化的一面。譬如，以外貌上對名著主人公的傚仿爲例，魯藝有部分女學生閱讀《安娜·卡列尼娜》之後，不僅學習安娜「穿著黑衣裳，黑頭髮，可以迷倒任何一個男子」〔註 258〕，還「細察自己的睫毛長短怎樣，是否在日光下也有影子。」〔註 259〕這些側面也反映了周立波「經典化」的努力生成了一定的效果。但是反過來，這些「名著」中蘊含著的騷動不安的力量也與革命與政治話語產生的對抗，具有消解革命的可能性。

周立波赴延以前擁有豐富革命經歷，〔註 260〕早年經周揚的介紹加入「左聯」，這一時期他不僅翻譯了《被開墾的處女地》等外國文學作品，也運用階級分析法從事文學批評。周立波 1939 年 11 月抵延，隨後就進入魯藝文學系任教。「他初到魯藝時，穿一件破舊的深色呢大衣，戴一副斷了一條腿、用繩子

〔註 257〕鐵夫：《談談詩歌的民族形式》，《黃河》，1940 年第 1 卷第 2 期。

〔註 258〕周立波：《周立波魯藝講稿》，上海：上海文藝出版社，1984 年，第 105 頁。

〔註 259〕馬可：《延安魯藝生活雜憶》，任文主編，永遠的魯藝（上），陝西師範大學出版總社有限公司，2014 年，第 29 頁。

〔註 260〕在奔赴延安之前，他就跟同學參加「飛行集會」，散發革命傳單，後被開除學籍；加入「左聯」後，又組織工人罷工；入黨後，參加左聯黨團的領導工作，1937 年原本打算與周揚、艾思奇、何乾之等一道經南京赴延，途徑西安時，八路軍駐西安辦事處負責同志安排他和舒群去華北戰線作戰地記者，並作美國作家史沫特萊的英文翻譯……（《周立波生平年表》，李華盛，胡光凡：《周立波研究資料》，北京：知識產權出版社，2010 年，第 14～24 頁。）

繫起的近視眼鏡，身軀高大瘦削，兩頰深陷，可是臉上顯現出奕奕的神采，渾身透露著朝氣。」〔註 261〕而在魯藝學生之間，卻早因翻譯《被開墾的處女地》等作品而助其樹立了威信。事實證明，周立波的「名著選讀」課十分深入人心，許多人多年以後仍對課堂的「盛況」記憶猶新，稱他講課爲「筵席」，稱上他的課爲「美餐」，周立波講授內容之引人入勝，使許多學生慕名而來，甚至學校其他教職人員也加入了聽眾的行列。〔註 262〕值得思考的是，超脫於周立波的個人魅力、廣博的知識、思考的深度以及「名著」本身打動人心的力量之外，能造成這種「轟動效應」的，正是周立波獨到的「眼光」。

在魯藝文學系，一方面，教師個體之間對「名著」的理解與講授有所殊異，譬如同以「世界文學」爲主要講授內容，曹葆華主要講西歐文學史，周立波理解的「名著」則涉及古今中外名篇；另一方面，「名著」的容納範圍和指涉對象與彼時文藝政策與意識形態存在一定的聯動關係。對「名著」的指認有助於幫助確立「經典」。童慶炳先生曾提出了文學經典建構的「六要素說」，它們分別是：「（1）文學作品的藝術價值；（2）文學作品的可闡釋空間；（3）意識形態和文化權力的變動；（4）文學理論和批評的價值取向；（5）特定時期讀者的期待視野；（6）發現人（又可稱『贊助人』）」。〔註 263〕教育作爲傳播主流意識形態和價值標準的重要途徑，對「經典」的遴選和建構承載了巨大的作用，在一定程度上，文化權力——師——生的關係以「文學經典」爲紐帶緊密結合在一起。比對諸多當事人的回憶錄〔註 264〕與《周立波延安魯藝講稿》〔註 265〕，周立波遴選的「經典」文學作品以小說體裁爲主，

〔註 261〕葛洛：《悼念周立波同志》，李華盛，胡光凡：《周立波研究資料》，北京：知識產權出版社，2010 年，第 129 頁。

〔註 262〕梔亭：《記立波同志講課》，任文：《永遠的魯藝》（下冊），陝西師範大學出版總社有限公司，2014 年，第 268 頁。

〔註 263〕童慶炳：《文學經典建構諸因素及其關係》，《北京大學學報》，2005 年第 9 期。

〔註 264〕陸地回憶起來的包括普希金的《驛站長》《波希米人》，萊蒙托夫《當代英雄》，契訶夫《可愛的人兒》《套子裏的人》，托爾斯泰《安娜·卡列尼娜》，屠格涅夫《貴族之家》，高爾基《瑪加爾·周達》，梅里美《嘉爾曼》，莫泊桑《項鍊》《羊脂球》，魯迅的《肥皂》（陸地：《搖籃的記憶》，《廣西當代少數民族作家叢書·陸地卷》，桂林：灕江出版社，2001 年，第 52 頁。）嚴文井則說，「他講托爾斯泰、巴爾扎克、高爾基、莫泊桑、曹雪芹……」（嚴文井：《我所認識的周立波》，李華盛，胡光凡：《周立波研究資料》，北京：知識產權出版社，2010 年，第 104 頁。）

〔註 265〕周立波：《周立波魯藝講稿》，上海：上海文藝出版社，1984 年。

同時穿插了對詩歌文本的介紹和評析，其中以 18、19 世紀歐美和俄蘇作品爲主，當然也不乏對我國古典小說和魯迅小說作品的推介。本書不妄圖整體性地還原周立波遴選「名著」的標準，而是抓住其對「詩」之品格的理解，從《講稿》的一鱗半爪〔註 266〕中呈現出延安諸多突擊性文學文化現象中不失沉靜的一景，也表現出周立波在文學性與政治性之間來回滑動的小心翼翼與艱難。

作爲一名立場堅定的左翼作家與批評家，從階級分析的立場出發，周立波對象徵主義——現代主義一脈詩歌明顯呈現出拒斥的態度。《講稿》中有三處直接提及此點，第一處是在課上第三次講《浮士德》時，指出「難懂與不能懂。新詩晦暗的來源」，並列舉魏爾倫的詩「銅色的天空」，「雪像沙一樣的閃耀，水是眼波明。」〔註 267〕第二處出現在討論托爾斯泰對待十九世紀頹廢派和象徵派的態度上，他從倫理和美學兩個角度概括了托爾斯泰反對魏爾倫、波德萊爾、馬拉美等人的理由，而將艾略特等現代主義作家指斥爲「並不是生活裏正當的並且重要的事情，都只是遊戲。因此，要找新花樣，新刺激，甚至於奇珍怪味，壞味的食物」，而「形式的不明白，是因爲內容的貧乏，生活的枯竭。」〔註 268〕第三處則爲討論法捷耶夫的《毀滅》時，認爲「象徵，印象，意象，未來」「不能制作宏偉的藝術品」，周立波稱這些具有朦朧和現代色彩的作品爲「美麗的小畫」，它們「色彩斑斕，芬芳冷冽」，但達不到深刻和廣博。〔註 269〕當然，「美麗的小畫」不僅因爲在藝術上與左翼作家要求的宏闊社會歷史畫卷產生衝突而被排斥，它們缺乏基本的階級立場才是問題的關鍵所在。1940 年 4 月周立波發表《霧裏的湘西》一文，回憶了自己作爲沅陵《抗戰日報》記者訪問湘西的經歷。但整篇文章都接近於並不著意於湘西「霧」的意境，作者在一番景色描寫之後筆鋒一轉，轉向漢苗（民族）的合流問題——「這裡所說的人民打仗，包括漢苗」。〔註 270〕摒除了湘西敘述中「神秘化」的因子，反之要揭開「神秘」的面紗，其中還包含一種將湘西從「美

〔註 266〕林藍在《〈周立波魯藝講稿〉校注附記》中追憶了整理出版這份講稿的艱辛，但儘管如此仍無法復原講稿的原貌。（林藍：《〈周立波魯藝講稿〉校注附記》，《周立波魯藝講稿》上海：上海文藝出版社，1984 年，第 159～162 頁。）

〔註 267〕周立波：《周立波魯藝講稿》，上海：上海文藝出版社，1984 年，第 52 頁。

〔註 268〕周立波：《周立波魯藝講稿》，上海：上海文藝出版社，1984 年，第 117～118 頁。

〔註 269〕周立波：《周立波魯藝講稿》，上海：上海文藝出版社，1984 年，第 132 頁。

〔註 270〕立波：《霧裏的湘西》，《中國青年》，1940 年第 2 卷第 6 期。

化」之中解救出來的意味，他所救正、補充和對話的正是沈從文湘西浪漫世界的另一個側面——那裡充滿苛捐雜稅、人民生活在一片沒有光亮的黑暗之中，亟待被現代、國家力量所改造。在此之前，周立波已經發表了《湘西行》《湘西苗民的過去和風俗》，他多以記者的冷靜克制繪刻抗戰給「湘西苗民」帶來的變化，簡而言之，與沈從文構建湘西傳奇不同的是，周立波對「湘西」的發現顯然立足於抗戰時期民族國家話語對「少數民族」這一象徵物和民族實體的收編，內裏存在較強的現實政治意義。〔註 271〕

1930 年代起，周立波就開始參與左翼作家對象徵主義的清算，他發表在《申報・自由談》上的《現代藝術的悲觀性》一文指斥現代藝術披著「美」的外衣，底子裏卻充滿個人主義和悲觀色彩。〔註 272〕周立波在課堂上的講授夾雜著左翼文學時期遺留下來的文學觀念。實際上，《講稿》也是一部周立波的「個人閱讀史」，他對於作品的剖析，也是對自己思想、文學資源的清理過程。1935 年《讀書生活》雜誌刊登了周立波的《文學的永久性》一文，他在文中肯定地回答：文學是可以不朽的。這是周立波最早的一篇專門討論文學經典化的文章。文章中強調所謂「眞實性」不能成爲「永久性」的標準，眞正堪稱經典的是「能反映時代精神的作品」、「有深湛的人生的思想的作品」，「只有深刻的思想性和高度的藝術性（高度的形象化）結合起來，才能構成偉大的作品，才能確立作品的永久性。」〔註 273〕雖然 1930 年代周立波也致力於介紹普希金、托爾斯泰、羅曼・羅蘭、莎士比亞等作家，但是對於經典大規模、集中的審定工作及至延安時期才開始。値得注意的是，一方面周立波遴選名著以教育學生，另一方面，文學作品也對選定者產生反作用。托爾斯泰的現實主義觀便對周立波產生了很大的影響，《講稿》兩次闢專章分別討論「作爲思想家」和「作爲藝術家」的托爾斯泰。從介紹托爾斯泰的生平開始，過渡到對其思想的剖析和作品的解讀，他讚美托爾斯泰擁有最清醒的現實主義，能從階級的觀點分析矛盾〔註 274〕，並稱：「無論如何，截止到現在爲止，《戰》（《戰爭與和平》，《安》（《安娜・卡列尼娜》），爲世界文學最偉大的小

〔註 271〕立波：《霧裏的湘西》，《中國青年》，1940 年第 2 卷第 6 期。

〔註 272〕周立波：《現代藝術的悲觀性》，《周立波文集》第 6 卷，文學論文，長沙：湖南人民出版社，1984 年，第 148～150 頁。

〔註 273〕周立波：《文學的永久性》，《周立波文集》第 6 卷，文學論文，長沙：湖南人民出版社，1984 年，第 22～23 頁。

〔註 274〕周立波：《周立波魯藝講稿》，上海：上海文藝出版社，1984 年，第 93 頁。

說」。〔註 275〕經過考察，在談及托爾斯泰對象徵派和現代派詩人的批評時，周立波援引的是托氏 1896 年發表的論文《論所謂的藝術》和 1898 年出版的《什麼是藝術？》一書中的觀點，托爾斯泰對彼時流入俄國的現代主義藝術作品產生了深深的憂慮，他認爲現代主義音樂、繪畫、詩歌、戲劇都無一例外地蠶食著本領域的原有序列，稱波德萊爾和魏爾倫「才具平庸」，馬拉美的詩則是「誰都不能理解的東西」，指責他們「追求奇特和新穎而不求明白易懂」，他們的聚合爲「寄生蟲小圈子」〔註 276〕，他站在勞動人民的立場稱波德萊爾等人的作品「沒有表達大家共同的任何感情，表達的只是極少數反常的寄生蟲的獨特感情」〔註 277〕。周立波特意獨闢一節討論「托爾斯泰對於十九世紀的頹廢派、象徵派的態度怎樣？」〔註 278〕顯然是與之心有戚戚焉，因此，在分析《浮士德》時開場先提及「新詩」的「晦暗」，以此來引出話題。托爾斯泰反對朦朧晦澀的現代主義詩歌作品、推崇古典文學的觀念深刻影響著周立波，因此周立波在確立詩歌「經典」時，多考慮歌德、普希金等 18、19 世紀的詩人。「詩與眞實」是他從歌德那裡捕捉到的一個重要詩學命題。〔註 279〕他說：「偉大的思想藝術家，都把詩和現實連繫得很緊……眞實是人生的本質，詩是眞的完美的表現。反映人生的眞實愈多，愈廣的詩，是偉大的詩。」〔註 280〕雖然該命題的提出背景是講述果戈里及他的小說《外套》，但是他由別林斯基稱果戈里爲「詩人」出發，引出了「詩」這一廣義的理論概念與「現實」的關係，將此問題上升到了理論的高度。

在詩歌風格上，周立波推崇的是「普式庚、托爾斯泰的高貴的簡明的風格」〔註 281〕，這一觀點是在與那些「剪除了韻文的傳統的裝飾的詩」對比之後產生的，除此之外，「勻稱和適合」也是詩歌必不可少的品質。總而言之，「眞正的趣味，不是包含在一個特別的字或辭令的無思索的排斥中，而是包含在一種勻稱的

〔註 275〕周立波：《周立波魯藝講稿》，上海：上海文藝出版社，1984 年，第 98 頁。

〔註 276〕（俄羅斯）托爾斯泰：《論所謂的藝術》，《列夫托爾斯泰文集》文論 14，陳燊，豐陳寶譯，北京：人民文學出版社，2013 年，第 90 頁。

〔註 277〕（俄羅斯）托爾斯泰，陳燊譯：《論所謂的藝術》，（俄羅斯）托爾斯泰：《列夫托爾斯泰文集》文論 14，陳燊，豐陳寶譯，北京：人民文學出版社，2013 年，第 102 頁。

〔註 278〕周立波：《周立波魯藝講稿》，上海：上海文藝出版社，1984 年，第 116 頁。

〔註 279〕周立波：《周立波魯藝講稿》，上海：上海文藝出版社，1984 年，第 70 頁。

〔註 280〕周立波：《周立波魯藝講稿》，上海：上海文藝出版社，1984 年，第 70 頁。

〔註 281〕周立波：《周立波魯藝講稿》，上海：上海文藝出版社，1984 年，第 132 頁。

適合的意思中。」〔註 282〕但這不意味著周立波完全醉心於古典文學，放棄了對現代藝術手法的接受，譬如他講到司湯達的小說時，將其列為心理描寫的典範，並延伸出小說家對弗洛伊德等人的學說的運用，稱之為「勇敢的探險」，他對「意識流」的解釋也十分精到，而且不苟於斥其為「不合邏輯」「思想的碎片」，而是站在自己的立場上妥帖地指出「要不得的地方」是「思想代替了行動」。〔註 283〕

在討論法捷耶夫的長篇小說《毀滅》時，由「時代精神」這一話題引出了詩歌的功能，他說：「『詩是先知的喇叭。』『藝術直接或間接地影響那些造成或經驗這些事件的民眾的生活。』『藝術往往是新的風氣，新的道德的建設者，因為他寫著「極美的思想，極美的人。」極醜的人和思想，以人為鑒。因為他不只是「把過去變成現」，「把遙遠映到眼前」，而在年代的雲霧之外』，在詩的背後，聽到和看見聲音，狀貌，姿勢和服裝，看到整個一代的『思想和感情的樣子』。而且要看到現代的新的萌芽和傾向。」〔註 284〕總而言之，周立波認為詩歌肩負著反映時代精神的功能。但是，周立波對於「新」的體認並不是一成不變的，比對前後幾處對「新」的體認，可以洞察出他也在不斷地調整自己對於這一問題的看法，甚至流露出前後矛盾的現象。周立波時常在一講的最後跳脫出具體文本分析，延伸至一種「創作」的要求上去。當他立於「創造」層面談「新東西」時，特別是談到主題選擇時，他一方面提倡「發現新的東西」，「描寫你最歡喜的東西」，但是也強調「作家要忠於自己的氣質，才能和想像。有的愛幸福的主題，有的愛陰暗，最感興趣的，會知道得最清楚，而知道得最清楚的會描寫的最好。」〔註 285〕除果戈里一講，「《不走正路的安德倫》」一講的最後也提出了「新的主題和新的手法」，他忍不住將視線從蘇聯新舊勢力的衝突拉回中國，強調衝破小資產階級知識分子的書寫、開掘新的主題，「把農民，工人，兵士，甚至獄中的囚徒介紹到文學裏來」〔註 286〕。與先前提倡忠於自己的氣質選擇主體不同，這裡強調的則是一種階級的寫作，他隨後援引惠特曼的話指出形式變革的意義：「為這些新的，革命進化的事實，意義，目的，新的詩的使命，新的形式和表現是不可避免的。」〔註 287〕

〔註 282〕周立波：《周立波魯藝講稿》，上海：上海文藝出版社，1984 年，第 132～133 頁。
〔註 283〕周立波：《周立波魯藝講稿》，上海：上海文藝出版社，1984 年，第 15 頁。
〔註 284〕周立波：《周立波魯藝講稿》，上海：上海文藝出版社，1984 年，第 128 頁。
〔註 285〕周立波：《周立波魯藝講稿》，上海：上海文藝出版社，1984 年，第 76 頁。
〔註 286〕周立波：《周立波魯藝講稿》，上海：上海文藝出版社，1984 年，第 149 頁。
〔註 287〕周立波：《周立波魯藝講稿》，上海：上海文藝出版社，1984 年，第 149 頁。

同樣取法域外，1930 年代的北大清華等高等學府的外文系則偏愛歐美現代詩，並直接影響了 1930 年代的詩壇。這種資源取用重心變化的原因除了政治意識形態的原因外，也出於諸多受現代主義影響的詩人對過去詩歌道路的反思。艾青在《抗戰以來的中國新詩》一文中提及的三位「受抗戰影響最顯著，和最勇敢的改變自己的生活與態度的詩人」〔註 288〕——卞之琳、何其芳、曹葆華相識於 1930 年代的北平，並與其他「學院派」詩人組建起人際關係網，其背後的支撐要素之一即學院之間共同分享的文學資源。而他們在抗戰時期的集體「轉向」並不能被簡單地視作對過去文學道路的否棄，從他們不約而同地選擇了俄蘇文學作爲自己所學習和接受的新資源可見，革命對空間的重組重新召喚起他們作爲文學「共同體」的「集體意識」，三位曾聚集在學院空間下的詩友又先後在魯藝接受了新的文學資源，這意味著他們「轉向」的動力並非憑藉黨的說教或宣傳生成，而是處於日常生活、文學活動和歷史意識交錯地帶的一種自覺。在魯藝這一「中共藝術政策的堡壘與核心」〔註 289〕中，他們在充當教育者的同時，也同時是「被教育」的對象，閱讀、交流的氛圍加速了他們新的文學資源的接受，在此過程中觸發了對過去知識體系及自我歷史意識的反思。魯藝文學系的專業課課堂作爲「教育場」、「文學場」與「政治場混雜性的產物，最直接地反映了新詩如何參與進了一種理想文學形態的想像。由課程設置的變化可以窺見政治意識形態對新詩文體的擠壓以及新詩因無法割裂其傳統而做出的掙扎與調試。周立波「經典化」的努力最終以「失敗」告終，1942 年周揚在魯藝學風總結報告中點名批評了魯藝「欣賞古典」的錯誤傾向。他說學習古典本身並無錯誤，但是魯藝對待古典的態度發生了偏差，「欣賞多於批判」，「去年下學期，名著選讀一課，所選定的六個長篇中，只有一篇是法捷耶夫的《毀滅》算是革命的，其餘的都是古典作品，而且包含如像歌德的《浮士德》那樣精深博大，不容易被深刻地理會的作品。」不僅如此，也忽視了對蘇聯文學的學習。〔註 290〕可見，這些矛頭都直接指向了

〔註 288〕艾青：《抗戰以來的中國新詩》，《艾青全集》（第 4 卷），石家莊：花山文藝出版社，1991 年，第 141～142 頁。

〔註 289〕羅邁：《魯藝的教育方振宇怎樣實施教育方針》（一九三九年四月十日），谷音，石振鐸：《東北現代音樂史料》第 2 輯（魯迅文藝學院歷史文獻），內部資料，1982 年，第 52 頁。

〔註 290〕周揚：《藝術教育的改造問題——魯藝學風總結報告之理論部分：對魯藝教育的一個檢討與自我批評》（一九四二年），谷音，石振鐸：《東北現代音樂史料》第 2 輯（魯迅文藝學院歷史文獻），內部資料，1982 年，第 153 頁。

周立波。周立波不久後檢討自己「中了本子的毒」，徹底地否定了自己講授「名著選讀」的種種嘗試與努力。他運用的仍是托爾斯泰的批評話語，但是「寄生蟲」的指涉對象變成了他曾經讚揚過的作品與人物。他稱自己是「上這些書本的當」，而就影響周氏頗深的托爾斯泰而言，周立波指出，自己作爲一個「立場還不穩定的小資產階級」，恰恰「誤讀」了列寧曾正確評價過的托爾斯泰，沒有讀出他與廣大群眾的緊密關係。〔註 291〕與此同時，魯藝併入延安大學以後，周揚擔任校長兼魯藝院長，此時全校加強了對中國革命歷史個現狀的研究，以及革命人生觀的培養。〔註 292〕文學系的課程則精簡爲六門：（1）文藝現狀研究；（2）中國文學；（3）世界名著選讀；（4）寫作實習；（5）新聞學；（6）邊區教育。其中後二者任選其一。相比先前制定的緊湊嚴密、系統完善的學習計劃而言，這份略顯「簡陋」的學習課程計劃顯然不能與「專門化」時期的魯藝文學系同日而語。與此同時，令教師明白「毛主席提出應向學生學七分，然後教三分，這是我們應當遵從的原則」，這不僅是強調師生之間的民主關係，更是有意貶低教師的地位，目的是讓他們懂得「教育者必須首先教育自己」的道理。〔註 293〕一言以蔽之，意識形態貶抑教育者與貶抑現代文學汲取的域外資源同時開展，兩項構成現代詩歌發展動力的因素由此受到了阻抑。

3.3.2 左翼文學史家視野中的新詩及其他（上）

周揚爲魯藝全校講授的「新文學運動史」這門課程是以「大課」的形式出現的。所謂「大課」實爲全校必修課，這類課程以講授通識性知識爲主，授課對象不分系別，具有一定的強制性。如前所述，1939 年 1 月，魯藝第三期便已經將預備由周揚主講的「文藝思潮」納入必修範疇，與「社會科學」、「社會經濟學」兩門理論課並列「高級共同必修課」。〔註 294〕1941 年改訂的

〔註 291〕周立波：《後悔與前瞻》，李華盛、胡光凡編：《周立波研究資料》，長沙：湖南人民出版社 1983，第 59 頁。

〔註 292〕全校共同課爲四門：「邊區建設」、「中國革命歷史」、「革命人生觀」、「時事教育」（《延安大學概況》（一九四四年六月），谷音，石振鐸：《東北現代音樂史料》第 2 輯（魯迅文藝學院歷史文獻），內部資料，1982 年，第 186 頁。）

〔註 293〕《延安大學概況》（一九四四年六月），谷音，石振鐸：《東北現代音樂史料》第 2 輯（魯迅文藝學院歷史文獻），內部資料，1982 年，第 189 頁。

〔註 294〕《魯迅藝術學院第三屆教育計劃》（一九三九年一月廿二日），谷音，石振鐸：《東北現代音樂史料》第 2 輯（魯迅文藝學院歷史文獻），內部資料，1982 年，第 18 頁。

「第四屆教育計劃」中，這門課以「中國新文藝思潮史」的名目出現，第五期沿用這一名稱，關於這門課的具體名稱，在一些當事人的回憶裏也莫衷一是，譬如據文學系第一期康濯回憶，此時這一課程名爲「新文藝運動史」〔註295〕，而 1940 年 2 月入學的井岩盾則稱之「新文學運動史」〔註 296〕。這裡採用的「新文學運動史」一說來自 1986 年發表在《文學評論》第一、二期上的《新文學運動史講義提綱》。據《提綱》的「編者按」稱，這份提綱是周揚 1939～1940 年在魯藝授課的講稿，「文革」期間作爲周揚的「黑材料」存入檔案，1982 年重現於世。這份文獻的公開時間雖較爲晚近，但是已有不少研究者注意到它的史料價值，多數研究者注意到了它與毛澤東《新民主主義論》或隱或顯的聯繫，及其在學科史上的重要地位。溫儒敏在《40 年代文學史家如何塑造「新文學傳統」——「中國現當代文學研究史論」箚記之一》中勾勒了共和國成立前夕李何林、周揚、馮雪峰、陳銓四位文學史家基於不同立場敘寫新文學傳統的歷史，並以此勾連 1950 年代現當代文學學科建制的來龍去脈〔註 297〕，黃修己的《中國新文學編纂史》則從新文學史的編纂曆史這一視角指出周揚等人的文學史書寫開闢了與朱自清治文學史不同的學術傳統〔註298〕，另外，錢文亮、宋聲泉等人也分別指出《提綱》「第一次全面而系統地以『新文學運動』這一概念作爲關鍵詞來結構和涵括整個新文學的實踐歷程」〔註 299〕以及在與周揚同時期其他文章的對讀中發現《提綱》與《新民主主義論》的齟齬之處〔註 300〕，以上研究成果都從不同方面梳理了周揚作爲延安重要的文藝發言人對「五四」新文學的解讀，但大部分研究者都將其置於一個「承上啓下」的階段，更是作爲新中國成立後文學史書寫的「前史」來看待。的確，囿於這份材料的不完整性，無法展示出周揚撰寫「新文學史」的全貌，

〔註 295〕康濯：《延安魯藝之憶》，文化部黨史資料徵集工作委員會，《延安魯藝回憶錄》編委會：《延安魯藝回憶錄》，北京：光明日報出版社，1992 年，第 510 頁。

〔註 296〕井岩盾：《艱苦還是甜蜜？——關於延安的回憶》，《在晴朗的陽光下》，瀋陽：春風文藝出版社，1963 年，第 102 頁。

〔註 297〕溫儒敏：《40 年代文學史家如何塑造「新文學傳統」「中國現當代文學研究史論」箚記之一》，《中國現代文學研究叢刊》，2003 年第 4 期。

〔註 298〕黃修己：《中國新文學史編纂史》（第二版），北京：北京大學出版社，2007 年。

〔註 299〕錢文亮：《新文學運動方式的轉變》，上海：上海文化出版社，2010 年，第 7～8 頁。

〔註 300〕宋聲泉：《民初作爲方法——文學革命新論》，天津：南開大學出版社，2015 年，第 57～59 頁。

故而進一步開掘其意義內涵具有相當的難度，但是，筆者認為，跳脫出帶有整體性的學科史視野，重新潛歸至「教育」的維度，通過細讀重新審視這份講稿，又不囿於《提綱》陳述的內容本身，而是試圖將「紙面文字」「復活」為一個生動的歷史場景，並與彼時的輿論環境、文學生態聯繫起來，或對勘破新的命題有啓發性的意義。

首先需要追溯的，便涉及周揚《提綱》中對新文學的重要成就之一——新詩誕生過程的講述。新詩發展過程本身內蘊著一種結構——無論是那些政治色彩濃厚的詩歌，還是具有反政治意味的「純詩」，詩歌與現實（歷史）的關係都構成一個參考系，如果將這一命題視作一個「元命題」或「元知識」，它既內蘊在詩人的生命結構中有待被激發，也可以被整合成結構作為知識在教育環節中得到討論。一種「詩歌史」的敘述鏈條之所以沒有斷裂的原因之一，就在於以一種歷史化的眼光把握住了其中的規律，將他們整合成一條邏輯清晰的線索。假如將詩歌史鏈條作為一種歷史敘事，對它的修剪和結構固然能夠存在各式各樣的方式，被當作具有「知識」價值的內容講授，不同的教育者因為立場不同，線性敘述邏輯下包裹的核心話語也並不一致。

周揚的《提綱》分為「引言」、第一章「新文學運動之歷史的準備（1894～1919）」和第二章「新文學運動的形成（1919～1921）」三個部分，從時間上看來，大致對應著「五四」前後這一段時期。周揚在這份《提綱》中秉持著社會歷史的分析方法和歷史唯物主義的理論觀點，以史論結合的方式重新整合了新文學運動的歷史軌跡，看似工整的「革命敘事」中也不時流露出個人化的論斷。雖然《提綱》對新詩史著墨並不多，但他「蜻蜓點水」式的論述卻也召喚著一個極大的論述空間，不僅周揚作為左翼文學史家和理論家視野中的新詩圖譜有待依憑此而進一步開掘與還原，也關涉著新詩的發生如何成為一種「知識」，參與、影響著延安魯藝「新生代」的詩歌生產。

周揚在延安時期發表的一系列理論與評論文章中貫穿著一種「歷史主義」的思路，譬如《十月革命與中國知識界》《從民族解放運動中來看新文學的發展》《抗戰以來創作的成果和傾向》《關於「五四」文學革命的二三感想》《對舊形式利用在文學上的一個看法》《郭沫若和他的〈女神〉》等。就《提綱》而言，周揚對新詩誕生過程的勾勒嵌套在將新文學「歷史化」的過程本身中，因此，新詩的誕生並不作為一個「事件」，而是融匯進整個「新文學史」的敘事框架。這裡的一個先決問題在於，何謂「新」？首先，周揚的文學史敘述基於一種強烈的時間意識，這種對時間的重新界定來自一種革命需要，關乎如何呈現「舊民主主義革命」至「新民主主義革命」的歷史敘事。「引言」開頭，他便以「五四運動」、「共產黨成立」、「北伐戰爭」、「新的革命時期」、「抗日戰爭」爲文學史敘述的幾個時間節點，明顯存在將文學史敘述整合進重大歷史事件的意圖，而文學則在這種敘述之下呈現出被動的「參與」形態。周揚曾指出：「一個文學運動者不允許文學的發展帶有自發的性質」〔註 301〕，並以此否定了胡適的進化論文學觀，他反對的層面在於胡適思想方法上的偏頗，即沒有遵循歷史主義、歷史唯物主義的觀點，即使這樣，他仍然肯定了胡適在指出白話的歷史合法性的層面上恪守進化論的積極意義。其次，將文學革命與政治革命話語緊密地結合在一起，重新界定了「新文學」之「新」，那麼這個「新」字便成爲革命的一個注腳，探討「新」在「想像」層面的意義，與政治理念發生了深層的語義關係。

接下來，周揚將新文學描述爲一種與「阻撓它毒害它的一切勢力」鬥爭而發展起來的運動。值得注意的是，新月派與林琴南、甲寅派、學衡派、民族主義派、自由人、第三種人等一道成爲了周揚眼中新文學的對立面。周揚將新月派排除出「新文學」陣營，承襲的仍是他 30 年代起將革命文學同自由主義文學比較的理路〔註 302〕，其理論支撐仍是源於周揚在階級意義上詮釋「新文學」之「新」，「新文學運動作爲新文化運動的一個分野，是在一定的新經濟新政治的基礎上，且應新經濟新政治的要求而產生，是反映新經濟新政治，而又爲它們服務的。」「新文學運動就是文學上的民族民主革命的運動」。由此可見，周揚對「新文學」的闡釋的封閉性，實際上是以「階級」話語消解文學革命以來釋放出的巨大認同危機，尤爲典型的是「胡適等人在意識的一面雖然想的是大眾，在無意識的一面卻充滿菁英的關懷」〔註 303〕，從而爲新文學重新「正名」。追本溯源，與其說馬克思主義理論構成了周揚新文學史論述的基礎，不如說毛澤東的《新民主主義論》構成爲了周揚的論述資源。戴燕在論述「計劃經濟的時代」的「中國文學史」課程時指出「學生在接觸具體地作家作品之前，首先要接受中國文學史的教育，這種先灌輸關於一個學科的系統觀念和概念，然後再在這種先

〔註 301〕老舍、周揚：《關於「文協」的工作》，《文藝戰線》，1940 年第 1 卷第 6 號。

〔註 302〕支克堅：《周揚論》，開封：河南大學出版社，2004 年，第 41～42 頁。

〔註 303〕羅志田：《文學革命的社會功能與社會反響》，《道出於二：過渡時代的新舊之爭》，北京：北京師範大學出版社，2014 年，第 148 頁。

入爲主的觀念即先行確立的一系列概念支配下，解決感性的、具體的問題的順序，在 1950 年代以後簡稱的教學秩序中，還是絕對不允許顛倒的。」〔註 304〕從周揚以理論切入文學史敘事可見，這一「秩序」的確立實際發源於中共延安時期文學課的教學實踐。

雖然根據材料顯示，1939 年魯藝教職學員曾集體研讀過毛澤東的《新民主主義的政治與新民主主義的文化》一文，〔註 305〕但是周揚講課在先，毛氏發表此文在後，二者觀點爲何有所重合？《提綱》一方面存在著《新民主主義論》的影子，另一方面則與《新民主主義論》中對「五四」的定位有所齟齬，由此推測這可能是這份講稿在 1940 年經過修訂的結果。這種「齟齬」也集中體現在周揚對新詩的論述上，通過探查他的新詩觀，可以看出「五四之子」與「黨的幹部」兩種身份、兩條線索是如何交錯出現於周揚身上。

《提綱》中第一次提及新詩，出現在了第一章描繪近代文學向現代文學轉變的過程中，他將新文學的興起與「封建文學的沒落」看做一種由此及彼的更替過程，黃遵憲等組成的「新詩派」對宋詩運動的反動構成了「舊詩到白話詩的過渡」。在論述晚清「詩界革命」時，他著重提及譚嗣同、梁啓超、黃遵憲在變革詩體方面的努力。周揚認爲，黃遵憲最能代表「詩界革命」的成績，他的詩大體實現了「我手寫我口，古豈能拘牽」的理想，並「對於後來的白話詩起了很大的啖示作用」。〔註 306〕黃修己認爲，站在中共的角度，周揚重視近代文學和肯定王國維、黃遠庸這樣帶有政治「反動」色彩的文學家實在是頗具「危險」的舉動，但也流露出他對歷史唯物主義精神的堅守〔註 307〕，實際上，他對「詩界革命」的客觀評價亦進一步證實了此點，他指出：「這個『詩界革命』是並不徹底的。第一沒有打破『舊風格』，甚至像梁啓超那樣，認爲新詩必須『以古人之風格入之』；第二，雖然主張了俗語入詩，相當地吸收了民間形式的要素（如黃遵憲的某些詩），卻沒有脫出文言藩籬。這

〔註 304〕戴燕：《文學史的權力》，北京：北京大學出版社，2002 年，第 87 頁。

〔註 305〕宋侃夫：《一年來的政治教育的實施與作風的建立》（一九三九年），谷音，石振鐸：《東北現代音樂史料》第 2 輯（魯迅文藝學院歷史文獻），內部資料，1982 年，第 57 頁。

〔註 306〕周揚：《新文學運動史講義提綱》（本提綱爲未定稿，僅供編者在魯藝講授之用），《文學評論》，1986 年第 1 期。

〔註 307〕黃修己：《中國新文學史編纂史》（第二版），北京：北京大學出版社，2007 年，第 63 頁。

正是過渡時代產物的特色。」〔註 308〕他將晚清「詩界革命」看做一個「過渡時代」，並未做出價值判斷。但按照毛澤東的劃分方式，從政治身份與文化身份上而言，曾參與戊戌變法的黃遵憲等人顯然代表的是腐化的、無力的、失敗的「舊的資產階級民主主義文化」〔註 309〕。而事實上，「詩界革命」實際呈現出的結果恰恰是新中有舊、舊中有新，「失敗」中醞釀著新的變革。周揚無意迴避這段文學史，「過渡」一詞遵循了文學發展的本然規律，同樣也以「模糊化」的處理方式脫離了孰新孰舊、孰是孰非的判決，總體上肯定了黃遵憲等人在變革詩體方面的意義。另外，從他對「詩界革命」局限的指認可以反觀他對新詩標準的定義，其一，即「舊風格」的打破和「新風格」的重建；其二，新詩的基本特點是白話詩。這顯然受到了胡適制定的新詩標準的影響，與接下來在第二章中論述「新文學運動的形成」中的觀點形成了呼應。

周揚是如何論述新詩「嘗試期」的呢？《提綱》言簡意賅，由「文學革命」發生的社會學依據過渡到各具體文類的論述邏輯清晰可辨，概言之，新詩的發生是在整體的歷史框架中被敘述的。在探索周揚對新詩革命的認識之前，有必要梳理周揚《提綱》折射出的「五四」觀。周揚首先從社會歷史的維度考察了五四前後中國經濟政治的狀況，遵循的是馬克思的「經濟決定論」原則及其衍生出的經濟基礎與上層建築的動態演化關係，認爲五四前「在經濟上發展了民主的要素」，而隨著民族資本發展，資產階級和無產階級力量壯大，「這是民主勢力的增長」。另外，周揚著重強調了十月革命對五四運動的推動作用，爲中共爭奪文化闡釋權尋找證據。隨後，他圍繞民主政治切入了新文化運動，客觀地指出了「一校一刊」的重要性，並始終將文化與政治聯繫在一起，認爲「五四新文化運動是一個文化上民族民主革命運動」。在這一部分中，魯迅與吳虞被置於同一個層面被討論。以個人觀點觀點來統攝文學史的寫作，選取具體人物來勾勒文學史，哪些人能夠進入史家的視野，哪些主張和觀點可以提供給史家、按其需要被裁剪，歷史人物反而成爲一種「文本」，史家對其解讀帶有很強的主觀性。將魯迅和吳虞並置，是由於二者在「反封建」層面上的同構性，符合無產階級的革命構想，因此在周揚看

〔註 308〕周揚：《新文學運動史講義提綱》（本提綱爲未定稿，僅供編者在魯藝講授之用），《文學評論》，1986 年第 1 期。

〔註 309〕毛澤東：《新民主主義論》，中共中央文獻研究室、中央檔案館編：《建黨以來重要文獻選編》第 17 冊，2011 年，北京：中央文獻出版社，第 43 頁。

來二者足以並稱爲「當時反封建的最偉大勇敢的戰士」，這種方法構成了周揚治文學史的重要特色。論及文學革命的發生，他強調「形式」解放的重要性，認爲「文學革命首先就是文的形式的解放——語言文字或文體的解放」，這裡他首先褒揚了胡適以白話文學爲正宗的功績，並受到胡適的影響，認爲到語言文字問題不是單純的形式問題，而關係著思想解放，他援引胡適《談新詩》中的說法：「形式上的束縛，使精神不能自由發展，使良好的內容不能充分表現。若想有一種新內容和新精神，不能不先打破那些束縛精神的枷鎖鐐銬。」周揚之所以與胡適產生共鳴，實際源於他發現了「形式」之中蘊含的「階級」意義，他接著指出，「新內容和新精神」就是「人的文學」，「人的文學」的描寫對象正是「農民和知識分子」——「民主革命之主要的眞正的力量」。隨後由文學「爲人生」又延伸至文學的現實主義問題，即使這種「爲人生」主張是「樸素的」、「缺少積極性的」、「不徹底的」。以上邏輯線索最終導向了一個重要結論，即五四文學的基本精神是現實的、大眾的。與之形成對照的是瞿秋白的觀點，同樣論及語言形式的問題，與周揚從中窺探出「現實主義」精神不同，瞿秋白認爲，白話文學製造出來的不過是一種「新式的文言」，憑藉此「壟斷」了文學，「把幾萬萬群眾仍舊和文化生活隔離起來」〔註 310〕，在語言向「話語」轉換的過程中形成了一種權力關係，因此五四文學看似「爲民眾」實際並未在大眾中間產生效應，「大眾」在這裡是一個階級名詞，而瞿秋白關注的重心在於小資產階級與革命的關係問題。周揚在 1933 年撰寫的《文學的眞實性》一文就是圍繞文學的眞實性與文學的階級性與蘇汶展開的論戰，文中提到，「文學的『眞實』問題，決不單是作家的才能、手腕，力量，技術等問題」，「而根本上是與作家自身的階級立場有著重大關係問題」。〔註 311〕不得不說，在從 1930 年代的「左聯」到延安，革命的語境已經發生了巨大變化，1930 年「左聯」的成立意味著一方面中共將文化積極納入革命戰線，另一方面超越現實的「文學革命」抑或「思想革命」已經被打破與重組並遭到一系列清算；而進入新的歷史階段以來，文化領域中的政治想像已經落實爲現實鬥爭，必須面對毛澤東《新民主主義論》

〔註 310〕瞿秋白：《五四和新的文化革命》，《瞿秋白文集》第 7 卷，北京：人民文學出版社，2013 年，第 524 頁。

〔註 311〕著重號爲作者所加。周揚：《文學的眞實性》，《周揚文集》第 1 卷，北京：人民文學出版社，1984 年，第 61 頁。

指出的圍繞文學——革命辯證關係展開的討論，文化革命並非政治革命的對立面，反而醞釀著新的革命可能性。當現實革命已經成爲共識，周揚對於「五四」的認識已經超越了鼓吹「文藝大眾化」的階段，1937 年《現實主義和民主主義》一文是周揚發表的第一篇談論「五四」的文章，文中已經斷言：「中國的新文學運動一開始就是一個現實主義的文學運動」〔註312〕。雖然並未如瞿秋白那樣猛烈地攻擊「五四」，但周揚並未背離瞿秋白對於文化領導權的認識，雖然他肯定了不僅魯迅一人在內的新文學健將，特別是那些小資產階級文學家的貢獻，但他對五四的闡釋仍不脫瞿秋白「只有無產階級，才是眞正能夠繼續偉大的五四精神的社會力量」〔註 313〕的論斷，這種思路也主導著他的新詩觀。

新詩運動是文學革命中的一個重要構成部分，在這一認識前提下，周揚認可新詩作爲新文藝運動創作部門中「急先鋒」的說法，並指出正因爲「這片土地是特別的荒蕪」，所以胡適等人的「嘗試」才顯得尤爲可貴。需要強調的是，對周揚而言，新詩合法性的確立及其之於文學革命的意義與周揚對「五四」的闡釋框架具有同構性。他將詩體大解放描述成一個打破封建禮教的文學運動，隨後又將自由詩與人性解放聯繫到一起，在「人」的層面指出「自然的音節」、「無韻的韻」戰勝「人爲的格律」「有韻的韻」的必然性。周揚對形式變革的論述已近隱含了超越形式之外的衝動，接下來對形式變革之外的「新思想」的體察則進一步明確了新詩在「大眾化」和「現實主義」方面的造詣。按照周揚的認識理路，新詩的「思想」意義勢必大於其「形式」意義：「新詩運動並不只是一個形式改革問題，主要還是要借詩的新形式表現新思想的問題。」〔註 314〕新文學史著作中，最早採用文體分類體例的是朱自清在 1929 年～1933 年清華大學國文系講授「中國新文學研究」課程時使用的《中國新文學研究綱要》，其中詩歌、小說、戲劇、散文、文學批評五章構成了「各論」，又以「詩」一章最爲詳盡。相較而言，朱自清更爲客觀細緻地勾勒了「啓蒙期詩人努力的痕跡」，「他們怎

〔註 312〕周揚：《現實主義和民主主義》，《周揚文集》第 1 卷，北京：人民文學出版社，1984 年，第 226 頁。

〔註 313〕瞿秋白：《五四和新的文化革命》，《瞿秋白文集》第 7 卷，北京：人民文學出版社，2013 年，第 520 頁。

〔註 314〕周揚：《新文學運動史講義提綱》（本提綱爲未定稿，僅供編者在魯藝講授之用），《文學評論》，1986 年第 1 期。

麼從舊鐐銬裏解放出來，怎樣學習新語言，怎樣尋找新世界」。〔註 315〕朱自清在《中國新文學大系・詩集》的《選詩雜記》中提及的「從舊鐐銬裏解放出來」一語可以視作《綱要》中談新詩部分的中心思想。朱自清從「初期的詩論」切入，這一部分介紹了胡適「音節上的試驗」、劉復「增多詩體」、宗白華「音樂的作用」和「繪畫的作用」、康白情「散文的詩」、郭沫若的「絕端的自由，絕端的自主」等詩論主張，試圖勾勒一條新詩理論在形式方面的發展脈絡，至於新詩的思想品格也略有提及，朱自清則試圖呈現初期白話新詩的多元與包容，譬如關於詩歌的性質，既引康白情「詩是貴族的」主張，又提及俞平伯「詩是平民的——非貴族的，也非僅通俗的」主張，而自己則不置褒貶。此種嚴謹客觀的態度業已反映了 1920 年代末至 1930 年代初清華大學國文系「研究文學表現上的藝術」的思路。弔詭的是，1933 年朱自清迫於諸多壓力而停止講授「中國新文學研究」課程，不可忽視左翼思潮對大學校園產生的影響，而這一情形在延安卻發生了反轉，曾被大學教授們視作「異端」的左翼青年取代曾經的「導師」輩站上講臺，學院中的「研究」思路難以爲繼，取而代之的是以無產階級革命觀點、馬克思主義理論重新闡釋新文學的發展歷程，從而造成了對過去文學史敘述的一種壓力。

在周揚看來，新詩表現的新思想首先在於「人生色彩」，所謂「人生色彩」又包含了「解放自我解放個性」和「解放人類解放世界」〔註 316〕兩個方面，但是最終還是要實現「小我來完成大我」。隨後，他將五四新詩劃分爲「寫景詩」和「說理詩」兩類，前者舉周作人的《小河》，以證明「寫景在他們常常只是作爲自我表現革命表現的手段」；後者則以胡適的《人力車夫》、劉半農的《相隔只有一張紙》爲例，認爲「說理詩中則唱充滿了人道主義的說教」。有趣的是，朱自清的《中國新文學研究綱要》也列出了「寫景」與「說理」兩項詩歌類型範疇，但從論述的角度〔註 317〕和選取的作品〔註 318〕看來，顯然更專注這兩種範疇的文學功能本身。周揚在《提綱》中

〔註 315〕朱自清：《選詩雜記》，《中國新文學大系・詩集》，上海：上海文藝出版社，2003 年，第 17 頁。

〔註 316〕周揚：《新文學運動史講義提綱》（續），《文學評論》，1986 年第 2 期。

〔註 317〕朱自清將「說理」視爲胡適詩論的一個層面。

〔註 318〕朱自清選取的寫景詩有「以『樸素眞實』勝的」傅斯年的《深秋永定門晚景》和俞平伯的《春水船》，「以設色勝的」康白情的《江南》。

筆鋒常常流露出褒貶好惡，夾雜著他「革命階級的立場」〔註 319〕。他將胡適的《人力車夫》和劉半農的《相隔只有一張紙》指斥爲「淺薄的人道主義的枯燥無味的說教」後，接著肯定了新詩中的樂觀主義基調，這一點也出現在朱自清《綱要》介紹胡適詩論的部分，但與朱自清強調胡適以「樂觀」攻擊「無病呻吟」不同的是，周揚看重的是新詩樂觀主義因素中的「戰鬥性」，於是舉胡適《威權》《四烈士冢上字碑歌》證明新詩初創時便具備了「戰鬥的叫喊」，又指陳獨秀出獄後頗具大同理想的《答半農的 D 詩》爲反例，斥其爲「這是一種何等樣的可恥的和平人道主義的夢囈！」陳獨秀詩中呈現出的這種「人道主義」實際上夾雜著「世界主義」的因子，主張博愛、和平的「愛的宗教」（陳獨秀語）在革命、階級面前軟弱無力，不僅無法提供一套完整的世界觀與價值體系，還「抹殺」了階級之間的不平等性，與彼時延安盛行的「民族主義」思潮〔註 320〕相悖。縱觀周揚對《人力車夫》《相隔一層紙》《答半農的 D 詩》等詩的批評，矛頭皆直指「人道主義」。沈從文曾說：「新文學運動的初期，大多數作者受一個流行觀念所控制，就是『人道主義』的觀念。」〔註 321〕1920 年代「革命文學」興起後，對這一概念進行了密集的攻擊，關於 1920 年代起馬克思主義取代人道主義批評話語的過程毋庸贅述〔註 322〕，一言以蔽之，一系列發生在文學層面的論戰、運動都在極力質疑「五四」所建立起來的文學標準，卻又無意間延續著五四文學革命或思想革命的形態。但 1930 年「左聯」的成立又直接擊破了左翼知識分子獨立的言論空間，革命者與政黨的結合使得單純的「批評」不復存在，文學與現實鬥爭的緊密結合，內在地鑲嵌於革命事業當中，因此在這一時期革命者已經不能再滿足於維持獨立的思想空間以保持對現實「有距離的批判」，而是必須介入到現實中展開有效的實踐活動。抗戰的緊要關頭令這種需要更爲迫切，就連周揚也放棄了大談高遠深奧的普列漢諾夫、盧那察爾斯基、車爾尼雪夫斯基等人的美學理論，將視線拉回到眼前，「我們需要新的美學」的籲求眞正投射到實際運用中，不僅深入到文學現實，還以總結、回望歷史的方式重新將

〔註 319〕周揚：《文學的眞實性》，《周揚文集》第 1 卷，北京：人民文學出版社，1984 年，第 73 頁，

〔註 320〕袁盛勇指出，抗戰時期「民族主義」是一種具有統攝力的意識形態，但是中共將其加工改造爲了「階級——民族主義」。（袁盛勇：《「黨的文學」：後期延安文學觀念的核心》，《中國現代文學研究叢刊》，2005 年第 3 期。）

〔註 321〕沈從文：《新詩的舊賬》，《沈從文全集》第 17 卷，太原：北嶽文藝出版社，2002 年，第 94 頁。

〔註 322〕參見劉衛國：《中國現代人道主義文學思潮研究》，長沙：嶽麓書社，2007 年。

過去的文學道路納入到新的闡釋路徑和意識形態當中，那麼，書寫文學史即爲實現上述目的的重要一環。文學史在文學教育中的作用誠如戴燕指出，「文學史所承擔的教育責任，早已使它變成了意識形態建構的一部分，文學經典也是文化經典的一部分，文學經典的教育，直接導向一種文化價值觀念的成立，文學史常常給人的情感、道德、趣味、語言帶來巨大影響，甚至起到人格示範的作用。」〔註 323〕因此，周揚批評「人道主義」並不是在單純的文學層面進行，當它進入到文學史內部，就已經作爲一種「歷史意識」，在知識生產——傳播——應用的軌道上不斷遭遇壓抑。

3.3.3 左翼文學史家視野中的新詩及其他（下）

韋勒克和沃倫在《文學理論》一書中指出了文學史、文學批評和文學理論的區別與相互包容性，文學史強調「秩序」的建立，文學批評針對具體文學作品展開研究，而文學理論則被視爲「對文學的原理、文學的範疇和判斷標準等類問題的研究」，但三者又相互貫通，不能獨立存在。〔註 324〕周揚的《提綱》實際上是「文學史」、「文學批評」和「文學理論」交錯的產物，它顯然並非單純地梳理文學現象，從中清晰可見，「五四」以來的文學文本成爲馬克思主義批評話語的實踐對象，同時又勾連著一種新的文學評判標準的建立。具體到進入周揚論述範疇的《答半農的 D 詩》等詩。它們並不作爲「經典化」的對象並通過「課堂」這一媒介傳播，而是旨在通過批判它們來建立一種批評範式。如果說，「經典化」是一個篩選、審定的過程，根據布爾迪厄的提示，「文學史」作爲「象徵資本」的授予者，對於「選」什麼、「不選」什麼的標準便應慎之又慎，更應考慮到新詩進入到一種傳播——接受機制後對讀者在接受、閱讀、創作、想像等一系列關節點上造成的影響及其反映。這樣一來，周揚的「文學史」傳達了包括政治意識形態和個人文學觀在內的評價標準，從而對學生起到一定的「引導」作用。

關於新詩，他總結道：「這個現實的、大眾的精神就是五四以來詩歌上唯一正確的傳統，我們所應當繼承和發揚的。」〔註 325〕他將五四初期的詩歌精

〔註 323〕戴燕：《文學史的權力》，北京：北京大學出版社，2002 年，第 161 頁。

〔註 324〕（美）雷・韋勒克、奧・沃倫：《文學理論》，劉象愚、邢培明、陳聖生、李哲明譯，北京：生活・讀書・新知三聯書店，1984 年，第 30～32 頁。

〔註 325〕周揚：《中國新文學史講義提綱》（續），《文學評論》1986 年第 2 期。

神簡化爲「現實的」和「大眾的」，並且冠以「唯一正確的傳統」字眼，這不僅意味著新詩的其他初期形態被「篩」出了新詩傳統，而且將「現實」和「大眾」兩個概念的闡釋權握在了自己手中。那麼，什麼樣的「現實」和「大眾」才是「正確」的呢？

在第二章的「結論」部分，周揚再次強調五四新文學的基本精神是「現實的」、「大眾的」。他指出：「不管一切的限制性和外來因素，五四新文學運動創始者們張揚了現實主義的理論，在創作上正實踐了這個理論。對於大眾，雖還不免於一種自上而下的顧的態度，但總和大家的精神有了某種程度上的共鳴，多少表現了他們的生活和掙扎、痛苦和希望。」〔註 326〕這兩句話實際賦予了「現實主義」雙重含義，主要將其輻射至「現實」和「大眾」這兩個概念。其一，從狹義上而言，「現實主義」是一種創作方法；其二則指涉一種「對現實的態度，一種傾向」〔註 327〕，即以現實爲本位，不脫離現實人生，強調作家的位置和與人民大眾的關係。因此，從某種程度上而言，「現實」和「大眾」是互相連通、不可割裂的一個整體，二者互相關照構成所謂「五四新文學的基本精神」，並構成了周揚的現實立論基礎，成爲他爲「新的現實」〔註 328〕張目的思想理論資源。借胡風的話來說，周揚所謂的「現實」與「大眾」可以理解爲分別對應著現實主義的「方法」和「對象」〔註 329〕，但是在這裡，周揚放棄論述二者之間的張力，而著意將「五四」基本精神濃縮至「現實的」與「大眾的」，顯然有刻意窄化之嫌。應該指出的是，除卻革命理念闡釋者的身份，也不能忽視周揚同是「五四」之子，他「同時也是文藝家中的一員，對藝術有見解和感悟」〔註 330〕。胡適的新文學觀是周揚講授新文學史的重要參照系，特別是引用胡適的《談新詩》，更在論及「詩的形象化」時指出：「胡適在《談新詩》中指出了詩愈具體愈有詩意詩味，好詩必須引起人明顯逼人的影像。」提出了「詩意詩味」這一文學審美概念。再舉一例，此時

〔註 326〕周揚：《中國新文學史講義提綱》（續），《文學評論》1986 年第 2 期。

〔註 327〕周揚：《現實主義和民主主義》，《周揚文集》第 1 卷，北京：人民文學出版社，1984 年，第 227 頁。

〔註 328〕周揚：《抗戰時期的文學》，《周揚文集》第 1 卷，北京：人民文學出版社，1984 年，第 237 頁。

〔註 329〕胡風：《現實・內容・形式——以爭取現實主義的勝利爲中心》，《胡風全集》第 2 卷，武漢：湖北人民出版社，1999 年，第 767 頁。

〔註 330〕李輝：《搖盪的秋韆——關於周揚的隨想》，王蒙、袁鷹主編：《憶周揚》，呼和浩特：內蒙古人民出版社，1998 年，第 635 頁。

的周作人已經處於「事件中心」〔註 331〕，周揚卻毫不避諱地在《提綱》一再談及周作人在文學革命中的功績。不僅談形式變革時引用其《思想革命》，而且在談到「人的文學」時，指出「周作人把過去所有才子佳人神怪鬼神等等文學都歸入了非人文學的範疇，『建立人的生活，養成人的道德』成了新文學的神聖任務」〔註 332〕，而對周作人提倡的具有「反封建」性質的「平民文學」也表示了認同，但這並不意味著周揚對周作人的「落水」不置褒貶。

恰恰相反，周揚同時期的另一篇文章《關於「五四」文學革命的二三零感》將周作人的「爲文」和「爲人」區隔開來，抨擊他從「人的文學」的倡導者變爲了「非人的文學」的「幫閒」。〔註 333〕《提綱》的時間下限爲 1921 年，因此筆者只能以管窺豹，但是這種結合同一時期的不同文章來推測周揚《提綱》主要觀點的方法亦可適用於《提綱》未盡的話題，譬如對比上文提到《提綱》對「五四」現實主義精神的有意窄化和同一時期周揚對現實主義的評述：「現實的各方面是多種多樣的。作者是多種多樣的。讀者也是多種多樣的。不同的作者可以用各自不同的方式去接近和體察現實，用各自的藝術的言語去向不同的讀者申訴。創作上不需要有定於一尊的公式，這樣的公式對於作家反而是一種桎梏。」〔註 334〕這段話中周揚呈現出一種較爲開放的現實主義態度，他不僅反對「一尊的公式」，而且將「藝術的言語」、「創造性的高度發揮」都視作抗戰時現實主義的應有之義。〔註 335〕除此之外，在「民族形式」論爭中，周揚也表現出同樣的對現實主義的態度。1939～1942 年間先在延安展開的「民族形式」論爭，其背後隱含著如何評價「五四」，「如何在民族戰爭的背景下重新審視『五四』所確立的新／舊、現代／傳統、都市／鄉村的二元對立關係」。〔註 336〕周揚爲《文藝戰線》創刊號撰寫的《我們的態

〔註 331〕事實上，周作人在 1938 年 2 月 9 日在日本參加「更生中國文化座談會」的消息被 1938 年 5 月 16 日《文匯報・世紀風》轉載，並很快發酵成「事件」，引來了此起彼伏的聲討。（參見袁一丹：《北平淪陷時期讀書人的倫理困境與修辭策略》第二章第一節「作爲事件的知堂雜詩」，北京大學博士研究生學位論文，2013 年。）

〔註 332〕周揚：《新文學運動史講義提綱》（續），《文學評論》，1986 年第 2 期。

〔註 333〕周揚：《關於「五四」文學的二三零感》，《周揚文集》第 1 卷，北京：人民文學出版社，1984 年，第 318～319 頁。

〔註 334〕周揚：《我們的態度》，《文藝戰線》，1939 年創刊號。

〔註 335〕周揚：《關於「五四」文學革命的二三靈感》，《周揚文集》第 1 卷，北京：人民文學出版社，1984 年，第 318 頁。

〔註 336〕汪暉：《現代中國思想的興起》（下），北京：生活・讀書・新知三聯書店，2004 年，第 1494～1495 頁。

度》一文明確表示了自己對「舊形式」運用的態度：「把藝術和大眾結合的一個最可靠的辦法是利用舊形式。」〔註 337〕他組織《文藝戰線》「藝術創作者論民族形式」特輯後，隨即發表了《對舊形式利用在文學上的一個看法》一文，本文發表於毛澤東《新民主主義論》發表之後，顯然有參與對話並發表「總結」的傾向。與何其芳處處溢美「五四」新文學不同，周揚更顯示出作爲理論家的審愼和思辨力，一方面，他從歷史的脈絡中梳理出新文學與大眾親近的事實，並指出歐化與民族化並非絕不相容；另一方面他也承認新文學與大眾的隔膜。但是他超越了蕭三對戰時文藝形式的看重而將舊形式的改造引入新文學長遠發展的道路上來，其重心在於新文學的建設。在新舊形式的區隔問題上，他從階級進化——民主主義取代封建主義的角度肯定了「新形式比之舊形式，無論如何使進步的，這一點卻毫無疑義」，更以現實主義爲理論武器指出「新文學如要以正確的完全地反映現實爲自己的任務，就不能不採取新形式，以發展新形式爲主。」他清醒地認識到舊形式的流行具有戰時性，是「作爲一種大眾宣傳教育之藝術武器而起來的」，因此「以舊形式能博得大眾的排長就認爲是最高藝術，也是不必要的；這近乎一種廉價樂觀與自我陶醉。」與何其芳一致，他將普及與提高結合視作實現「民族形式的新中國文藝之建立」的「目標」。〔註 338〕周、何二人立足於新文學自身發展的普及／提高的論證邏輯疏離了蕭三式響應毛澤東「馬克思主義必須通過民族形式才能實現」〔註 339〕的政治目標。

但是，與上述開放的現實主義觀不同，周揚在魯藝撰寫《提綱》時，有意地對「五四」時期「現實主義」進行了窄化和「改寫」，考慮到「文學史」作爲一種知識積累，著者或述者需要將其觀點加以提煉，便於讀者或聽眾記憶，但是周揚顯然並不完全著意於此，其重心實際在於那娓娓未盡之言：《提綱》的最後指出「現實的和大眾的這兩種精神正是五四給我們的最好傳統，這個傳統，散文方面在魯迅身上，詩歌方面在稍後的郭沫若身上找到了它的代表。」暫且不論魯迅的散文，詩歌方面，周揚推舉郭沫若，認爲其詩實現了上述兩種精神，或可猜想餘稿將圍繞郭沫若及其詩歌展開進一步論述。

周揚在 1941 年 11 月 16 日的《解放日報》上發表了《郭沫若和他的〈女

〔註 337〕周揚：《我們的態度》，《文藝戰線》，1939 年創刊號。

〔註 338〕周揚：《對舊形式利用在文學上的一個看法》，《文藝戰線》，1940 年第 1 卷第 6 號。

〔註 339〕蕭三：《論詩歌的民族形式》，《文藝戰線》，1939 年第 1 卷第 5 號。

神〉》，認爲「他的詩比誰都出色地表現了『五四』精神，那常用『暴躁凌厲之氣』來概說的『五四』戰鬥的精神。」他彷彿也受到了郭沫若那一瀉千里的詩風之影響，稱郭沫若「歌唱了覺醒的小資產階級的自我，精神激動的，熱情澎湃的，想破壞一切，創造一切」。〔註 340〕但不能忘記，郭沫若的轉向是新文化內部「分裂」的典型，周揚盛讚郭沫若在「人的解放」向度上的努力的原因在於其最終轉向「階級的覺悟」，恰好能印證周揚所謂「文化革命史必須繼續下去的，於是角色就必須有另外的人來接替。文化上湧出了新的力量，工農大眾的力量。」〔註 341〕在魯藝講授「新文學史」的周揚顯然比一般文學家更具有「經典化」的意識，同一時期，《大眾文藝》第一卷第三期發表的雪韋的《寫作講話》（三）在談論寫作問題的過程中，也夾雜著對五四初期「大名鼎鼎」的作品的批評，其中提到了康白情的《草兒》、汪靜之的《蕙的風》、郭沫若的《女神》和《星空》，指出「他們不過幾年的時間便從大眾中間小時下去」，原因是「他們的作品，只投合了一時風氣的需要，不是艱堅苦的努力。默涵隨後撰文，站在「歷史主義」的視點上回應雪韋，構成周揚撰寫文學史的一個注解：這些作家對於新文學的發展所作出的貢獻是不能抹殺的，但是他們的局限性在於，彼時的作品已經不能適應正在進步的時代，在進化論的視野下，無論是知識、人還是文學批評都「應該有一個自己的新的立場」。〔註 342〕

〔註 340〕周揚：《郭沫若和他的〈女神〉》，《解放日報》，1941 年 11 月 16 日。

〔註 341〕周揚：《關於「五四」文學革命的二三靈感》，《周揚文集》第 1 卷，北京：人民文學出版社，1984 年，第 318～319 頁。

〔註 342〕默涵：《批評的觀點》，《大眾文藝》，1940 年第 1 卷第 5 期。

4. 《講話》與詩歌風景的變遷

4.1《講話》與《草葉》改版

綜觀魯藝詩人在延安政治、文化生態中的位置，通過接受政治教育連接政黨，以刊物爲媒介連接文壇的特徵十分顯著。除了在課堂上講授和獲取知識以外，對於魯藝師生而言，在近乎軍事化的管理體系中，以發表的方式獲得「作家」的體認，一方面給予他們更大的寫作熱情，另一方面昭示著政治學習之外的自我「赦免」。體現在魯藝文學系主辦的《草葉》上，可見魯藝詩人初期有意疏離於革命話語，而尋找文壇「佔位」的努力，而討論《講話》對魯藝詩人群的影響，也不得不從《草葉》改版前後入手，探究魯藝詩人如何打破對單一性文學場域的看法，又如何通過這一刊物有意將自己排斥出純粹的政治場域，以一種游離的姿態宣告重獲革命能量的積蓄。現代文學建立起的新傳統基於若干文化形式，其區別於傳統文學的兩個標誌分別在於知識分子以報刊雜誌來表達思想言論和以大學爲中心傳播知識、接受教育。正如論者所言：「報紙雜誌是知識分子環繞的一個核心，他們的知識生產借助印刷傳媒實現民族國家的主題。知識分子環繞的另一個核心是大學。他們匯聚於這個獨特的文化空間激蕩思想縱議題天下，教書育人。這形成了啓蒙的另一個重鎮。」〔註1〕從《草葉》的改版可以窺見《講話》對現代文學新「傳統」的根基所造成的震動甚至顚覆，對於新詩而言，自誕生以來賴以生存的「場所」發生改變後，自然重新選擇發表渠道和受眾，而最終指向的仍是新詩在生產機制上的嬗變。

〔註1〕南帆：《革命文學、知識分子與大眾》，《文藝理論研究》，2003年第1期。

4.1.1《草葉》創刊與魯藝詩人的「佔位」

《草葉》創刊於 1941 年 11 月 1 日，最初定位爲魯藝文學系草葉社的機關刊物，後在整風運動中開展自我批判，檢討疏遠廣大群眾、脫離實際的傾向，並於第五期開始改版。該刊物取名自美國詩人惠特曼的《草葉集》，陳荒煤任主編，嚴文井、何其芳、周立波等組成編委，前後共出版六期。由於魯藝學生常常遭遇《解放日報》的退稿，《草葉》才應運而生，這樣一來該刊物的創辦動機帶有爲學生「抒難」的色彩。何其芳向周揚「討要」一塊文藝園地的做法〔註 2〕，表面上是爲學生尋找發表作品機會，深層意圖卻隱含著爲魯藝詩人群延安文壇上「佔位」打下堅實的陣地。「佔位」一詞源自布爾迪厄的場域理論，布爾迪厄認爲，場域是一個「爭奪的空間」，而爲了在空間內立足，則需要求得與眾不同的特色，亦即「佔位」。「佔位」是獲得象徵資本的前提，亦是施展象徵資本以獲得話語權的歸宿。正如布爾迪厄指出：「無論對於作家還是批評家，畫商還是出版商或劇院經理，唯一合法的積累，都是製造出一種名聲，一個著名的和被認可的名字，即認可的資本，它意味著認可事物（這是簽名章或簽名的作用）和人物（通過出版、展覽等）的權力，進而賦予價值並從這種活動中獲利的權力。」〔註 3〕綜上，布爾迪厄認爲「資本」不僅指涉保證資本主義市場運轉的基本要素，也是憑藉社會地位、頭銜、名譽等因素對「權力」的爭奪，以此爲視點審視在理論上隔絕資本主義生產方式的延安，審視《講話》發表前延安林立的雜誌、報刊和社團，便會發現一種歷史的弔詭：無論是大小報刊抑或宣傳手冊，賴以生存的根本在於印刷業的正常運轉和讀者「市場」的需求，這是革命文學、左翼文學「資本化」的自然延續。〔註 4〕對於何其芳這類缺乏實際鬥爭經驗的作家而言，《草葉》的創刊一方面成爲其同仁們打出旗幟、立足延安文壇的絕佳時機，另一方面則通過出版的方式使獲得和鞏固象徵資本成爲可能。

〔註 2〕 時任系主任的何其芳爲了辦刊物不惜與周揚爭吵。何其芳向周揚抱怨：「作爲一個文學系，同志們連詩歌都沒有地方發表！」周揚則回答說：「你們可以在牆報上發表嘛！」（參見賀志強等：《魯藝史話》，西安：陝西人民出版社，1991 年，第 162 年。）

〔註 3〕 （法）布爾迪厄：《藝術的法則——文學場的生成與結構》，劉暉譯，北京：中央編譯出版社，2011 年，第 116 頁。

〔註 4〕 關於這一問題可參見李躍力的論文《論 1930 年代革命文學的「資本化」》。（李躍力：《《論 1930 年代革命文學的「資本化」》，《陝西師範大學學報》（哲學社會科學版），2010 年第 1 期。）

就《草葉》對詩歌的遴選而言，不能忽視何其芳扮演的角色。編輯《草葉》反映了何其芳培育文學新人的決心，這一想法顯然伴隨著何其芳結合自己的文學經驗，立足「校」與「刊」的互動關係向學院式文學生產方式「回溯」的過程。《草葉》初期不公開徵稿〔註 5〕，發表在《草葉》上詩歌中，絕大部分出自本校師生之手，除此之外，僅第三期發表過兩首艾青的詩：《野火》和《駝隊》。現將改版前魯藝師生在《草葉》上發表的詩歌統計如下〔註 6〕：

姓名	作品題目	發表時間	期號
何其芳	《黎明》	1941 年 1 月 1 日	第一期
何其芳	《河》	1941 年 1 月 1 日	第一期
何其芳	《郿鄠戲》	1941 年 1 月 1 日	第一期
夏蕾	《二月》	1941 年 1 月 1 日	第一期
夏蕾	《山》	1941 年 1 月 1 日	第一期
賀敬之	《小藍姑娘》	1941 年 1 月 1 日	第一期
趙自評	《帶露珠的心情》	1941 年 1 月 1 日	第一期
白原	《一幅古老的圖畫（長詩〈誕生〉的一個片段）》	1942 年 1 月 1 日	第二期
林沫	《晨光》	1942 年 1 月 1 日	第二期
立波	《我們有一切》	1942 年 1 月 1 日	第二期
立波	《因爲困難》	1942 年 1 月 1 日	第二期
立波	《我凝望著人生》	1942 年 1 月 1 日	第二期
井岩盾	《在收割後的田野上》	1942 年 1 月 1 日	第二期
井岩盾	《早晨》	1942 年 1 月 1 日	第二期
井岩盾	《不要責備我吧》	1942 年 1 月 1 日	第二期
井岩盾	《黃昏》	1942 年 1 月 1 日	第二期
白原	《五月的太陽》	1942 年 3 月 1 日	第三期
賀敬之	《紅燈籠》	1942 年 3 月 1 日	第三期
賀敬之	《弟弟的死》	1942 年 3 月 1 日	第三期
何其芳	《黎明之前——〈北中國在燃燒〉第一節》	1942 年 5 月 1 日	第四期
天藍	《青年底歌》	1942 年 5 月 1 日	第四期
井岩盾	《燐火》	1942 年 5 月 1 日	第四期
井岩盾	《夜歌》	1942 年 5 月 1 日	第四期
井岩盾	《幻象》	1942 年 5 月 1 日	第四期

〔註 5〕 黎辛：《馮牧在延安》，《縱橫》，2001 年第 2 期。

〔註 6〕 統計來源：《草葉》1941 年第 1 期～1942 年第 4 期。

從詩歌題材上而言，發表於第五期改版以前的詩歌大多「以知識分子作爲自己作品中的主角」〔註 7〕，第五期及其後以工農兵爲題材的詩歌明顯增多；從數量上來看，學生習作的數量遠遠大於教師作品的數量。正如《草葉》的編者所言，《草葉》創辦伊始確有「成績展覽」的意思。其所選取的詩歌，「在技巧上，文字上做到能保持一定的水準；在內容上做到不讓有什麼概念化的作品出現」〔註 8〕這符合《草葉》擁有明確的編輯方針，「第一，要使讀者能夠讀下去，就是說要有一定水平的技巧而不是亂七八糟的連語言文字都成問題的作品。第二，要使讀者讀完後多少能夠得到一點東西，就是說要有一定分量的藝術性和革命性結合起來的內容，既反對空洞無物的概念化，公式化，也不贊成對於新的現實採取一種消極的態度。」〔註 9〕細讀這兩條選稿標準，共同之處在於它們都指向文學作品的藝術性。特別是第一條，這裡對「讀者」的鑒賞能力要求頗高，但未刻意爲其劃定疆界，更存在有意突破魯藝內部的閱讀圈，將輻射面延伸至更爲廣泛的知識群體的意圖。

延安文壇上大規模地發表新人詩歌作品的現象，也僅僅在《草葉》辦刊期間曇花一現。這種編輯格局明顯帶有遴選詩歌隊伍的意味，說明教師在施教於學生的同時，也在有意地調動學生組建一個具有共同創作取向的詩歌團體。但是與其說《草葉》只刊登魯藝師生作品的做法具有某種排斥異己的宗派色彩，不如說編輯通過辦刊的方式來試圖構建「同人」團體以在文壇「佔位」。

嚴文井曾這樣回憶《草葉》和《穀雨》兩刊物對峙的這樁「公案」:「兩個刊物的名稱都很和平，可是兩邊作家的心裏面卻不很和平。不知道爲什麼，又說不出彼此間有什麼仇恨，可是看著對方總覺得不順眼，兩個刊物象兩個堡壘，雖然沒有經常激烈地開炮，但彼此卻都戒備著，兩邊的人互不往來。」〔註 10〕對於魯藝詩人而言，何其芳在其中起到穿針引線的作用。蕭軍曾不無諷刺地談及何其芳在文學系學生心目中的地位:「何其芳的詩不獨魯藝文學系的學生普遍崇拜著，甚至連他的字體學生們都普遍摹仿著」〔註 11〕，這一說

〔註 7〕嚴文井:《評過去四期〈草葉〉上的創作》,《草葉》，1942 年第 5 期。

〔註 8〕同上。

〔註 9〕《給讀者們》,《草葉》，1942 年第 5 期。

〔註 10〕嚴文井:《延安文藝座談會前後》,《新疆日報》，1957 年 5 月 23 日。

〔註 11〕蕭軍:《第八次文藝月會座談拾零》,《文藝月報》，1941 年第 7 期。

法在胡征那裡也得到了證實。〔註 12〕魯藝青年對何其芳的「崇拜」至胡征入學時已經發展爲一個「派別」，名爲「擁何派」，與「擁護」艾青的「反何派」針鋒相對。這意味著 1930 年代末開始的圍繞何其芳《畫夢錄》發生的「艾何之爭」作爲一個文壇上不小的「事件」，其餘脈已經延伸至延安，並影響了二人在延安的關係〔註 13〕，以至於牽涉了更多的青年詩人參與「站隊」。魯藝內部也出現了「站隊」的現象，胡征是文學系第四期的學生，1940～1941 年間做過魯藝教務處出版科（亦稱油印科或講義科）的科長，卻因渴望進入文學殿堂而常常做「窗外學生」，伏在結冰的窗臺上聽周揚、何其芳、蕭三等人講課，終於在 1942 年初進入文學系學習。據胡征回憶，他入學後曾就詩作求教於何其芳但未曾拜入何其芳門下，不僅如此，何其芳反而因胡征的詩歌風格傾向於艾青一派而加諸打擊。〔註 14〕胡征更是聲稱，《草葉》是「擁何派」的園地，何其芳甚至在稿件已經付排的情況下爲親近的學生預留版面。〔註 15〕這樣的表述雖有過激之嫌，但從賀敬之、井岩盾等人在《草葉》上發表詩歌的數量與所佔比重可見，他們屬於魯藝青年學生中與何其芳關係比較親密的一群。反之，與何其芳詩歌觀點發生衝突的青年詩人則未被他拉入該文學刊物。除胡征外，文學系第三期的青年馮牧也曾撰文批駁。他的《歡樂的詩和鬥爭的詩——對於我們詩的創作的幾種現象的感想》發表於 1941 年 11 月《文藝月報》上，這篇文章以何其芳爲「靶子」，區分了流行於延安青年之間兩種類型的詩歌。一類是馬雅可夫斯基《好！》式的詩，他以何其芳的《革命，向舊世界進軍！》一詩爲例批評了以口號代情感的傾向，指出何其芳「選擇了並不適合於他唱的歌裏面所需要的音符」。馮牧贊同馬雅可夫斯基的「炸彈和旗幟」說，但「最重要的，它本身還首先是詩」，反而是何其芳《夜歌》式記錄心靈蛻變的詩句才「接近人的純眞的靈魂」，「有著更大的鬥爭意義」。〔註 16〕這一觀點很快得到了肖夢的反駁，稱馮牧以「嘲諷

〔註 12〕胡征《如是我云》，曉風主編：《我與胡風》（上），銀川：寧夏人民出版社，2003 年，第 245 頁。

〔註 13〕關於「艾何之爭」的來龍去脈可參見王永：《艾青與何其芳之爭辨析》，葉錦主編：《艾青研究》第 1 輯，北京：團結出版社，2014 年，第 124～131 頁。

〔註 14〕胡征：《詩情錄及其他》，西安：陝西人民教育出版社，1994 年，第 222 頁。

〔註 15〕胡征：《如是我云》，曉風主編：《我與胡風》（上），銀川：寧夏人民出版社，2003 年，第 245 頁。

〔註 16〕馮牧：《歡樂的詩和鬥爭的詩——對於我們詩的創作的幾種現象的感想》，《文藝月報》，1941 年第 11 期。

口吻」諷刺「歡樂的詩」是沒有看到邊區新的現實，更未遵從現實主義的批評立場。〔註 17〕馮牧的批評標準顯然是依據他所謂「窄的門」——「五四」新文學之門建立起來的。「五四」新文學最爲顯著的特徵莫過於個人情感的自覺流露，周作人在《人的文學》一文中描述了「人的靈肉二重的生活」，提倡人的欲望與精神追求雙方皆不偏廢，但是 1930 年代以來的左翼文學卻要求取消「個人」主體的合法性以換取集體意志，特別是在延安，作家們帶有小資產階級話語特徵的「幽暗意識」〔註 18〕只得通過文本的間隙流露出來。馮牧在北平接受過高中教育時受到「五四」新文學的薰陶，當他眞正走上文學道路時，他深刻地洞悉了延安一批「頌詩」背後淺隱著主體消弭的危險。〔註 19〕

綜合看來，何其芳的「得意門生」〔註 20〕馮牧對老師的批評文章之所以被發表在《文藝月報》是一個頗具症候性的現象，這與《文藝月報》尋求切合實際且帶有批判性眼光的編輯方針有關，也暗含了與《草葉》爭奪象徵資本和話語資源的意圖。在《講話》以前延安眾聲喧嘩的文壇上，眾多文學團體通過創辦刊物的方式「佔位」的現象十分明顯。《文藝月報》編者蕭軍發表在 1941 年 11 月第十二期《爲本報誕生十二期紀念獻詞》中的一段話可以作爲佐證：編者認爲，在出版艱難的時期裏《文藝月報》仍能正常出版應該感謝「公家」；更感謝「公家」提供了「三三制」的形勢，爲刊物提供了與同時期《解放日報》《穀雨》《詩刊》《草葉》等「競爭一番」的機會，「不然那才有要被『停掉它』的危險」。〔註 21〕從「佔位」角度重新審視《文藝月報》對何其芳組織的批評和何其芳的反駁，更能反過來理解何其芳急於開墾一塊屬於魯藝的文學「園地」的動機。

〔註 17〕 肖夢：《旁觀者言——關於〈歡樂的詩和鬥爭的詩〉》，《文藝月報》，1942 年第 14 期。

〔註 18〕 「幽暗意識」一語出自張灝，他曾這樣概括道：「有爲幽暗意識是發自對人性中或宇宙中與始俱來的種種黑暗勢力的正視和省悟：因爲這些黑暗勢力根深蒂固，這個世界才有缺陷，才不能圓滿，而人的生命才有種種的醜惡，種種的遺憾。」同時，「它對現實人生、現實社會常常含有批判的和反省的精神。」（張灝：《幽暗意識與民主傳統》，北京：新星出版社，2006 年 1 月，第 23～24 頁。）

〔註 19〕 馮牧《窄的門和寬廣的路》，《馮牧文集》5，散文卷，北京：解放軍出版社，2002 年，第 244 頁。

〔註 20〕 黎辛：《馮牧在延安》，《縱橫》，2001 年第 2 期。

〔註 21〕 編者：《爲本報誕生十二期紀念獻詞》，《文藝月報》，1941 年第 12 期。

何其芳在文章中曾明確表示過，自己擔任魯藝教職是以不放棄「詩人」身份爲前提的〔註 22〕，這決定了他在編輯刊物的過程中對於刊物的定位。面對新生活的興奮和近乎天真的執著讓何其芳這個極端理想主義者常常將革命信念與詩歌理想混淆〔註 23〕，這種在文學與政治之間的游離姿態常常引起其他人的誤解。1941 年 1 月 1 日《文藝月報》第一期刊登了何其芳《對於〈月報〉的一點意見》一文，文中建議《文藝月報》應多回答些「問題」，他以關於詩歌的諸多「問題」爲例，譬如「多少人寫詩？多少壞詩？詩到底是什麼？爲什麼要用分行的形式來寫詩？詩歌要向什麼方向開步走？自由詩？韻腳？等等」皆應該回答。他接著回答：「一個十七歲的詩人同志已經用詩句概括了我的主張：『詩歌——現實主義！』『詩人——馬克思主義者！』但是，還是要求著反駁與注解！」〔註 24〕這裡「十七歲的詩人同志」指的是賀敬之，其引用的詩句出自賀敬之《不要注腳——獻給「魯藝」》一詩，表述與原詩略有出入。這裡引用學生的詩歌來爲自己張目並非無意之舉，顯然有組建「陣營」之意圖所在，其頗具政治闡釋意味的觀點仍以「文學」爲落腳點。隨後，他又在《文藝月報》第四期發表了《給陳企霞同志的一封信》，信中稱自己爲一個「做啓蒙工作的人」〔註 25〕，並對號入座地將陳企霞發表在《文藝月報》第三期上的《舊故事的新感想》中第一節中提到的「那位作過一次關於詩的報告的同志」〔註 26〕指認爲自己。這裡提到的「報告」指的是何其芳在延安文化俱樂部作的一次關於詩的報告。這次報告涉及到詩的主題問題，陳企霞將其總結爲「現在我們的詩的主題就是新民主主義……」。陳企霞認爲，何其芳以政治概念圖解詩歌的做法是把詩「作了單純的俘虜」。〔註 27〕何其芳給陳企霞的信中國附上了自己的報告提綱，認爲陳企霞所謂的「隨便地運用政治口號」是一種「誣衊」：

〔註 22〕何其芳：《毛澤東之歌》，何其芳著；藍棣之主編：《何其芳全集》第 7 集，石家莊：河北人民出版社，2000 年，第 397 頁。

〔註 23〕李楊在談論這一問題時引述了蔣光慈的對革命生活的詩意想像：「革命就是藝術，眞正的詩人不能不感覺得自己與革命具有共同點。詩人——羅曼蒂克更能比其他詩人能領略革命些！」（轉引自李楊：《「只有一個何其芳」——「何其芳現象」的一種解讀方式》，《中國現代文學研究叢刊》，2017 年第 1 期。）

〔註 24〕何其芳：《對於〈月報〉的一點意見》，《文藝月報》，1941 年第 1 期。

〔註 25〕何其芳：《給陳企霞同志的一封信》，《文藝月報》，1941 年第 4 期。

〔註 26〕陳企霞：《舊故事的新感想》，《文藝月報》，1941 年第 3 期。

〔註 27〕陳企霞：《舊故事的新感想》，《文藝月報》，1941 年第 3 期。

二、新的道路或方向：現實主義

1.它的範圍應該服從於新民主主義這個政治口號

A 這無疑地擴大了詩歌的內容

B 這無疑地包括了眾多的詩作者

C 但我們應該提高我們自己到馬列主義的詩作者的水準，用馬列主義者的立場去歌唱新民主（主）義這個範圍內的各種各樣的內容

2.應該從現實生活去得到靈感和主題

（細目從略）

首先，何其芳發起了對自己的「辯護」，他稱自己的報告是明白和正確的，並不像陳企霞編造的那樣「費解」和「半通不通」。在何其芳看來，以新民主主義作疆界，不過是「拓寬詩歌題材」的同義詞，並將新民主主義囊括的內容概括爲「舊的中國，新的中國，新舊矛盾著，錯綜著，鬥爭著的中國，在這樣的中國的土地上的人民的生活，故事，快樂，苦痛，希望，等等。」其次，陳企霞與何其芳在第一回合的交鋒中實際對某些關鍵問題的認識有所錯位，這場「論爭」的焦點並不在於二人對詩歌本身的看法，而是批評話語與批評方式的選擇。何其芳對於「含沙射影」式的雜文式筆法感到嫌惡，陳企霞以兩個寓言故事影射斥何其芳的方式激起了他的不滿，他認爲陳企霞是以「一種很不好的態度」來討論問題的，如果說陳企霞是以魯迅常用的「放冷箭」的方式諷刺對手，那麼何其芳則採取了較爲直接的「罵」的方式——「亂說」、「可笑」、「小孩子」等字眼等均帶有「罵」的成分，只是一味加劇了兩種觀念之間的火藥味，而他認爲這毫不「虛僞的客氣」才是適合於延安同志們之間的話語方式，而魯迅創造的雜文不適宜於「以同志相稱呼」的延安。〔註 28〕反觀何其芳在這場論爭中的「失態」，顯然夾雜著濃重的個人意氣。陳企霞《我射了冷箭嗎？——答何其芳》一文中指出自己不是存心攻擊何其芳，自己的寫作動機是認爲何其芳套用了抽象的政治原則，並不是有意「射冷箭」，但何其芳用「罵」的方式爲自己辯護，純屬一種情緒化和非學理性的舉動，作爲「做啓蒙工作的人」竟採用這種批評方式，正是因爲「領導工作做得太少，太馬虎」的緣故。〔註 29〕從延安彼時的文化語境來看待上述論爭，其討論範

〔註 28〕何其芳：《給陳企霞同志的一封信》，《文藝月報》，1941 年第 4 期。

〔註 29〕陳企霞：《我射了冷箭嗎？——答何其芳》，《文藝月報》，1941 年第 5 期。

圍由新詩的具體問題延伸到了文學的批評方式，這無疑受到了 1941～1942 年春延安雜文創作潮流的影響，而作爲《文藝月報》編輯的蕭軍、丁玲都是雜文的積極倡導者，《文藝月報》之所以給何其芳不斷申辯的機會，一則在於以該話題爲引子，順便引出「雜文」這一話題，二則在於何其芳這次關於詩的報告隸屬於蕭軍等人組建的「巡迴座談會」，而何其芳本人則亦在「文藝月會」下的「星期文藝學園」兼職，討論何其芳的這一演講亦是宣稱文藝月會「來者不拒」的開放胸懷以爲其「造勢」。

爲左翼文人熟語的雜文筆法受到何其芳的質疑，根本原因不在於何其芳洞悉了雜文作爲一種文學話語形式與實際革命和中共文化政策之間的縫隙，並試圖倚靠自己「魯藝人」的身份佔據批評制高點，而是暴露出隸屬 1930 年代「京派」詩人的何其芳並未建構起自己體系化的批評理論，而且對裹挾進「陣營」、「主義」式的論戰方式十分陌生。跳脫出文學史中慣常使用的「宗派」視角審視蕭軍等「文抗人」與「魯藝人」的對立，蕭軍編輯《文藝月報》雖有很強的針對性，目的之一在於糾正魯藝人的不良傾向，如「何其芳的『左傾』幼稚病，立波惡劣作品的影響」以及「周揚的『官僚主義』」〔註 30〕，但問題的癥結歸根結底仍知識分子不同文化背景和經驗積累之間的碰撞與「較量」。這裡蕭軍對於何其芳的解讀顯然是一種「誤讀」，實際上，何其芳的「幼稚」之處在於他「笨拙」地將文學話語附著在革命理念中，並且依然固執地張揚著自己的文學理想。反觀何其芳則缺少類似宣傳造勢的靈活經驗，在赴延以前，除了《論工作》《論本位文化》《論救救孩子》《論周作人事件》等寫於成都的時事和文化評論外，其他「金剛怒目」一面的文字少見於刊；從 1931 年與楊吉甫合編的同人刊物《紅砂磧》到 1936 年目睹民生疾苦後決定「從此我要嘰嘰喳喳發議論」，決心「讓我的歌唱變成鞭箠」〔註 31〕再到與卞之琳、方敬等主編「宣傳抗日戰爭和支持社會正義」〔註 32〕的《工作》雜誌，何其芳的編輯思路隨文學觀念的變化雖發生了很大的轉變，但兩個刊物均較爲短

〔註 30〕蕭軍：《延安日記》（1940～1945）上卷，香港：牛津大學出版社，2013 年，第 288 頁。

〔註 31〕何其芳：《一個平常的故事——答中國青年社的問題：「你怎樣來到延安的？」》，何其芳著；藍棣之主編：《何其芳全集》第 2 集，石家莊：河北人民出版社，2000 年，第 83 頁。

〔註 32〕卞之琳：《何其芳與〈工作〉》，《卞之琳文集》中，合肥：安徽教育出版社，2002 年，第 285 頁。

命，且後者對於現實的挖掘「力有不逮」〔註 33〕；與之產生對比的則是蕭軍豐富的編輯經歷（譬如他曾在抗戰初期與胡風等人共同編輯影響力頗大的《七月》），以及赴延前輾轉左翼文壇熟稔於縱橫交錯的人事關係，加之在延安「拉山頭」的意識〔註 34〕，自然地給延安其他作家造成了很大的壓力。

總而言之，不同於《文藝月報》《穀雨》這類力圖打造公共輿論空間式的刊物，《草葉》退回至文學園地這一編輯姿態本身本身便與其他文藝刊物展開一種內在抗衡的局勢。就詩歌而言，《草葉》更爲看重的是詩歌文本在抒發個體主觀情感上的效果，而較少探討理論問題和引發論爭。這一方面離不開何其芳、嚴文井兩位起步於「京派」的作家持重的文學經驗，另一方面則受制於魯藝作爲一個具有高度組織性的「共同體」，何其芳等人自覺地站在「文藝堡壘」的立場上收斂自己的鋒芒。它看似獨居一隅，對延安文壇上紛擾的聲音不予回應，與《文藝月報》的鋒芒畢露和具有強烈計劃性的編輯風格形成鮮明對比，但從中可見以純粹的「文學刊物」尋求「佔位」的方式取得了一定的成效；當然，在延安特殊的歷史時空下，摻雜著政治功用的文學追求使文學刊物之「純粹」還未被生產出來便變爲一個僞命題，這一理想內蘊著深厚的烏托邦意味，而《草葉》「獨善其身」的辦刊方針也在文藝大眾化路線成爲延安文藝界唯一合法路線後下將這片文學園地推向了面臨改版的境地。

4.1.2《草葉》改版：從「小魯藝」到「大魯藝」的嘗試

《草葉》的改版看似是摻雜在魯藝整風運動中的一個小小事件，卻因爲刊物本身的特性，成爲傳播和知識生產的一個環節，又勾連著更大的公共空間的形成。雖然刊物本身並未標榜自己對自由主義的嚮往，但是根據上文得出的結論，《草葉》以一種較爲特殊的「佔位」方式維持著自己頗具小資產階級色彩的話語以及話語生產，也作爲彼時延安林立的文藝刊物中具有代表性的一極參與著延安公共空間的形成並有向外延伸的「危險」。《草葉》的改版實際上檢討的不僅包括魯藝文學系「藝術教育中主觀主義教條主義」〔註 35〕

〔註 33〕卞之琳：《何其芳與〈工作〉》，《卞之琳文集》中，合肥：安徽教育出版社，2002 年，第 290 頁。

〔註 34〕參見趙衛東：《延安文人的宗派主義問題考論——以魯藝和文抗爲中心》，《中國現代文學研究叢刊》，2015 年第 3 期。

〔註 35〕周揚：《藝術教育的改造問題——魯藝學風總結報告之理論部分：對魯藝教育

的文學道路，還被納入了對左翼文學的宗派主義、革命文學「資本化」等遺留問題的清理中。

《草葉》從創刊到改版絕非一項完全自律的行爲，從它開始醞釀創刊以來，便一直處於輿論的默默注視當中。《草葉》籌辦前夕便由《解放日報》放出信號〔註 36〕，一個月後又公佈刊物名稱〔註 37〕。1942 年 6 月 14 日，草葉社召開座談會檢討《草葉》過去的失誤。次日的《解放日報》有報導如下：

> 魯藝出版的《草葉》頃已擬定了新的編輯方針，該社於日前假魯藝文藝俱樂部，召開檢討《草葉》座談會。出席有魯藝各部負責人、各系學習班長暨各期作者。檢討結果，大家認爲有下列缺點：一、過去《草葉》發表的文章，範圍太狹小，以後應增加論文和譯文。二、過去發表的創作形式種類少。三、和實際的聯繫不夠。〔註 38〕

緊接著，1942 年 7 月 1 日問世的第五期《草葉》上發表了兩篇與「改版」有關的重要文章。分別爲卷首的《給讀者們》和卷末嚴文井的《評過去四期〈草葉〉上的創作》，兩篇文章前後呼應，表明了《草葉》編委們虔誠的檢討態度和改版決心。嚴文井在文章中以文體爲單位分別檢討了發表在《草葉》上的詩歌、小說和散文，就詩歌而言，他認爲綜合兩篇文章可以發現，《草葉》的改版計劃主要集中在以下幾個方面：其一，刊物整體定位的調整，從純粹的文學刊物（「成績展覽的性質」）向「有意識地去服務於戰爭和革命」轉移〔註 39〕；其二，作家要廣泛地接觸生活，擴大題材〔註 40〕，創作上力圖發表反映現實的作品，在此基礎上擴大作品的形式，除了小說、詩歌、散文外還應涉及報告、通訊、速寫、理論批評等；其三，打破魯藝的「小圈子」，不僅發表在校教員和學生的作品，還應將《草葉》視作所有魯藝校友的聯絡刊物，同時，《草葉》不再擔任魯藝文學系的機關刊物，而成爲各個戰線、各個部門工作者共享的發表園地。〔註 41〕從上述一系列雄心勃勃的改革事宜可見《草葉》

的一個檢討和自我批評》，谷音，石振鐸：《東北現代音樂史料》第 2 輯（魯迅文藝學院歷史文獻），內部資料，1982 年，第 148 頁。

〔註 36〕1941 年 9 月 12 日《解放日報》稱：「魯藝正籌備辦一文學刊物」（《魯藝籌辦一文學刊物》，《解放日報》，1941 年 9 月 12 日。）

〔註 37〕《〈草葉〉創刊》，《解放日報》，1941 年 10 月 25 日。

〔註 38〕《〈草葉〉雜誌革新》，《解放日報》，1942 年 6 月 15 日。

〔註 39〕《給讀者們》，《草葉》，1942 年第 5 期。

〔註 40〕嚴文井：《評過去四期〈草葉〉上的創作》，《草葉》，1942 年第 5 期。

〔註 41〕《給讀者們》，《草葉》，1942 年第 5 期。

告別「小魯藝」走向「大魯藝」的決心。有論者亦洞悉了這一點，將其概括爲「『魯藝』從刊物角度打開了面向社會、面向生活第一線的大門」〔註 42〕。根據高浦棠《延安文藝座談會參加人員考訂》，魯藝文學系中參加座談會的文藝家包括：院長周揚、院黨總支書記宋侃夫、文學系主任何其芳、文藝工作團主任嚴文井、編譯處處長周立波、文學系教師陳荒煤、天藍、曹葆華、張桂。〔註 43〕從這份名單可見，《草葉》的四位編委都參加了延安文藝座談會。對照改版後的《草葉》，無論是改版方案還是組稿情況，都是努力踐行《講話》「文藝爲工農兵服務」方向和延安整風運動的結果。從內容上看，改版後的《草葉》貼合現實生活，更符合文藝大眾化的方向，工、農、兵題材均有涉及〔註 44〕；從形式上看，在詩歌、小說和散文之外，增加了報告文學《炮轟後的宋家川》〔註 45〕，以及人物速寫《牛皮草鞋》〔註 46〕、《老侯》〔註 47〕、理論文章《雜記三則》〔註 48〕等；作者隊伍中雖魯藝師生仍佔大多數，但也加入了前方將領——時任八路軍敵工部部長的蔡前〔註 49〕。嚴文井在《評過去四期〈草葉〉上的創作》中指出過去那些不成功的作品「主要的還是由於我們的作者寫到的東西少，接觸到的生活還是狹小。他們多以知識分子作爲自己作品中的主角，那少數不以知識分子爲主角的作品又多從一個知識分子的觀點來寫的。那歌頌光明不夠深刻，那接觸到黑暗的又沒有抓住其中眞正黑暗的東西，兩者都顯得有一些單薄無力，因此不能給人以強烈的影響，同強烈的感動。」〔註 50〕對照看來，就詩歌而言，除譯詩《兵士們的屍體》〔註 51〕外，五、六兩期共刊出六首詩，其中文

〔註 42〕楊琳：《回歸歷史的現場——延安文學傳播研究（1935～1948）》，北京：中國社會科學出版社，2016 年，第 89 頁。

〔註 43〕高浦棠：《延安文藝座談會參加人員考訂》，《黨的文獻》，2007 年第 1 期。

〔註 44〕舉例說明，涉及工人題材的有李方立的小說《初學》，農民題材的有灼石的人物速寫《老侯》，部隊題材的包括窩特·惠特曼作、周立波翻譯的詩歌《兵士們的屍體》等。

〔註 45〕張潮：《炮轟後的宋家川》，《草葉》，1942 年第 5 期。

〔註 46〕蔡前：《牛皮草鞋》，《草葉》，1942 年第 6 期。

〔註 47〕灼石：《老侯》，《草葉》，1942 年第 6 期。

〔註 48〕何其芳：《雜記三則》，《草葉》，1942 年第 6 期。

〔註 49〕除此之外，蔡前在八路軍軍政部主辦的《八路軍軍政雜誌》上發表過《八路軍抗戰以來敵軍工作經驗》《日本軍隊的政治特性》《敵軍工作講話》（三期連載）等，大多圍繞對日作戰計劃和經驗展開討論。

〔註 50〕嚴文井：《評過去四期〈草葉〉上的創作》，《草葉》，1942 年第 5 期。

〔註 51〕窩特·惠特曼作，立波譯：《兵士們的屍體》，《草葉》，1942 年第 6 期。

學系第三期學員朱衡彬佔兩首、第四期學員張鐵夫佔三首〔註 52〕：

朱衡彬	《是的，我是農民的兒子》	《草葉》	1942 年 7 月 1 日	第五期
朱衡彬	《耕地》	《草葉》	1942 年 7 月 1 日	第五期
簡桃	《記兩位同志》	《草葉》	1942 年 7 月 1 日	第五期
張鐵夫	《鄉村》	《草葉》	1942 年 9 月 15 日	第六期
張鐵夫	《哨兵與農婦》	《草葉》	1942 年 9 月 15 日	第六期
張鐵夫	《會議》	《草葉》	1942 年 9 月 15 日	第六期

這幾首詩都摒棄了前四期直接撰寫個體靈魂在時代中的顫動跡象，反而賦予其更爲明確的政治傾向和切近實際的思考，傾向於「歌頌光明」，這不僅是政治學習的產物，而且直觀地呈現出知識分子理性思考與政治理念相碰撞時發生的艱難蛻變。譬如，以「勞動」引發的階級劃分作爲標準，那些出身貧寒的詩人開始尋找自己與工農的血脈關係，朱衡彬出生於山東省陵縣朱莊的一個農民家庭〔註 53〕，在《是的，我是農民的兒子》〔註 54〕一詩中，他回憶了自己 15 歲以前與父親辛苦耕種卻不得不將糧食交給債主的悲苦經歷，目的在於以「勞動」貫穿成長經歷，宣誓自己對無產階級的天然皈依。又如張鐵夫，在此之前發表在《新詩歌》上的《雨》一詩雖以農村生活爲底色，但綿延著「我」對母親的思念，「雨」這一意象貫穿著「我」的成長過程：「今天，／黑雲遮沒了太陽，／又下雨了，／在那遙遠的地方，／想那白髮的母親，／又在叮嚀我的弟弟：／『好孩子，／到院裏去淋雨吧，／越淋越肯長。』」〔註 55〕而其刊發在《草葉》上的三首詩與之不同之處在於，「我」從具體詩歌情境中退出，而將鏡頭瞄準了每個角落都「飄送著愉快的歌」的鄉村、敢於爲捍衛自己的幸福到區政府尋「自由」的農婦以及參加民主會議的農民等。但是，將這幾首詩與作者後來發表的《我是一塊製好的磚》〔註 56〕、《縣長替我種棉花》〔註 57〕、《「二流子」的歌》〔註 58〕等具有政治意味和大眾化傾向的詩相

〔註 52〕統計來源：《草葉》1942 年第 5 期～1942 年第 6 期。

〔註 53〕據《中國文學家辭典》編委會：《中國文學家辭典》（現代，第 4 分冊），成都：四川文藝出版社，1985 年，第 150 頁。

〔註 54〕朱衡彬：《是的，我是農民的兒子》，《草葉》，1942 年第 5 期。

〔註 55〕張鐵夫：《雨》，《新詩歌》（延安版），1940 年第 1 期。

〔註 56〕朱衡彬：《我是一塊製好的磚》，《解放日報》，1942 年 12 月 12 日。

〔註 57〕張鐵夫：《縣長替我種棉花》，《解放日報》，1943 年 6 月 6 日。

〔註 58〕張鐵夫：《「二流子」的歌》，《解放日報》，1943 年 6 月 8 日。

比，仍具有一定的「過渡」色彩，特別是詩中流露出來的沉湎鄉村融洽氛圍以及詩意筆調，都表明詩人對過去的寫作方式仍有留戀。

事實上，魯藝的整風學習於 1942 年 3 月便已打響，從設立學委會到小組討論、全院寫反省報告，至《草葉》已經開展了一段時間〔註 59〕，但仍未收到理想的效果〔註 60〕；同時，延安文藝座談會雖已發生，但此時的輻射面積仍有限，知識分子的覺悟還不徹底，在毛澤東看來，單純地學習政治文件並不能解決問題的關鍵，知識分子必須投入廣大工農兵的生活與鬥爭，在理論與實踐的結合中打磨和成長。於是，1942 年 5 月 23 日延安文藝座談會結束，毛澤東一周後特意親臨魯藝講話號召文藝工作者與人民群眾結合，足見他對這一「文藝堡壘」的重視程度，而其本質目的在於從魯藝抓起，盡快將對「文化的軍隊」（毛澤東語）的洗刷和改造提上日程。對於那些參加過延安文藝座談會的文藝家而言，此次講話是結合魯藝具體情形學習《講話》的深化，而對於大多數沒有參加座談會的文藝家而言，這次講話更是一次新的洗禮。毛澤東把魯藝稱爲「小魯藝」，把工農兵群眾的生活和鬥爭稱爲「大魯藝」。根據何其芳的回憶，毛澤東提及「小魯藝」與「大魯藝」的關係時著重強調了知識分子與工農兵「啓蒙」位置的對調。知識分子「只是在小魯藝學習還不夠，還要到大魯藝去學習」，「廣大的勞動人民就是大魯藝的老師。你們應當認眞地向他們學習，改造自己的思想感情，把自己的立足點逐步移到工農兵這一邊來，才能成爲眞正的革命文藝工作者。農民的腳踩過牛屎，但卻比知識分子乾淨。」〔註 61〕毋庸置疑，《草葉》的改版是魯藝文學系師生「接受教育」的產物。從最基礎的層面而言，以刊物爲單位進行自我「清算」，昭示了草葉社以至魯藝文學系的政治自覺，刊物的改版與個人的改造同時進行，刊物的改版亦成爲個人表態的重要環節。

〔註 59〕魯藝整風學習共分三個步驟，第一步爲 1942 年 3 月至 5 月的準備動員時期，第二步從 1942 年 5 月 21 日起至 6 月中旬，第三個階段是 1942 年 6 月中旬到秋。（《周揚在學風總結大會上的報告》，谷音，石振鐸：《東北現代音樂史料》第 2 輯（魯迅文藝學院歷史文獻），内部資料，1982 年，第 146 頁。）

〔註 60〕胡喬木親臨魯藝小組聯席會議指導，大家認爲「該院學委會對下層學習情況瞭解不夠，因之計劃未免主觀，工作效率較差，對下面檢查運動不夠切實，缺乏戰鬥性等，對各地分會有所批評。」（《魯藝改進學委工作，整風學習第一提倡爭論》，《新華日報》，1942 年 8 月 21 日。）

〔註 61〕何其芳：《毛澤東之歌》，何其芳著，藍棣之主編：《何其芳全集》第 7 集，石家莊：河北人民出版社，2000 年，第 447 頁。

根據袁盛勇的研究，文學批評和文藝審查、監督機制的生成是促使後期延安文學生成的必然環節。〔註 62〕革命文學素來有以文學批評褒貶作者政治傾向的傳統，但當視角聚焦到延安整風運動中誕生的批評者身份上來，一些新人批評家的登場參與了「黨的文學」生產。1942 年 6 月《草葉》的改版是伴隨著魯藝作家遭遇批判進行的，其中以圍繞何其芳的批判最爲激烈，吳時韻、金燦然都紛紛撰文批評何其芳 1942 年 2 月 17 日和 1942 年 4 月 3 日發表在《解放日報》上的《歎息三章》《詩三首》「與現實之間的不能諧調及隔離」〔註 63〕，要求何其芳趕快脫離那種在個人小天地中猶豫徘徊的感傷情調。更具象徵意味的在於，曾就讀於文學系第二期的賈芝是魯藝眞正培養起來的文藝工作者。賈芝就讀於文學系時擔任班長，受到過沙汀、周揚、鄭律成、周立波、何其芳、艾青等人的賞識〔註 64〕，並於《草葉》第四期發表了與葛陵合譯的小說《老人》。〔註 65〕賈芝在魯藝青年一輩中率先發聲批評其文學導師，雖是對吳時韻的「批評」進行批評，認爲吳時韻有斷章取義之嫌，因此某種程度上起到了爲何其芳辯護的效果，但也不滿何其芳的小資產階級幻想和與現實的隔離，「要求他寫自身以外的大眾所熟悉的題材」〔註 66〕，歸根結底，這種要求顯然是參照《講話》中規定的文藝從屬於政治這一基本論斷所作的結論。

據賈芝回憶，《講話》引起他「在文藝思想上的一個重大變化」，改變了從「崇拜西方象徵派的崇洋思想」，而「認識到首先應向勞動人民學習」。〔註 67〕戴望舒主編的《新詩》上曾發表賈芝《播穀鳥》一詩，頗能代表他所謂的象徵派趣味，詩中的「播穀鳥」彷彿「神秘的歌人」一般，隱現皆無常：

> 我猜想你是位神秘的歌人，
> 你下了經營樂園的苦心：
> 「播穀播穀，」

〔註 62〕袁盛勇：《論後期延安文藝批評與監督機制的形成》，《文藝理論研究》，2007 年第 3 期。

〔註 63〕吳時韻：《〈歎息三章〉和〈詩三首〉讀後》，《解放日報》，1942 年 6 月 19 日。

〔註 64〕賈芝：《「年輕人都是詩人」》，任文：《永遠的魯藝》（下），西安：陝西師範大學出版總社有限公司，2014 年，第 228～229 頁。

〔註 65〕A・都德作，賈芝、葛陵譯：《老人》，《草葉》，1942 年第 4 期。

〔註 66〕賈芝：《略談何其芳同志的六首詩》，《解放日報》，1942 年 7 月 18 日。

〔註 67〕賈芝：《「年輕人都是詩人」》，任文：《永遠的魯藝》（下），西安：陝西師範大學出版總社有限公司，2014 年，第 229 頁。

「播穀播穀，」
散在林園裏的你的無休止的聲音，
染著太陽的你的金色的靈魂，
你精神的快馬，
你的清歌是一個夢，一片雲。〔註 68〕

可與之形成對讀的是何其芳在《預言》中「年輕的神」這一意象，「年輕的神」「無語而來」、「無語而去」，並不因我「激動的歌聲」而暫停，反而「像靜穆的微風飄過這黃昏裏」。〔註 69〕何其芳與賈芝近乎知音式的呼應除了表現爲詩歌氛圍和情調上的一致性之外，還昭示了他們對待客觀現實世界時的態度，夢境的背後是閉鎖式的思考方式、詩人試圖以超越性的姿態建構烏托邦的「樂園」，以此宣佈拒絕介入黑暗的現實世界，其心理結構亦即賈芝提到的「苦悶」〔註 70〕。對賈芝而言，延安的現實環境已經改變了他與世界之間的關係，繼續解剖個人內心世界的做法已成爲泡影，在「整風」的主題下如何昭示自己的「進步」，參與進對何其芳的「批評」與自我懺悔相比更具策略性和更爲行之有效，在這一意義上，賈芝在政治理性的作用下變成了一名意識形態的「督察員」。賈芝的轉變意味深長，這一方面意味著何其芳過去念茲在茲的文學共同體以顛覆師生之間「扶持」與「被扶持」的關係爲標誌被打破，另一方面，當黨的權威滲透進「教育」的每一個關節，一個自足的「小魯藝」喪失了存在的根基，被整風潮流裹挾而走上工作和戰鬥崗位的文學青年若想不落後於潮流，以參與帶有組織性的文學批評活動宣判與其導師的「決裂」，這既在日後逐漸演化爲自我表態的方式之一，也彰顯了文學青年融入革命道路過程中極具斷裂式和戲劇性的一幕。次月，賈芝在《穀雨》發表了《織羊毛毯的小零工》一詩，詩中極力渲染老工頭的嚴厲和年輕的小零工們的悲慘境遇，直到八路軍和共產黨的出現喚醒了小零工們的階級仇恨：

你們結實地勞動著，
長成著粗壯的體格；

〔註 68〕賈芝：《播穀鳥》，上海文藝出版社編：《中國新文學大系（1927～1937）》第 14 集，詩集，上海：上海文藝出版社，1985 年，第 458～459。

〔註 69〕何其芳：《毛澤東之歌》，何其芳著，藍棣之主編：《何其芳全集》第 1 集，石家莊：河北人民出版社，2000 年，第 5 頁。

〔註 70〕賈芝：《「年輕人都是詩人」》，任文：《永遠的魯藝》（下），西安：陝西師範大學出版總社有限公司，2014 年，第 229 頁。

當你們的智慧閃著光時，
你們將固執地走出悲慘，
懂得我們地上的事情了。〔註 71〕

就此詩而言，與其說「織羊毛毯的小零工」「懂得我們地上的事情了」，不如說賈芝從「被賜予」稱號「播穀鳥詩人」的光暈下走出，回落到「地面」上來，這種身世之感一方面宣告著詩人政治覺悟的增益，另一方面，作爲魯藝培養起來的青年詩人，與此時決定收起詩筆的老成持重的何其芳形成鮮明對比，以不斷「生產」詩歌的方式更新著革命的血液。

《草葉》改版的深層動力顯然不止於革命主體的行動，而是牽涉著文化權力的讓渡和文化秩序的變動。如果將北京大學和《新青年》這「一校一刊」視作新文學場域內一對互相生成的動力因素，其對五四時期「公共空間」的形成起到了無可替代的作用。實際上，1917 年蔡元培引《新青年》入北大，目的正是利用「刊」的傳播能力，連接北大與社會公共空間。〔註 72〕1919 年北大與《新青年》開始分離以陳獨秀剝離出「校」爲標誌，但人事的分裂恰恰意味著眞正的公共空間正在形成，從分裂結果看來，無論是馬克思主義、「語絲文體」還是「好政府主義」等都擁有了各自的市場和讀者群。可以說，由人事的割裂和思想的分歧而造成的論爭、不協調造成了民國時期文學公共空間的基本特徵。與之相對，《草葉》的改版顯示了魯藝文學系師生整飭的行動力，它與延安的其他相繼整頓、停刊的報刊一道，令《講話》前延安正逐漸成型的公共空間走向閉合，「主義」上升爲政治意識形態，消解了「革命文學」的多元化。就政黨的立場而言，文化「佔位」這種文學生產方式不僅給宗派主義提供了可乘之機，也成爲分化革命力量的重要來源，顯然不利於革命隊伍的團結與壯大。犧牲多元化的文化表達來換取革命的動力，其內在邏輯根植於如何將知識分子從躁動不安的精神狀態中解脫出來，賦予他們新的價值追求與意義。但實際上問題顯然複雜得多，在《講話》正式發表以前，中共對輿論的監控措施已經提上日程，中共中央書記處 1942 年 4 月發佈指令：「中央出版局負統一指導、計劃、組織全延安各系統一般編輯出版發行工作之責，

〔註 71〕賈芝：《織羊毛毯的小零工》，《穀雨》，1942 年第 1 卷第 6 期。

〔註 72〕參見陳方競《多重對話：中國新文學的發生》第二章第三節「『校』與『刊』結合的『公共空間』開拓」（陳方競：《多重對話：中國新文學的發生》北京：人民文學出版社，2003 年，第 98～129 頁。）

中央宣傳部負統一審查全延安一般出版發行書報之責。」〔註 73〕至此為止，「審查制度」深入到文化團體、輿論的管理中來就不僅是單純地解決左翼文學遺留下來的「宗派」問題，而是在政治領域顯示出了一定的強制性。1942 年 6 月 8 日中共中央宣傳部下發對學習整風「二十二個文件」明確指示時〔註 74〕，魯藝已經停止一切課程，組織全院學習整風文件，並列有「學習整風文件參考大綱」要求全院學生反省主觀主義，個人作筆記以及組織大會討論的方式同時進行〔註 75〕。幾日後毛澤東感慨道：「二十二個文件的學習在延安大見功效，大批青年幹部（老幹部亦然）及文化人如無此種學習，極龐雜的思想不能統一」。〔註 76〕思想統一的表徵之一在於輿論的統一，《草葉》於次月改版是一個信號，文學刊物的出版被納入了中共在文學批評外開闢的另一重監督機制。此刻的《草葉》已經不再尋求「佔位」的可能性，而是以編輯們的自覺引導和青年詩人們的政治覺悟為主導力量，通過控制出版這一環節將魯藝詩人們再度從「關門提高」到「組織起來」，以重新納入「黨的文學」的闡釋範疇中來。

統一輿論的目標並非起源於延安整風運動，而一直伴隨著左翼文學傳統始終，如果將「審查制度」置於左翼文學脈絡中考察，由於「對『左翼』的思想家來說，最為迫切的任務是將城市的馬克思主義知識分子和農村的農民這兩股革命力量匯聚到無產階級的領導下，這一目標也只有通過『黨的文學』才可能真正達成。」〔註 77〕因此，對於統攝「城市的馬克思主義知識分子」

〔註 73〕《中央書記處關於統一延安出版工作的通知》（1942 年 4 月 15 日），中共中央宣傳部辦公廳，中央檔案館編研部編：《中國共產黨宣傳工作文獻選編：1937～1949》，北京：學習出版社，1996 年，第 267 頁。

〔註 74〕《中共中央宣傳部關於在全党進行整頓三風學習運動的指示》（一九四二年六月八日），中共中央文獻研究室中央檔案館編：《建黨以來重要文獻選編（一九二一～一九四九）》第 19 冊，北京：中央文獻出版社，2011 年，第 326～327 頁。

〔註 75〕《學習整風文件參考大綱》（一九四二年六月），谷音，石振鐸：《東北現代音樂史料》第 2 輯（魯迅文藝學院歷史文獻），內部資料，1982 年，第 138～139 頁。

〔註 76〕《毛澤東關於聯防司令部成立及整風學習等問題給周恩來的電報》，中共中央文獻研究室中央檔案館編：《建黨以來重要文獻選編（一九二一～一九四九）》第 19 冊，北京：中央文獻出版社，2011 年，第 331 頁。

〔註 77〕李楊：《「經」與「權」：〈講話〉的辯證法與「幽靈社會學」》，《中國現代文學研究叢刊》，2013 年第 1 期。

這一目的而言，審查制度以犧牲知識分子表達自由而極有效地換取了革命隊伍凝聚力。「言論」可以在革命文學尚未真正成型的情況下塑造一個相對自由的論辯場域，當文學被默認作「團結人民，教育人民，打擊敵人，消滅敵人的有力的武器」〔註 78〕之後，支撐「言論」空間的「媒介」首先被整頓清理。在延安文學初期，不同論辯聲音的生成伴隨著與革命文學誕生之初相同的運轉邏輯，即依靠刊物的出版發行等商業化過程，政治與商業的牴牾在這一時期主要體現爲編輯爲了迎合讀者市場需求而生產大量符合知識分子閱讀習慣的刊物，從這一點上看，統一輿論的內在指向是從根本上清理作家習以爲常的「資本化」、「圈子」式的文學生產方式，爲之徹底向文藝一體化格局轉型埋下伏筆。

4.2《講話》的傳播與新的詩歌傳統樹立

直到《講話》進入詩人們的視野之前，魯藝詩人及詩歌活動並未因教學重心的側重點發生變化而消歇，這與周揚堅持的「學術自由」原則不無關係，甚至在「整風運動」已經開始部署後，周揚仍給予魯藝詩人們一定的活動空間，譬如 1942 年 4 月 11 日周揚在魯藝舉行成立四週年紀念會時闡述了魯藝的教育方針，指出「教育精神爲學術自由，各學派學者專家均可在院內自由講學，並進行各種實際藝術活動。」〔註 79〕由於魯藝專業課從本質上而言本就是「政治課」的某種變形或具體實踐方式，宋侃夫曾總結道「我們是不需要將政治運動的規律機械的呆板的生硬的套到藝術領域中去。正確的方法是使每個學員在學習的過程中，能夠逐漸的正確的認識政治與藝術的關係。」〔註 80〕它們作爲知識被講授和積累，意味著教／學雙方將以此刷新過去構成他們言說動力的「現代」知識體系以及來自內心幽微、晦暗之處的言說機制，從而接受黨過濾洗刷後的健康、樸素而帶有「正確」意味的知識體系，並轉化爲指導自己寫作的諸多準則，因此從理論上而言，魯藝文學系的文學教育和政治教育並不分屬於兩個不同的層面，其最終的目的仍在於將專業人才打

〔註 78〕毛澤東：《在延安文藝座談會上的講話》，《解放日報》，1943 年 10 月 19 日。

〔註 79〕艾克恩：《延安文藝運動紀盛》，北京：文化藝術出版社，1987 年，第 392 頁。

〔註 80〕宋侃夫：《一年來的政治教育的實施與作風的建立》（一九三九年），谷音，石振鐸：《東北現代音樂史料》第 2 輯（魯迅文藝學院歷史文獻），內部資料，1982 年，第 57 頁。

造成符合黨的要求的無產階級革命新人。但是，諸多詩人成爲「整風運動」中的批判對象，這種現象證實了魯藝新人培養機制的「失敗」，原因在於周揚所謂的「藝術的藝術性與政治性分開」〔註 81〕。《講話》正式發表以後，周揚從主張魯藝「關門提高」逐漸傾向於「毛澤東的政治話語的文學闡釋者」〔註 82〕，整頓魯藝文化人的思想、藝術做派是催促他急速轉型的動力之一，周揚對於新詩的看法掩埋於一系列錯動的文本當中，反映了他由魯藝領導人過渡到黨的文藝領袖的身份變遷，也反映了新的詩歌生產方式和詩歌傳統正在樹立起來，通過梳理周揚在一個歷史轉折的關節點上的努力，可以發現他努力打通新主體、新魯藝以及新的詩歌傳統之間關係的努力。

毛澤東發表《講話》作爲延安整風運動的重要環節，爲詩人寫作提供了指導性的規範，但是仍值得進一步深思的是，本來作爲聲音文本的《講話》落實爲詩人的實踐方式並不僅僅依靠詩人們的自律性，相反，新的詩歌傳統恰恰是通過出版印刷、整風學習以及具體基層實踐等方式被傳播並固定下來。其中，詩人之所以在《講話》後普遍應召「下鄉」、逐漸放棄了自己擅長的寫作方式，轉而投入寫通訊、報導、歌詞、劇本等戰時性和大眾化文學形式的熱潮，魯藝作爲黨的「文藝堡壘」起到了無可替代的樞紐作用。

4.2.1 周揚的轉變

《講話》以前，周揚於魯藝開設的「新文學運動史」課程所使用的《提綱》勾勒了「五四」前後新文學運動醞釀、生成的歷史形態。在延安，新的一輪知識翻新正在進行，學術空間遭遇政治空間擠壓後面臨著極大的困境，也意味著新的可能性，這可以解釋毛澤東 1941 年表達的焦慮：「近百年的經濟史，近百年的政治史，近百年的軍事史，近百年的文化史，簡直還沒有人認眞動手去研究。」〔註 83〕文學史作爲歷史學與文學之間的交叉學科，與後二者形成了聯動關係，特別是在延安共同負有闡釋革命原理的任務。因此，

〔註 81〕周揚：《周揚同志在學風總結大會上的報告》（一九四二年八月三十日），谷音，石振鐸：《東北現代音樂史料》第 2 輯（魯迅文藝學院歷史文獻），內部資料，1982 年，第 142 頁。

〔註 82〕王富仁：《關於左翼文學的幾個問題》，《中國現代文學研究叢刊》，2002 年第 1 期。

〔註 83〕毛澤東：《改造我們的學習》，《毛澤東選集》第 3 卷，北京：人民出版社，1991 年，第 798 頁。

延安這一時期史學研究的成果和文學創作情況也對文學史敘事產生了影響。1938 年 5 月，馬列學院成立，下設歷史研究室，8 月馬列學院改名中央研究院，歷史學家范文瀾任中國歷史研究室主任。此外，魯藝本身也十分重視中國近代史特別是中共黨史的教學，1941 年魯藝第四期與周揚的「中國新文藝思潮」並列必修課就有「中國近代史」，負責「以歷史科學的方法研究近百年來的中國社會結構的變革，政治經濟文化各方面之發展情勢，以期對於中國近代史獲得系統的智識且了然於中國革命歷史之特點與發展。」〔註 84〕周揚這份「文學史」的主要努力方向便是將新文學運動嵌入中共革命史，從而從文學革命的層面爲中共革命領導力量的合法性尋找確證，在二者之間建立一種同構關係。在魯藝，新文學史無前例地進入了「必修課」的範疇。從魯藝第三期「高級共同必修課」中與之並置的「社會科學」和「社會經濟學」兩門課程的名稱可見，「新文學運動史」的設計實際是放置在一種馬克思主義理論視野中，與前兩者貫通爲一個整體，如果說前兩者注重的是抽象的社會科學知識，那麼後者則負有以文學現象充當具體現實指涉的責任，一言以蔽之，從課程之間相互配合的目的看來，「文學史」之所以成爲全校必修課，已經暗含著將「文學」納入革命與政治理論闡釋工具的前提。從時間上而言，1939～1940 年恰好對應著魯藝第三期（即文學系第二期），1939 年底周揚開始擔任魯藝副院長，與此同時，也是作爲卞之琳、周立波、蕭三、嚴文井、陳荒煤等人的同事出現在魯藝課堂的。雖然周揚背負著沉重的「壓力」〔註 85〕來到延安，但在一眾魯藝教師中，卻擔任了「新文學運動史」這門課程的主講人。值得進一步思考的是，周揚的課堂講授是否收到了預想的效果？

何其芳的「才能說」在延安輿論界引起的波瀾才消歇不久，1941 年 8 月針對周揚發表在《解放日報》上的《文學與生活漫談》一文，艾青等人又聯

〔註 84〕《魯迅藝術學院第四屆教育計劃》（一九四一年改訂），谷音，石振鐸：《東北現代音樂史料》第 2 輯（魯迅文藝學院歷史文獻），內部資料，1982 年，第 18 頁。

〔註 85〕主要是指周揚與魯迅關係破裂。周揚晚年與記者趙浩生談論起「被魯迅批評」這一「事件」對自己造成的困窘時曾這樣說：「那時候我的生活沒有著落。我雖然是個職業革命家，但是在上海的生活我完全靠自己的稿費，黨並沒有給我錢。恰好延安有需要，因爲那時候國共合作已經基本上定下來，至少內戰可以停止了，延安打電報來，說需要從上海調一些搞文化工作的人去延安，這樣我和艾思奇、何乾之這一批人就去了延安。」（趙浩生：《周揚笑談歷史功過》，《新文學史料》，1979 年第 2 期。）

名撰寫了《〈文學與生活漫談〉讀後漫談集錄並商榷於周揚同志》一文，並很快發表於《文藝月報》第八期，艾青等人「動怒」的原因在於周揚提到「作家在延安不能創作不能怨環境，應該怨自己不接觸生活、理解環境，把握環境」，「但艾青他們主要是感到了傷害了他們的自尊，忽略他們的功績」。〔註86〕這場「筆戰」歷來被研究者視作是「魯藝」和「文抗」作爲「歌頌光明派」和「暴露黑暗派」之間「宗派鬥爭」的結果〔註87〕，然而將這一文本一味地放置在「宗派主義」論域下進行考察，無意間遮蔽了周揚提出這一問題的原始語境。

實際上，艾青等人針對的只是周揚文章的最後一個部分，也就是周揚解釋上文提及歐陽山所謂「一首短詩也寫不出來了」的現象。這在蕭軍看來，實在有些「小題大做」，他覺得周揚的文章：「沒有什麼太惡毒的地方，有些道理是對的，只不過老生常談而已。烽他們是敏於感受的，我應寫一篇文章指出周揚幾點囂張的地方，以慰他們。」〔註88〕艾青等人抨擊的問題只是作爲周揚所謂「藝術表現」問題的延伸。隨著論戰的展開，輿論被引向了周揚這篇文章「潛在」的「對話對象」上，卻遺漏了文章開頭提到的一個重要空間——魯藝。從根本上而言，那位投考魯藝美術系的學生口中「文學是不需要怎麼去學的。哪裏有生活，哪裏就有文學哩」直接觸動了周揚。吳敏發現，周揚在毛澤東《講話》以前的文章「喜歡採用『問題式』論文的寫法，並圍繞於此進行探究，而不是搭建體系或構築框架。」〔註89〕作爲一名在魯藝講授文學課的教師，他在發現了學生中存在這樣的思想後提醒道：「有了生活，還要會『看』，看來還要會『寫』，這是藝術上的認識與表現的問題，生活實踐與創作實踐的統一的問題。生活對於一個作家還是一種材料；如何取材，如何加工，這才是作家的工作；這需要有專門的技術，專門的知識；一句話，這是需要好好地去學、苦苦地去學的。」〔註90〕周揚在延安發表此文時，最爲重要的一個身份是魯藝副院長，肩負著培養新型文藝幹部的任務，同時他

〔註86〕蕭軍：《延安日記》（1940～1945）上卷，香港：牛津大學出版社，2013年，第227頁。

〔註87〕趙衛東：《延安文人的宗派主義問題考論——以魯藝和文抗爲中心》，《中國現代文學研究叢刊》，2015年第3期。

〔註88〕蕭軍：《延安日記》（1940～1945）上卷，香港：牛津大學出版社，2013年，第232頁。

〔註89〕吳敏：《延安文人研究》，香港：香港文匯出版社，2010年，第143頁。

〔註90〕周揚：《文學與生活漫談》《解放日報》，1941年7月17～19日。

的「中國新文學運動史」爲全校學生爲數不多的文學必修課〔註 91〕，但似乎體現在這位「美術系學生」身上，並沒有被激發出進一步「學習」文學的興趣，他仍有些「樸素」地認爲文學是不需要「學」的，周揚很少在文章中直接流露自己的主觀情緒，但卻在這篇文章開頭提到他作此文的動機：他驚覺於教——學之間的落差後重新反思「美即生活」這一名言，也重新反思「知識」傳授與學生接受之間的距離。

如前文所述，周揚主持魯藝之後，由他制定的一系列學習計劃、課程安排和教學法則都使魯藝在「正規化」的軌道上穩步前進，多年以後曾就讀於美術系的華君武在回憶中不失公允地評價道：「周揚同志掌校以後加強文藝的教學與實踐，對革命文學藝術有不可磨滅的功跡。他培養了一大批革命文藝骨幹，新中國成立後，全國許多文學藝術結構中，不少人是從魯藝出來的，就足以說明了。」〔註 92〕因此，熱心教育且握有「實權」的周揚在發言時不自覺地以青年導師身份自居也是情理之中。再聯繫周揚彼時擔任「大課」的主講人，對於學生的要求必然不止於從偶然性中捕捉吉光片羽進行創作，而是一種系統的學習，特別是「作家除了生活的鍛鍊外，還需要有思想上的鍛鍊。」而所謂「思想上的鍛鍊」，不僅包括政治學習，而且包括廣泛閱讀「偉大思想家的著作」。但是，具體到以「知識」指導創作這一層面，它們注定無法像何其芳教授「寫作實習」、批改卷子那樣直接作用於創作技能的提高，注重知識積累的直接結果就如周揚 1942 年所反省的那樣，「魯藝的教育和實際脫節的現象是很嚴重的」〔註 93〕。一言以蔽之，周揚的新文學史寫作體現了他調和其個人的「五四」觀與《新民主主義論》主要觀點的努力，更試圖憑藉教育這一手段使這種文學史與革命歷程同構的敘事合法化，並加以傳承、普及，並潛在地與其他文學史敘事構成張力，其中爭奪話語權和文學闡釋權的意圖不言而喻；但是另一方面，周揚雖然試圖以「無產階級領導的人民大

〔註 91〕根據「第四屆教育計劃」中的「各系共同必修課目時間支配表」，除「中國新文藝思潮史」外，還有「新文學」，但後者佔課時僅爲前者的三分之一。(《魯迅藝術學院第四屆教育計劃》(一九四一年改訂)，谷音，石振鐸：《東北現代音樂史料》第 2 輯 (魯迅文藝學院歷史文獻)，內部資料，1982 年，第 82 頁。)

〔註 92〕華君武：《回憶周揚幾件事》，王蒙、袁鷹主編：《憶周揚》，1998 年，呼和浩特：內蒙古人民出版社，第 85 頁。

〔註 93〕周揚：《藝術教育的改造問題——魯藝學風總結報告之理論部分：對魯藝教育的一個檢討和自我批評》，谷音，石振鐸：《東北現代音樂史料》第 2 輯（魯迅文藝學院歷史文獻），內部資料，1982 年，第 148 頁。

眾的反帝反封建的文化」構成「現代文學」的基本內涵，但通過上文的論述可見這部文學史內部仍充滿了喧嘩的聲音。周揚後來多次檢討魯藝的「關門提高」，實際也包含了對自己講授不徹底的「革命史」的反省。剝除「雜質」的文學史知識應以一套被學科化後的更系統、穩定的知識體系以及制度化的手段作爲基礎，即「現代文學知識借助權力化而被融入教育制度」，繼而實現「知識的傳承並被社會化和普世化」。〔註 94〕受制於「民國機制」〔註 95〕的壓力，這種夙願只有在中共獲得獨立的政治地位並眞正躍出「民國」的現實與精神空間後才能實現。

整風運動開始後，《解放日報》便密切關注著各地、各單位的整風動向和學習動態。這種風向由發表「四三決定」開始，蔓延爲黨報對各學校的批評監督，周揚在魯藝的幾次報告也被《解放日報》轉載。1942 年 4 月，周揚較早地在報告中批評了「院內部分同志想在三年之內成爲一個作家或詩人」的現象，他指出，在魯藝學習的三年不是在「碉堡」裏面空想，而終究要走向長遠的人生事業，「三年以後的情況又是不同於今日」。〔註 96〕顯然，按照指示，「那個機關學的不好，那個機關的領導人和支部要負責」〔註 97〕，周揚自然率先發聲，擺出這一迫在眉睫的問題。不久，何其芳也響應道：「假若我們目前要培養一些文學幹部，那時因爲目前就需有他們來做一些文學工作。這實在是一種速成班。眞正的創作家的學校是長期的。廣闊的，複雜的生活，不是專門的學校，甚至於不是文學書籍。」〔註 98〕何其芳以「目前」、「速成」和「長期」的時間維度區分了「文藝幹部」與「眞正的創作家」的兩種身份，

〔註 94〕王本朝：《中國現代文學觀念與知識譜系》，北京：人民出版社。2013 年，第 187 頁。

〔註 95〕李怡認爲，民國機制「就是從清王朝覆滅開始，在新的社會體制下，逐步形成的，推動社會文化與文學發展的諸種社會力量的綜合，這裡有社會政治的結構性因素，有民國經濟方式的保證與限制，也有民國社會的文化環境的圍合，甚至還包括與民國社會所形成的獨特的精神導向，它們共同作用，彼此配合，決定了中國現代文學的特徵，包括它的優長，也牽連著它的局限和問題。」（李怡：《民國機制：中國現代文學的一種闡釋框架》，《廣東社會科學》，2010 年第 6 期。）

〔註 96〕《整頓三風運動開展：行政學院魯藝青年劇院積極布置三風檢查大會》，《解放日報》，1942 年 4 月 23 日。

〔註 97〕《在參與會大禮堂舉行邊區幹部學習動員會 任弼時高崗兩同志指示研究方法》，《解放日報》，1942 年 4 月 23 日。

〔註 98〕何其芳：《文學之路》，《解放日報》，1942 年 4 月 23 日。

雖然對後者仍抱一絲幻想，但畢竟在意識到「專門的學校」對於學生限制作用的同時，也顛覆著自己過去的認識。與何其芳的此番話對讀，周揚的上述表達還隱含著一絲迷惑與自我詰問：與其說「三年」這一學制單位與「長遠的人生」的對比間暗含了周揚對過去深耕「專門化」的一種自我批判，不如說「三年以後的情況又是不同於今日」的說法帶有一定的感嘆色彩，周揚這番話既感慨形勢政策變化之快，也藉此抒發了自己的措手不及。

1942 年 8 月，周揚已經徹底放棄了這種擺蕩和猶疑，根據《講話》精神來審查魯藝的教育方針的同時，也重新解剖了自我。他對照《講話》提出的要求，檢討因「糊塗觀點」〔註 99〕造成了魯藝過去「關著門提高」而脫離實際，譬如崇尚西洋名著忽視民間文藝、演大戲等風氣，基於《講話》中「普及」與「提高」關係的辯證法，再次確認了「魯藝的主要對象是大眾的文化問題」〔註 100〕。與此同時，魯藝文藝隊伍內部的整肅也在進行。1942 年 8 月 4 日，《解放日報》發表了魯藝文學系第三期學員張棣庚的小說《臘月二十一》，小說活靈活現地再現了一個晉西游擊區村長紀有康在諸多抗戰力量之間的進退維谷，甫一發表立即被列爲魯藝整風學習的「參考材料」，並冠以「四條罪狀」〔註 101〕，更由周揚裁定爲「一篇很壞的作品」，「沒有站在人民的、民族的立場上」。〔註 102〕周揚對這篇小說的批評已經悖離了文學批評標準，完全滑向了政治和階級的批評標準，這種批評也在魯藝的教育語境中超越了個體化的行爲，向魯藝在校師生及畢業生等潛在讀者暗示著政治規訓的力量。

通過以上的梳理可知，「魯藝經驗」對周揚的思想轉型起到了極大的作

〔註 99〕周揚：《藝術教育的改造問題——魯藝學風總結報告之理論部分：對魯藝教育的一個檢討和自我批評》，谷音，石振鐸：《東北現代音樂史料》第 2 輯（魯迅文藝學院歷史文獻），內部資料，1982 年，第 150 頁。

〔註 100〕《周揚同志在學風總結大會上的報告》（一九四二年八月三十日），谷音，石振鐸：《東北現代音樂史料》第 2 輯（魯迅文藝學院歷史文獻），內部資料，1982 年，第 142 頁。

〔註 101〕「（一）沒有立場，作者是中國人，不應當把中國政府工作人員和日本人寫得一樣凶；而且語句裏似乎中國政府工作人員比日本人還要可怕。（二）敵佔區裏不應當有那樣盛大的集會，似乎有意強調敵佔區的繁榮，起了反宣傳的作用。（三）不應當把一個犧盟會員寫得那樣幼稚，是作者在故意開玩笑，態度不嚴肅。（四）純偏重於客觀事件的重映，是一種最卑俗的自然主義，沒有作者的看法和批判。」（張棣賡致周揚的信，參見周揚：《〈臘月二十一〉的立場問題——與張棣賡同志的通信》，《解放日報》，1942 年 11 月 8 日。）

〔註 102〕周揚：《〈臘月二十一〉的立場問題——與張棣賡同志的通信》，《解放日報》，1942 年 11 月 8 日。

用，他的自我剖析、文學批評、政策闡釋都與魯藝的「轉型」齊頭並進。直到共和國成立之前，周揚追隨黨的文藝決策，構建新的文學闡釋範式的努力並未結束，其起點就是在魯藝講授新文學史的經驗。1943 年 3 月毛澤東在中共中央政治局會議上講話時下達了中央現階段的工作方針，即「研究與指導，要達到保存骨幹、準備將來之目的。」毛澤東將「歷史」作爲「研究」對象中的重要部分，並選定了相應的研究人選及單位：「中國近百年歷史的研究：政治（范文瀾），軍事（總參謀部、總政治部），經濟（陳伯達），文化（艾思奇作哲學史，周揚作文學史）」。〔註 103〕周揚在「整風運動」中檢討、自我批評〔註 104〕等「積極」表現令康生等人十分滿意，又在接下來 1943 年 7 月開始的「搶救運動」〔註 105〕中充分發揮了指揮作用，魯藝成爲整風運動中的一杆「標杆」〔註 106〕，周揚對魯藝的整肅直接關係著如何樹立自己在黨內的權威，毛澤東令周揚「作文學史」的言下之意更有繼續授權周揚總結、闡釋、應用黨的文藝思想的權力。

1943 年延安大生產運動開展得轟轟烈烈，同年年底，周揚在《解放日報》發表了繼《郭沫若和他的〈女神〉》之後的又一篇「詩人論」——《一位不識字的勞動詩人——孫萬福》，這是康生 1942 年 10 月「提倡工農同志寫文章」後《解放日報》發表的第一篇應用「工農兵文學創作」的原理闡釋具體文學現象的文章。這次周揚的重心不再是「新詩史」與「革命史」如何有效地發生對接，而是如何修正「新詩史」的輻射範圍以及詩歌創作主體的身份，他的具體做法是模範地創制出能夠經受得住「工農兵」文學考驗的批評範式，以此來應對詩歌與現實「運動」愈來愈緊密的關係以及二者之間的互動。確切地說，孫萬福是周揚「塑造」出來的「詩人」。周揚對其「詩人」身份的確立並非來源於自己的閱讀經驗，而是基於與「一位我所十分尊敬的同志」偶然談話而確立起來的，對方談到孫萬福講話時「就像詩一樣，簡直是很出色的朗誦呵，比某些職業的朗誦詩人還高明呢。」這讓周揚還未見其人、未讀

〔註 103〕毛澤東：《在中共中央政治局會議上講話的要點》，（一九四三年三月十六日），中共中央文獻研究室中央檔案館：《建黨以來重要文獻選編》第 20 冊，北京：中央文獻出版社，2011 年，第 164 頁。

〔註 104〕參見周揚：《藝術教育的改造問題——魯藝學風總結報告之理論部分：對魯藝教育的一個檢討與自我批評》，《解放日報》，1942 年 9 月 9 日。

〔註 105〕「搶救運動」的來龍去脈可參見高華：《紅太陽是怎樣升起的——延安整風運動的來龍去脈》，香港：中文大學出版社，2000 年，第 501～556 頁。

〔註 106〕參見葉德浴：《往事探微——中國文化沙皇周揚》，臺北：新銳文創，2013 年。

其「詩」便已經接受過暗示，認定孫萬福是一位「詩人」了。這種認識基礎來源於受到毛澤東與孫萬福的親切會見的影響——「這是一個多麼動人的場面，一首多美的詩」〔註 107〕。更重要的一個細節是，當周揚請孫萬福作「詩」時，孫萬福說：「我念你們寫吧」，接著即興口頭創作了「咱們勞動英雄來開會」等五首「詩」。周揚談起「詩」時，出現了一個與孫萬福心照不宣的畫面，但何嘗不是他的一種想像與構建？他彌合了一個黨的文藝領導人、知識分子與農民之間的種種裂隙，遮蔽了知識分子的種種「前史」，二者高度默契地配合「寫作」——農民口述、知識分子筆錄，雖然以「民間」爲本位，但是「民間」的非透明性決定了這種寫作模式的烏托邦性質不言自明：周揚「聽」完幾首「詩」後不禁讚歎道：「孫萬福唱出來的就是這樣的戰鬥的政治的詩歌，你看他每一句都歌唱得多麼正確，他的是道道地地的人民的觀點。」〔註 108〕如果說周揚撰寫《提綱》時仍不時流露出「五四」文學觀，那麼這篇以「農民詩人」爲對象的「詩人論」中體現出來的對「詩人」標準的重新指認及其對「好詩」的重新界定則表明，周揚已經完全接受了康生「提倡工農同志寫文章」的要求及其內蘊的核心意識形態，並將其轉化爲以階級話語爲導向的實踐標準。

4.2.2「組織起來」還是「分散」？

魯藝青年詩人戈壁舟曾在《毛主席笑了》一詩中寫道：

有了毛主席的文藝方向，
秧歌隊到處扭唱。
我們給毛主席表演，
毛主席親自到場。
大秧歌一完都往下坐，
王大化演出《兄妹開荒》。
多好的節目沒人看，
人人都想把領袖瞻仰。〔註 109〕

〔註 107〕周揚：《一個不識字的勞動詩人——孫萬福》，《解放日報》，1943 年 12 月 26 日。

〔註 108〕同上。

〔註 109〕戈壁舟：《毛主席笑了》，《延安詩抄》，西安：陝西人民出版社，1978 年，第 13 頁。

由這首詩可見，在魯藝學習期間「讀了大量的外國文學作品，最喜歡契訶夫和梅里美的小說」〔註 110〕的戈壁舟已經徹底放棄了在過去閱讀經驗指導下書寫個體經驗的寫作方式。這首詩的寫作時間正值延安秧歌劇演出熱潮，「魯藝秧歌隊」開始深入民心恰好始於詩中提到 1943 年 2 月 9 日由魯藝王大化和李波演出的《兄妹開荒》。這部受到毛澤東高度認可的秧歌劇是魯藝重新被納入中共文藝生產軌道中的一個里程碑，短短幾句詩便道出了毛澤東文藝思想與魯藝秧歌劇創作的關係。同時，詩歌也反映了詩人戈壁舟對於秧歌劇及其代表的文藝大眾化形式的接受。從詩人對秧歌劇的高度認同中可見，《講話》之於魯藝詩人的直接意義並不在於它規定了寫作的具體理論規範，而是著手於推廣一系列文藝實踐以至於將其滲透於知識分子的日常生活中，在諸如秧歌劇的熱潮中重新定義了詩人對於民間和政治領袖的認識。魯藝以秧歌隊的出場重新打出旗幟，「大魯藝」的構想坐實爲鄉間、軍中的每一場演出，而作爲個體的「魯藝人」情感認同背後也隱藏著一種新型的文化組織邏輯，在由對秧歌的情感認同過渡到政治信念抒發的過程中，離不開他們與黨對知識分子的實踐部署展開互動。

1943 年 4 月魯藝併入延安大學，更名爲「魯迅文藝學院」，周揚擔任延安大學校長。魯藝作爲一支文藝隊伍與行政學院、自然科學院一道被編織進了更龐大的集體，擺脫了短期訓練班或三年「專門化」的學制，以兩年爲期，教育目標由「培養抗戰藝術工作幹部」轉而培養「適應抗戰與邊區建設需要培養與提高新民主主義的政治、經濟、文化建設的實際工作幹部」〔註 111〕，這種高度一致且明確的目標表明此時魯藝組織化的特徵更爲明顯。直到 1943 年第二個「四三決定」〔註 112〕後擂響「搶救運動」的號角，學校一層的報告、教育方針和教學計劃研究，停課檢查，與以個人和小組爲單位做整風筆記、開討論會、撰寫反省筆記和個人自傳、塡寫「小廣播調查表」等取代了過去波瀾不驚的校園生活，構成了這一時期魯藝師生「學習」和生活的底色，無疑，這種全方位鍛造「新人」的思想運動在改造人的靈魂方面頗有成效。周揚很快清理了作家對於「創作家」的幻想，「畢業同學一定要去做實際工作，

〔註 110〕戈壁舟：《戈壁舟文學自傳》，《新文學史料》，1987 年第 1 期。

〔註 111〕《延安大學概況》（一九四四年六月），谷音，石振鐸：《東北現代音樂史料》第 2 輯（魯迅文藝學院歷史文獻），內部資料，1982 年，第 176 頁。

〔註 112〕繼 1942 年以思想革命爲目標的「四三決定」之後，第二個「四三決定」決定 1943 年 4 月 3 日至 1944 年 4 月 3 日繼續開展整風運動，

不要做一個職業的創作家」，而對於已是「創作家」的教員而言，應該輪流參加生活中間去。〔註 113〕何其芳也認爲，經過整風之後，「將來的魯藝也應該不是那種單純的安安靜靜讀書的地方，而是帶著更多革命氣氛的，除了專門學習文學藝術而外還要認眞地改造思想與訓練實際工作能力的學校。」〔註 114〕延安大部分文藝刊物在此期間已經停刊，魯藝詩人的主要發表園地集中在《解放日報》上，檢視這一時期的詩人隊伍，從發表數量上看，魯藝「新生代」超越了「創作家」教員，預示著知識權力結構的一次翻轉；從創作方式上看，無論何其芳撰寫理論批評文章還是曹葆華、天藍幾乎轉向馬克思主義理論翻譯，都與他們在魯藝的職務有關〔註 115〕，而《講話》前活躍在詩壇的青年詩人除了撰寫與現實高度結合的詩歌之外，也開始創作歌詞、劇本甚至通訊、報導。由此可見，魯藝文學系的版圖在《講話》後發生了巨大的變化。這一方面意味著詩歌文體在大眾化文藝潮流中遭遇了前所未有的危機，詩人必須直面寫作素材、傳播渠道和讀者群改變，另一方面表明了詩人受「政策」的教育後將文本創作的經驗反作用於政治，從而與「政策」之間展開互動。除了在學院中參加思想改造運動之外，爲了踐行《講話》「文藝服從於政治」的要求，魯藝詩人最爲普遍的做法是將其中的「政治」生動化爲一種個體的歷史經驗，主要依靠作家踐行接下來中共組織的一系列「配套措施」。對於那些參與下鄉、勞動大生產的作家而言，外在的基層實踐伴隨著內在化的政治參與，合力賦予了知識分子政治認同感和鮮活的生活經驗，表現在創作上，也就是重新審視老生常談的「我們」（知識分子）與「他們」（大眾）之間的關係，把作家對生活的敏悟力與知識品格投注到人民群眾的社會生活中去，作家在這個過程中暫時放下對「技巧」、「藝術」的追求，通過檢拾民間的寶貴財富喚醒了他們的政治人格和現實介入感。此時的「教育」在延安的語義已經發生了改變，恰如何其芳在《論文學教育》一文中提到了三種教育的方向，一是作家創作與工農大眾結合的作品教育他們，二是黨的教育，三是教育自己。〔註 116〕這裡不著重描繪魯藝在《講話》和整風後創制的具體文藝圖景，

〔註 113〕周揚：《周揚同志在學風總結大會上的報告》（一九四二年八月三十日），谷音，石振鐸：《東北現代音樂史料》第 2 輯（魯迅文藝學院歷史文獻），內部資料，1982 年，第 145 頁。

〔註 114〕何其芳：《論文學教育》，《解放日報》，1942 年 10 月 16 日。

〔註 115〕何其芳任魯藝文學系系主任，曹葆華、天藍就職於魯藝編譯處。

〔註 116〕何其芳：《論文學教育》，《解放日報》，1942 年 10 月 16 日。

筆者探究的重點在於，整風後魯藝作家們創作重心的轉變如何與他們的組織形式和政治參與勾連起來，在與教育相關的諸多關節上重新塑造著延安的文學生態與文學空間。

伴隨著整風運動的開始和延安文藝座談會的召開，中共對待知識分子的策略已經不再是「大量吸收」或「優待」了，而是主張把他們投入廣闊的農村生活中加以磨煉，這種變化背後實際隱含著一種由「組織起來」到「分散」的組織策略。正如前文所述，作家依靠「公家」的扶助而「組織起來」並在「公家」的支持下自由結社和辦刊，實際上延續的是赴延前的生存狀態，黨的基本目標在於將他們融匯進統一戰線的旗幟之下，卻無意助長了革命隊伍中的宗派主義、自由主義以及與現實環境的脫節。實際上，《講話》以前「把文化人組織進一個文協或文抗之類的團體」〔註 117〕的做法從一開始就與魯藝對文藝的軍事化部署相齟齬，亦即顯示了文學與政治的交錯混雜。同樣被編入「體制」，魯藝與其他文化團體（特別是「文抗」）的不同之處在於，其一，魯藝在性質上被定位爲黨的「文藝堡壘」，從始至終對政治教育的關注未曾放鬆；其二，魯藝在吸收青年學生時設立了較高的門檻，只有具有一定文學藝術修養的青年才能通過考試，爲作家隊伍提供了後備力量，這不同於主要由國統區來延安自由選擇進入「文抗」而組成的作家團體，具有一定的生長性，也蘊蓄著更具活力的文學力量。這些要素本可以轉化爲革命的動力，但是，以魯藝文學系爲例，整風前並不依賴於黨的文化指示，而主要依靠周揚等人的辦學方針和幾位作家的引導，其文學生產方式也賡續著「五四」新文學以來的一貫特徵，知識分子與革命、政治的關係仍處於若即若離的狀態，在結果上就表現出，文化人雖然身處相對政治化的教育空間，仍與普通民眾對話困難。所以當《講話》賦予「政治」更爲確切的含義並直接指向知識分子個體時，個人命運與政治話語迅速被黏連在一起，文藝的服務對象改變了，文

〔註 117〕1943 年 4 月 22 日，延安發佈了黨務廣播《關於延安對文化人的工作的經驗介紹》，其中的一段話清楚地說明了這種組織邏輯：「過去我們的想法，總是把文化人組織進一個文協或文抗之類的團體，把他們住在一起，由他們自己去搞。長期的經驗證明這種辦法也是不好的，害了文化人，使他們長期脱離實際，結果也就寫不出東西來，或者寫出的東西也不好的。眞正幫助文化人應當是分散他們，使之參加各種實際工作。」（《關於延安對文化人的工作的經驗介紹》（一九四三年四月二十二日黨務廣播稿），中央檔案館編：《陝甘寧邊區抗日民主根據地·文獻卷》（下），中共黨史資料出版社，1990 年，第 449 頁。）

化人的組織形態也不得不變。1943 年春及其後「下鄉」的作家，就外在組織形態上而言是分散的，但是卻因共同履行「下鄉」的政策而又內在地甚至更緊密地被組織起來，而連接他們彼此以及政黨關係的，正是所屬「單位」這條「紐帶」。正如周揚指出的，參與實際生活「不是個人主義的」，「個人到生活中去，而對魯藝不管」是無組織無紀律的想法。〔註 118〕

1943 年開始的作家「下鄉」行爲中既有強制性的政策因素，也出於作家在接受思想改造後的自覺。一方面，文藝下鄉是改造知識分子自我和改造民間的重要舉措，作家不僅在此過程中重構了自己與前線、農村、地方的關係，也以文藝的形式宣傳了黨的路線方針政策。另一方面，按照何克全的說法，作家下鄉「不是爲著別的，而是爲著文藝運動」〔註 119〕。1942 年賀龍回延安直接對周揚表示了自己對魯藝「關門提高」的不滿，批評他們忽視與「前方」的聯繫，〔註 120〕也是希望魯藝的藝術人才深入前方幫助提高部隊文藝的水平。〔註 121〕下鄉既是新文學發展史上一種獨特的組織寫作的方式，也是文藝大眾化的必經之路。毛澤東要求文藝創作注意與人民群眾的血脈聯繫，這決定了作家下鄉時不能再固守「五四」新文學傳統，而應按照指示創作符合實際需要以及人民群眾喜聞樂見的文藝形式，豐富工農兵的精神「食糧」〔註 122〕，通過上述步驟，延安的文學生產、文藝生態和文學空間將得以重構。

爲了響應中共的號召和踐行其文藝政策，1943 年 3 月開始延安作家紛紛下鄉，詩人艾青、蕭三，劇作家塞克赴南泥灣，陳荒煤赴延安縣工作，丁玲等人也做好了下鄉的準備。1943 年 4 月 2 日魯藝在橋兒溝大禮堂爲三十餘名即將赴前線的文化人召開歡送會。〔註 123〕在注意這些事實的同時，還應該體察的是，「下鄉」爲作家提供了一種別樣的空間感受，不同於在「文藝堡壘」

〔註 118〕周揚：《周揚同志在學風總結大會上的報告》（一九四二年八月三十日），谷音，石振鐸：《東北現代音樂史料》第 2 輯（魯迅文藝學院歷史文獻），內部資料，1982 年，第 52 頁。第 145 頁。

〔註 119〕何克全：《關於文藝工作者下鄉的問題》，《解放日報》，1943 年 3 月 28 日

〔註 120〕何其芳：《記賀龍將軍》，何其芳著，藍棣之主編：《何其芳全集》第 2 集，石家莊：河北人民出版社，2000 年，第 219 頁。

〔註 121〕王克明：《〈講話〉前後的延安文藝》，《中國現代文學研究叢刊》，2013 年第 5 期。

〔註 122〕陸定一：《文化下鄉——讀〈向吳滿有看齊〉有感》，《解放日報》，1943 年 2 月 10 日。

〔註 123〕艾克恩：《延安文藝運動紀盛》，北京：文化藝術出版社，1987 年，第 430 頁。

內思考自我如何發生蛻變，它直接將知識分子推入一個宏大的時空內，作家直接面對的不僅是殘酷的戰爭造就的生存困境，還有螻蟻般的底層農民和中華民族源遠流長的農耕文明。但是知識分子還未出發，黨對「下鄉」之「鄉」的意義範疇便做出了明確的規定，這裡的「鄉」被限制在有限的理解空間內，處於一個相對於知識分子的高位，一個重新被認識、被學習的位置上。「下鄉」之於文化普及和意識形態宣傳的作用已不允許詩人像在抗戰初期那樣從土地中汲取詩意、錘鍊人生百味，「鄉土」一詞中的意識形態含義甚至會改寫曾有過下鄉經歷的作家的認識。以詩人魯藜爲例，他曾在 1941 年「整風」以前的日記中這樣描述自己詩歌風格的轉變：

> 我不要太耽於美的意境了，我有時有點過火的抒情主義，我要在短詩上表現出一種健康的氣息。而且要寫一首千行的抒情詩，是的，我心中有力量，我有深厚的情感，我有經過暴風的心。〔註 124〕

魯藜 1939 年於「抗大」畢業後，隨軍前往晉察冀邊區，被任命爲晉察冀軍區民運幹事，後又擔任隨軍記者。1939 年魯藜創作並發表了《延河散歌》，組詩風格清新質樸、催人奮進，直接抒發了詩人在自然中獲得的生命啓示，也奠定了魯藜延安時期詩風的基礎。魯藜所謂的「抒情主義」實際上可以轉譯爲一種革命的內在生產力，來源於他所觀察到的田間地頭代代相因的頑強生命，由其助燃的革命情動力促使詩人寫出「我在曠野上獲得的／是活的詩歌，是不死的鳥」（《曠野的給予》）一類的詩句。但是不加收束的革命情感很容易逸出黨與人民的視線範圍。1943 年魯藜進入魯藝參加整風學習，在「搶救運動」中遭遇「清洗」和隔離，他不斷反省自己過去「放任的自由主義」，甚至在聆聽毛澤東公開向「搶救運動」蒙冤的同志們道歉後寫下「『親愛的黨，親愛的毛主席……』語言是灰色的，我不能描寫出此時狂亂的情感。讓我默默地記住他吧，記住這偉大領袖的面貌和聲音，直到我死爲止。」這種政治情感和皈依心緒重新修改了魯藜對於土地的認識，政治領袖的音容笑貌使他決定「從今天起，我重新握住了生命的幼芽，我像野地裏的花朵似的，在寂寞的冬天裏又醒來。」〔註 125〕1945 年任教於魯藝期間，魯藜創作了《泥土》一詩：

〔註 124〕魯藜 1941 年 2 月 8 日日記，《魯藜詩文集》第 4 卷，北京：作家出版社，2004 年，第 386 頁。

〔註 125〕魯藜 1944 年 5 月 24 日日記，《魯藜詩文集》第 4 卷，北京：作家出版社，2004 年，第 393 頁。

老是把自己當作珍珠
就時時怕被埋沒的痛苦

把自己當作泥土吧
讓眾人把你踩成一條道路〔註 126〕

從某種程度上「泥土」正象徵著思想上被改造一新的自己。魯藜在回憶中談及此詩時說道：「這首小詩是我通過《講話》，經過整風而戰勝我自己心靈矛盾的自白；也可以說是我人生征途上的一首凱歌。」〔註 127〕因此，詩中「痛苦」的精神狀態和甘願被踩踏的心願都事出有因。通過梳理魯藜對「土地」一詞認識的變化可以發現，1943 年以後「下鄉」只有放置在整風運動的整體背景中才能得以合理的闡釋。

「下鄉」作爲作家思想改造的「配套措施」有其合理性。魯藝從創辦伊始便強調學與用統一，並專門設立實習課，但是到前線和農村實習的師生常常叫苦連天，究其原因在於思想上的「不開展」。正如何其芳所說：「當時我們還不能，或者說還不願認識得這樣尖銳，卻假借藝術之名和他們抗爭。卻說，寫作品要經過時間的沉澱，不能就在前方寫。」〔註 128〕1943 年 3 月，中央文委和中央組織部召開黨的文藝工作者會議，中共中央宣傳部副部長凱豐作了《關於文藝工作者下鄉的問題》的報告，報告中提到知識分子下鄉應當樹立兩個觀念，其一是打破「做客」的觀念，下鄉不是搜集材料，而是轉變身份的過程，其二是放下文化人的架子。〔註 129〕因此將 1943 年 4 月 3 日何其芳、周立波發表在《解放日報》上的兩篇文章置於「下鄉」的背景之下考察，二者都不是脫離具體語境的個人懺悔，而是思想上緊跟形勢，及時表態的眞實寫照：周立波的《後悔與前瞻》爲了暴露「做客」的害處，甘願「作凱豐同志的文章的一個小注腳」〔註 130〕，而何其芳也表示這次下鄉運動是文藝工作者們徹底改造自己、改造藝術的開始，並

〔註 126〕魯藜：《泥土》，《希望》，1945 年第 1 集第 1 期。
〔註 127〕魯藜：《我的一點心跡——紀念〈在延安文藝座談會上的講話〉四十週年》，《魯藜詩文集》第 3 卷，北京：作家出版社，2004 年，第 173 頁。
〔註 128〕何其芳：《記賀龍將軍》，何其芳著，藍棣之主編：《何其芳全集》第 2 集，石家莊：河北人民出版社，2000 年，第 218 頁。
〔註 129〕凱豐：《關於文藝工作者下鄉的問題》，《解放日報》，1943 年 3 月 28 日。
〔註 130〕立波：《後悔與前瞻》，《解放日報》，1943 年 4 月 3 日。

表示「在魯藝整風結束以後」很希望下鄉參與實際工作〔註 131〕。值得注意的是，「下鄉」作爲一種敕令已經與革命倫理聯繫起來，此時二人的表態已經被放置在「無產階級思想」和「非無產階級思想」以及「革命」與「反革命」的二元方程式中。〔註 132〕

魯藝此時的教育目標仍是培養文藝「新人」，通過自上而下的整風，文藝「新人」不僅與小資產階級話語隔絕開來，而且打破了「文藝堡壘」之「內」與「外」的界限，在與群眾的廣泛聯繫中擺脫了過去個人主義式的生活方式，從而眞正登上了歷史舞臺，總而言之，在他們的學習、組織和發表中開創了一種新的歷史，這關涉著延安文藝界的一次新陳代謝。相較 1943 年魯藝併入延大後入學的學生，受到「下鄉」政策影響更大的是那些過去已在魯藝接受過政治與文學教育的詩人。仔細梳理 1943 年以後發生在魯藝青年詩人間的創作轉向，大致可分爲以下三類：一大批青年詩人被下放到農村、工廠、前線等，此時開始轉向通訊和特寫的寫作，其中章煉峰、張鐵夫、馮牧、楊思仲等都頻頻在《解放日報》發表類似「短平快」的文章；另一部分詩人在寫詩的同時，也開始創作歌詞、秧歌劇以及歌劇等，代表人物是賀敬之；繼續從事詩歌創作的魯藝詩人朱衡彬、張鐵夫、戈壁舟、侯唯動等人，絕大多數都傾向於配合邊區政策的闡釋與宣傳，融入大生產運動、改造「二流子」、宣傳軍民魚水中，除第一章中提及的以生產勞動爲題材的詩歌外，還有張鐵夫的《縣長替我種棉花》《「二流子」的歌》《鄉選兩首》、侯唯動的《婦女們來了》、賀敬之的《選舉》等，這些詩歌作品以擁軍和描寫邊區人民生活的新面貌爲主，情緒飽滿而富有煽動力。在這些看似具有同質性的詩歌中，筆者發現了第三類詩歌中的某些作品與其他作品之間的微妙差異，寫作素材大致相同的前提下，其差異最爲典型地體現在集體寫作和個人創作兩種不同的寫作方式之間。這關係著，《講話》後呼應「下鄉」的要求，作家以集體寫作的形式參與進黨的組織部署，還能否在詩歌文體與個人創作之間建立對應關係？詩人是否在集體寫作的潮流下徹底喪失了獨立性？這一問題背後牽連著黨的文藝生產機制與詩人創作之間的對接與錯動。

「集體寫作」誕生於文藝大眾化的要求，於 1928 年革命文學論爭中被引進，經由蘇區的實踐成爲文化宣傳的重要「傳統」，1942 年延安文藝座談會召

〔註 131〕何其芳：《改造自己，改造藝術》，《解放日報》，1943 年 4 月 3 日。

〔註 132〕《中共中央關於繼續開展整風運動的決定》，《解放日報》，1943 年 4 月 3 日。

開以後成爲一種反映作家與工農兵結合的寫作範式。〔註 133〕集體寫作是作家「下鄉」與工農兵打成一片的結果，典型地體現爲創作方式的集體化和創作權利的民主化。一般認爲，以秧歌劇爲典型的集體寫作方式有助於清理知識分子的「劣根性」以及宣傳意識形態，也勢必造成對作家寫作個性的磨損。周揚在魯藝秧歌劇運動的傳播與經典化過程中起到了舉足輕重的作用，1944 年他對秧歌劇做出了總結式的評價，他最爲肯定的除了改造後的秧歌劇對民眾的教育作用以外，還有其中的「集體創作」模式，工農群眾、藝術工作者和學生知識分子的思想覺悟與藝術水準都在其中得到了鍛鍊和提高。〔註 134〕除可以在田間地頭上演的秧歌劇以外，1944 年魯藝開始投入歌劇《白毛女》的創作，這一創作本就基於一種集體藝術——舞臺藝術之上，但之所以被稱爲「集體寫作」，根本原因在於調動廣大人民群眾的參與。賀敬之在回憶《白毛女》的創作與演出時這樣說道：

> 劇本創作及排演，經歷了三個多月的時間（從 1945 年 1 月至 4 月），不斷地嘗試，不斷修改。筆者的寫作能力是不夠的，同時對於故事流傳地的生活不夠熟悉，而特別是要把它寫成一個歌劇，在形式與技術的掌握上更不夠。我找了許多對該地生活熟悉的同時請教，又儘量回憶個人過去農村生活的材料，在討論故事情節時請更多的同志參加意見。在創作的過程中，又蒙張庚、王濱兩同志的意見加以修改。每幕總排時，許多專家及同學都提供了很多好的意見，修正了劇本及排演。特別應該提出的，是許多老百姓和學校的勤務員、炊事員常常熱心地來看排演，他們提出了許多好意見，甚至許多細微的地方，他們也發表了意見。當寫最後一幕——新社會的時候，我們還請來了在晉察冀下層政權工作的同志來指教。〔註 135〕

賀敬之在這段回憶中極力強調《白毛女》的文本創作是集體智慧的結晶，其中既有干部、專家學者、學生的辛苦也有人民群眾的功勞，而非自己一人的勞動成果。賀敬之的事後追溯反映了他已深諳「集體寫作」背後的意識形態

〔註 133〕郭國昌：《集體寫作與解放區的文學大眾化思潮》，《中國現代文學研究叢刊》，2005 年第 5 期。

〔註 134〕周揚：《表現新的群眾的時代——看了春節秧歌以後》，《解放日報》，1944 年 3 月 21 日。

〔註 135〕賀敬之：《〈白毛女〉的創作與演出》，段寶林，孟悅，李楊：《〈白毛女〉七十年》，上海：上海人民出版社，2015 年，第 162 頁。

內涵，但是總體而言，這一劇作雖在踐行文藝大眾化上取得了明顯的成績，卻並不能掩蓋「文人的、鄉土的以及政治權威的幾種力量之間」的「磨擦、交鋒、或交換」〔註 136〕。在《白毛女》創作完畢後，賀敬之發表了《選舉》一詩：

滿窪的麥稻屬誰？
人裏挑人屬誰好？
盤算又盤算，
比較又比較，
把那好人的名字
寫上選舉票！〔註 137〕

這首詩雖出自賀敬之一人之手，卻難逃「集體寫作」邏輯，最爲典型地表現爲知識分子立場的徹底隱匿，無論朗朗上口的詩歌形式還是邊區民主選舉這一現實題材都是詩人服膺《講話》要求的結果。那麼，如果說作爲歌劇藝術的《白毛女》在演出方式上仍需尊崇「專業化」的原則，因此無法完全拋棄知識分子的知識素養，爲知識分子啓蒙話語留有一絲縫隙，那麼詩歌是否宿命般地對應著被工農兵立場「收編」的結局？

作爲下鄉采風的「果實」，1948 年 6 月由何其芳牽頭編選的《陝北民歌選》初版，署名魯迅藝術文學院〔註 138〕。該選集編纂成冊的過程是民間文學「經典化」的過程，亦提供了一種「調和」黨的文藝方針、原生態的民間以及知識分子立場的範式。對口頭傳統的發現與整理，並經由知識分子「寫定」，倚仗的是知識分子服膺於《講話》中提出的「文藝爲工農兵服務」的實用主義文學觀；同時，某種程度上，這部民歌選代表著魯藝「集體寫作」的另一成就，搜集、整理、編選、校勘分別由不同的人員負責，公木、李雷、葛洛、魯藜、天藍、舒群都參與了相關工作。〔註 139〕本書選定的「民歌」折射出被

〔註 136〕孟悅：《〈白毛女〉演變的啓示——兼論延安文藝的歷史多質性》，唐小兵：《再解讀——大眾文藝與意識形態》（增訂版），北京：北京大學出版社，2007 年，第 53 頁。

〔註 137〕賀敬之：《選舉》，《解放日報》，1945 年 10 月 19 日。

〔註 138〕出版過程參見劉錫誠《二十世紀中國民間文學學術史》（下）中第四章第十六節《何其芳的民間文學理論與實踐》（《二十世紀中國民間文學學術史》（下），北京：中國文聯出版社，2014 年，第 599～603 頁。）

〔註 139〕魯迅藝術文學院：《關於編輯〈陝北民歌選〉的幾點說明》，《陝北民歌選》，上海：新華書店，1950 年，第 3 頁。

篩選過濾過之後的「民間」，程鈞昌 1945 年 10 月依照何其芳的囑託，撰寫了一份編選例言〔註 140〕，例言中指出：「我們編輯這個選集，不是單純爲了提供一種民俗學和民間文學底研究資料，而且希望它可以作爲一種文藝上的輔助讀物。因此，入選的民歌，便要求在思想性和藝術性上都有可取之處，方爲合格。」〔註 141〕在編寫原則上，也充分考慮到了它「經典化」過程中的讀者問題，爲了爭取最廣泛的讀者，突破了周立波在課堂的一隅講授「世界名著」的局限，而是向專業研究者和普通讀者一起敞開，達到教育民眾的目的。本書共分五輯，從內容上看來，其編選原則反映了強烈的意識形態屬性，前三輯爲舊民歌，第一輯「信天遊」和第二輯「藍花花」中選取的民歌內容均以反對封建婚姻和傳統禮教，第三輯「攬工調」主要反映勞動人民的疾苦；後二輯爲新民歌，第四輯「劉志丹」主要以紅軍長征的艱苦鬥爭爲主題，第五輯「騎白馬」則與邊區生活緊密相關，由此可見，這本選集雖然是一本民歌集，卻以「民間」爲紐帶把中國共產黨領導武裝鬥爭和建設的歷史與工農群眾的歷史聯繫起來。而就具體的編纂而言，何其芳「寫定」民歌遵循的「人民本位」原則某種程度上也是知識分子主動放棄經典製造者和「發現人」的位置而充當使命執行者的寫照，正如何其芳在《從搜集到寫定》一文中指出：「在寫定民歌時，字句不應隨便改動增刪。」「若係自己改寫，那就不能算是道地的民間文學，而是我們根據民間文學題材寫成的自己的作品了。」〔註 142〕

從魯藝諸多作家對民歌的搜集與寫定中可見，通過文藝「下鄉」及其產物——「集體寫作」，魯藝詩人被進一步組織起來了。但是隱匿在這種組織化的寫作程序背後，還有一系列看似介於集體寫作與個人化寫作之間的作品。這些作品一方面呼應著黨在文化普及上的政策要求，另一方面卻也不時流露出逸出「集體寫作」模式所代表的文藝大眾化趨向的因素。這一特徵較爲明顯地出現在魯藝中的「七月派」詩人身上。他們雖也參與過「下鄉」並在魯藝經歷了嚴峻的「搶救運動」，但是思想上仍不能徹底皈依黨的規訓，詩中也存在不爲黨的意志所融的個人化質素。上文已經論及魯藜的《泥土》一詩，

〔註 140〕何其芳：《重印瑣記》，中國民間文藝研究會：《陝北民歌選》，上海：新文藝出版社，1951 年，第 337～338 頁。

〔註 141〕魯迅藝術文學院：《關於編輯〈陝北民歌選〉的基本說明》，《陝北民歌選》，上海：新華書店，1950 年，第 1 頁。

〔註 142〕何其芳：《從搜集到寫定》，何其芳著，藍棣之主編：《何其芳全集》第 2 集，石家莊：河北人民出版社，2000 年，第 469～470 頁。

細查魯藜同時期的日記便可發現其與詩歌表現出的犧牲精神截然相反的落寞——魯藜非但沒有「戰勝自我」，反而在一系列的「清洗」運動中飽受折磨。〔註 143〕這首詩雖然在日後不斷被編織進抒發革命鬥志的譜系，但其根本上卻是知識分子心靈蛻變的寫照。它輾轉發表於胡風在大後方編輯的《希望》雜誌，也預示著魯藜在經歷一輪又一輪的「清洗」之後被徹底篩選出黨的文藝隊伍的命運。身在魯藝卻以「以胡風爲師」的青年詩人不在少數，包括天藍、胡征、侯唯動等，這幾位詩人也因平時結交較頻繁而成爲魯藝整風運動期間重點「清洗」的對象。據詩人胡征回憶，魯藝「搶救運動」期間，自己被要求交代清楚與天藍、魯藜、侯唯動「三個男友」之間的關係。「三個男友」的共同之處在於，都曾頗富榮光地在胡風主編的《七月》雜誌上發表過詩作，1930 年代後期，「此時，延安尚無文學刊物，依靠『大後方』供給精神食糧。能見到的讀物不多……《七月》最難借、偶借到手，常是破爛不堪。那時，延安的詩人在《七月》上發表作品的不多，有天藍、魯藜、侯唯動，三人而已（艾青、艾漠稍後到延安的）。」〔註 144〕其中侯唯動個性最爲張揚，平素毫不避諱自己對胡風的仰慕，「平時鋒芒畢露。他那個土窯洞的小書房的牆壁上，用酸棗刺釘滿馬蘭紙的各種條幅，以侯氏書法題寫名人語錄。其中，胡風的警句最多。他詩興大發時，常面壁而立，凝視語錄，朗誦滿地與胡風滔滔對話。」〔註 145〕1938 年 3 月，青年詩人侯唯動的《鬥爭就有勝利——獻給東北抗日聯軍的兄弟們》組詩發表在胡風主編的《七月》雜誌上，組詩由《血債》《遺囑》《血底歌唱》《母親大地》《戰地進行曲》《偷襲》《突破了圍攻》《今天》組成，詩歌節奏明快，洶湧著詩人抗戰到底的信念與決心，每一首都充滿了戰鬥和剛毅的美。區別於標語口號式的戰爭詩，詩中不乏生動的譬喻和動人心魄的畫面感，譬如：

透出殘雪層的
——迎春花
開了！
那金黃的，

〔註 143〕具體可參見張林傑：《整風前後：詩人魯藜的「心靈矛盾」與「泥土」意識》，《天津社會科學》，2015 年第 4 期。

〔註 144〕胡征：《如是我云》，曉風：《我與胡風》（上），銀川：寧夏人民出版社，2003 年，第 244 頁。

〔註 145〕胡征：《詩情錄及其他》，西安：陝西人民教育出版社，1994 年，第 245 頁。

生在血跡裏，
象徵著鬥爭就有勝利。〔註 146〕
——《血跡》

這組詩讓侯唯動久負盛名〔註 147〕，也難免給他在延安的「蛻變」帶來負累。1945 年 2 月 4 日，侯唯動的詩歌《來看他們的兒子》發表於《解放日報》，這是他經歷了疾風驟雨般的「搶救運動」後首次公開發表在黨報上的詩歌。這首在侯唯動看來爲自己的清白「辯護」甚至出於「意氣」而投稿的詩歌在「運動」歸於沈寂之後被錄用〔註 148〕，值得思考的是，它緣何能被黨報看中，又與同時期集體寫作背景下誕生的詩歌有何不同？這首詩再現的是一對父母來探望他們就讀於幹部學校的兒子的場景，以這一場景勾連了兩代人在黨的領導下「翻身」與「被教育」的喜悅經歷，而《解放日報》刊登此詩顯然也有宣傳介紹黨的幹部制度的目的。但是這首詩最打動人心的並非它「頌歌」的一面，而是回憶父母過去受苦的經歷和全家團聚時刻的脈脈溫情：

你們的臉上，
那被已往貧苦折磨成的皺紋，
因臉色紅潤而淺了，
正像過去的暗影
雖給我們留下一個可怕的記憶，
卻不能再走進我們。

媽媽從褡褳裏
取出油圈圈給兒子喂著，
——媽媽是習慣哺養的。
可是你的兒子大了呵！
爸爸把一卷新鈔票，

〔註 146〕胡征：《鬥爭就有勝利——獻給東北抗日聯軍的兄弟們》，《七月》，1938 年第 10 期。

〔註 147〕侯唯動因此從一個名不見經傳的文學青年變爲《七月》《全民抗戰》《新華日報》等報紙刊物的特邀撰稿人。他的《鬥爭就有勝利》還被冼星海譜寫出歌曲。（侯唯動：《從讀者中走向胡風》，曉風：《我與胡風》（上），銀川：寧夏人民出版社，2003 年，第 364～365 頁。）

〔註 148〕侯唯動：《從讀者中走向胡風》，曉風：《我與胡風》（上），銀川：寧夏人民出版社，2003 年，第 356 頁。

給他塞在口袋裏。〔註 149〕

該部分人物細節刻繪與黨要求的集體主義式書寫相去甚遠，詩人毫不迴避張揚人類的基本感情，黨的光輝形象甚至有被這個三口之家的親情所掩蓋的危險，以至於詩人不得不在詩歌結尾中以「小家」的幸福昇華至對黨的感激之情：「誰不愛這幅圖畫？／誰的心不在歡欣地跳動？／我們的父代已有了自由的生活，／我們的子孫在被教育，／向新型戰士的標準提高」〔註 150〕。寫作此詩時，侯唯動正處於「被搶救」的位置上，他針對周揚在魯藝大會上對自己拋出的「雙重人格論」、「創作陶醉論」、「一代不如一代論」等批評致信周揚：「你在延安，比我更陶醉，怎麼還不如一個『特務』，能不停地創作長詩歌共產黨的德呢？」侯唯動寫作此詩就是爲了證明他沒有被「運動」嚇倒，「情緒恢復得很快」。〔註 151〕此後，他創作了長篇敘事詩「延安三部」：《黃河西岸的鷹形地帶》《美麗的杜甫川淌過的山谷》《西北高原黃土變成金的日子》也是「先有了戰鬥生活」再進入創作實踐的結晶。從他的創作理念看來，侯唯動雖然對革命、馬克思主義思想和黨葆有絕對的忠誠，但與魯藝其他「歌德派」〔註 152〕詩人的不同之處在於，無論是精神人格還是詩歌風格都分享著胡風主張的「主觀戰鬥精神」。侯唯動的年少成名的幕後「推手」胡風對他形成「首先是人生上的戰士，其次才是藝術上的詩人」〔註 153〕的思想至關重要，這主要得益於胡風曾專門對其進行「批評」與「教育」。「戰士」與「詩人」的說法出自 1942 年 10 月胡風致侯唯動的公開信，信中有言「第一是人生上的戰士，其次才是藝術上的詩人」。胡風在這封信中說明了自己收到侯唯動的敘事詩詩稿卻未擇其發表的原因，最主要的是它們「由於主觀情緒底貧乏而成了非詩的東西」。胡風批評侯唯動「太相信題材本身了」，但是忽略了「題材本身的眞實生命不通過詩人底精神化合就無從把撮也無從表現」，「更何況詩底生命還需要從對象（題材）和詩人主觀的結合而來的更高的昇華呢」。另外，胡風在這封信中還明確批評了魯藝「專門提高」時期許多學生「向世界

〔註 149〕侯唯動：《來看他們的兒子》，《解放日報》，1945 年 2 月 4 日。

〔註 150〕同上。

〔註 151〕侯唯動：《從讀者中走向胡風》，曉風：《我與胡風》（上），銀川：寧夏人民出版社，2003 年，第 356～357 頁。

〔註 152〕侯唯動在回憶錄中將自己稱爲「歌德派」。（侯唯動：《從讀者中走向胡風》，曉風：《我與胡風》（上），銀川：寧夏人民出版社，2003 年，第 357 頁。）

〔註 153〕侯唯動：《寶塔高聳 延河長流》，湯洛、程遠、艾克恩主編：《延安詩人》，西安：陝西人民教育出版社，1992 年，第 509 頁。

名著學習技巧的提高工作」的想法，這種「技巧論」不僅違背了他所遵從的文學現實主義原則，而且對現實的鬥爭極爲不利。〔註 154〕但是胡風寫作該信時《講話》還未開始在國統區傳播〔註 155〕，胡風完全憑藉自己的經驗對侯唯動予以「指導」，這不僅與延安雲波詭譎的「運動」潮流相比存在一定的滯後性，也與《講話》提出的文藝爲工農兵服務的方向存在根本分歧。從侯唯動對胡風文藝思想的接受看來，黨的文藝生產機制在這一時期面對作家多元的創作取向，仍無法在作家間將毛澤東文藝思想標榜爲唯一的意識形態認同，而從後設的立場看來，這一趨勢將在中共成爲執政黨後得到進一步體系化並加以落實。

1944 年以後，魯藝文學系教師隊伍中不僅有魯藜，蕭軍、舒群、公木、孫犁、邵子南等人也相繼調任至魯藝，再加上留校工作的侯唯動、胡征等，聚集了不少被歸入「七月派」的詩人。魯藜、公木、胡征等人這一時期也在胡風主編的《希望》雜誌上發表過詩歌。〔註 156〕通過粗略的統計可以得出，此時魯藝詩人多數抒發個人情志的詩歌都發表在大後方《希望》等雜誌上，而在延安公開發表的多爲工農兵題材的敘事詩〔註 157〕。這說明他們一面呼應著《講話》要求的「同聲歌唱」，另一面也通過發表換取想像的「自由」。這種在解放區與國統區通過發表不同類型的詩作而自我「分裂」的行爲實際上恰恰意味著身在解放區的詩人們保持自我主體完整性的渴求，他們以詩歌發表的形式「走向胡風」的做法也蘊蓄著脫離中共的「組織」而走向「分散」的可能性。

強調詩人下鄉和集體寫作的主要目的在於揭示《講話》以後詩人們更爲緊湊的組織形態，其中黨的意志扮演了重要的角色，但這並不意味著有意遮蔽這一時期黨的文藝理念與個別魯藝詩人觀念之間的縫隙，除了上述那些帶

〔註 154〕胡風：《關於題材，關於「技巧」，關於接收遺產》，《胡風全集》第 3 卷，武漢：湖北人民出版社，1999 年，第 79～82 頁。

〔註 155〕《講話》第一次在國統區公開與讀者見面是 1944 年 1 月 1 日《新華日報》以《毛澤東同志對文藝問題的意見》爲題摘要發表《講話》的主要內容。

〔註 156〕他們的發表在《希望》上的詩主要包括：魯藜：《第二代》，《希望》，1945 年第 1 集第 1 期。公木：《哈嘍，鬍子！》，《希望》，1945 年第 1 集第 2 期。胡征：《白衣女》，《希望》，1946 年第 1 集第 3 期。魯藜：《夜行曲》，《希望》，1946 年第 1 集第 3 期。魯藜：《風雪的晚上》，《希望》，1946 年第 1 集第 4 期。魯藜：《眞實的生命》，《希望》，1946 年第 2 集第 1 期。魯藜：《冬夜》，《希望》，1946 年第 2 集第 2 期。

〔註 157〕參見本書「附錄」。

有個人寫作色彩的詩歌外，魯藝作爲一個知識生產的場域並不能徹底杜絕個體化的聲音，甚至常常伴有對文學教育方針的論爭。接受過「下鄉」鍛鍊的詩人艾青於1945年3月入職魯藝，此時何其芳前往大後方後，舒群接任文學系系主任。在這位體弱多病〔註158〕、不善言辭的系主任執掌期間，魯藝文學系的詩歌創作氛圍已經褪去了何其芳時期的活躍，但是艾青、魯藜、公木等教員們言傳身教中仍未免夾雜著創作經驗和個人歷史的講述，他們對於文學功能、原理和文學史的闡釋雖大體服膺《講話》規定的文藝基本規律和革命原理，但根據有限的資料顯示，艾青的「五四以來詩歌運動史」〔註159〕、蕭軍的「魯迅研究」〔註160〕、孫犁的「寫作指導」〔註161〕等課程與「文藝理論」課相比，仍顯示出他們對文學性的追慕。

1945年11月魯藝遷離延安，向東北、華北遷移，在此前後，從魯藝畢業後各自走上工作崗位的文學青年仍未放棄以詩筆爲旗進行文化宣傳與普及工作。簡單梳理他們的工作經歷和詩歌創作情況便可發現《講話》中要求的「文學專門家應該注意群眾的牆報，注意軍隊和農村中的通訊文學」〔註162〕已經取得了一地的成效，大多數詩人在脫離魯藝這一教育空間，由學生身份變爲獨立的「文藝工作者」後，在工作中須臾不忘自己與工農兵結合的使命。試舉一例，文學系學員戈壁舟畢業後任教於伊克昭盟烏審旗中央民族學院，又調任至陝甘寧邊區文化協會，1947年5月調入新華社前線分社作隨軍記者，

〔註158〕此時舒群患有肺結核，蕭軍在日記中記載，「舒群自從擔任文學系工作後，已經吐了兩次血」。（蕭軍：《延安日記》（1940～1945）下卷，香港：牛津大學出版社，2013年，第665頁。）

〔註159〕據蕭軍日記記載，在魯藝文學系的一次討論會上，諸教員爭論起了教學方針的問題，蕭軍、艾青一派認爲「不妨仍以培養文藝工作者爲目的，不妨增加一些應用的技能。」，受到了陳荒煤等偏重「應用主義」派的激烈反對。（蕭軍：《延安日記》（1940～1945）下卷，香港：牛津大學出版社，2013年，第733頁。）

〔註160〕蕭軍1944年4月1日寫給胡風的信中說道：「從明天開始，又要準備『教材』，大約要費去十天工夫。我預備講講《阿Q正傳》，連帶也講講先生底思想和藝術底主張等。這裡雖然名爲『魯迅文藝學院』，但對『魯迅』底功課過去像是從來沒人講過的樣子，我如今實驗讓它『名實相副』一番。」（蕭軍：《延安日記》（1940～1945）下卷，香港：牛津大學出版社，2013年，第378頁。）

〔註161〕肖彥、紀雲龍：《透過那張褪了色的合影照片——懷念第五期魯藝文學系》，任文：《永遠的魯藝》（下冊），西安：陝西師範大學出版總社有限公司，2014年，第281頁。

〔註162〕毛澤東：《在延安文藝座談會上的講話》，《解放日報》，1943年10月19日。

發表詩歌《蒙人之歌》《歡迎新疆獲釋同志》《西瓜地》（外一章）、《看傷兵》（三首）、《如果不撤兵》等，這些詩以工農兵題材爲主，均洋溢著健康向上的基調，帶有一定的時效性。《講話》的權威地位一直從到中共作爲一種革命力量延續至其成爲執政黨的始終，新中國文學直接承繼的是以延安文學爲正統的左翼文學傳統，其中，魯藝的文藝實踐與新中國文藝部署之間存在千絲萬縷的聯繫，從人事上而言，新中國成立以後，周揚、何其芳、周立波、嚴文井、陳荒煤等魯藝領導和教員以及賀敬之、康濯等魯藝學員都在國家重要文學部門和刊物任職。〔註 163〕這在某種程度上說明了延安魯藝文學教育的「成功」，經過它的種種實驗，大多數詩人都具備了投入新中國文藝生產的基本政治素養和文學追求，與之相隨的一整套以國家形態爲特徵的文學生產機制也在醞釀當中。

〔註 163〕參見張均：《中國當代文學制度研究（1949～1976）》，北京：北京大學出版社，2011 年，第 161～163 頁。

結　語

從教育角度理解新詩的發展與詩人的選擇，是將更具體的歷史場景引入文學研究中的手段。有關新教育之於新文學的意義，學界已達成了許多共識，但是，論者在談及這一問題時，有意無意之間將延安文學篩出了論述的範圍。這當然源於毛澤東發表《在延安文藝座談會上的講話》以後，延安新型文藝形態與以歐美大學教育制度爲藍本的新式大學中誕生的新文學傳統構成了某種斷裂式的關係，但是這種將延安在「新文學與教育互動關係」的譜系上刪削的做法，無疑源於對一個重要問題的忽視，那就是「五四」新文學傳統如何在政治機制的作用下，超克爲一個新的文學形態，其中的複雜原因當然不是僅憑《講話》的發表和傳播便可以解釋的，而是經過了複雜的搏鬥過程，其中，教育以及知識生產構成了新的文學形態生成的重要一環。誠然，解放區的各類學校指涉著一整套不同於民國以來培養知識精英爲主的教育機制，整合和配置教育資源的方式明顯帶有政黨色彩，但是「人」的複雜性又意味著存在不囿於政治話語敘述框架的個人化話語的表達訴求。特別是在《講話》以前，周揚、何其芳、曹葆華等文化人進入延安後被安排在魯藝任教，他們中既包括 1930 年代已經在「左聯」嶄露頭角的作家，也包括自由主義知識分子，個人教育背景與知識體系差異明顯，對於魯藝教育理念的理解程度也存在較大差異。在青年的教育方面，延安的各類學校對於知識青年的「教育」顯然是一個十分具有代表性的問題。早在蘇區時期，中國共產黨的幹部教育就成爲蘇區教育的核心，「幹部決定一切」〔註 1〕被中共領導人反覆徵引意味

〔註 1〕斯大林：《在克林姆林宮舉行的紅軍學院學生畢業典禮上的講話》（1935 年 5 月 4 日），中共中央斯大林著作編譯局：《斯大林文選》（上），人民出版社 1962 年，第 35 頁。

著，如何從理想、信仰、主義等思想層面為著眼點，引導發揮知識分子群體知識與行動上的優勢，構建他們的向心力，為黨的意志服務，這一「教育」過程顯然並不是一幅面目單一的歷史圖景。那麼，如何處理知識分子主體性與黨對其政治品格塑造之間的關係，就成為一個可資探究的問題。另一方面，文學青年在某種程度上是「自由」、「理想」、「衝動」等詞語的代名詞，或多或少地與「延安」這一政治空氣濃厚的空間形成了一種張力，但是自近代以來，從「新民」到「新人」的身份建構，經歷了重心逐漸從國家向個體再向組織的演變，那麼，抗戰時期中共對「新人」的訴求顯然相對大革命時期具有了更為確切的目標，青年們被「組織起來」具有一定的歷史必然性。反之，革命者的培養計劃直接參與、影響著黨的文藝政策的生成，一方面，青年們以創作、批評、構成讀者群等方式參與到文學場域中來，另一方面，文學素養的培養與獲得背後有一套強大的話語闡釋機制，他們的文學實踐與社會行動緊密地聯繫在一起。現代文學的「急先鋒」——新詩相比其他文體而言，對於時代脈搏的嗅覺更為敏銳，本書正是以延安魯藝這一個案來考察延安詩歌的生產機制，它典型地折射出黨的文藝學校如何參與進延安詩歌生產中並成為其中一環。

對「教育」一詞的理解，並不拘囿於它的本義及其衍生出來的權力意志或背後的意識形態，以這一關鍵詞作為一個探視鏡，以延安魯藝作為一個典型個案，探究這一時期知識分子的道路選擇才是本書的終極關懷和根本意義所在。著眼於「文學」與「政治」、「文學史」與「革命史」聯動關係，「教育」這一問題便可以回歸到「五四」新文學——革命文學——左翼文學——延安文學的脈絡上來，回到「革命政治」與「革命文化」的分離—結合的動態關係上來，由此可見，一種將「延安文學」與「五四」新文學斬斷的方式是決不可取的，前者對於後者的超克是在歷史的脈絡上展開，那麼，延安一系列的「政治性」問題，譬如對小資產階級的批判、工農兵寫作的展開等，其實都可以被歷史化地處理，轉化為知識分子的出路問題、文學革命、社會革命和政治革命的張力問題，等等，由此也可以衍生出「新青年」人生觀的培養和再造，現代派詩人的轉型等諸多問題。

從方法上而言，本書企圖在文學文本的「內部」與「外部」場域之間尋找張力，從而躍出已有的詩歌史闡釋框架，在複雜纏繞的歷史細節中打磨、重新審視那些反覆被述說的敘述模式，特別是被「文學—政治」框架牢牢套住的延安文學研究範式更需要從抽象化的描述落實爲更切實的歷史圖景，從而將更多的線索引入到視野中來，在多種混合的聲音中細細分辨聲音的來源，爲歷史敘述帶來更豐富的可能性。這意味著，回到歷史現場並不是簡單地描述一種「現場」，而是盡可能地揭示詩人與「現場」之間的動態關係。而在「大文學史」觀的指導之下，探討「延安文學」與複雜的「民國機制」之間的關係也是本書的重點之一。抗戰時期是許多詩人創作生命的轉捩點，如果說，1930 年代的詩人還具有頗爲強烈的現代觀念、流派意識、浪漫衝動，那麼「抗戰」作爲決定 1930 年代詩人發生聚散離合的一個「歷史事件」，觸發詩人不得不在「象牙塔」與「十字街頭」做出選擇，更亟待更新自己現時對文學場域的介入方式。一批詩人與「革命」並非一蹴而就地捏合在一起，他們需要借助一系列外力形成參照系，從而重新實現自我內心世界的眞正認同，而他們啓動政治自我認同之前，其所參照的革命參照系，實際上仍發源於「民國機制」。這就導致了他們的公開表達、詩歌言說以及黨的政治教育之間存在著或隱或顯的聯繫與裂隙，研究者需要站在更爲廣闊的時空中更加細緻地考辨、對照以及重新發現它們的本義，從那些看似不甚協調之處探索詩人主體在政治面前反覆遭遇碰壁的歷史經驗以及進入「革命」圖景之法則。

參考文獻

報刊類

1. 《新中華報》，1937 年 1 月 29 日～1941 年 5 月 15 日。
2. 《七月》，1937 年 9 月～1941 年 9 月。
3. 《新華日報》，1938 年 1 月 11 日～1947 年 2 月 28 日。
4. 《文藝陣地》，1938 年 4 月～1942 年 11 月。
5. 《中國青年》，1939 年 4 月～1941 年 3 月。
6. 《文藝突擊》，1938 年 9 月～1939 年 6 月。
7. 《中國文化》，1939 年 12 月～1941 年 8 月。
8. 《文學月報》，1940 年 1 月～1941 年 12 月。
9. 《大眾文藝》，1940 年 4 月～1940 年 12 月。
10. 《新詩歌》（延安卷），1940 年 9 月～1941 年 5 月。
11. 《文藝月報》，1941 年 1 月～1942 年 9 月。
12. 《解放日報》，1941 年 5 月 15 日～1947 年 3 月 27 日。
13. 《新詩歌》（綏德卷），1941 年 6 月～1942 年 1 月。
14. 《草葉》，1941 年 11 月～1942 年 9 月。
15. 《穀雨》，1941 年 12 月～1942 年 8 月。

史料及資料彙編類

1. 河南人民出版社：《老解放區學校教育資料選集》第 2 輯，鄭州：河南人民出版社，1958 年。
2. 谷音，石振鐸：《東北現代音樂史料》第 2 輯（魯迅文藝學院歷史文獻），內部資料，1982 年。

3. 劉增傑等：《抗日戰爭時期延安及各抗日民主根據地文學運動資料》（上）（中）（下），太原：山西人民出版社，1983 年。
4. 《延安文藝叢書》編委會：《延安文藝叢書．文藝理論卷》，長沙：湖南人民出版社，1984 年。
5. 《延安文藝叢書》編委會：《延安文藝叢書．詩歌卷》，長沙：湖南人民出版社，1984 年。
6. 《延安文藝叢書》編委會：《延安文藝叢書．民間文藝卷》，長沙：湖南人民出版社，1984 年。
7. 文振庭：《文藝大眾化問題討論資料》，上海：上海文藝出版社，1987 年。
8. 艾克恩：《延安文藝運動紀盛》，北京：文化藝術出版社，1987 年。
9. 文化部黨史資料徵集委員會、魯藝史料專題徵集組：《延安魯藝藝術文學院紀事》（1938～1946），內部資料，1988 年。
10. 西北五省區編纂領導小組、中央檔案館：《陝甘寧邊區抗日民主根據地文獻卷》上，北京：中共黨史資料出版社，1990 年。
11. 賀志強等：《魯藝史話》，西安：陝西人民出版社，1991 年。
12. 文化部黨史資料徵集工作委員會、《延安魯藝回憶錄》編委會：《延安魯藝回憶錄》，北京：光明日報出版社，1992 年。
13. 艾克恩：《延安文藝回憶錄》，北京：中國社會科學出版社，1992 年。
14. 阮章競：《中國解放區文學書系 詩歌編》，重慶：重慶出版社，1992 年。
15. 賈芝：《中國解放區文學書系 民間文學編》，重慶：重慶出版社，1992 年。
16. 艾克恩、程遠、湯洛：《延安詩人》，西安：陝西人民教育出版社，1992 年。
17. 胡采：《中國解放區文學書系》（文學運動．理論編），重慶：重慶出版社，1992 年。
18. 中國延安魯迅校友會：《延安魯迅文藝學院校友錄》（1938～1945），內部資料，1994 年。
19. 徐廼翔：《文學的「民族形式」討論資料》，北京：知識產權出版社，2010 年。
20. 中共中央文獻研究室中央檔案館：《建黨以來重要文獻選編（一九二一～一九四九）》（第 14～22 冊），北京：中國文獻出版社，2011 年。
21. 孫曉忠，高明：《延安鄉村建設資料》（1），上海：上海大學出版社，2012 年。
22. 孫曉忠，高明：《延安鄉村建設資料》（2），上海：上海大學出版社，2012 年。

23. 孫曉忠，高明：《延安鄉村建設資料》（3），上海：上海大學出版社，2012年。

24. 孫曉忠，高明：《延安鄉村建設資料》（4），上海：上海大學出版社，2012年。

25. 《紅色檔案——延安時期文獻檔案彙編》編委會：《紅色檔案——延安時期文獻檔案彙編》（共60冊），西安：陝西人民出版社，2014年。

26. 任文：《永遠的魯藝》（上）、（下），西安：陝西師範大學出版總社有限公司，2014年。

27. 任文：《延安時期的社團活動》，西安：陝西師範大學出版總社有限公司，2014年。

28. 王巨才：《延安文藝檔案・延安文學》，西安：太白文藝出版社，2015年。

29. 王巨才：《延安文藝檔案・延安影像》，西安：太白文藝出版社，2015年。

以作家作品為中心

1. 吳伯簫：《潞安風物》，香港：海洋書屋，1947年。
2. 魯迅藝術文學院：《陝北民歌選》，上海：新華書店，1950年。
3. 中國民間文藝研究會：《陝北民歌選》，上海：新文藝出版社，1951年。
4. 井岩盾：《在晴朗的陽光下》，瀋陽：春風文藝出版社，1963年。
5. 魯迅：《魯迅全集》，北京：人民文學出版社，1981年。
6. 周立波：《周立波文集》，上海：上海文藝出版社，1981年。
7. 毛澤東：《毛澤東論文藝》，北京：人民文學出版社，1983年。
8. 魯藜：《魯藜詩選》，北京：人民文學出版社，1983年。
9. 周揚：《周揚文集》，北京：人民文學出版社，1984年。
10. 周立波：《周立波魯藝講稿》，上海：上海文藝出版社，1984年。
11. 朱子奇、張沛：《延安晨歌》，西安：陝西人民出版社，1984年。
12. 蕭三：《蕭三詩選》，北京：人民文學出版社，1985年。
13. 王韋：《徐懋庸研究資料》，南昌：江西人民出版社，1985年。
14. 周揚：《新文學運動史講義提綱（本提綱爲未定稿，僅供編者在魯藝講授之用）》，《文學評論》，1986年第1期。
15. 周揚：《新文學運動史講義提綱（續）》，《文學評論》，1986年第2期。
16. 沙汀：《沙汀文集》，上海：上海文藝出版社，1986年。
17. 易明善：《何其芳研究專集》，成都：四川文藝出版社，1986年。
18. 艾青：《艾青全集》，石家莊：花山文藝出版社，1991年。
19. 黎舟、王昭：《吼獅——塞克文集》，北京：文化藝術出版社，1993年。

20. 胡征：《詩情錄及其他》，西安：陝西人民教育出版社，1994 年。
21. 胡喬木：《胡喬木回憶毛澤東》，北京：人民出版社，1994 年。
22. 毛澤東：《毛澤東文集》，北京：人民出版社，1996 年。
23. 李輝：《搖盪的秋韆——是是非非說周揚》，深圳：海天出版社，1998 年。
24. 王蒙、袁鷹主編：《憶周揚》，呼和浩特：內蒙古人民出版社，1998 年。
25. 曉風：《我與胡風》（上）、（下），銀川：寧夏人民出版社，2003 年。
26. 胡風：《胡風全集》，武漢：湖北人民出版社，1999 年。
27. 周揚：《周揚集》，北京：中國社會科學出版社，2000 年。
28. 何其芳：《何其芳全集》，石家莊：河北人民出版社，2000 年。
29. 張松如：《公木文集》，長春：吉林大學出版社，2001 年。
30. 卞之琳：《卞之琳文集》，合肥：安徽教育出版社，2002 年。
31. 中共中央文獻研究室：《毛澤東書信選集》，北京：中央文獻出版社，2003 年。
32. 魯藜：《魯藜詩文集》，北京：作家出版社，2004 年。
33. 王廣仁等：《公木年譜》，長春：東北師範大學出版社，2005 年。
34. 賀敬之：《賀敬之文集》，北京：作家出版社，2005 年。
35. 沈霞：《延安四年（1942～1945）》，鄭州：大象出版社，2009 年。
36. 李華盛、胡光凡：《周立波研究資料》，北京：知識產權出版社，2010 年。
37. 陳曉春、陳俐：《詩人・翻譯家——曹葆華》（史料・評論卷），上海：上海書店出版社，2010 年。
38. 蕭軍：《延安日記》，香港：牛津大學出版社，2013 年。

期刊及學位論文類

1. 王富仁：《關於左翼文學的幾個問題》，《中國現代文學研究叢刊》，2002 年第 1 期。
2. 溫儒敏：《40 年代文學史家如何塑造「新文學傳統」——「中國現當代文學研究史論」劄記之一》，《中國現代文學研究叢刊》，2003 年第 4 期。
3. 袁盛勇：《命名、起訖時間和延安文學的性質——從一個側面論如何構建一部獨立而合理的延安文學發展史》，《延安大學學報（社會科學版）》，2005 年第 2 期。
4. 錢文亮：《「沙龍」、「大會」與「單位」——「新文學運動方式的轉變」之一》，《現代中國》第六輯，北京：北京大學出版社，2005 年。
5. 郭國昌：《集體寫作與解放區的文學大眾化思潮》，《中國現代文學研究叢刊》，2005 年第 5 期。

6. 王奇生：《戰時大學校園中的國民黨：以西南聯大爲中心》，《歷史研究》，2006 年第 4 期。
7. 袁盛勇：《重新理解延安文學》，《中國現代、當代文學研究》，2006 年第 9 期。
8. 袁盛勇：《論周揚延安時期文藝思想的構成》，《文藝研究》，2007 年第 3 期。
9. 高浦棠：《延安文藝座談會參加人員考訂》，《作品與爭鳴》，2007 年第 5 期。
10. 王璞：《論卞之琳抗戰前期的旅程與文學》，《新詩評論》2009 年第 2 輯，北京：北京大學出版社，2009 年。
11. 陳平原：《知識、技能和情懷——新文化運動時期北大國文系的文學教育》，《北京大學學報》，2009 年第 6 期、2010 年第 1 期。
12. 趙衛東：《一九四〇年代延安「文藝政策」演化考論》，《中國現代文學研究叢刊》，2010 年第 2 期。
13. 傅宗洪：《延安時期民歌改造的詩學闡釋》，《文學評論》，2011 年第 5 期。
14. 李怡：《民國機制：中國現代文學的一種闡釋框架》，廣東社會科學，2010 年第 6 期。
15. 彭民權、龐海音：《「延安時期」高校對文藝教育正規化模式的探索及反思》，《美育學刊》，2012 年第 3 期。
16. 許霆：《一九四〇年代文學轉型的另一種形態：以中國新詩發展爲例》，《當代作家評論》，2012 年第 1 期。
17. 陳俐：《現代詩人曹葆華走向延安的詩與事》，《中國現代文學叢刊》，2012 年第 7 期。
18. 龍瑜宬：《兩次革命間的迴響——馬雅可夫斯基在中國》，劉東：《中國學術》（總第 31 輯），北京：商務印書館，2012 年，第 198～234 頁。
19. 郭國昌：《文藝社團的轉型與延安文學制度的建立》，《文史哲》，2013 年第 1 期。
20. 彭民權、陳麗芬：《「延安時期」高校文學系的設置與新文學傳統》，《文藝理論與批評》，2014 年第 2 期。
21. 吳曉東：《〈山山水水〉中的政治、戰爭與詩意》，《文學評論》，2014 年第 4 期。
22. 王東東：《詩歌烏托邦與民主烏托邦——對艾青 1940 年代詩歌的重新理解》，《中國詩歌研究》，2014 年第 11 輯。
22. 黃道炫：《抗戰時期中共幹部的養成》，《近代史研究》，2016 年第 4 期。
23. 翟二猛：《論延安時期文學教育的歷史特徵》，《西北師大學報》，2016 年第 4 期。

24. 李楊：《「只有一個何其芳」——「何其芳現象」的一種解讀方式》，《中國現代文學研究叢刊》，2017 年第 1 期。
25. 施新佳：《「魯藝」對蘇聯文學的接受與發展》，《海南師範大學學報》（社會科學版），2017 年第 4 期。
26. 程凱：《政治與文藝的再理解——從胡喬木講話反觀〈在延安文藝座談會上的講話〉》，《文學評論》，2017 年第 5 期。
27. 李楊：《「左」與「右」的辯證：再談打開「延安文藝」的正確方式》，《中國現代文學研究叢刊》，2017 年第 8 期。
28. 宮立：《何其芳佚文三篇》，《中國現代文學研究叢刊》，2017 年第 9 期。
29. 程鴻彬：《延安「文抗」研究》，中國人民大學碩士學位論文，2003 年。
30. 趙衛東：《延安文學體制的生成與確立》，浙江大學博士學位論文，2004 年。
31. 黃妍：《從延安魯藝文學活動看延安文人話語方式的變化》，福建師範大學碩士學位論文，2006 年。
32. 劉金冬：《解放區前期詩歌研究》，首都師範大學博士學位論文，2006 年。
33. 季劍青：《大學視野中的新文學》，北京大學博士學位論文，2007 年。
34. 唐曉飛：《延安魯藝歌曲研究》，中央音樂學院碩士學位論文，2007 年。

專著類

1. 《馬克思恩格斯選集》第三集，北京：人民出版社，1972 年。
2. 胡光凡：《周立波評傳》，長沙：湖南文藝出版社，1986 年。
3. 陳思和：《中國新文學整體觀》，上海：上海文藝出版社，1987 年。
4. 劉增傑：《中國解放區文學史》，開封：河南大學出版社，1988 年。
5. 董純才：《中國革命根據地教育史》（第 2 卷），北京：教育科學出版社，1991 年。
6. 李楊：《抗爭宿命之路——「社會現實主義」（1942～1976）研究》，長春：時代文藝出版社，1993 年。
7. 唐小兵：《再解讀：大眾文藝與意識形態》（增訂版），北京：北京大學出版社，2007 年。
8. （美）洪長泰：《到民間去：1918～1937 年的中國知識分子與民間文學運動》，董曉萍譯，上海：上海文藝出版社，1993 年。
9. 李書磊：《1942：走向民間》，濟南：山東教育出版社，1998 年。
10. 布迪厄、華康德：《實踐與反思》，李猛、李康譯，北京：中央編譯出版社，1998 年。

11. 王培元：《抗戰時期的延安魯藝》，桂林：廣西師範大學出版社，1999 年。
12. 陳建華：《「革命」的現代性——中國革命話語考論》，上海：上海古籍出版社，2000 年。
13. 朱鴻召：《延安文人》，廣州：廣東人民出版社，2001 年。
14. （加拿大）查爾斯・泰勒：《自我的根源：現代認同的形成》，韓震等譯，南京：譯林出版社，2001 年。
15. 潘頌德：《中國現代新詩理論批評史》，上海：學林出版社，2002 年。
16. 藍棣之：《現代詩的情感與形式》，北京：人民文學出版社，2002 年。
17. （美）杜贊奇：《從民族國家拯救歷史：民族主義話語與中國現代史研究》，王憲明等譯，北京：社會科學文獻出版社，2003 年。
18. （德）卡爾・曼海姆：《文化社會學論集》，艾彥，鄭也夫，馮克利譯，瀋陽：遼寧教育出版社，2003 年。
19. 王培元：《延安魯藝風雲錄》，桂林：廣西師範大學出版社，2004 年。
20. 石剛：《現代中國的制度與文化》，香港：香港社會科學出版社，2004 年。
21. 汪暉：《現代中國思想的興起》下，北京：生活・讀書・新知三聯書店，2004 年。
22. 張潔宇：《荒原上的丁香——20 世紀 30 年代北平「前線詩人」詩歌研究》，北京：中國人民大學出版社，2003 年。
23. 曲士培：《抗日戰爭時期解放區高等教育》，北京：北京大學出版社，2005 年。
24. 程光煒：《文人集團與中國現當代文學》，北京：人民文學出版社，2005 年。
25. 張灝：《幽暗意識與民主傳統》，北京：新星出版社，2006 年。
26. 陳平原等：《教育——知識生產與文學傳播》，合肥：安徽教育出版社，2007 年。
27. 石鳳珍：《文藝「民族形式」論爭研究》，北京：中華書局，2007 年。
28. 溫儒敏：《新文學現實主義的流變》（第 2 版），北京：北京大學出版社，2007 年。
29. （法）米歇爾・福柯：《知識考古學》，謝強、馬月譯，北京：生活・讀書・新知三聯書店，2007 年。
30. 《延安大學史》編委會：《延安大學史》，北京：人民出版社，2008 年。
31. 錢理群：《1948：天地玄黃》，北京：中華書局，2008 年。
32. 斯炎偉：《全國第一次文代會與新中國文學體制的建構》，北京：人民文學出版社，2008 年。
33. 劉繼業：《新詩的大眾化和純詩化》，北京：北京大學出版社，2008 年。

34. 孫培青：《中國教育史》（第 3 版），上海：華東師範大學出版社，2009 年。
35. 黃科安：《延安文學研究——建構新的意識形態與話語體系》，北京：文化藝術出版社，2009 年。
36. 楊天石、黃道炫：《戰時中國的社會與文化》，北京：社會科學文獻出版社，2009 年。
37. 王德威：《抒情傳統與中國現代性——在北大的八堂課》，北京：生活·讀書·新知三聯書店，2010 年。
38. 王奇生：《革命與反革命——社會文化視野下的民國政治》，北京：社會科學文獻出版社，2010 年。
39. 錢文亮：《新文學運動方式的轉變》，上海：上海文化出版社，2010 年。
40. 李潔非、楊劼：《解讀延安——文學、知識分子和文化》，北京：當代中國出版社，2010 年。
41. 謝冕等：《百年中國新詩史略：〈中國新詩總系〉導言集》，北京：北京大學出版社，2010 年。
42. 陳平原：《作爲學科的文學史》，北京：北京大學出版社，2011 年。
43. 張均：《中國當代文學制度研究（1949～1976）》，北京：北京大學出版社，2011 年。
44. 吳敏：《寶塔山下交響樂：20 世紀 40 年代前後延安的文化組織與文學社團》，武漢：武漢出版社，2011 年。
45. （美）理查德·舒斯特曼：《身體意識與身體美學》，程相占譯，北京：商務出版社，2011 年。
46. （法）布爾迪厄：《藝術的法則——文學場的生成與結構》，劉暉譯，北京：中央編譯出版社，2011 年。
47. （法）米歇爾·福柯：《規訓與懲罰》（修訂譯本），劉北成，楊遠嬰譯，北京：生活·讀書·新知三聯書店，2012 年。
48. 賀仲明：《何其芳評傳》，南京：南京大學出版社，2012 年。
49. 段從學：《「文協」與抗戰時期文藝運動》，北京：北京大學出版社，2012 年。
50. 張松建：《抒情主義與中國現代詩學》，北京：北京大學出版社，2012 年。
51. 陶德宗：《百年中華何其芳》，北京：金城出版社，2012 年。
52. 陳學昭：《延安訪問記》，北京：中國國際廣播出版社，2013 年。
53. 閆東：《大魯藝：五集大型文獻紀錄片》，北京：中國民主法制出版社，2014 年。
54. 程凱：《革命的張力——「大革命」前後新文學知識分子的歷史處境與思

想探求（1924～1930）》，北京：北京大學出版社，2014 年。

55. 周維東：《中國共產黨的文化戰略與延安時期的文學生產》，廣州：花城出版社，2014 年。
56. 王汎森：《執拗的低音：一些歷史思考方式的反思》，北京：生活・讀書・新知三聯書店，2014 年。
57. 羅志田：《道出於二——過渡時代的新舊之爭》，北京：北京師範大學出版社，2014 年。
58. 李怡：《作爲方法的「民國」》，濟南：山東文藝出版社，2015 年。
59. 郜元寶等：《破碎與重建：1937～1945——抗戰時期的中國文學研究》，上海：上海人民出版社，2015 年。
60. 姜濤：《公寓裏的塔：1920 年代中國的文學與青年》，北京：北京大學出版社，2015 年。
61. 陳俐：《曹葆華傳》，成都：四川大學出版社，2016 年。
62. 徐明君：《魯藝文藝道路研究——以秧歌劇爲中心的考察》，北京：人民文學出版社，2016 年。
63. 高華：《紅太陽是怎樣升起的》，香港：中文大學出版社，2016 年。
64. 楊琳：《回歸歷史的現場——延安文學傳播研究（1935～1948）》，北京：中國社會科學出版社，2016 年。
65. 費冬梅：《沙龍：一種新都市文化與文學生產（1917～1937）》，北京：北京大學出版社，2016 年。
66. 應星：《新教育場域的興起》（1895～1926），北京：生活・讀書・新知三聯書店，2017 年。

附　錄

魯藝詩人發表於延安主要報刊上的詩歌				
作　者	作品題目	報刊名稱	發表時間	刊　號
何其芳	《叫喊》	《中國文藝》	1941 年 1 月 25 日	第一卷第一期
賀敬之	《生活》	《中國文藝》	1941 年 1 月 25 日	第一卷第一期
何其芳	《黎明》	《草葉》	1941 年 1 月 1 日	第一期
何其芳	《河》	《草葉》	1941 年 1 月 1 日	第一期
何其芳	《郿鄠戲》	《草葉》	1941 年 1 月 1 日	第一期
夏蕾	《二月》	《草葉》	1941 年 1 月 1 日	第一期
夏蕾	《山》	《草葉》	1941 年 1 月 1 日	第一期
賀敬之	《小藍姑娘》	《草葉》	1941 年 1 月 1 日	第一期
趙自評	《帶露珠的心情》	《草葉》	1941 年 1 月 1 日	第一期
白原	《一幅古老的圖畫（長詩〈誕生〉的一個片段）》	《草葉》	1942 年 1 月 1 日	第二期
林沫	《晨光》	《草葉》	1942 年 1 月 1 日	第二期
立波	《我們有一切》	《草葉》	1942 年 1 月 1 日	第二期
立波	《因爲困難》	《草葉》	1942 年 1 月 1 日	第二期
立波	《我凝望著人生》	《草葉》	1942 年 1 月 1 日	第二期
井岩盾	《在收割後的田野上》	《草葉》	1942 年 1 月 1 日	第二期
井岩盾	《早晨》	《草葉》	1942 年 1 月 1 日	第二期
井岩盾	《不要責備我吧》	《草葉》	1942 年 1 月 1 日	第二期

井岩盾	《黃昏》	《草葉》	1942 年 1 月 1 日	第二期
白原	《五月的太陽》	《草葉》	1942 年 3 月 1 日	第三期
賀敬之	《紅燈籠》	《草葉》	1942 年 3 月 1 日	第三期
賀敬之	《弟弟的死》	《草葉》	1942 年 3 月 1 日	第三期
何其芳	《黎明之前——〈北中國在燃燒〉第一節》	《草葉》	1942 年 5 月 1 日	第四期
天藍	《青年底歌》	《草葉》	1942 年 5 月 1 日	第四期
井岩盾	《燐火》	《草葉》	1942 年 5 月 1 日	第四期
井岩盾	《夜歌》	《草葉》	1942 年 5 月 1 日	第四期
井岩盾	《幻象》	《草葉》	1942 年 5 月 1 日	第四期
朱衡彬	《是的，我是農民的兒子》	《草葉》	1942 年 7 月 1 日	第五期
朱衡彬	《耕地》	《草葉》	1942 年 7 月 1 日	第五期
簡桃	《記兩位同志》	《草葉》	1942 年 7 月 1 日	第五期
張鐵夫	《鄉村》	《草葉》	1942 年 9 月 15 日	第六期
張鐵夫	《哨兵與農婦》	《草葉》	1942 年 9 月 15 日	第六期
張鐵夫	《會議》	《草葉》	1942 年 9 月 15 日	第六期
張鐵夫	《雨》	《新詩歌》（延安版）	1940 年 9 月 1 日	第一期
蕭三	《梅花》	《新詩歌》（延安版）	1940 年 9 月 1 日	第一期
張沛	《殉難在中國的土地上》	《新詩歌》（延安版）	1940 年 10 月 1 日	第二期
蕭三	《我記得》	《新詩歌》（延安版）	1940 年 10 月 1 日	第二期
天藍	《連枷歌》	《新詩歌》（延安版）	1940 年 10 月 1 日	第二期
塞克	《小桃樹》	《新詩歌》（延安版）	1940 年 10 月 1 日	第二期
胡征	《雞毛信》	《新詩歌》（延安版）	1940 年 10 月 1 日	第二期
海稜	《神話》	《新詩歌》（延安版）	1940 年 10 月 1 日	第二期

蕭三	《我沒有閒心》	《新詩歌》（延安版）	1940 年 10 月 1 日	第二期
李方立	《農民的兒子》	《新詩歌》（延安版）	1941 年 5 月 21 日	第六期
賈芝	《牧牛》	《新詩歌》（延安版）	1941 年 5 月 21 日	第六期
章煉峰	《我做著這樣的夢想》	《新詩歌》（延安版）	1941 年 5 月 21 日	第六期
井岩盾	《陽光下的孩子》	《新詩歌》（延安版）	1941 年 5 月 21 日	第六期
張鐵夫	《窩窩頭和白銀子的故事》	《新詩歌》（延安版）	1941 年 5 月 21 日	第六期
張蓓	《排在紅旗下》	《新詩歌》（綏德版）	1941 年 7 月 7 日	第二期
公木	《希特勒底十字軍》	《新詩歌》（綏德版）	1941 年 8 月 15 日	第三期
敬之	《我走在早晨的大道上》	《新詩歌》（綏德版）	1941 年 11 月 25 日	第五期
侯唯動	《童工——看張仃同志抒情畫展而成》	《新詩歌》（綏德版）	1941 年 11 月 25 日	第五期
蕭三	《打瘋狗》	《新詩歌》（綏德版）	1941 年 11 月 25 日	第五期
馮牧	《當我走進了人群》	《新詩歌》（綏德版）	1941 年 11 月 25 日	第六期
駱方	《寧武之行》	《文藝戰線》	1939 年 2 月 15 日	創刊號
天藍	《夜，守望在山崗上》	《文藝戰線》	1939 年 2 月 15 日	創刊號
卞之琳	《慰勞信》	《文藝戰線》	1939 年 3 月 15 日	第一卷第二號
駱方	《戰歌》	《文藝戰線》	1939 年 3 月 15 日	第一卷第二號
天藍	《哀歌》	《文藝戰線》	1939 年 9 月 15 日	第一卷第四號
何其芳	《一個泥水匠的故事》	《中國文化》	1940 年 2 月 15 日	第一卷創刊號
曹葆華	《西北哨兵》	《中國文化》	1940 年 4 月 15 日	第一卷第二期
賈芝	《我們笑了》	《中國文化》	1940 年 4 月 15 日	第一卷第二期

何其芳	《過同蒲路》	《中國文化》	1940 年 7 月 25 日	第一卷第五期
蕭三	《禮物》	《中國文化》	1940 年 9 月 25 日	第二卷第一期
天藍	《我，延安市橋兒溝區的公民》	《穀雨》	1942 年 1 月 15 日	第一卷第二、三期合刊
何其芳	《寂靜的國土——〈北中國在燃燒〉第二節》	《穀雨》	1942 年 6 月 15 日	第一卷第五期
賈芝	《織羊毛毯的小零工》	《穀雨》	1942 年 8 月 15 日	第一卷第六期
卞之琳	《慰勞信》	《文藝突擊》	1938 年 11 月 16 日	第三期
天藍	《雪底海》	《文藝突擊》	1939 年 2 月 16 日	第一卷第四期
蕭三	《天山》	《文藝突擊》	1939 年 5 月 25 日	新一卷第一期
蕭三	《兒童節》	《大眾文藝》	1940 年 4 月 15 日	第一卷第一期
曹葆華	《西北一天》	《大眾文藝》	1940 年 4 月 15i	第一卷第一期
天藍	《哭糞》	《大眾文藝》	1940 年 9 月 17 日	第一卷第六期
賀敬之	《十月》	《大眾文藝》	1940 年 10 月 15 日	第二卷第一期
張鐵夫	《勞動的日子》	《大眾文藝》	1940 年 10 月 19 日	第二卷第二期
蕭三	《給兒子阿郎》	《中國青年》	1939 年 6 月 1 日	第一卷第三期
蕭三	《祝斯大林六旬大壽》	《中國青年》	1940 年 1 月 15 日	第二卷第三期
曹葆華	《一個禮讚》	《中國青年》	1940 年 2 月 15 日	第二卷第四期
井岩盾	《冬夜之歌》	《中國青年》	1941 年 2 月 5 日	第三卷第四期
何其芳	《革命，向舊世界進軍》	《解放日報》	1941 年 5 月 25 日	第二版
鍾靜	《正在抽芽的樹枝無聲地搖》	《解放日報》	1941 年 10 月 15 日	第四版
立波	《一個早晨的歌者的希望》	《解放日報》	1941 年 10 月 28 日	第四版
蕭三	《反法西斯小詩》	《解放日報》	1941 年 11 月 7 日	第四版
鍾靜	《敵人的飛機任意的在我故鄉的天空裏飛》	《解放日報》	1941 年 11 月 11 日	第四版
何其芳	《詩三首》	《解放日報》	1942 年 4 月 3 日	第四版
賈芝	《五一節群眾大會》	《解放日報》	1942 年 4 月 30 日	第四版

賈芝	《攔牛》	《解放日報》	1942年5月8日	第四版
駱文	《鐵匠擔》	《解放日報》	1942年5月10日	第四版
賀敬之	《啄木鳥》	《解放日報》	1942年5月27日	第四版
鍾靜（章煉峰）	《列車》	《解放日報》	1942年7月16日	第四版
朱衡彬	《我是一塊製好的磚》	《解放日報》	1942年12月12日	第四版
張鐵夫	《縣長替我種棉花》	《解放日報》	1943年6月6日	第四版
張鐵夫	《「二流子」的歌》	《解放日報》	1943年6月8日	第四版
邵子南	《大石湖》	《解放日報》	1945年1月17日	第四版
魯藜	《老連長和他的兒子》	《解放日報》	1945年1月22日	第四版
侯唯動	《來看他們的兒子》	《解放日報》	1945年2月4日	第四版
廠民	《神兵連》	《解放日報》	1945年6月13日	第四版
艾青	《爺台山》	《解放日報》	1945年8月1日	第四版
戈壁舟	《一次又一次》	《解放日報》	1945年8月8日	第四版
艾青	《人民的狂歡節》	《解放日報》	1945年8月14日	第四版
蕭軍	《勝利到來了！——但我們決不能忘記……》	《解放日報》	1945年8月19日	第四版
魯藜	《黎明的信號》	《解放日報》	1945年8月19日	第四版
嚴辰	《八年》	《解放日報》	1945年8月20日	第四版
魯藜	《媽媽和孩子——紀念死者激勵生者》	《解放日報》	1945年8月21日	第四版
艾青	《舊詩新抄》	《解放日報》	1945年8月23日	第四版
嚴辰	《送別》	《解放日報》	1945年9月26日	第四版
賀敬之	《選舉》	《解放日報》	1945年10月19日	第四版
魯藜	《讓和平民主的時代開始吧》	《解放日報》	1945年10月20日	第四版
魯藜	《從宜川到太原》	《解放日報》	1945年11月4日	第四版
白原	《十月》	《解放日報》	1945年11月7日	第四版
侯唯動	《延綏道上》	《解放日報》	1945年11月13日	第四版

賈芝	《內戰陰謀家》	《解放日報》	1945年11月23日	第四版
侯唯動	《婦女們來了》	《解放日報》	1945年11月27日	第四版
張鐵夫	《鄉選兩首》	《解放日報》	1945年12月31日	第四版
侯唯動	《麻家渠村民選舉會》	《解放日報》	1946年1月10日	第四版
侯唯動	《綏米途中》	《解放日報》	1946年2月14日	第四版
戈壁舟	《蒙人之歌》	《解放日報》	1946年2月17日	第四版
賈芝	《和平、民主、偉大時代的開始！》	《解放日報》	1946年2月18日	第四版
白原	《在埋葬了的法西斯屍體上》	《解放日報》	1946年3月21日	第四版
侯唯動	《農民在歌唱著毛主席》	《解放日報》	1946年3月27日	第四版
侯唯動	《在復原回家的路上》	《解放日報》	1946年4月26日	第四版
嚴文井	《詩抄四首》	《解放日報》	1946年7月10日	第四版
曹葆華	《祭詩——獻給聞一多先生》	《解放日報》	1946年7月21日	第四版
戈壁舟	《歡迎新疆獲釋同志》	《解放日報》	1946年7月23日	第四版
戈壁舟	《西瓜地》（外一章）	《解放日報》	1946年8月1日	第四版
戈壁舟	《看傷兵》（三首）	《解放日報》	1946年9月26日	第四版
戈壁舟	《街頭詩四首》	《解放日報》	1946年9月29日	第四版
戈壁舟	《詩二首》	《解放日報》	1946年10月11日	第四版
戈壁舟	《如果不撤兵》	《解放日報》	1946年10月16日	第四版
戈壁舟	《魯迅先生和一個工人》	《解放日報》	1946年10月19日	第四版
戈壁舟	《街頭詩三首》	《解放日報》	1946年10月23日	第四版
戈壁舟	《詩二首》（戰士的話，自衛軍）	《解放日報》	1946年11月4日	第四版
戈壁舟	《打傘兵哥》（七首）	《解放日報》	1946年11月25日	第四版
戈壁舟	《白皮襖》	《解放日報》	1946年12月9日	第四版
戈壁舟	《詩抄》（四首）	《解放日報》	1947年3月10日	第四版
朱衡彬	《母親》	《詩刊》	1942年5月5日	第六期

魯藝詩人發表於延安主要報刊上的翻譯詩歌				
作者／譯者	作品題目	報刊名稱	發表時間	刊號
普式庚作 曹葆華譯	《故事及其他》	《文藝月報》	1942 年 4 月 15 日	第十四期
馬雅可夫斯基作 蕭愛梅譯	《最好的詩》	《文藝月報》	1942 年 8 月 15 日	第十四期
窩特・惠特曼作 天藍譯	《反叛之歌：歐洲》	《中國文藝》	1941 年 2 月 25 日	第一卷 第一期
窩特・惠特曼作 立波譯	《兵士們的屍體》	《草葉》	1942 年 9 月 15 日	第六期
馬雅可夫斯基作 肖三譯	《左的進行曲》 （給水兵們）	《大眾文藝》	1940 年 4 月 15 日	第一卷 第一期
馬雅可夫斯基作 李又然、肖三譯	《與列寧同志談話》	《大眾文藝》	1940 年 4 月 15 日	第一卷 第一期
馬雅可夫斯基作 魏伯譯	《開會迷》	《大眾文藝》	1940 年 4 月 15 日	第一卷 第一期
（蘇）馬耶剋夫斯基作 馮牧譯	《家》	《新詩歌》 （延安版）	1941 年 5 月 21 日	第六期
W・惠特曼作 天藍譯	《我坐著而我凝望著》	《解放日報》	1941 年 12 年 20 日	第四版
雪萊作 立波譯	《短詩》	《詩刊》	1942 年 5 月 5 日	第六期
雪萊作 立波譯	《雲雀歌》	《詩刊》	1942 年 5 月 5 日	第六期